漢魏六朝樂府文學史

启功 題

中国断代专题文学史丛刊

汉魏六朝乐府文学史

（增补本）

萧涤非 著
萧海川 辑补

人民文学出版社

图书在版编目(CIP)数据

汉魏六朝乐府文学史:增补本/萧涤非著;萧海川辑补. —2版. —北京:人民文学出版社,2020

(中国断代专题文学史丛刊)

ISBN 978-7-02-015872-0

Ⅰ.①汉… Ⅱ.①萧… ②萧… Ⅲ.①乐府诗—诗歌史—中国—汉代 ②乐府诗—诗歌史—中国—魏晋南北朝时代 Ⅳ.①I207.209

中国版本图书馆 CIP 数据核字(2019)第 274547 号

责任编辑　徐文凯
责任印制　徐　冉

出版发行　人民文学出版社
社　　址　北京市朝内大街 166 号
邮政编码　100705
网　　址　http://www.rw-cn.com

印　　刷　三河市博文印务有限公司
经　　销　全国新华书店等

字　　数　296 千字
开　　本　880 毫米×1230 毫米　1/32
印　　张　13.25　插页 3
印　　数　1—4000
版　　次　1984 年 3 月北京第 1 版
印　　次　2020 年 3 月第 1 次印刷

书　　号　978-7-02-015872-0
定　　价　45.00 元

如有印装质量问题,请与本社图书销售中心调换。电话:010-65233595

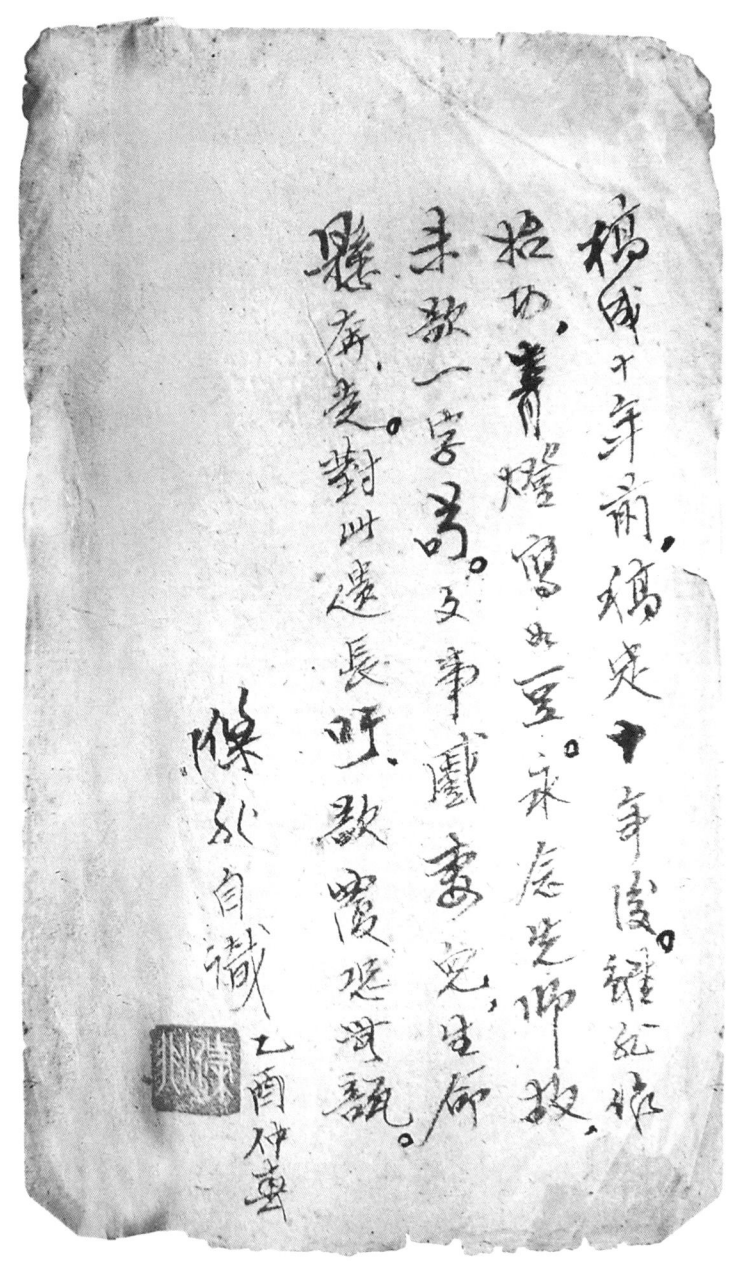

萧涤非先生1945年2月在本书1944年初版扉页自题诗手迹。时为昆明西南联大教授。

目　　录

引言 …………………………………………………………… 1
黄序(审查报告) ……………………………………………… 1

第一编　绪　论

第一章　乐之起源与先秦乐教 ……………………………… 3
第二章　乐府之产生及其沿革 ……………………………… 7
第三章　乐府之界说与分类 ………………………………… 11
第四章　论五言出于西汉民间乐府不始班固 ……………… 15
第五章　乐府变迁之大势 …………………………………… 25

第二编　两汉乐府

第一章　论汉乐府之声调 …………………………………… 29
　　　　（一）雅声　（二）楚声　（三）秦声　（四）新声
第二章　汉初贵族乐府 ……………………………………… 34
　一　安世房中歌——何谓房中乐　《房中歌》之内容　《房中歌》之艺术价值
　二　《郊祀歌》——何谓《郊祀歌》　《郊祀歌》之作者与年代　《郊祀歌》与七言　《郊祀歌》之杰作
　三　《鼓吹铙歌》——论《鼓吹》与《铙歌》非二乐　论《铙歌》非沈约杂凑　《铙歌》之难读　《铙歌》与杂言
第三章　两汉民间乐府 ……………………………………… 58
　一　西汉民间乐府
　二　东汉民间乐府——论东汉乐府之采诗
　　　（一）幻想之类　（二）说理之类　（三）抒情之类

1

（四）叙事之类
　　附录：黄节先生《相和三调辨》·················· 95
　第四章　东汉文人乐府 ························ 98
　　班婕妤　马援　东平王苍　傅毅　张衡　辛延年　宋子侯
　　蔡邕　繁钦　诸葛亮　无名氏　田恭

第三编　魏乐府——附吴

　第一章　概论 ································ 121
　　一　文人乐府之全盛
　　二　声调之模拟
　　三　体裁之大备
　第二章　曹操四言乐府 ························ 125
　第三章　曹丕七言乐府 ························ 130
　第四章　曹植五言乐府 ························ 135
　第五章　王粲、左延年诸人之叙事乐府 ·········· 149
　第六章　吴乐府——乐府填词之初祖韦昭 ········ 155

第四编　晋乐府

　第一章　晋之舞曲歌辞 ························ 163
　　（一）鞞舞歌　（二）杯柈舞歌　（三）拂舞歌
　第二章　晋之故事乐府 ························ 171
　　傅玄：《惟汉行》、《秋胡行》、《庞氏有烈妇》　石崇：《王明君辞》
　第三章　晋之拟古与讽刺乐府 ·················· 182
　　张华：《轻薄篇》、《博陵王官侠曲》　傅玄：《豫章行·苦相篇》、《明月篇》、《董逃行·历九秋篇》　陆机：《饮马长城窟行》

第五编　南朝乐府

　第一章　论南朝新声乐府发达之原因 ············ 191

第二章　南朝前期之民间乐府——晋宋齐 …………… 200
　　（一）吴声歌——吴歌中之双关语　（二）神弦歌　（三）西曲歌
第三章　南朝后期之文人乐府——梁陈 ……………… 231
　梁武帝　梁简文帝　沈约　江淹　吴均　柳恽　陈后主　徐陵　江总
第四章　汉乐府大作家鲍照 …………………………… 245

第六编　北朝乐府——附隋

第一章　概论 …………………………………………… 257
第二章　北朝民间乐府——附论木兰诗 ……………… 261
　　（一）战争　（二）羁旅　（三）豪侠　（四）闺情　（五）贫苦
第三章　北朝文人乐府 ………………………………… 279
　温子昇　邢邵　魏收　萧悫　高昂　赵王招　萧㧑　王褒　庾信
第四章　南北朝乐府之比较观 ………………………… 286
第五章　隋乐府 ………………………………………… 290
　　（一）文帝时之拟古乐府　（二）炀帝时之拟南朝乐府
后记 ……………………………………………………… 303

附录

《汉魏六朝乐府文学史》补辑
　………………………萧涤非补　萧光乾　萧海川辑　307
　补辑说明 ……………………………………………… 307
　一、《汉魏六朝乐府文学史》一九四四年版补辑 …… 309
　二、《汉魏六朝乐府文学史》人民文学出版社一九八四年版补辑
　　………………………………………………………… 373
　附记 …………………………………………………… 388
本书录诗索引 ……………………………… 萧海川编　400

引　言

　　是编为余清华研究院毕业论文,由先师顺德黄晦闻先生指导,《审查》一文,即出先生手笔,此公元一九三三年事也。是年,以先师故,托足青岛山东大学,其明年,因授乐府之便,决将论文修改,编为讲义,不意属稿甫半,而先师捐馆,奔丧之余,余亦大病,几欲一切废绝。嗣念先师平日,不轻许与,而余以后生小子,过蒙知遇,片言单辞,所当自惜,爰力疾重写二稿。一九三六年,受聘四川大学,远道孤栖,乃多感触。翌年而抗战军兴,余方迎眷避蜀,自此始困尘杂,而系中又无此课,每欲将旧稿重加董理,辄复未遑。一九四一年,余来西南联大,则生计益困,间惟作小文,以易升斗,用是放置篋中者前后积七八年。今秋,偶与罗莘田先生晤谈,先生旧闻余尝有此稿,因诱之曰:足下何不谋付剞劂,而即以黄先生遗文为序乎?余既夙怀此志,闻言乃大感恸。念虽不才,终当有以塞此愿。而吾友锺子道铭暨洪谦先生复纵臾之,谓镌行无难。于是屏除一切,昼则课授,夜则钞誊,阅五月而毕,虽大体仍旧,已复有增删,盖至是亦三易稿矣。

　　关于乐府,个人臆说,已散见绪论,兹所欲言,约有四事:其一,乐府主声之说,此自当时言之则可,若在今日,则惟有舍声求义。盖其声久佚,不可得而闻知,所谓《郊祀》、《鼓吹》、《相和》,《清商》,等一无声之诗耳。而其义则犹存乎篇章之间,昭然可见,阐而明之,择善而从,则乐府虽亡,而其精神实未尝亡。故兹编于声调器数之末,多所从略。其二,班固谓乐府"皆感于哀乐,缘事而发",虽专指汉代民歌,魏晋以后,亦有其作,并足为论世之资,此实乐府之一大特性,亦乐府与诗之一大分野。故编中于作品之本事及背景,求之不厌其详。窃冀读者观一时代乐府之得失,而知其有以关乎一时代政教之隆污,民族之兴替。挂一漏万,孤陋自知;牵强比附,庶几可免。其三,自来皆误认乐府为诗之一体,实则一切诗体皆从乐府出也。如三言、五言、杂言出于汉,七言出于魏,五、七言律绝出于南北朝,殆无一不渊源乐府,故编中于凡与诗体有关之作,皆特加提示。其四,文学诗歌,贵乎涵咏,断章摘句,殊非所宜。然使文意之不晓,斯赏析之无从,故凡所著录,概属全篇,并随时择要附释,往哲时贤,均所采撷,窃图寓诵读于叙述之中,以补一般概论之所不及,且免初学翻检之劳。

夫社会不能无病也,虽今日诗道之杂,然体有新旧,而理无二致,苟能含英咀华,推陈出新,以吾目之所见,耳之所闻,心之所感,抉发而歌咏之,使夫闻者足戒,亦吾人之所有事也。

呜呼,自是编之作,今十年有奇矣,先师之卒,亦且十年矣,而小子始勉克一偿所愿,盖可哀也已!可愧也已!先师在日,每戒以勿轻言著述,今刊行少作者,以此尝经先师之评定,不敢藏拙也。既以识余痛,兼以求正于世之君子云尔。公元一九四三年十二月萧涤非敬识于昆明西南联大。

黄　　序（审查报告）

论文第一章总论乐府之变迁。[1] 谓汉魏而后，民间乐府与贵族乐府实行分化，是为变迁之所由，探源得要，甚有见地。其论五言诗之始，谓先有五言乐府，而后有五言诗；非先有五言诗，而后产生五言乐府，所举证佐，至为切实。又谓魏三祖陈王，大变汉辞，以旧曲翻新调，变两汉质朴之风，开私家模拟之渐，所论皆洞悉源流。

论文论两汉乐府，谓新声之输入，由于汉武帝好大喜功，开边黩武，足见读史得间。至所论《安世房中歌》，能举歌辞以正《通志》之误。论《鼓吹铙歌》，能举《汉书·韩延寿传》以正《通考》之失，皆特见也。

论文论两汉民间乐府，谓班固著《汉书》，阙然不录一字，至沈约《宋书·乐志》始稍稍收入于正史，能发此论，其重在民间乐府，真有识之言。故其于东汉民谣，引《汉书·韩延寿传》及《后汉书·循吏列传·刘陶传》，以证民谣之独重，论据真确。观此始知《毛诗·正月》"民之讹言"，为非小事。至其民间乐府说理一类，揭出当时儒家道家思想，引《君子行》、《长歌行》、《猛虎行》以明儒家思想之作品，引《艳歌行》、《豫章行》、《满歌行》、《枯鱼过河泣行》以明道家思想之作品，是从乐府本体研究得来。抒情一类，谓南朝乐府多男女相思及刻画女性，而汉乐府

---

[1] 本书第一编第一章乃一年后所补作（据闻一多先生在论文答辩时所提建议），故此处所云"第一章"，实为本书第一编之第二章。

则描写夫妇之情爱，盖由儒家思想之一尊时期，其男女之间，多能以礼义为情感之节文，引《公无渡河》、《东门行》、《艳歌何尝行》、《艳歌行》、《白头吟》、《陌上桑》诸篇以为证。因此并证明《孔雀东南飞》一篇，必产生于儒家思想一尊之世，决不能作于六朝，此论真从乐府中窥见大义者也。又叙事一类，举《陈遵传》遵之官，饮于故洛阳王外家左氏，起舞跳梁，顿仆坐上，暮而留宿，为司直陈崇所劾，以入寡妇之门为非礼，证明《陇西行》之妇为非好妇，而客亦非好客，亦从乐府中窥见大义者也。

论文论东汉文人乐府中，举班婕妤《怨诗》，谓本传无作《怨诗》之言，后人遂疑为伪作，不知婕妤为班彪之姑，班固为亲者讳，不欲以《怨诗》入传，是故《外戚传》赞语，于婕妤亦独不置一词，传无《怨诗》，不足为异。并引曹植、傅玄《班婕妤赞》，证其决非伪作，独申己见，可祛群惑。又举东平王苍《武德舞辞》证明舞之有辞，不始于晋，以正郑樵《通志》之误，读书心细，此为有补于史志之言。最后举《后汉书·西南夷传》田恭所作远夷《乐德》、《慕德》、《怀德》三歌，录其原文，以为吾国翻译诗文之最先作品，此亦有关于文化史上发明也。

论文论魏乐府，谓四言复兴，首推魏武，且举汉乐府相较，得其时代观念之转变，取证历史，语多中肯。而论魏文七言乐府之创为新体，陈思五言乐府之为世大宗，皆能上下古今，道其所见。至论缪袭乐府，举楚词比较，得其变化之迹，推论直至鲍照，始别出机杼，自成一格。于乐府文辞之变迁，洞悉源流。复取韦昭所作之《铙歌》与缪袭比较，又得其因袭摹仿之所自，此非全观诸家作品，不能有此确论。

论文论晋乐府，谓晋以前歌舞二者相应不相兼，据晋《拂舞歌》《白鸠篇》《通志》所引云"以其歌且舞"，可见歌舞合一，至晋时为吾国舞乐一大进步,举证确切,足为《通志》证明。而《独漉篇》之报父冤,引《魏志》黄初二年《诏书》及左延年《秦女休行》、傅玄《庞氏有烈妇行》,以证当时社会复仇之风盛行,尤为卓见。至论《白纻舞歌》,继魏文《燕歌》后,全篇七言,影响后世,较曹为大,亦能道其所见。论张茂先《轻薄篇》,取证《宋书·五行志》,谓贵游子弟,相与为散发裸身之饮,对弄婢女,当时风俗如此,茂先此篇所由作,慨乎言之矣!论傅玄《苦相篇》,写社会重男轻女之心理,在乐府中,实为仅见云云,皆能从历史风俗中留心探讨,真可以乐府补史传之所阙。

论文论南朝乐府,从史事上证出诗歌,从诗歌证出地理,从地理上考见政治,从政治上窥及制度与当时人民之风尚及其思想,所举证皆极有见地。其论《清商曲辞》之施用,尤为独见。在民间乐府中论《清商》变迁之迹,举出史事证明其说,绝非空谈臆断。所举吴声双关语,非于乐府研究有素,不能发明。而《神弦曲》引《晋书·夏统传》证明当时风俗之不良,皆关史识。在文人乐府中,举出叠句之关系,是能从乐府本身研究所得,可谓独有发明。解释文人乐府诸篇,皆能证明其所出,而结论总述诸家变迁之迹,尤有慨乎言。

论文论北朝乐府,分胡歌时期汉歌时期,可谓提挈有体。其论北朝民间乐府,以《鼓角横吹曲》为主,所举乐曲皆能证明其地理风俗之所生,与夫异族性格之特殊,真有补于史之阙文。其论北朝文人乐府,谓当时所作,不离模拟,历举诸家作品以证之,以为不如民歌之犹有本色,眼光千古。至论南北朝乐府比较一章,更见良工心苦矣。

论文论隋乐府,采《李谔传》语,论隋初之拟古乐府,独得真谛。炀帝时之拟南朝乐府,证之史传,搜及稗官,取材甚富,从其分章中观乐府,则先后已判若两朝,可知著者统观兼营,方能辨别如此之确当也。

统观成绩全部,皆能从乐府本身研究。知变迁,有史识;知体制,有文学;知事实,有辨别;知大义,有慨叹,此非容易之才。宜置超等。[1]　　一九三三年黄节

---

[1]　乾按此处原有结语"宜置超等"。萧先生说:"后来斗胆删掉了。"现予恢复。当时清华同学会还赠他一个刻有"状元"二字的铜墨盒作为纪念。

第一编 绪 论

第一章　乐之起源与先秦乐教

《乐记》曰:"诗,言其志也;歌,咏其声也;舞,动其容也;三者皆本于心。"又曰:"凡音之起,由人心生也。人心之动,物使之然也。感于物而动,故形于声,声相应,故生变。变成方谓之音。比音而乐之,及于干戚羽旄谓之乐。"夫人莫不有心,有心斯感,有感斯发,发则不知手之舞之,足之蹈之,口之歌之。然则即谓乐之起源,自生民始,固无不可也。

上古邈远,莫得而论,若《吕氏春秋》所载:"葛天氏之乐,三人操牛尾,投足以歌八阕:一曰《载民》,二曰《玄鸟》,三曰《遂草木》,四曰《奋五谷》,五曰《敬天常》,六曰《达帝功》,七曰《依地德》,八曰《总鸟兽之极》。"其歌辞又皆失传。且时在书契以前,恐根本即无歌辞,上列八目,当亦出后人附会。然以理推之,则所谓操牛投足者,事或有然。初民之风味,盖略可想见。以较后世之干戚羽籥,巾拂杯槃,觉犹有天籁人籁之别。惟自唐虞以迄三代,则此种原始自然流露之音,已渐变而为一种"人为之节"。易言之,即所谓乐教是也。

《尚书·舜典》云:"帝曰:夔,命汝典乐,教胄子。直而温,宽而栗,刚而无虐,简而无傲。诗言志,歌永言,声依永,律和声,八音克谐,无相夺伦,神人以和。"此乐教施行之始也。周监于二代,郁郁乎文,乐之为用既日繁,乐之为教遂益重。故诗书礼乐与礼乐刑政,往往连文并称,如《礼记·乐记》:"故礼以道其志,乐以和其声,政以一其行,刑以防其奸。礼乐刑政,其极一也。"又《王制》篇云:"乐正崇四术,立四教,顺先王诗书礼乐以造士。春秋教以礼乐，冬夏教以诗书。"又《经解》篇："孔子曰：入其国，其教可知也。其为人也温柔敦厚，诗教也；疏通知远，书教也；广博易良，乐教也；絜静精微，易教也；恭俭庄敬，礼教也；属辞比事，春秋教也。"是皆其例也。

而《周礼》六艺之教，乐且居其第二焉，《地官司徒》云："以乡三物教万民而宾兴之……三曰六艺：礼乐射御书数。以五礼防民之伪而教之中，以六乐防民之情而教之和。"所谓六乐者，盖六代之乐，《周礼·春官》："大司乐以乐德教国子，中和祗庸孝友，以乐语教国子，兴道讽诵言语，以乐舞教国子，舞云门大卷、大咸、大磬、大夏、大濩、大武。"而《礼记·内则》亦云"十有三年学乐诵诗舞勺"，则知乐教之于周，施行至为普及，其重要乃不亚于诗礼刑政，皆所以为治也。

此种乐教施行之目的，大要有二，然其出发点则一，即认定乐本人心，故声有哀乐，与性情相通，足以左右人之心术也。今分别言之。

（一）致乐以治心　即以乐为涵养人格之工具。《礼记·祭义》："君子曰：礼乐不可斯须去身，致乐以治心，则易直子谅之心油然生矣。易直子谅之心生则乐，乐则安，安则久，久则天，天则神。天则不言而信，神则不怒而威，致乐以治心者也。"孔子亦曰："兴于诗，立于礼，成于乐。"又曰："若臧武仲之知，公绰之不欲，卞庄子之勇，冉求之艺，文之以礼乐，亦可以为成人矣。"所以成人必有赖于乐者，正以乐足治心故也。而观《乐记》师乙答子贡之问，则《风》《雅》《颂》三者之于人，且各有功能焉。其言曰："宽而静，柔而正者宜歌《颂》；广大而静，疏达而信者宜歌《大雅》；恭俭而好礼者宜歌《小雅》；正直而静，廉而谦者宜歌《风》。"此以乐治心济性之明验也。

（二）致乐以化民　即以乐为移风易俗之工具。前者属于个人，为士君子说法，此则属于一般社会方面，虽程度有浅深，其推本于性情则一。

《孝经》云："子曰，移风易俗，莫善于乐。"《乐记》亦云："故乐行而伦清，耳目聪明，血气和平，移风易俗，天下皆宁。"又云："乐也者，圣人之所以乐也。而可以善民心，其感人深，其移风易俗（易），故先王著其教焉。夫民有血气心知之性，而无哀乐喜怒之常，应感起物而动，然后心术形焉。是故志微、噍杀之音作，而民思忧；啴谐、慢易、繁文、简节之音作，而民康乐；粗厉、猛起、奋末、广贲之音作，而民刚毅；廉直、劲正、庄诚之音作，而民肃敬；宽裕、肉好、顺成、和动之音作，而民慈爱；流辟、邪散、狄成、涤滥之音作，而民淫乱。"此又先秦之世以乐化民之证也。

虽然，然不先正乐，则以之治心而心或不治，以之化民而民或为恶，故雅郑之别严焉。（扬雄《法言》：中正曰雅，多哇曰郑。）如《论语》："子曰，放郑声。"又曰："恶郑声之乱雅乐也。"《周礼》亦云："凡建国，禁其淫声、过声、凶声、慢声。"盖"乐者乐也，人情之所不能免也。"苟任其情之所极，而莫为之节，则必且荡心溺志，流连忘返以至于乱。故《乐记》曰："先王耻其乱，故制雅颂之声以道之，使其声足乐而不流"也。

观乎上述，则知乐在先秦，乃所以为治，而非以为娱。乃将以启发人之善心，使百姓同归于和，而非以满足个人耳目之欲望。此种由于过信声音感人之力量所产生之乐之功利主义，其是非然否，可姑不论，然要为先秦真精神之所在，则亦今日吾人治乐府者所宜注意也。

自秦燔《乐经》，雅音废绝，汉兴，承秦之弊，虽乐家有制氏，然但能纪其铿锵，而不能言其义。故多以郑声施于朝廷，所谓乐教,盖式微矣。然如武帝之立乐府而采歌谣,以为施政之方针,虽不足以语于移风易俗,固犹得其遗意。视魏晋以下,徒然爱好于声调文辞者,要自有别。故于论列汉乐府之先,明其历史之背景与渊源如此。

《乐记》曰:"先王之制礼乐也,非以极口腹耳目之欲也,将以教民平好恶而反人道之正也。"太史公曰:"夫上古明王之举乐者,非以娱心自乐,快意恣欲,将欲以为治也。"噫!是亦足以观古今之变也已。

第二章　乐府之产生及其沿革

乐府者何？顾亭林曰："乐府是官署之名。其官有令，有音监，有游徼。《汉书·张放传》：使大奴骏等四十余人群党盛兵弩，白昼入乐府，攻射官寺。《霍光传》：奏昌邑王，大行在前殿，发乐府乐器。《后汉书·律历志》：元帝时，郎中京房知五声之音，六十律之数，上使太子太傅韦元成、谏议大夫章杂，试问房于乐府是也。后人乃以乐府所采之诗，即名之曰乐府。"（《日知录》卷二十八）是知乐府者本一制音度曲之机关，其性质与唐之教坊，宋之大晟府，初无大异。惟其职责，在于采取文人诗赋及民间歌谣，被之管弦而施之郊庙朝宴，故后世遂併此种入乐之诗歌，亦名曰乐府焉[1]。

乐府之制，其来已久，殷有瞽宗，周有大司乐，秦有太乐令、太乐丞，皆掌乐之官也。然乐府之名，则始见于汉。[2] 按《后汉书·南蛮传》："阆中有渝水，其人多居水左右，天性劲勇，俗喜歌舞，高祖观之曰：'此武王伐纣之歌也。'乃命乐人习之，所谓《巴渝舞》也。"则高祖之时，固已有乐府之设。至惠帝二年，乃以名官，即《汉书·礼乐志》所谓"使乐府令夏侯宽备其箫管"者

---

[1]　按《宋书》卷五十："鲍照尝为古乐府，文甚遒丽"，又同书卷一百载："沈林子所著诗、赋、赞、三言、箴、祭文、乐府、表、笺、书、记、白事、启事、论老子，一百二十一首。"以乐府与诗赋等并列，沈、鲍乃刘宋初人，则以"乐府"名诗，当始于晋宋之际。

[2]　按据最新考古发现，乐府之名实始于秦。但乐府而采诗则始于汉。颜注误解，此说不确。详见本书补辑第365页。

是也。然乐府之立为(采诗)专署[1],则实始于武帝。考班固言武帝立乐府事凡三见:一见于《两都赋·序》:

> 大汉初定,日不暇给。至武、宣之世,乃崇礼官,考文章。内设金马石渠之署,外兴乐府协律之事。

再见于《汉书·礼乐志》:

> 至武帝定郊祀之礼,乃立乐府采诗夜诵[2]。有赵代秦楚之讴。以李延年为协律都尉。多举司马相如等数十人造为诗赋,略论律吕,以合八音之调,作十九章之歌。

三见于《汉书·艺文志》:

> 自孝武立乐府而采歌谣,于是有赵代之讴,秦楚之风,皆感于哀乐,缘事而发;亦可以观风俗,知薄厚云。

其文甚明,其事易晓。此实乐府娩生之第一声,亦即汉乐府所以为汉乐府之第一义也。凡今所存,而为吾人徘徊咏叹者,自贵族乐章之《安世房中歌》十七章外,固无一而非武帝以后作品也。

历昭、宣、元、成以迄于西汉之末,将百年间,皆一仍旧贯。民间乐府,实臻全盛。《汉书·艺文志》虽未存其文,然观其著录之目,则有:《吴、楚、汝南歌诗》十五篇,《燕、代讴、雁门、云中、陇西歌诗》九篇,《邯郸、河间歌诗》四篇,《淮南歌诗》四篇,《齐、郑歌诗》四篇,《左冯翊、秦歌诗》三篇,《京兆尹、秦歌诗》五篇,《河东、蒲反歌诗》一篇,杂各有主名歌诗十篇,《杂歌诗》九篇,《洛阳歌诗》四篇,《河南、周歌诗》七篇,《周谣歌诗》七十五篇,《周歌诗》二篇,《南郡歌诗》五篇,综计不下一百六十篇,其地域几及当日中国之全部,盖皆出于民间者也。虽其时朝士大

---

[1] "采诗"二字据先生意补。详见本书补辑第311页。
[2] 此句标点据先生意改。见本书补辑第311页。

夫多目此种风谣为郑卫之音,然在政治上固仍与贵族乐府处于同等之地位,被诸管弦而播之廊庙。于此,有一事堪注意焉,即哀帝之诏罢乐府是也。《汉书·礼乐志》载其本末云:

> 是时(成帝)郑声尤甚。黄门名倡丙疆、景武之属,富显于世。贵戚五侯、定陵、富平、外戚之家,淫侈过度,至与人主争女乐。哀帝自为定陶王,疾之,又性不好音,及即位,下诏曰:"……郑卫之声兴,则淫僻之化流。而欲黎庶敦朴家给,犹浊其源而求其清流,岂不难哉?……其罢乐府官!郊祭乐,及古兵武乐,在经非郑卫之乐者,条奏,别属他官。"……然百姓渐积日久,又不制雅乐,有以相变,豪富吏民,湛沔自若。

据《礼乐志》所载,当时乐府人员凡八百二十九人,其经丞相孔光奏可罢免者凡四百四十一人。其中如郑四会员六十一人,秦倡员二十九人,楚四会员十七人,巴四会员十二人,铫四会员十二人,齐四会员十九人,蔡讴员三人,齐讴员六人……则皆当日以为"郑声可罢"者也。其未罢之三百八十八人中,除夜诵员五人外,殆全为从事于郊祀宴飨诸贵族典礼之人员。观此,则知哀帝之诏罢乐府,非真罢乐府也,特罢乐府中之属于民间部分者耳。若武帝时"赵代秦楚之讴",班固称为"足以观风俗,知薄厚"者,至此已全然认为郑卫之声而在排摈之列矣。虽云"豪富吏民,湛沔自若",乐府罢遣人员,或仍操其旧业,转徙民间,在当日似无若何影响,然自是而后,民间风谣,因不见政府采取,遂失其政治上之凭藉力,与夫乐工传习之赓续性,富有文学价值之汉民间乐府,其残佚不完,虽缘班固《汉书》之失载,此亦一因也。乐府之衰,盖兆于此。

东汉一代,乐府之立,史无明文。按《后汉书·明帝纪》:

"永平三年改太乐为太予乐。"(《汉官仪》曰:太予乐令一人,秩六百石。)又蔡邕《礼乐志》:"汉乐四品:一曰大予乐,典郊庙、上陵殿诸食举之乐;二曰周颂雅乐,典辟雍飨射六宗社稷之乐;三曰黄门鼓吹,天子所以宴乐群臣;其短箫铙歌,军乐也。"(《后汉书·礼仪志》注引)则乐府在东汉初年殆已恢复,规模似颇宏大。更观今所存《雁门太守行》诸作,乐府且仍必采诗,一如武帝故事也。(详第二编)然而文士拟作,亦渐繁矣。

魏晋而下,代有乐府之制,不乏识乐之人,或改用前调,或自度新曲,或因声而作歌,或因歌而造声,然其内容,大率不过食举上寿之文,大会行礼之节,歌功颂德之什,娱心悦耳之音,于民间乐府,俱阙焉不采,竟千载而一辙。是以孤儿寡妇之哭声,仓浪黄泉之叹息,无所闻焉。唐室私家《新乐府》之代兴,非偶然也。

第三章　乐府之界说与分类

乐府之范围,有广狭之二义。由狭义言,乐府乃专指入乐之歌诗,故《文心雕龙·乐府篇》云:"乐府者,声依永,律和声也。"而由广义言,则凡未入乐而其体制意味,直接或间接模仿前作者,皆得名之曰乐府。

然此二者之界限,并无当于今之所谓乐府也。窃谓在今日而谈乐府,其第一著即须打破音乐之观念。盖乐府之初,虽以声为主,然时至今日,一切声调,早成死灰陈迹,纵寻根究底,而索解无由,所谓入乐与未入乐者等耳。侈言律吕,转滋淆惑。故私意以为今日对于乐府之鉴别,宜注意下列两点:

(一)文学之价值

(二)历史之价值

前者为无时代性的,历万劫而不朽,如《妇病行》、《孤儿行》、《陌上桑》、《孔雀东南飞》之类。后者为有时代性的,虽无永恒感人之力,然足考知一时代之风俗,或补有史之阙文,如《雁门太守行》、傅玄《庞氏有烈妇》、张华《轻薄篇》之属。准斯而论,则凡入乐如《郊庙歌辞》、《燕射歌辞》,虽具有十足之资格,且为历代《乐志》所备录靡遗者,吾人亦正不能不摈之于乐府之外。盖其文艺思想,类皆千篇一律,形同具文,了无生气也。反之,则未入乐如汉诸《杂曲歌辞》及唐人《新乐府》,其文学价值,不必尽高,然皆有其时代色彩,吾人亦正不能不视为乐府之珍品。乐府之立,本为一有作用之机关,其所采取之文字,本为一有作用之文字,原以表现时代、批评时代为其天职,故足以

"观风俗,知薄厚",自不能与一般陶冶性情,啸傲风月之诗歌,同日而语,第以个人之美感,为鉴别决择之标准也。是以宋之词,元之曲,唐之律绝,固尝入乐矣,然而吾人未许以与乐府相提并论者,岂心存畛域?亦以其性质面目不同故耳。

惟此亦各有例外。第一,如汉初《安世房中歌》、武帝时《郊祀歌》、缪袭《魏铙歌》、韦昭《吴铙歌》等,虽俱为贵族乐府,然或事属创作,或于诗体有关,自当论及。第二,如魏晋以下诸无聊拟作,亦在所不取。要之乐府,以入乐而复具以上两条件者为上乘,其未入乐而内容充实者次之。颂德歌功,句模字拟,虽协金石,吾不谓之乐府矣。

至于乐府之分类,亦随乐府自身之演变及各时代对乐府观念之不同而递有差异,大体可分为音乐的与非音乐的两种。分类之最早者,当推宋明帝时之汉乐四品:

(一)大予乐(《宋书·乐志》作"郊庙神灵")

(二)周颂雅乐(《宋志》作"大射辟雍",列第三)

(三)黄门鼓吹(《宋志》作"天子享宴",列第二)

(四)短箫铙歌(《宋志》同)

此自是一种以贵族为立场之狭义分类,故来自赵代秦楚之"相和歌辞",亦以如班固所谓"不序郊庙",致未见品列。尔后篇章既夥,观念复异,繁简之间,遂以不同。唐吴兢作《乐府古题要解》,乃分乐府为八类:

(一)相和歌

(二)拂舞歌

(三)白纻歌

(四)铙歌

(五)横吹曲

（六）清商曲

（七）杂题

（八）琴曲

以兹八类,较彼四品,其相同者,惟"铙歌"一项,其余吴氏并黜不载。又相和歌本汉乐府之精英,而汉人不自知爱惜,四品不收,自沈约录入《宋书·乐志》,始大显于世,吴氏因首列之,则知唐人之于乐府,已知趋重于文学价值方面也。

至宋郑樵作《通志·乐略》,独慨然于后世风雅颂之淆乱不分,于是以古今乐章分隶于正声、别声、遗声三者之下,而分乐府为五十三类。虽加精密,实嫌琐碎。惟郭茂倩《乐府诗集》,提挈纲领,网罗百代,增损吴氏之数而分为十二大类,最为赅备焉：

（一）郊庙歌辞

（二）燕射歌辞

（三）鼓吹曲辞

（四）横吹曲辞

（五）相和歌辞

（六）清商曲辞

（七）舞曲歌辞

（八）琴曲歌辞

（九）杂曲歌辞

（十）近代曲辞

（十一）杂歌谣辞

（十二）新乐府

此为一种兼容并包之广义分类,可谓集乐府之大成。自一至九,皆前此旧有,所谓"郊庙歌辞",即相当于四品之"太予乐"及"周颂雅乐"之一部。所谓"燕射歌辞",即相当于"周颂雅乐"及"黄门鼓吹"。余七者悉本吴兢所分,惟合"拂舞歌"、"白纻歌"为"舞曲歌辞",易"铙歌"为"鼓吹",易"杂题"为"杂曲"而已。自十至十二,始为郭氏所增,乐府本多出自歌谣,往往有足相印证处,其列入"杂歌谣辞"一类,实为创见。故元左克明《古乐府》,清朱乾《乐府正义》皆仍其例。"新乐府"虽未尝入乐,然实汉乐府之嫡传,乐府之变,盖至"新乐府"而极。吴兢为中唐人,故未及列入,郭氏以殿全书,亦属卓识。惟"近代曲",似可合于"杂曲","近代曲者,亦杂曲也",是郭氏已自言之。其余如"琴曲"多据不可信之《琴操》,实不能自成一类。"郊庙"、"燕射"两类,若衡以吾人今日所持之界说,亦可并从删汰。惟郭氏之书,本在求全,固无可非议也。

郭氏后,则有明吴讷《文章辨体》,分乐府为九类:(一)祭祀、(二)王礼、(三)鼓吹、(四)乐舞、(五)琴曲、(六)相和、(七)清商、(八)杂曲、(九)新曲。虽时标异名,盖无能出郭氏之范围矣。

大抵自《乐府诗集》以前,皆为一种音乐的分类法。此种分类法,于乐章声调尚存之时,自属必要;于乐章声调既亡之后,则无大意义。以之作文献之汇辑,或不无便利,若欲统观历代升降之迹,则甚非所宜。故自明以后,乃有一种非音乐之分类,如明刘濂《九代乐章》,分乐府为"里巷"与"儒林"两种,是为从写作之人而分者也。冯定远《钝吟杂录》则分为七种:曰制诗协乐,曰采诗入乐,曰古有此曲,倚其声而作诗,曰自制新曲,曰拟古,曰咏古题,曰新题乐府,是又为从写作之方式而分者也。

兹编既为乐府文学史,自应注重历史之邅变,故今略仿九代乐章之例,分民间乐府,文人乐府二者而加以变通,如魏晋之世,实以文士制作为中心,并无里巷之音,则亦不以无为有,随各时代之所宜而无所固执焉。

第四章　论五言出于西汉民间乐府不始班固

今所存汉民间乐府之最古者,首见于沈约《宋书·乐志》。其中有五言者,有非五言者,而皆题曰"古辞"。沈氏云:"凡乐章古词,今之存者,并汉世街陌谣讴,《江南可采莲》、《乌生十五子》、《白头吟》之属是也。"[1]所谓汉世,既未明指何时,复未分别前后,于是五言与非五言之后先,乃成问题矣。

此实为治汉乐府之第一关键。如对此问题无一明确之观念与解释,则不独于汉乐府之叙述,诸多抵牾,即对于后此文学之流变,亦殊难说明也。以汉乐府演进之历程观之,非五言较五言

---

[1] 乾按此处"《乌生十五子》",即《乌生八九子》。《宋书》点校本(中华书局1974年版第549页)删掉"子"字,改为"《乌生》《十五》"。校勘记说:"按《乐府诗集》二六引《永嘉伎录》,《相和》有十五曲,六曰《十五》,十二曰《乌生》。"等等。欠妥。第一,所谓《永嘉伎录》有误,应是"张永《元嘉技录》",即张永《元嘉正声技录》,亦称张永录、张录。系《乐府诗集》转引自《古今乐录》。张永,南朝宋人。第二,所谓《相和》有十五曲",指的是魏晋乐所奏,故不都是汉旧曲。如"一曰气出唱"等六曲,并魏武帝辞。其中《十五》,文帝辞,即曹丕"登山而远望"一篇,是魏风相和曲。即如《乐府正义》疑即汉古诗《十五从军征》,也不是汉旧曲或汉雅。黄节先生《相和三调辨》(见本书)据《宋志》考得《汉相和旧歌》十七曲:1、《江南可采莲》;4、《乌生八九子》;17、《白头吟》。无《十五》,可证。第三,这里的"十五",仅仅是数字,不能断为魏风《十五》曲。因为它不合文意,不是"乐章古词并汉世街陌谣讴",不能与汉旧曲《江南》、《乌生》、《白头吟》并列而谓为"之属"。不能掺杂进来。第四,此"十五曲"中,没有《白头吟》,沈约无从"骈连书之",而如"骈连书之",则当作"十五、乌生"。校勘记说"后人又误加'子'字",纯属臆测。第五,梁启超先生《中国之美文及其历史》说:"乌生,一名乌生八九子,一名乌生十五子。"同是点校本的《晋书·乐志》(中华书局1974年版第716页)同一段话,"乌生十五子"一名,就没有改动。可见,古书不宜妄改,没有定论不可随意"订正",还是保持原样为好。点校者如有己意,可在校记中说明。故此处"订正"不可从,仍以各本原作"乌生十五子"为妥。

为早,自是事实。惟五言之发生究晚在何时?当西汉长短句盛行之际,五言是否并行而不悖?非五言与五言之间是否可划一截然之鸿沟?五言诗之成立,既出于民间乐府,则五言诗之发生,是否与民间乐府有密切之关系?凡此,皆有充分讨论之余地与必要也。

讨论五言发生问题者,自来即不乏人,然语多存疑,未为定论。迄乎晚近,勇于疑古,始多立异。至有谓五言发生于东汉中叶以后者,其为梦呓,可不置辩。兹谨就陆侃如先生以五言始于班固一说,略申所见。陆先生之说见《乐府的影响》一文(《国学月报》二卷二号),而罗根泽先生《乐府文学史》主之。并谓西汉无纯粹五言,举班固《咏史》,言其"技术拙劣","质木无文",以为五言诗最初发生之例证。于是举一切五言乐府而皆抑之于东汉之下,以言文学系统,实未见其为文学系统也。窃谓以五言为始于班固之说,其观点与态度之错误有三:

(一)误解乐府 西汉乐府作品有两种:一为贵族的。用之祭祀,多成自文士之手,始于高祖唐山夫人之《安世房中歌》,若武帝时司马相如等所作之《郊祀歌》,亦皆贵族乐章也。一为民间的。用之"夜诵",多出自街陌闾阎,始于武帝之采歌谣,若《汉书》所谓赵代秦楚之讴,皆民间乐章也。是二者性质面目,实判然不同,前者为说理的、教训的,而后者则为抒情的,写实的;前者为古典的,故多模拟《诗经》《楚辞》,而后者则为创作的,故一无依傍。五言为一种新兴之诗体,其不能出于因袭雷同之贵族乐府,而必出于富有创造性之民间制作,殆可断言也。而陆先生于此,似未加辨别,因有见于《安世》、《郊祀》诸歌之绝无五言,遂疑西汉一代并无五言,抑知《安世》、《郊祀》之为贵族乐章乎?抑知此种貌为诗骚之贵族乐章本不能产生新诗体乎?微论《安世歌》为十七章，《郊祀歌》为十九章，余敢断言曰：即使当日《安世歌》而为百七十章，《郊祀歌》为百九十章者，其中亦决不能有五言作品也。观与《安世歌》同时之《戚夫人歌》，寥寥六句，而四句为五言，与《郊祀歌》同时之《李延年歌》亦仅六句，而五句为五言，则知创作之不同于因袭，而根据因袭的贵族乐章之有无五言或计其中五言多寡之数，以断定五言发生之后先，实为根本错误。

（二）颠倒源流　个人始终相信，先有五言乐府，而后有五言诗。决非先有五言诗，而后产生五言乐府。当两汉乐府势力浟漫之秋，惟乐府为能影响文人著作，而文人著作决不能影响乐府。质言之，即只有文人模拟乐府之体制，而决无乐府反蹈袭文人。五言诗之成立，既由于乐府之发达，则五言诗之产生，亦必由于五言乐府之流行，乃理之当然。今以五言为始于班固，则是今所存五言乐府，皆班氏以后之作，而顾受班氏之影响而发生而盛耶？！以极短之时间，以"技术拙劣""质木无文"之《咏史》，其力量乃能产生如此辉煌灿烂之五言乐府，得不视为文学史上之奇迹？固知《咏史》之作，乃五言乐府演进中应有之点缀，在班氏以前，乐府本身，实自有其纯粹五言作品者在也。

（三）武断事实　由上第一点所论，吾人知五言乃出于民间乐府，而不出于贵族乐府。按《汉书·艺文志》所载西汉歌诗、凡三百十四篇，其中除高祖歌诗、宗庙歌诗等贵族乐府及重复之"河南周歌诗声曲折"七篇、"周谣歌诗声曲折"七十五篇外，其属于民间乐府者，盖亦将二百篇。今所存者虽绝寡，然要是一事实。然则从何见得，而一口断定，在此将近二百篇之歌诗中绝无五言作品之存在？况即以见存者论之，亦正不如陆、罗二先生所谓无西汉作品者乎！

今更就事实,申述两点如下:第一,以五言为始于班固说之不确。如班固以前,果无五言之作,犹可说也。考之史籍,则正不然。《汉书·五行志》载成帝时歌谣云:"邪径败良田,谗口乱善人。桂树华不实,黄雀巢其颠。故为人所羡,今为人所怜。"又酷吏《尹赏传》载长安歌云:"安所求子死?长安少年场。生时谅不谨,枯骨后何葬。"是歌亦作于成帝时。此非西汉已有全篇五言之铁证耶?安得谓始班固哉!西汉乐府,本采民谣,则其时乐府中已有纯粹五言,尚复何疑。[1] 陆先生云:"西汉乐府,(按当云西汉贵族乐府)杂言中夹五言。乐府以外,《汉书》所载《戚夫人歌》及《李延年歌》亦然。"举戚、李二歌,而不及此二篇,乃排之"乐府以外"之以外,诚不知何说?罗先生乃云:"至成帝时始有五言歌谣,至东汉班固,始有五言诗。"不知诗与歌谣,究有何天渊之别?《诗经》之十五国风,不皆歌谣乎?两汉之《相和歌辞》,不皆歌谣乎?今乃强为分疏,盖亦难以取信。不独《汉书》所载然也,其见于《后汉书·樊晔传》之《凉州歌》,亦为五言:"游子常苦贫,力子天所富。宁见乳虎穴,不入冀府寺。大笑期必死,忿怒或见置。嗟我樊府君,安可再遭值!"本传云:"晔与光武少游旧。隗嚣灭后,陇右不安。乃拜晔为天水太守,政严猛,凉州为之歌云云。"是此歌作于东汉光武时,亦在班固《咏史》之先也。此皆载在正史,班班可考。夫凉州为边鄙之地,作者乃蚩蚩之氓,而犹有此完善之五言,其在京畿大邑,顾不可想见耶?(本节所论可参阅古直先生《汉诗辨证》)

第二,以五言为始于班固说之不通。陆先生于班固《咏史》

---

[1] 按《汉书·贡禹传》载当时俗语云:"何以孝弟为?财多而光荣。何以礼义为?史书而仕宦。何以谨慎为?勇猛而临官。"贡禹,元帝时人,所引俗语六句皆五言,亦足为西汉已有五言歌谣之一旁证。

谓为"技术拙劣",于傅毅之《孤竹》,则又曰:"全篇以比喻出之,深得风人之致,可证此时已不如从前的幼稚。"按班、傅二人同时,曹丕《典论·论文》所谓"傅毅之于班固,伯仲之间耳"者是也。以同一时代而产生两种艺术大相悬绝之作品,此亦不可解。罗先生于《咏史诗》亦引《诗品》谓为"质木无文",而于张衡《同声歌》则信之不疑,且曰:"以文学系统论,张衡时代有产生此种完美诗歌之可能。"考班固死于和帝永元四年(公元九二年),而张衡本传云衡于和帝永元中举孝廉,不行。则是上距班固,亦不过二三十年耳。在此极短时期,其间又未有人力之推移,而风格与艺术,何得有如此之遽变?

固知所谓"技术拙劣","质木无文",乃咏史之体宜尔也。原为性质不同,并非由于时代之先后,不足引为原始作品之证。且从文学史上观之,一种新诗体之产生,皆抒情先于咏史,此亦可注意也。罗先生分汉乐府为"五言"与"非五言"两种,而独将五言之《江南曲》一首列之于非五言内,谓"以作风论,似乎发生时期较早。"既自乱其例,复隐约其词,所谓较早者,班固前耶?班固后耶?

综上所论,则以五言始于班固,其说自难成立。又西汉乐府之声调,亦有两种:一为中土固有之声调。如所谓"赵代秦楚之讴"。其中以"楚声"为最著(此与高祖楚人,乐楚声有关)。如《安世歌》、《郊祀歌》等皆楚声也。一为北狄西域之"新声"。如《铙歌十八曲》、《郊祀歌》之《日出入》一章。此两种声调,判然不同,故形于歌诗,亦复大异。大抵楚声及赵代秦声歌诗多整俪,而新声歌诗则多错杂。五言之为体,盖亦整俪,自属出于中土固有之声调,与外来之新声无涉。而陆先生乃摘举《铙歌》中之《上陵》、《有所思》两篇之五言句,以为第一期发生之例,实为不类。若必拘拘于形迹,则远在铙歌前之《戚夫人歌》,不更具体而微乎?且《铙歌》之作,在汉初三大乐章中为时最晚,而《上陵》一篇又《铙歌》中之晚出者。以"甘露初二年"一语考之,盖宣帝时作品。甘露为宣帝末年号,时去武帝新声初入且四十年,故其格调与《日出入》及铙歌其他各篇迥乎不同,全篇皆趋于五言化。此其为受当时五言歌诗之影响而发生转变,概可想见也。(本节所论,可参阅朱逷先先生《汉三大乐章声调辨》,《清华学报》四卷二期)

以五言为始于班固,既难成其说,寻五言之根源于铙歌,复未见其是。然则五言在两汉之历程究如何?今谨就臆见,分四期说明于后。

(一)五言之孕育时期(汉初迄武帝) 五言本出于民间歌谣,不出于文士制作。但在此时期中,民间是否已有一种五言歌谣,则无可征信。藉曰有之,而其时乐府尚未立为专署,复无采诗之举,亦必归于湮没无闻。今日吾人所可得而确言者,即此时虽无全篇五言,然已有全篇五言化之倾向。如《戚夫人歌》:

子为王,

母为虏。

终日舂薄暮,

常与死为伍。

相离三千里,

当谁使告汝?

《汉书·外戚列传》:"高祖崩,惠帝立,吕后为皇太后,乃令永巷囚戚夫人,髡钳衣赭衣,令舂。戚夫人舂且歌曰云云。太后闻之,大怒曰:'乃欲倚汝子耶!'乃召赵王诛之。"是此歌作于汉之初年(约当公元前192年左右),而其体已如此,颇疑其时民间已有一种五言歌也。又此时新声尚未传入,而戚夫人习于楚歌,(《史记·留侯世家》,高祖谓戚夫人曰:"为我楚舞,吾为若楚歌。")此亦足证五言实出于中土固有之声调,而不当于《铙歌》中寻求五言之踪迹也。

(二)五言之发生时期(武帝迄宣帝) 《文心雕龙·明诗》篇云:"孝武爱文,《柏梁》列韵。严马之徒,属辞无方。至成帝品录,三百余篇,辞人遗翰,莫见五言。"此语自来即多误解。故钱大昕《十驾斋养新录》遂谓:"要之此体之兴,必不在景、武之世。"而或者又以为定谳,此实大谬。不知《文心》所谓"莫见五言"者,谓"辞人遗翰"耳,岂谓西汉一代乐府歌谣,并"莫见五言"哉?故下续云:"案《暇豫》优歌,远见春秋,《邪径》童谣,近在成世,阅时取证,则五言久矣!"引《邪径》童谣,其意正以明五言之兴,当在成帝以前也。又据上文所论,吾人已知五言出于民间,而民间歌谣之采集,则始于武帝,故吾人得一反钱氏之言曰:"要之此体之兴,必在武帝之世。"如见存相和歌辞中之《江南曲》,殆即武帝时所采之楚歌也。《江南曲》云:"江南可采莲,莲叶何田田。鱼戏莲叶间。鱼戏莲叶东,鱼戏莲叶西。鱼戏莲叶南,鱼戏莲叶北。"篇章之简短,文字之质朴,意境之单纯,在在足以表现初期作品之特性,度亦以此,易于传诵,故源远而流长焉。西北二字,古韵并通。观沈约《宋书·乐志》,于汉古辞,首录此篇,又凡所举证,亦必以此篇为冠,则其意,亦略可见。此种作品置之东汉班固下,不几成怪物耶。至可确定其为此时五言作品者,则有《李延年歌》:

> 北方有佳人,
> 绝世而独立。
> 一顾倾人城,

再顾倾人国。

宁不知倾城与倾国,

佳人难再得!

《汉书·外戚列传》:"孝武李夫人本以倡进,初,夫人兄延年性知音,善歌舞,武帝爱之。每为新声变曲,闻者莫不感动。延年侍上,起舞歌曰云云。"《玉台新咏》录此歌,去"宁不知"三字为纯五言诗。意当时所采赵代秦楚之讴,其中必有纯五言者,延年出身微贱,"父母兄弟皆故倡"(《汉书·佞幸传》)今既为协律都尉,总领乐府,因效民歌体而为此歌。复于第五句故衍"宁不知"三字以为"新变声"。此三字者,亦如词曲中之衬字耳,吾人即认此篇为纯五言歌,固无不可也。

(三)五言之流行时期(元成迄东汉初) 此实为西汉乐府全盛之时。史称元帝"多材艺,善史书,鼓琴瑟,吹洞箫,自度曲被歌声,分划节度,穷极幼眇"。以帝王之尊,亲协律之事。更观《汉书》所载哀帝罢乐府事,尤可见其发达之情形。在此所谓"郑声尤甚"之时,五言与非五言,实有同等之长足进步。观前所举成帝时童谣及《尹赏歌》,光武时之《凉州歌》,并属五言,足证此体已风行于民间也。

其在乐府,则班婕妤之《怨歌行》与古辞《鸡鸣曲》,即属此期作品。班诗人多疑为伪作,盖未加细察,而犹有班固二字横隔其胸中。余则深信不疑:第一,以时代论,有产生此种作品之可能。第二,文如其人。"出入君怀袖,动摇微风发"不管六朝,无论晋魏,总之非班姬不能道。第三,有历史之根据。按曹植《班婕妤赞》云:"有德有言,实为班婕。"傅玄《班婕妤画赞》亦云:"斌斌婕妤,履正修文。"至陆机《婕妤怨》:"寄情在玉阶,托意惟团扇。"则明指此诗矣。可见自魏晋以来,代有识者,固不自昭明入选始也。陈延傑先生《汉代妇女诗辨伪》(《东方杂志》二十四卷二十四号)亦以为非班作,然既无确证,且曲解《诗品》"怨深文绮"之言,以成己说,殊觉厚诬古人。至《鸡鸣》一曲,则另有其历史之背景,同为成帝时作品,其详俱见下编。

(四)五言之成立时期(东汉中叶迄建安) 五言在当时虽为一种新兴诗体,然在一般朝士大夫心目中,其格乃甚卑,远不如吾人今日所估计。与后此词之初起,正复相似。故在第三期,五言乐府虽已流行,而文人采用者则惟班婕妤一首。然其时四言之体,弊不堪用,虽为之而难工,复以一时潮流所趋,故一方面诋乐府为郑卫之声,一方面仍不能不窃取乐府之体以为五言诗。班固之《咏史》,傅毅之《冉冉孤生竹》,即此期产物。厥后文人五言,则有张衡《同声歌》,辛延年《羽林郎》,蔡邕《饮马长城窟行》,宋子侯《董娇娆》等,皆乐府也。若秦嘉之《赠妇》,郦炎之《见志》,赵壹之《疾邪》,高彪之《清诫》,则皆徒诗也。迄建安曹氏父子出,而五言遂成为诗坛之定体焉。

关于五言在两汉之历程,个人所见如此。要之,五言一体,出于民间,大于乐府,而成于文人,此其大较也。

当东汉之初,犹有一事堪注意者,即五言铭体之试用是也。按冯衍(王莽时人)《车铭》云:"乘车必护轮,治国必爱民。车无轮安处?国无民谁与?"凡铭例用四言,西汉一代皆然。冯所作铭五篇,其四篇亦皆四言。此似无关大体,然足为当时五言已流行之佐证。与后此韩愈《尚书库部郎中郑君墓志铭》、《南阳樊绍述墓志铭》,借用七言古体诗之必在七言流行之后者,事理正同。后于冯衍《车铭》者有崔瑗(张衡同时)之《座右铭》,见之《文选》(本传未载),亦系五言,篇幅已较长,惟尚实之铭诔,终不敌抒情之诗歌,故自冯、崔而后,即无嗣作,仍以四言为常法,而五言遂为诗歌所专有矣。谓余说为非耶,则对此现象将作何解释?宁得谓汉之五言乐府,亦导源于冯衍之《车铭》耶?

在昔文学之遭变,原任自然,非有人力左右于其间,故一种文体之形成,往往须经长时间之酝酿,观《三百篇》之于《楚辞》,《楚辞》之于五七言,五七言之于近体,可知也。故余于叙述两汉乐府,一以风格、史实为据,更不囿于班固之说,因并申所见,其所不知,盖阙焉。

第五章　乐府变迁之大势

自汉武立乐府，下迄于唐，历时九代，无虑三变。寻其往迹，可得而言。两汉乐府，虽亦有文人诗赋，然大部皆采自民间，今所存《相和歌辞》是也，故其中多社会问题之写真，而其风格亦质朴自然，斯诚乐府之正则也。

至魏三祖陈王，乃大变汉词而出以己意，"以旧曲，翻新调。"《蒿里》《薤露》，汉之挽歌也，魏武以之哀时，而陈思又以之抒怀。《陌上桑》，汉之艳歌也，魏武以之言神仙，而文帝又以之写从军。诸如此类，未易悉数。上变两汉质朴之风，下开私家模拟之渐。其事鲜出乎樽俎，其情则多个人之兴感。西晋一代，拟作尤无生气。其描写社会状况诸叙事之作，如阮瑀《驾出北郭门行》，左延年《秦女休行》，张华《轻薄》，傅玄《苦相》之类，盖百不一二见。乐府与社会之关系，始日就衰薄，是为乐府之个人主义时期，此一变也。

魏虽变汉，其大体犹近于汉也。迨晋室东渡，中原沦于异族，南朝文物，号为最盛。然以风土民情，既大异于汉，加以当时佛教思想之流行，儒家礼教之崩溃，政治之黑暗，生活之奢靡，于是吴楚新声，乃大放厥彩，其体制则率多短章，其风格则儇佻而绮丽，其歌咏之对象，则不外男女相思，虽曰民歌，然实皆都市生活之写真，非所谓两汉田野之制作也。于时文人所作，大抵亦如此。乐府至是，几与社会完全脱离关系，而仅为少数有闲阶级陶情悦耳之艳曲。惟北朝之朴直，犹有汉遗风耳。是为乐府之浪漫主义时期，此又一变也。

有唐一代,实为一切文学之复古时期,惟复古之中,往往寓创作与改进精神。故于诗,则前有陈子昂,后有李太白,于文则有韩愈、柳宗元,并能推陈出新。而于乐府,则亦有杜甫、白居易诸人焉。自六朝以来,乐府淫靡极矣,本意全失。唐初混一海宇,虽《旧唐书·音乐志》谓"斟酌南北,考以古音,作为大唐雅乐",然此不过音制调和之事耳,其内容之空虚而日与实际社会相远如故也。其不采诗而惟功德之是颂如故也。徒以当其时,天下承平,得以相安,迨夫安史之乱,社会骚动,生民涂炭,于是前日歌舞昇平之文学,遂随时代心理之厌弃,一变而为杜甫诸人之新乐府。所谓新乐府者,"因意命题,无所倚傍",受命于两汉,取足于当时,以耳目当朝廷之采诗,以纸笔代百姓之喉舌者也。杜甫开其端,白居易总其成,谓"文章合为时而著,歌诗合为事而作"(白居易《与元九书》),乐府至此,遂举一切六朝以来风云月露、绮罗香泽之体,一扫而空之。与汉之"缘事而发"者盖异代同风。实为乐府之写实主义时期,此又一变也。

综而论之,由两汉之里巷风谣,一变而为魏晋文人之咏怀诗,再变而为南朝儿女之相思曲,三变而为有唐作者不入乐之讽刺乐府。声诗之变,亦世道之变也。

先师黄晦闻先生曰:"魏风之逊于汉者,以乐府不采诗,而四方百姓之情俗无由而著,且无由而上闻也。"(《汉魏乐府风笺》)噫,岂独魏哉!

第二编　两汉乐府

第一章　论汉乐府之声调

吾国诗歌,与音乐之关系,至为密切,盖乐以诗为本,而诗以乐为用,二者相依,不可或缺。是以一种声调之变革,恒足以影响歌诗之全部。汉乐府之能以脱离诗骚之藩篱而别开生面者,虽亦缘诗骚之体,已弊不堪用,而声调之改换,殆其主因也。汉乐府所用之声调,其可考见者约有四种:

（一）雅声　即周代之遗声。然势力甚微,有名无实,聊备一格而已。《汉书·礼乐志》云:"汉兴,乐家有制氏,以雅乐声律,世世在太乐官,但能纪其铿锵鼓舞,而不能言其义。"此雅声在汉初残阙之情形也。《志》又云:"是时（武帝）,河间献王有雅材,亦以为治道非礼乐不成,因献所集雅乐,天子下大乐官常存肄之,岁时以备数,然不常御,常御及郊庙,皆非雅声"。此雅声在武帝时敷衍之情形也。《志》复云:"至成帝时,谒者常山王禹世受河间乐,能说其义,其弟子宋曅等上书言之。………事下公卿,以为久远难分明,当议复寝。"此雅声在西汉末年渐就消灭之情形也。是知在西汉一代,周世遗声,不绝如线,仅为一种点缀品,始终未能盛行也。

按汉相和歌有清、平、瑟三调,杜佑《通典》云:"平调清调瑟调,皆周房中之遗声。"《旧唐书·乐志》亦云:"平调清调瑟调,皆周房中曲之遗声,汉世谓之三调。"是以三调为出于雅声也。窃谓不然。考《仪礼》:"若与四方之宾燕……有房中之乐"。注云:"弦歌《周南》、《召南》之诗,而不用钟磬之节,谓之房中者,后夫人之所讽颂,以事其君子。"观所歌之诗为二南,足见其声之为雅正。如三调果为房中之遗声,则班固早应言之,不当云"常御及郊庙,皆非雅声",又云"皆以郑声施于朝廷",此其一。又三调果为房中之遗声,则其中当有不少四言作品,今综计汉三调歌诗二十余篇,惟《善哉行》一篇为四言,其余半属五言,半属杂言,此其二。且周乐至汉,已奄奄一息,又安能产生三调乎?意三调乃出于汉之秦声,或其他赵代之声(详后),所谓雅乐,但有声无辞,或其辞即为《三百篇》。汉世歌辞之可确知其为出于此种雅声者,只有宣帝时王褒所作《中和》、《乐职》、《宣布》三诗。《汉书·王褒传》:"益州刺使王襄,使褒作《中和》、《乐职》、《宣布》诗。选好事者令依《鹿鸣》之声,习而歌之。"今三诗者亦不传。故见存作品,盖无一为出于雅声者矣。然使当日河间古乐,死灰复燃,则汉诗恐尚停滞于四言时代中也。以既依其声,斯必效其体,褒作虽不传,度亦当为四言。

(二)楚声　汉初雅乐,既已沦亡殆尽,故不得不别寻新调,其取雅乐而代之者,则楚声也。楚声在汉乐府中,时代最早,地位最高,力量亦最大,《汉书·礼乐志》:"凡乐,乐其所生。礼不忘本,高祖乐楚声,故《房中乐》,楚声也。"此楚声所以特占优势之故欤。若武帝时《郊祀歌》及《相和歌辞》中之《楚调》曲,亦皆楚声也。

(三)秦声　自春秋以降,秦楚并称大国。虽高祖以楚人,乐楚声,然京师所在之长安,则固秦地也,度其时亦必有一种秦声流行。《史记·蔺相如传》:"赵王与秦王会渑池,秦王曰:'寡人窃闻赵王好音,请鼓瑟!'赵王鼓瑟。蔺相如前曰:'赵王窃闻秦王善为秦声,请奉盆缻秦王,以相娱乐。'"李斯《谏逐客书》云:"击瓮叩缶,弹筝搏髀,而歌呼呜呜快耳者,真秦声也。"据此,则知自战国以降,秦地原自有一种特殊声调也。《汉书·杨恽传》:"家本秦也,能为秦声,妇赵女也,雅善鼓瑟。"恽为宣帝时人,据此,则知在西汉,此种秦声仍甚流行于社会,而为士大夫所爱好也。《汉书·礼乐志》载有秦倡员二十九人,秦倡象人员三人,诏随秦倡一人,并谓:"至武帝乃立乐府,有赵、代、秦、楚之讴。"而《艺文志》亦载有《左冯翊秦歌诗》三篇,《京兆尹秦歌诗》五篇。据此,则知当时乐府中必有一种秦声歌曲也。

颇疑清、平、瑟三调即出于秦声,或与秦声有关。此核之三调中之作品及其所用之乐器而略可知也。今从《乐府诗集》录《相和歌辞》诸曲所用之乐器如下:

一、相和曲。　其器有笙、笛、节、鼓、琴、瑟、琵琶七种。

二、平调曲。　其器有笙、笛、筑、瑟、琴、筝、琵琶七种。

三、清调曲。　其器有笙、笛、篪、节、琴、瑟、筝、琵琶八种。

四、瑟调曲。　其器有笙、笛、节、琴、瑟、筝、琵琶七种。

五、楚调曲。　其器有笙、笛、弄节、琴、筝、琵琶、瑟七种。

于此,可注意者,即平、清、瑟三调皆用筝,而相和曲则无之。按前引李斯上书,以弹筝为秦声,应劭《风俗通》亦云:"筝,秦声也,蒙恬所造。"又曹植诗云:"秦筝何慷慨",是知筝确为秦声独擅之乐器,今三调中皆用之,足证与秦声有密切之关系。楚调曲本为楚声而亦用筝者,当系受秦声之影响而然。又平调曲不独用筝,而且用筑,筑亦为燕赵间流行之乐器,《史记》载:"荆轲既至燕,爱燕之善击筑者高渐离",其后"高渐离变名姓为人庸保,匿作于宋子,久之作苦,闻其家堂上客击筑,彷徨不能去。"按宋子属钜鹿(今河北省赵县),战国时赵地,是其证矣。史又言:高渐离"击筑而歌,客无不流涕"。秦始皇闻而召之,"使击筑,未尝不称善。"(并见《刺客列传》)可知筑之为音,与慷慨之秦筝相近,故始皇爱之也。今一调之中,而兼用两种为西北民俗习用之乐器,则其为西方之秦声(或混合北方赵代之声),益可见矣。

至于作品中,亦有足徵信者。按清调曲有《长安有狭斜行》,瑟调曲有《陇西行》,陇西长安,并秦地也。若以《孤儿行》中"南到九江,东到齐与鲁"二语考之,则《孤儿行》当亦为秦地之歌。夫其歌既为秦歌,斯其声亦为秦声矣。要之三调不出周房中之遗声,如《通典》所云,则可断言耳。

(四)新声　即北狄西域之声。计前后输入凡两次:第一次在汉初。《乐府诗集》引刘瓛《定军礼》云:"鼓吹,未知其始也。汉班壹雄朔野而有之矣。鸣笳以和箫声,非八音也。"按《汉书·叙传》:"始皇之末,班壹避地楼烦,……当孝惠、高后时,以财雄边,出入弋猎,旌旗鼓吹。"是为新声输入之始。然其时既未立乐府,又无妙解音律如李延年其人者,故于诗歌,未发生若何影响。第二次在武帝时。《后汉书·班超传》注引《古今乐录》曰:"横吹,胡乐也。张骞入西域,传其法于西京,唯得《摩诃兜勒》一曲。李延年因胡曲,更造新声二十八解,乘舆以为武乐。后以给边将。和帝时万人将军得之。"《晋书·乐志》云:"魏晋以来,二十八解,不复俱存。而世所用者有《黄鹄》等十曲。"所谓二十八解者虽不复存,然对于当时乐府影响之大,已概可见。现存之《铙歌十八曲》,即为出于此种新声者焉。

以上四声,雅声几等于零,故实只三声。按《汉书》曾一再言及赵代之讴,又《礼乐志》载有齐讴员蔡讴员等,是当时乐府中必尚有赵、化、齐、蔡诸地之声调,然已无迹可求,难以指实矣。要之,其势力足以与新声争衡者,厥为楚声与秦声。此二声者皆出中土,大抵节奏停匀,故文句亦多联整,其贡献在于产生五言诗体。而新声则节奏参差,故句读亦复长短不齐,有少至一字者,有多至十余字者,其贡献在开后世长短歌行一派。斯二体者,皆汉乐府所独擅,诗骚之所未有,而固有得于声调之助也。虽然,使无武帝之好大喜功,开边黩武,则新声或不即输入。即输入矣,而无采诗夜诵之事,则汉乐府所以异于后世者亦几希。岂所谓有非常之功,必待非常之人者耶!今更就上文所论,列一汉乐府声调表如下:

	国别	声别	时代	作品	作者	附注
汉乐府声调表	中乐	雅声	周	《中和》、《乐职》、《宣布》	王褒	词亡
		楚声	汉	《安世歌》十七章	唐山夫人	见《汉书·礼乐志》
				《郊祀歌》十九章	司马相如等	
				《楚调曲》	民歌	见《宋书·乐志》
		秦声	汉	平、清、瑟三调	民歌	
	夷乐	新声	汉	《铙歌》十八曲	无名氏	同前
				新声二十八解	李延年	词亡

第二章　汉初贵族乐府

两汉乐府,约可分为三类:曰贵族,曰民间,曰文人。是三类者,亦可视为汉乐府之三个时期。自汉初迄武帝,为贵族乐府时期。自武帝迄东汉中叶,为民间乐府时期。自东汉中叶迄建安,为文人乐府时期。第一期作品无全篇五言,第二期五言与杂言参半,第三期则几纯属五言。大抵汉乐府发轫于廊庙,盛极于民间,而渐衰于文人之占夺,此其大略也。今先言贵族乐府。

谓之贵族者,以其内容皆属贵族之事,且非天子不得擅用也。汉贵族乐府之可得而叙述者,厥为汉初三大乐章,即《安世房中歌》、《郊祀歌》与《铙歌》是也。是三歌者,性质虽同,而施用则别,《安世》用之祖庙,《郊祀》以祀天神(亦用之祖庙),《铙歌》则凡朝会宴飨,道路从行,及赏赐功臣皆用之。因本属雅颂体,故文多典奥,文学成分亦少,惟《铙歌》间有佳作。今各叙大要,亦溯流穷源之意也。

一　安世房中歌

此为汉乐章之鼻祖,而其作者则一女子也。《汉书·礼乐志》云:"房中祠乐,高祖唐山夫人所作也。高祖乐楚声,故《房中乐》,楚声也。孝惠二年(前193),使乐府令夏侯宽备其箫管,更名《安世乐》。"唐山夫人事迹不详,第知为高祖姬而唐山为其姓而已。明徐献忠据《史记·张苍传》"苍书无所不观,无所不通,而尤善律历"之文,疑其中当有苍所作。然自班固已云然,实无可致疑。且汉世女子如班婕妤、班昭、徐淑、蔡琰等,皆善属文,同时戚姬与稍后之乌孙公主,亦皆有歌传世,斯固汉代女子之多才,不必于唐山夫人而独疑其倩人也。

何谓房中乐 班固云:"周有房中乐,至秦名曰《寿人》。"《通典》云:"周有房中之乐,歌后妃之德。秦始皇二十六年改曰《寿人》。"此房中一名所本也。然前人于此乃多误解。郑樵云:"房中乐者,妇人祷祠于房中也。"(《通志》卷四十九)是以房为闺房,故祷祠而曰妇人祷祠。按今歌有"乃立祖庙,敬明尊亲。"是明为天子祭庙之乐,非妇人祷祠之事,郑说之非可见。陈本礼云:"诗名房中,当是宫中之庙,非祫祭大享之太庙也。"(《汉诗统笺》)是又以房中为宫中。按《史记·高祖本纪》:"十二年四月,高祖崩。己巳立太子,至太上皇庙。"《正义》引《三辅黄图》云:"太上皇庙在长安城香室南冯翊府北。"则祖庙不在宫中甚明。如以庙在宫中,因名房中乐,则当时何不直名曰"宫中乐"或"宫中祠乐",而必滥用此房中之名徒滋淆惑乎?且孝惠时更名安世,岂当孝惠初即位之二年,祖庙遂已由宫中迁于宫外因不用房中之名乎?则陈氏之说,亦属望文生义矣。

按《周礼·磬师》云:"教缦乐燕乐之钟磬。"郑玄注云:"燕乐,房中之乐。"是知所谓房中乐者,盖即燕乐。《磬师》又云:"凡祭祀飨食,奏燕乐。"又云:"凡祭祀宾客,舞其燕乐。"则知此种燕乐,原有两用:一用之祭祀,为娱神之事,一用之飨食宾客,为娱人之事。而其分别,则在有无钟磬之节。郑注"教缦乐、燕乐之钟磬"云:"二乐皆教其钟磬。"是燕乐(即房中乐)可以有钟磬之节矣。而其注《仪礼·燕礼》"与四方之宾燕,有房中之乐"则云:"弦歌《周南》《召南》之诗,而无钟磬之节。"二注适相反。故贾公彦释之曰:"房中乐得有钟磬者,待祭祀而用之,故有钟磬也,房中及燕,则无钟磬也。"据此,则知周房中乐用之宾燕时,但有弦而无钟磬,用之祭祀时则加钟磬,而汉房中乐适与此相合。《汉书·礼乐志》谓孝惠二年始使夏侯宽备其箫管,则当高祖时,房中歌亦属弦歌而无吹可知。(郑玄《周礼》注:"弦,谓琴瑟也。歌依咏,诗也。")又今歌有"高张四悬,乐充宫庭"之文,四悬谓四面悬,即宫悬,盖钟磬之属,则是亦有钟磬之节与周房中乐同又可知。意汉高既乐楚声,此歌当亦不专用之祭祀,四时宾燕,亦复施用,既兼燕祠之二义,故沿袭周名而曰"房中祠乐",班固或言"房中乐"者,"房中祠乐"之简称耳。至孝惠时,此歌或专用之祭祀,燕飨之义既失,自无取乎《房中》之名。又从而增加箫管、丝竹合奏,音制亦异于旧,故更名《安世乐》。班固以《安世》既出自《房中》,故录此歌时,乃合前后二名题曰《安世房中歌》。此《房中歌》以楚声而用周名及其更名之故也。

《房中歌》之内容 房中歌纯为儒家思想,尤侧重于孝道。如云:"大矣孝熙,四极爱臻。""清明鬯矣,皇帝孝德。""孝道随世,我署文章。"不一而足。故于开宗明义第一章即揭其指曰:

大孝备矣,休德昭清。高张四悬,乐充宫庭。芬树羽林,云景杳冥。金支秀华,庶旄翠旌。

沈德潜云:"首云大孝备矣,以下反反覆覆,屡称孝德,汉朝数百年家法,自此开出。累代庙号,首冠以'孝',有以也。末四句幽光灵响,不专以典重见长。"按孝为儒家中心思想,如《论语》云:"孝悌也者,其为仁之本与?"是仁植根于孝也。又《孝经》云:"战阵无勇,非孝也。"是忠勇亦出于孝也。汉初贵黄老,而夫人独以儒学制歌于焚书坑儒、解冠溲溺之际,虽云其体宜尔,盖亦难能可贵。厥后武帝之尊崇儒术,自夫人开其端也。

《房中歌》之艺术价值 《房中歌》对于后来诗歌之影响,不在其内容与描写,而在其句法与体式。计十七章中,以句法析之,不外三种:曰四言句,曰三言句,曰七言句。四言者十三章,三言者三章,七言无全篇,与三言杂者一章。四言虽多;然为沿用《诗三百篇》之旧体,故其价值乃正在于能变化楚辞而创为三言体与七言句之少数作品焉。兹析言之。

（一）由于省去楚词《九歌》中《山鬼》、《国殇》等篇句中之"兮"字而成三言体者　三言句《诗经》中已有之,然无全篇,未成一体。楚辞则绝无独立之三言句,惟具有蜕化为三言体之可能性。故今传世三言诗之入乐者,不得不首推《安世房中歌》,而其渊源则楚辞之《山鬼》、《国殇》也。今试举《国殇》以与《房中歌》相较,以观其衍变之迹：

《国殇》：　　　　　　　　《房中歌》(第八章)：
操吴戈(兮)被犀甲。　　　　丰草葽,女萝施。
车错毂(兮)短兵接。　　　　善何如,谁能回?
旌蔽日(兮)敌若云。(换韵)　大莫大,成教德。(换韵)
矢交坠(兮)士争先。　　　　长莫长,被无极。

《国殇》全篇句法皆如此。如将句腰之"兮"字省去,即成《房中歌》之三言体。或将《房中歌》于句腰增一"兮"字,亦即成《国殇》体矣。由于省去此种"兮"字而变为三言之痕迹,见诸正史而足为吾人之佐证者有二:一为《汉书》所载武帝之《天马歌》二首,一为《宋书》所载汉《相和歌》中《今有人》一首。《天马歌》首载于《史记》,句中皆有"兮"字;《今有人》,即楚辞《山鬼》一篇也。例如：

一、《天马歌》：　　　　　　《天马歌》：
(《史记·乐书》)　　　　　　(《汉书·礼乐志》)
太一贡兮天马下。　　　　　　太一况,天马下。

霑赤汗兮沫流赭。	霑赤汗，沫流赭。
…………	志俶傥，精权奇。
…………	蹑浮云，晻上驰。
骋容与兮跇万里。	体容与，迣万里。
今安匹兮龙与友。	今安匹？龙为友。

《汉书》所载，虽较《史记》增"志俶傥"四句，然"兮"字则概从删汰。其另一首亦然。《文心雕龙》所谓"朱、马以骚体制歌"者，指《史记》所载言之耳。

二、《山鬼》：　　《今有人》：
　　（《楚辞·九歌》）　（《宋书·乐志·汉相和歌》）

若有人兮山之阿。	今有人，山之阿。
被薜荔兮带女萝。	被服薜荔带女萝。
既含睇兮又宜笑。	既含睇，又宜笑。
子慕予兮善窈窕。	子恋慕予善窈窕。
乘赤豹兮从文狸。	乘赤豹，从文狸。
辛夷车兮结桂旗。	新夷车驾结桂旗。
被石兰兮带杜衡，	被石兰，带杜衡，
折馨馨兮遗所思。	折芳拔荃遗所思。
余处幽篁兮终不见，	处幽室，终不见，
天路险难兮独后来。	天路险艰独后来。
表独立兮山之上，	表独立，山之上，
云容容兮而在下。	云何容容而在下。
杳冥冥兮羌昼晦。	杳冥冥，羌昼晦，
东风飘飘兮神灵雨。	东风飘飖神灵雨。
留灵修兮憺忘归。	…………
岁既晏兮孰华予。	…………

采三秀兮于山间。	…………
石磊磊兮葛蔓蔓。	…………
怨公子兮怅忘归,	…………
君思我兮不得闲。	…………
山中人兮芳杜若。	…………
饮石泉兮荫松柏。	…………
君思我兮然疑作。	…………
雷填填兮雨冥冥。	…………
猿啾啾兮狖夜鸣。	…………
风飒飒兮木萧萧,	风瑟瑟,木搜搜。
思公子兮徒离忧。	思念公子徒以忧。

凡《今有人》一篇中之三言句,皆从省去《山鬼》篇若干句中之"兮"字而成者。末段略而不用,当系音节关系,所谓"短歌微吟不能长"也。

据此,则知汉人原有此一种省去"兮"字以创为三言之办法,且似惯用此办法者。而溯厥所始,则唐山夫人也。故吾人谓"三言体"导源于《楚辞》固可,谓三言体托始于唐山夫人亦无不可。《房中歌》本楚声,则此体出于《楚辞》,自可无疑也。(按赵翼《陔余丛考》卷二十三"三言诗"条,已指出汉《安世房中歌》创为三言体,但对于何以能创为三言体之问题,仍未达一间。)

(二)由于省去《大招》、《招魂》两篇句尾之"些"、"只"字而成七言句者 三言体既出于《楚辞》,惟七言亦然。盖《楚辞》句法,本与七言接近,而汉初复例用楚声,故作者得从而通融变化之也。汉人变化《楚辞》而创为七言句之方法或途径,约有四种:其一,代句中"兮"字以实字者。如变"被薜荔兮带女萝"、"思公子兮徒离忧"而为"被服薜荔带女萝"、"思念公子徒以忧"

39

之类是也。其二,省去句中羡出之"兮"字者。如变"东风飘飘兮神灵雨"而为"东风飘飘神灵雨"之类是也。(均见上引《今有人》)其三,省去句尾剩余之"兮"字者。如《离骚》"朝饮木兰之坠露兮,夕餐秋菊之落英",若将"兮"字删去,亦即成七言,所异者惟非每句押韵,而为隔句押韵耳。此体在汉七言中绝少,可引以为例证者独《薤露》、《蒿里》二歌。如《蒿里》:"蒿里谁家地?聚敛魂魄无贤愚。鬼伯一何相催促,人命不得稍踌躇。"以上三种,虽皆有其化《楚辞》为七言之可能性,且为已然之事。而其捷径,则仍在第四种,即省去《大招》、《招魂》篇中句尾之"些"、"只"等虚字是也。例如:

《大招》:

代秦郑卫,鸣竽张。(只)
伏羲驾辩,楚劳商。(只)
讴和阳阿,赵萧倡。(只)
魂乎归来,定空桑。(只)

《招魂》:

美人既醉,朱颜酡。(些)
娱光眇视,目曾波。(些)
天地四方,多贼奸。(些)
像设君堂,静闲安。(些)

汉魏七言诗,其共同之特点有二:一为句法之上四下三;一为用韵之每句押韵。今试将《大招》篇之"只"字与《招魂》篇之"些"字删去,则适成上四下三,每句押韵之七言诗矣。故由《国殇》、《山鬼》之体而变为三言,与由《大招》、《招魂》之体变而为七言,皆极其自然。所异者,彼略句中虚字。化一句为两句,此则略句尾虚字,合两句为一句耳。《房中歌》之七言句,盖即从此脱胎者,如第六章:

大海荡荡水所归。
高贤愉愉民所怀。
大山崔,百卉殖。
民何贵?贵有德。

如于"大海"两七言句下，各添一"只"字或"些"字，即与《大招》《招魂》无异，是可知其变化之所从。《日知录》卷二十一云："昔人谓《招魂》、《大招》，去其些、只，即是七言。"此作可为之证。其不能完篇者，则以事属草创也。至武帝《郊祀歌》，始大衍七言，盖师唐山夫人之故技。

要之纯粹七言，两句连用，当以此为嚆矢。《诗经》虽有七言，然绝少，且系单句，如"交交黄鸟止于桑"，"知我者谓我心忧"，"以燕乐嘉宾之心"之类。《楚辞》中虽多连用者，然仍未脱尽语尾，如《九辩》："以为君独服此蕙兮，羌无以异于众芳。"至于传记所载，如《左传》之《子产诵》："取我衣冠而褚之，取我田畴而伍之。"《礼记》之《成人歌》："蚕则绩而蟹有匡，范则冠而蝉有绥。"其中并带"而"、"则"等虚字，亦非纯粹七言体。其不失为纯粹七言且两句相连者，惟宋玉《神女赋》之"罗纨绮缋盛文章，极服妙采照万方。"《日知录》以为"七言之祖。"然《神女赋》实非宋玉所作，则是七言之祖，亦当推《房中歌》矣。

二　《郊祀歌》

何谓《郊祀歌》　《乐府诗集》云："郊乐者，《易》所谓先王以作乐崇德，殷荐上帝也。"盖《安世房中歌》，用以祭祖考，为庙乐；而《郊祀歌》则用以祀天神地祇，为郊乐，此其所以异也。按《史记·乐书》云："至今上（武帝）即位，作十九章。……又尝得神马渥洼水中，复次以为《太一》之歌。后伐大宛得千里马，马名蒲梢，次作以为歌，中尉汲黯进曰：'凡王者作乐，上以承祖宗，下以化兆民。今陛下得马，诗以为歌，协于宗庙，先帝百姓，岂能知其音耶？'上默然不悦。"观黯言，则知当日歌于宗庙亦用之,不独郊祀矣。然实非所宜也。

又按《后汉书·祭祀志》云:"自永平(明帝)中,立春之日,迎春于东郊,歌《青阳》。立夏之日,迎夏于南郊,歌《朱明》。先立秋十八日,迎黄灵于中兆,歌《朱明》,立秋之日,迎秋于西郊,歌《西皓》。立冬之日,迎冬于北郊,歌《玄冥》。"《青阳》、《朱明》、《西皓》、《玄冥》,为《郊祀歌》中祀四时之乐章。观此,则知此歌至东汉时仍沿用不废。惟西汉祀中央黄帝,歌《帝临》一篇,而东汉则两用《朱明》,微有别耳。

《郊祀歌》之作者与年代 《安世房中歌》为唐山夫人一人一时之作,而《郊祀歌》则非出一人之手,且非一时所制。据上引《史记》,知其中有武帝之作。而《汉书·礼乐志》云:"武帝定郊祀之礼,以李延年为协律都尉,多举司马相如等数十人造为诗赋,作十九章之歌。"又《李延年传》亦云:"延年善歌为新变声,是时,上方兴天地诸祠,欲造乐,令司马相如等作诗颂,延年辄承意弦歌所造诗,为之新声曲。"则是其中又当有司马相如之作。又十九章中有题曰,"邹子乐"者四章,当又别为一人,或疑邹子即邹阳。而从体裁观之,《日出入》一章,长短错落,与其他十八章之整俪者迥异,疑即为"善歌为新变声"之李延年所作。此其略可考见者。

至于年代方面,亦至不一。据《汉书》,以《朝陇首》为最早,作于元狩元年(前122),以《象载瑜》为最晚,作于太始三年(前94),两作前后相距,至二十八年之久,可知十九章者,至太始末年始论定。今《汉书》所录次第,似不以时代为先后。如《朝陇首》作于元狩元年,而列在第十七,《天马歌》二首,一作于元狩三年,一作于太初四年(前101),而列在第十,不知何故?岂当日经武帝排定固如是耶?

《郊祀歌》与七言　《郊祀歌》之篇幅,视《房中歌》为阔大,其体裁亦视《房中歌》为复杂。计四言者八篇,三言者七篇,合三、四、五、六、七诸言而为骈体者三篇,杂言者一篇。其句法,则自一字以至十余字之长句,靡不备具。而就中尤以七字句之激增,为其一大特色焉。

七言之导源于《楚辞》其论证已见上述《房中歌》。惟以时当汉初,事属尝试,故《房中歌》十七章中,七言只有两句。自《房中歌》以迄《郊祀歌》,中更孝惠、文、景诸帝,历时数十载,而当时执笔者如司马相如等,又皆一世文豪,故得效法前规,大衍七言。计十九章中其杂以七言者,有《天地》、《天门》、《景星》三篇。《天地》凡十三句,《天门》八句,《景星》十二句,皆属连用。今举《景星》一篇为例:

景星显见,信星彪列。
象载昭庭,日亲以察。
参侔开阖,爰推本纪。
汾脽出鼎,皇祐元始。
五音六律,依韦飨昭。
杂变并会,雅声远姚。
空桑琴瑟结信成。
四兴递代八风生。
殷殷钟石羽籥鸣。
河龙供鲤醇牺牲。
百末旨酒布兰生。
泰尊柘浆析朝酲。
微感心攸通修名。
周流常羊思所并。

穰穰复正直往宁。

冯蠵切和疏写平。

上天布施后土成。

穰穰丰年四时荣。

与《房中歌》"大海荡荡水所归"二语,同为上四下三、每句用韵之七言。如于七言句下增一"只"字或"些"字,即变为四言两句,而化全篇为四言体。此其为从《楚辞》之《大招》《招魂》变来,尤属明显。

按七言而连用至十二句之多,《郊祀》以前,尚无先例。以文句多寡论,实有成为独立七言之资格,如传世最早之七言诗歌,曹丕《燕歌行》二首,其一为十五句,一则仅十三句,然而《郊祀歌》终不能以七言自成一篇而必为四言,或三言之附庸者,则时代为之也。盖汉初犹系诗骚时代,而七言乃一新兴诗体,为诗骚所未有,自不能一蹴而成。观《天地篇》云:"发梁扬羽申以商,造兹新音咏久长。"此新音当兼指诗体,不专指音节,则是以七言为新造之格调,《郊祀歌》作者已自言之矣。《汉书·东方朔传》载朔有"八言七言上下",晋灼注谓即"八言七言诗各有上下篇"。又《三秦记》载有武帝君臣所作《柏梁台诗》,亦为七言联句,与《郊祀歌》合观,可觇一时风气之所趋。厥后刘向,东平王刘苍诸人皆有七言之作,然必至魏晋以后始渐盛行者,则《日知录》所谓"古人不用长句成篇,以其不便于歌也"。

要而言之,七言歌诗,植根于《楚辞》,萌芽于唐山夫人之《安世房中歌》,而发荣滋长于司马相如等所作之《郊祀歌》。《郊祀歌》在今日虽为吾人所不乐道,然实两汉郊祀天地之伟大乐章,故《汉书·礼乐志》备载其文,凡百臣工,咸所共听,则其影响于士大夫之写作,自不在小。吾友余冠英先生近作《七言诗起源新论》一文（《国文月刊》第十八、十九期），谓七言起源于民间歌谣，不出于《楚辞》，其说甚新而辩。窃意两汉民间，或自有一种七言谣谚，与《楚辞》无涉。而《安世》、《郊祀》两歌中之七言，则必不出于此种民间谣谚，乃由《楚辞》嬗变。何以故？以《安世》、《郊祀》皆为楚声歌诗故，以《安世》、《郊祀》皆为贵族乐章，不容以谣谚之体，歌于宗庙，荐之上帝故，以汉《相和歌》之《今有人》一篇已有嬗变之实例故。建安以后，五言腾跃，四言之体已弊，而观晋宋人所作郊祀宗庙诸歌，十八九不为四言，即为三言，亦以其为贵族乐章也。

《郊祀歌》之杰作　《郊祀歌》多侈陈乐舞声歌之盛，文字亦多古奥难通，故《史记·乐书》云："今上即位，作十九章，通一经之士，不能独知其辞，皆集会五经家，相与共讲习读之，乃能通知其意，多尔雅之辞。"则知自当时司马迁即深不以此种古典作品为然也。然十九章中有一杰作焉，即杂言体之《日出入》一章是也。此篇为祀日神之颂歌，但仍不失为一绝好之抒情诗。其词云：

> 日出入安穷？时世不与人同。故春非我春，夏非我夏，秋非我秋，冬非我冬。泊如四海之池。徧观是耶谓何。吾知所乐，独乐六龙。六龙之调，使我心若。訾！黄其何不徕下？

揭响入云，如此历落参差，亦前所未有。匪惟《郊祀歌》中之杰作，亦诗歌史上之杰作也。陈本礼云："世长寿短，石火电光，岂可谩谓为我之岁月耶？不若还之太空，听其自春自夏自秋自冬而已耳。"（《汉诗统笺》）泊，水貌。泊如，犹泊泊然。《史记·日者传》："地不足东南，以四海为池。"故晋灼注云："言人寿不能安固如四海。遍观是，乃知命甚促。谓何，如之何也。"按《练时日》篇云:"徧观此,眺瑶堂。"遍观是,犹遍观此,三字结上。"吾知"四句,因感生命之促,遂欲如日之乘六龙以御天,盖日驾六龙,羲和为御也。訾,嗟叹也。黄,乘黄。应劭曰:"乘黄,龙翼马身,黄帝乘之而上仙者。"又《山海经》:"白民之国有乘黄,乘之寿二千岁。"盖欲仙而终不可能,故叹乘黄之不徕下也。

朱乾《乐府正义》云:"武帝惑于方士之言,入海求仙,希图不死,一时文士,揣摩世主而为之辞。"按此章自成一格,与其他十八章之整齐典奥者不类,《郊祀歌》至武帝末年始完成,其间北狄西域之新声,早已输入,此章当为新声歌辞,而非楚声,殆即李延年之所作,恐非一般不解声律之文士所克办也。

要之,《郊祀歌》大部皆无文学价值,其对于后世之影响,亦只限于贵族乐章。如谢庄所造宋明堂迎神歌诗,沈约注云:"依汉郊祀迎神,三言四句一转韵",则知数百年后犹有仿其体者。惟七言之运用特多,足为七言导源于《楚辞》之证,不无承前启后发扬光大之功焉。

三 《鼓吹铙歌》

论《鼓吹》与《铙歌》非二乐 《汉书·叙传》云:"始皇之末,班壹避地于楼烦,致马牛羊数千群。值汉初定,与民无禁,当孝惠、高后时,以财雄边,出入弋猎,旌旗鼓吹。"此鼓吹字之始见于史籍者。刘瓛《定军礼》云:"鼓吹,未知其始也。汉班壹雄朔野而有之矣,鸣笳以和箫声,非八音也。"则知鼓吹乃夷乐,非中土旧有之声调。陆机所谓"原鼓吹之伊始,盖秉命于黄轩",盖属无稽。按《尚书通考》:"后魏大武帝通西域,以般悦国鼓吹,设于乐部署。"足见西域诸国实为鼓吹之发源地,自汉以后犹然也。

蔡邕《礼乐志》云："汉乐四品,三曰《黄门鼓吹》,天子所以晏乐群臣。其《短箫铙歌》,军乐也。"此《铙歌》一名之最早见者。所谓短箫铙歌者,盖即鼓吹铙歌。昔人有疑汉时但名短箫铙歌,不名鼓吹者,其说始于沈约,而郑樵《通志》因之,云："按汉晋谓之短箫铙歌,南北朝谓之鼓吹曲。"《乐府诗集》驳之曰："按《晋中兴书》曰:'汉武帝时,南越加置交趾、九真、日南、合浦、南海、郁林、苍梧七郡,皆假鼓吹。'《东观汉记》曰:'建初(章帝)中,班超拜长史,假鼓吹麾幢。'则《短箫铙歌》,汉时已名《鼓吹》,不自魏晋始也。崔豹《古今注》曰:'汉乐有《黄门鼓吹》、天子所以宴乐群臣也。《短箫铙歌》,《鼓吹》之一章尔,亦以赐有功诸侯。'然则《黄门鼓吹》、《短箫铙歌》,得通名《鼓吹》,但所用异尔。"其言甚确。

至马端临《文献通考》,则更疑《鼓吹》与《铙歌》根本即为二乐,所作《铙歌鼓吹辨》云："《鼓吹》与《铙歌》自是二乐,其用亦殊,似汉人已合而为一。"又云："盖《铙歌》上同乎国家之雅颂,而《鼓吹》下侪乎臣下之卤簿。"不知所谓《鼓吹》者,其在西汉盖即《短箫铙歌》,原本"合而为一"。惟至武帝时复有《横吹》之输入,而《鼓吹》本身又以当时贵族嗜好之狂热(详下),施用不一,已不尽为军乐,因而性质与内容发生分化作用,故至东汉明帝时遂分为二品,而有所谓《黄门鼓吹》。于是本为《鼓吹》之《短箫铙歌》乃反由主体变为附庸,即崔豹所云"《短箫铙歌》,《鼓吹》之一章耳"是也。原由合而分为二。非由二而合为一也。至谓《铙歌》上同国家雅颂,《鼓吹》下侪臣下卤簿,则亦不然。按《汉书·韩延寿传》:"延寿在东郡时,试骑士,治饰兵车,总建幢棨,植羽葆,鼓车歌车,于是望之劾奏延寿上僭不道。延寿竟坐弃市。"所谓鼓车歌车者,孟康注曰:"如今郊驾时车上鼓吹也。"颜师古云:"郊驾,郊祀时所备法驾也。"然则《鼓吹》非天子不得僭用,又安见其"下侪乎臣下之卤簿"耶?

论《铙歌》非沈约杂凑 陈本礼云:"案《铙歌》不尽军中乐,其诗有讽,有颂,有祭祀乐章;其名不见于《史记》、《汉书》,惟《宋书》有之。(按始见《后汉书》注所引蔡邕《礼乐志》)似汉杂曲,历魏晋传讹,《宋书》搜罗遗佚,遂统归之于《铙歌》耳。"汉《铙歌》内容之庞杂,诚如陈氏所云,惟疑为《宋书》作者搜罗遗佚,杂凑备数,则殊不然。

欲知《铙歌》内容之所以庞杂,当先明《铙歌》在汉时施用之情况。李德裕《鼓吹赋》云:"厌桑濮之遗音,感箫鼓之悲壮。"《铙歌》既为一种新兴之胡曲,故汉时特见风行,凡属于人之事者,殆莫不用焉。旧云军乐,实不尽然,或从其始而言之也。如《乐府诗集》云:"自汉以来,北狄乐总归鼓吹署。其后分为二部:有箫笳者为《鼓吹》,用之朝会、道路,亦以给赐,汉武帝时南越七郡皆给《鼓吹》是也。有鼓角者为《横吹》,用之军中,马上所奏者是也。"所谓朝会,即指宴乐群臣;道路,谓道路游行;给赐,谓赏赐有功,即此已可见施用范围之广。而按之载籍,尚不止此也。司马相如《上林赋》:"千人唱,万人和。……巴渝宋蔡,淮南干遮,文成颠歌,族居递奏,金鼓迭起,铿枪闛鞈,洞心骇耳。"则是田猎亦用之。《三辅黄图》云:"汉昆明池,武帝元狩四年穿,池中有龙首船,常令宫女泛舟池中,张凤盖,建华旗,作櫂歌,杂以鼓吹,帝御豫章观临观焉。"则是宫中私游亦用之。《后汉书·杨赐传》:"及葬,兰台令史十人,发羽林骑轻车介士,前后部鼓吹。"则知至东汉,虽丧葬亦用之矣。《铙歌》之施用,既如此其广泛,则其内容自难求其一致,亦正不必求其一致也。如当宫中私游之际,而亦大唱其《战城南》,得不大杀风景乎?自今观之,则此种庞杂之现象,不独不足为汉《铙歌》病,且适为汉《铙歌》之特色焉。

是故由其所用之人而论,《铙歌》犹之《安世》、《郊祀》二歌,非贵族不得擅用。而由其文字本身言,则多近于风谣杂曲,所谓不足以登大雅之堂者。《汉书》全载《安世》、《郊祀》二歌,于《铙歌》独不著一字,适足证其在汉时之面目,原本如吾人今日所见者。自哀帝以性不好音,而省乐府,特严雅郑之分,当日诏云:"其罢乐府。郊祭乐,及古兵法武乐,在经非郑卫之乐者,条奏别属他官。"《铙歌》既为军乐,当同古兵法武乐而在未罢之列,然自是之后,其用渐专,其格渐高,故至东汉明帝时,乃列《铙歌》为四品之一。下迄魏晋,则所谓《铙歌》者遂纯为赞扬武功之颂什。由繁杂而趋于单纯,由酷爱而变为点缀,由杂曲而渐成颂什,其流转之迹,固甚宛然。不能执魏晋之拟作,以上论汉品,而疑其为后人之杂凑也。

《铙歌》之难读 汉《铙歌》本有二十二曲,其《务成》、《玄云》、《黄爵》、《钓竿》四篇辞已亡,故后世通称《汉铙歌十八曲》。此十八曲中,有全可解者,如《战城南》、《上邪》、《有所思》等篇;有半可解半不可解者,如《朱鹭》、《思悲翁》、《芳树》等篇;有绝不知所云者,如《雉子班》、《石留》等篇。尤以《石留》为甚,至全篇不可句读。今即举以为例:

石留凉阳凉石水流为沙锡以微河为香向始黯冷将风阳北逝肯无敢与于扬心邪怀兰志金安薄北方开留离兰

昔人以"石留凉阳"与"开留离兰"为声词,然即除去此八字,仍绝难索解也。此其故盖有二焉:其一,文字讹谬。《铙歌》首载于《宋书》,文字已多歧出,如《朱鹭》篇之"将以问诛者","诛"

一作"谏"。又如《思悲翁》篇之"但我思蓬首","首"一作"蕻"。以此推之,其中讹谬类此者定复不少。故陈释智匠《古今乐录》云:"汉《鼓吹铙歌》十八曲,字多讹误。"是自六朝已知其然矣。

其二,声辞杂写。汉时乐章,声是声,辞是辞,不相混也。《汉书·艺文志》于既录《河南周歌诗》七篇之后,复别录《河南周歌诗声曲折》七篇;于既录《周谣歌诗》七十五篇之后,复别录《周谣歌诗声曲折》七十五篇,是即其明例。《铙歌》在汉,当亦如此。后人恐失其声,乃与歌辞合写,其初字分大小,小字为声,大字为辞。相传既久,小大无别,遂至不可复解。故《乐府诗集》(卷十九)云:"凡古乐录,皆大字是词,细字是声,声词合写,故致然尔。"《景祐广乐记》亦云:"汉《鼓吹铙歌》十八曲,案《古今乐录》,皆声、辞、艳相杂,不可复分。"(见《宋书·乐志四》末尾后人所作附记,陈本礼,王先谦皆引作沈约语,误。)所谓声者,谓用以记声调曲折之文字,如羊、吾、夷、伊、那、何之类,此种文字,全无意义。辞者,即所歌之诗也。艳亦是声,汉曲多有艳有趋,艳在曲前,趋在曲后。此种曲前之艳,有实以有意义之文字者,亦有略而不用者。

汉人记声之法,是否亦用文字,如《河南周歌诗声曲折》之类,不可得而知。据《宋书·乐志》所载,则六朝以前,似即已用文字,如卷二十二载《今鼓吹铙歌词》三篇,即皆记声之文字也。例如:

　　诗则夜乌道禄何来黑洛道乌奚悟如尊尔尊卢起黄华乌伯辽为国日忠雨令吾

此为其中之一节。沈约注云:"乐人以音声相传,训诂不可复解。"如以此种音声相传之文字杂于歌诗之中,焉得不使人扑朔迷离哉?此《铙歌》之所以难读也。

清人之专致力于《铙歌》者,有陈本礼《汉诗统笺》,陈沆《诗比兴笺》,庄述祖《汉铙歌句解》,谭仪《汉铙歌十八曲集解》,王先谦《汉铙歌释文笺正》,(近人则有闻一多先生《乐府诗笺》)皆意在补救上两种之缺陷。

严沧浪曰:"汉诗之不可读者,莫如《巾舞》、《铎舞》二歌,又《铙歌》之《将进酒》、《芳树》、《石流》等篇,使人读之茫然。若《朱鹭》、《雉子班》、《艾如张》、《思悲翁》、《上之回》等,只二三句可解。"则自宋人已难之。胡应麟《诗薮》云:"《铙歌》陈事述情,句格峥嵘。兴象标举,峻峭莫并。"又云:"《铙歌》句读多讹,意义难绎,而音响格调,隐中自见。至其可解者,往往工绝!"清人张笃庆至称为"迥乎神笔"。然则吾人今日亦惟有就其可解者欣赏之耳。

《铙歌》与杂言 吾国诗歌之有杂言,当断自汉《铙歌》始。以十八曲者无一而非长短句,其格调实为前此诗歌之所未有也。《诗经》中虽间有其体,然以较《铙歌》之变化无常,不可方物,乃如小巫之见大巫焉。此当由于《铙歌》为北狄西域之新声,故与当时楚声之《安世》、《郊祀》二歌全然异其面目。而音乐对于诗歌之影响,亦即此可见。苏东坡论文尝云:"大致如行云流水,初无定质。但行于其所当行,止于其不可不止。"吾人读《铙歌》,乃深觉有此一境焉。

《铙歌》不独在诗体上独树一帜,自成一派,其文字亦时挟奇趣,即属颂诗,亦不似《郊祀歌》之第以古奥艰深为能事,疑出自当时黄门倡及乐工之手。(《汉书·艺文志》有黄门倡车忠等歌诗十五篇)至其中一部份民歌,则尤饶情趣。故今兹所叙,不厌其详,并略加疏证,以便观览。现就其内容,次列于后。

(一)纪巡幸者。如《上之回》:

上之回,所中益。夏将至,行将北。以承甘泉宫,寒暑德。游石关,望诸国。月支臣,匈奴服。令从百官疾驱驰,千秋万岁乐无极。

乐府广序》引《陶谷记》云:"武帝幸朝那,立飞廉之馆,望玄圃,乐府有《上之回》曲。"按《汉书·郊祀志》:"元封四年(前107),上郊雍五畤,通回中道,遂北出萧关。"又《武帝纪》:"元封四年冬十月,行幸雍,祠五畤,通回中道,遂北出萧关。"是通回中,事在四年,然与诗"夏将至"季候不合。帝纪复云:"元封五年冬,行南巡狩。……夏四月,还幸甘泉,郊泰畤。"甘泉宫为武帝避暑之地,见《汉书·武五子传》,是此篇当作于元封五年,为十八曲中时代可考之最早者。时《郊祀歌》十九章犹未完成也。

《汉书·东方朔传》:"从宣曲以南十二所中休更衣。"《吕氏春秋》高诱注:"益、息也。"盖回中其地有宫,可供休息也。郭茂倩曰:"石关:宫阙名,近甘泉宫。相如《上林赋》'蹷石关,历封峦'是也。"王先谦曰:"古今宫殿无以关名者。赋本石阙,不作石关。《三辅黄图》有石阙观,引《甘泉赋》'封峦石阙'云云,亦不作石关。"按王说是。王氏又云:"令,犹命也。从百官,扈从之百官。疾,速也。千秋万岁,甚言其久,以致颂祷之诚也。无极,犹无疆。《远如期》曲'大乐万岁与天无极'即此意。而英主游观耀武,顾盼自雄气象,亦迸露言外。"

(二)表祥瑞者。如《上陵》:

上陵何美美,下津风以寒。问客从何来?言从水中央。桂树为君船,青丝为君笮。木兰为君棹,黄金错其间,沧海之雀,赤翅鸿白雁,随山林乍开乍合,曾不知日月明。醴泉之水,光泽何蔚蔚。芝为车,龙为马。览遨游,四海外。甘露初二年,芝生铜池中,仙人来下饮,延寿千万岁。

案《汉书·宣帝纪》，书凤皇见者六，神雀集者四，五色鸟者一，其言群鸟从而飞者皆万数，或数万；有集于各郡山林者，有集于长乐、未央、甘泉，泰畤诸宫殿，及上林苑中者。又甘露二年（前52）诏曰："乃者凤皇甘露降集，黄龙登兴，醴泉滂流，枯槁荣茂，神光并见，咸受祯祥"，盖即此篇所咏。又《何武传》云："宣帝时，天下和平。神爵，五凤之间屡蒙瑞应，而益州刺史王襄使辩士王褒颂汉德作《中和》、《乐职》、《宣布》诗三篇，武与杨覆众等共习歌之。"今三颂诗已亡，而此篇独存者，当以三颂诗依《鹿鸣》之声，（见前引《王褒传》）而此则为新声之《铙歌》曲也。

陵当谓陵寝，《宣帝纪》载帝微时，"斗鸡走马，数上下诸陵。"师古注："诸陵皆据高敞地，为之县，即在其侧。帝每周游往来诸陵县，去则上，来则下，故言上下诸陵。"是诸陵寝本可供游观，而其地势复高，故曰"上陵"，与"下津"对文。陈本礼曰："客，即仙也。山不一山，林不一林，山忽开而林忽合，惟视禽鸟之飞舞翔集以为开合也。至于日月蔽明，益见禽鸟之多。"胡应麟曰："《铙歌·上陵》一篇尤奇丽。微觉断续。后半类《郊祀歌》，前半类东京乐府，盖《羽林郎》、《陌上桑》之祖也。"

（三）记武功者。如《远如期》：

远如期，益如寿。处天左侧。大乐万岁，与天无极。雅乐陈，佳哉纷。单于自归，动如惊心。虞心大佳，万人还来。谒者引乡殿陈。累世未尝闻之，增寿万年亦诚哉。

案《汉书·宣帝纪》："甘露三年春正月，行幸甘泉，……匈奴呼韩邪单于稽侯狦来朝，赞谒称藩臣而不名，赐以玺绶冠带衣裳，安车驷马，黄金锦绣缯絮。使有司道（导）单于先行，就邸长安，宿长平。上自甘泉宿池阳宫。上登长平坂，诏单于毋谒。其左右当户之群，皆列观，蛮夷君长王侯迎者数万人，夹道陈。上登渭桥,咸称万岁。单于就邸,置酒建章宫,飨赐单于,观以珍宝。二月,单于罢归。"盖即此篇所咏。是当作于甘露三年,以前此无单于自归来朝之事也。谓之"远如期"者,以"甘露二年冬十二月,匈奴呼韩邪单于款五原塞,愿奉国珍,朝三年正月",今果如期而至也。"益如寿"者,祝颂之意。寿,动词。即下所谓万岁万年也。"处天左侧",陈本礼云:"单于逊词,犹言汉之化外人也。"盖古人尚右,《汉书·东方朔传》:"反以靡丽为右。"师古曰:"右,尊之也。""虞心大佳,万人还来"者,按《宣帝纪》:"黄龙元年(前49)春正月,行幸甘泉、匈奴呼韩邪单于来朝,礼赐如初。二月,单于归国。"则是当甘露三年来朝时,单于必更请于后年复来朝,而宣帝许之也。"累世未尝闻之"者,《汉书·匈奴传赞》云:"至孝宣之世,承武帝奋击之威,……因其坏乱几亡之陁,权时施宜,覆以威德,然后单于稽首臣服,遣子入侍,三世称藩,宾于汉庭。……后六十余载之间,遭王莽篡位,始开边隙。"盖历高、惠、文、景、武、昭诸世,匈奴皆倔强朔漠也。是此诗所纪,乃吾国历史上极光荣而可喜之一页,全篇皆托为单于归化之语,而吾先民一种喜悦之心情,亦自跃然纸上。

(四)叙战阵者。如《战城南》:

战城南,死郭北。野死不葬乌可食。为我谓乌:"且为客豪!野死谅不葬,腐肉安能去子逃?"水深激激,蒲苇冥冥。枭骑战斗死,驽马徘徊鸣。梁筑室,何以南?何以北?禾黍不获君何食?愿为忠臣安可得?思子良臣,——良臣诚可思:朝行出攻,暮不夜归。

全篇托为死者自道之语。《诗经·何草不黄》云:"哀我征夫,独为匪民。"《楚辞·国殇》云:"严杀尽兮弃原野。"吾国贱兵之习,盖自古而然。"豪"读本字。楚辞《大招》注云:"千人才曰豪。"

但此作动词用。《汉书》"以财雄边",又《世说新语·容止》篇:"魏武将见匈奴使,以形陋不足雄远国。"雄,亦系动词。为国捐躯,死而不葬,事至不平,情极悲愤,而反作豪语者,正是透过一层写法。

陈本礼云:"客固不惜一已殪之尸,但我为国捐躯,首虽离兮心不惩,耿耿孤忠,豪气未泯,乌其少缓我须臾之食焉。"刘履《选诗补注》(补遗)云:"谅者,信其必然之词。枭通骁,良马也。梁,川梁可通南北者。筑室其上,则无由通矣。"李子德曰:"烈士死战,安居执刀笔者且妄议之。'思子良臣',正恨之也!"杨慎曰:"古人文辞,不厌郑重。宋玉赋'旦为朝云',古乐府云'暮不夜归。'"[1]按此篇虽叙战事,而语涉讽刺,不知当日军乐何以用之。若魏晋以下,那得有此种。

(五)写爱情者。如《上邪》:

  上邪!我欲与君相知。长命无绝衰。山无陵,江水为竭,冬雷震震夏雨雪,天地合,乃敢与君绝。

上邪,犹言天乎,[2]盖女子呼天以为誓也。庄述祖以为男慰女者,恐非。胡应麟曰:"上邪言情,短章中神品!"沈德潜曰:"山无陵以下共五事,重叠言之,不见其排,何笔力之横也!"又如《有所思》:

---

[1] 按《汉书·萠通传》:"昨暮夜,犬得肉,争斗相杀,请火治之。"又《后汉书·杨震传》:王密怀金十斤以遗震,震却之,密曰:"暮夜无知者。"震曰:"天知神知,我知子知,何谓无知?"据此,则"暮夜"连文,乃汉人常语,"暮不夜归",特拆而言之,实即"暮夜不归"意。

[2] 《柳亭诗话》云:"邪一作雅。愚意,古邪耶通用,味全篇语气,首二字一读,有疑而讯之之意。何承天拟此篇云'上邪下难正,众枉不可矫',则竟作邪正之邪矣。"按此说甚是。《汉书·佞幸传》:"(石)显与中书仆射牢梁、少府五鹿充宗,结为党友,诸附倚者皆得宠位,民歌之曰:'牢邪?石邪?五鹿客邪?印何累累,绶若若邪?'言其兼官据势也。"此诸邪字皆语气词,确有疑怪而讯之之意。

> 有所思,乃在大海南。何用问遗君?双珠玳瑁簪,用玉绍绕之。闻君有他心,拉杂摧烧之。摧烧之,当风扬其灰。从今已往,勿复相思!——相思与君绝!鸡鸣狗吠,兄嫂当知之。妃呼狶。秋风肃肃晨风飔。东方须臾高知之。

此与上篇所表现之女性,皆甚爽直激烈,所谓北方之强。口吻逼肖,情态欲生,真神笔也。《左传》成公十六年注:"问,遗也。"《广雅·释诂》同。庄述祖以"何用"三句为男子之言,"闻君"以下,为女子答辞;陈本礼则以为女子"自说自答",似于义为长。盖拉杂摧烧之物,即将以问遗所思之双珠玳瑁簪也。《历代诗发》云:"叠三字(摧烧之),继以当风扬其灰,见满心决绝,为'从今已往'八字著力也!""鸡鸣"二句追忆定情之夕,"当"字可味。

"妃呼狶"三字,解说不一。有以为声词者,如徐祯卿云:"乐府中有妃呼狶、伊何那诸语,本自无义,但补乐中之音。"王世贞、董若雨并同此说。有以为写风声者,如《贞一斋诗话》云:"乐府妃呼狶,是摹写风声。"此盖探下文而生义。有以为转语者,如陈本礼云:"妃呼狶,人皆作声词读,细玩其上下语气,有此一转,便通身灵豁,岂可漫然作声词读耶?"(闻一多先生疑系乐工所记表情动作之旁注,谓"妃读为悲,呼狶读为歔欷,歌者至此当作悲泣之状。")按此三字,自是声词,如"几令吾呼"、"何何吾吾"、"乌乌武邪"之类。然此处曲调遗声,独存不废者,必有其重要性在。殆以声词而兼转换与表情之作用者。至有讹为"女唤狶"者,则大谬矣。如《寒厅诗话》:"阮亭先生曰,余尝见一江南士子拟古乐府,有'妃来呼狶狶知之'之句,盖乐府妃呼狶,皆声而无字,今误以妃为女,呼为唤,狶为豕,凑泊成句,是何文理?因论诗绝句,著其说曰:'草堂乐府擅惊奇,老杜哀时托兴微。元白张王皆古意,不曾辛苦学妃狶。'"然其误自徐献忠

《乐府原》已开之。

《说文》:"飔,凉风也。"晨风字点出中宵独语,长夜无眠景况。东方句,陈本礼云:"言我不忍与君决绝之心,固有如暾日也。倘谓予不信,少待须臾,俟'东方高'则知之矣。"按魏明帝《种瓜篇》云:"天日照知之,想君亦俱然。"语意本此。

以上所举共六篇,略可概《铙歌》之全,皆杂言也。综而言之,吾人对《铙歌》之认识,约有数点:(一)《铙歌》其始即《鼓吹曲》。输入于汉初,而其有辞,则当在武帝时。(二)《铙歌》乃夷乐,非雅乐亦非楚声,故体裁独异。(三)《铙歌》在西汉用途至广,故内容亦杂,并非由沈约杂凑而成。(四)《铙歌》之声价,自明帝列为四品之一,始渐抬高,故魏晋以下遂全变为雅颂诗。(五)《安世》、《郊祀》,多用实字,此则多用虚字。前二歌之贡献,在于变化楚辞而为三言与七言,而此则在创为长短句。(六)《铙歌》声情,悲壮激烈,实开后世豪放一派。民歌中,惟北朝《鼓角横吹曲》堪为嗣响。

西汉贵族乐府,不外上述三种,其《燕射歌辞》、《横吹曲辞》皆亡。《舞曲歌辞》中惟存杂舞中之《圣人制礼乐》、《公莫舞》二篇与散乐之《俳歌》一篇,皆声辞杂写,从略。东汉无可述,章帝所作《食举歌诗》四章与《云台十二门诗》十二章,傅毅所作之显宗十颂,并亡。其东平王苍《武德武歌》一篇,别于文人乐府中叙述之。

第三章　两汉民间乐府

《汉书·艺文志》云："自汉武立乐府而采歌谣，于是有赵、代之讴，秦、楚之风，皆感于哀乐，缘事而发。亦足以观风俗，知薄厚云。"此汉民间乐府所由来也。

自今论之，民间乐府之于两汉，一如《诗》、《骚》之于周、楚。其文学价值之高以及对于后世影响之大，皆足以追配《诗经》、《楚辞》鼎足而三。后人每标举汉赋以与唐诗、宋词、元曲，相提并论，非知言也。夫一代有一代之音乐，斯一代有一代之音乐文学，唐诗宋词元曲，皆所谓一代之音乐文学也。今举"不歌而诵"之赋与之校衡，亦为不类。善夫《通志·乐府总序》之言曰："诗者，人心之乐也。不以世之污隆而存亡，岂三代之时，人有是心，心有是乐，三代之后，人无是心，心无是乐乎？继三代之作者，乐府也！乐府之作，宛同风雅！"真卓见也。《诗薮》亦云："汉乐府采摭闾阎，非由润色，然质而不俚，浅而能深，近而能远，天下至文，靡以过之！后世言诗，断自两汉，宜也。"此岂所谓"似不从人间来"之辞赋所能比拟哉？

《乐府诗集》列《相和歌辞》一类，其中"古辞"，即为汉世民间之作。所谓"相和"者，《宋书·乐志》云："相和，汉旧曲也。丝竹更相和，执节者歌。"又云："凡乐章古词，今之存者，并汉世街陌谣讴，《江南可采莲》、《乌生十五子》、《白头吟》之属是也。"《古今乐录》云："凡《相和》有笙、笛、节、鼓、琴、琵琶七种。"按《汉书·礼乐志》："初，高帝过沛，作风起之诗，令沛中僮儿百二十人习而歌之。至孝惠时，以沛宫为原庙，皆令歌儿习吹以相和。"此"相和"二字之始见者。《志》又云："武帝定郊祀礼,作十九章之歌,以正月上辛用事甘泉圜丘,使童男女七十人俱歌,昏祠至明。"又《宋书·乐志》："《但歌》四曲,出自汉世,无弦节作伎,最先一人唱,三人和。"据此,则汉世相和歌法亦有两种:一为一人独唱,即所谓"执节者歌",一则多人合唱也。

《相和歌辞》外,《杂曲》中亦间有民间之作,综计约三十余篇,当为汉乐府之精英,以其价值不仅在文学,且足补史传之阙文,而使吾人灼见当日社会各方之状况也。然在当时,则此种作品,地位似甚低,搢绅之士,悉狃于雅、郑之谬见,以义归廊庙者为雅,以事出闾阎者为郑,故班固著《汉书》,于《安世》、《郊祀》二歌,一字靡遗,而于此种民歌,则惟录其总目,本文竟一字不载。历五百年之久,至梁沈约作《宋书·乐志》,始稍稍收入于正史。更历五百年,宋郭茂倩纂《乐府诗集》,始更有所增补。然其散佚,盖亦多矣。呜呼!孔子定诗,首列《二南》,《论语》所引,《国风》为多,而两汉经生文人,乃弃此如遗,视若无睹,三百年间,曾无专集,良可痛惜也。

汉乐"古词",其正确之时代,本甚难断言,今姑就一己所见,依作品之风格,及有本事足征者,略别东西,作一较有系统之叙述。大抵西汉之作,朴茂直梗,东汉则趋于平妥。准斯以观,倪亦庶几乎。

一　西汉民间乐府

揆之事理;证以班书所录吴、楚、汝南歌诗,邯郸、河间歌诗,燕、代、雁门、云中、陇西歌诗,周谣歌诗,秦歌诗,以及淮南、南郡、雒阳、齐、郑等诸歌诗之篇目，西汉民歌，其数量当远过于东汉。惟今则适得其反。在三十余首"古词"中，吾人能确认其为西汉之作者，不过寥寥数首而已。

（一）《江南》：

江南可采莲，莲叶何田田！鱼戏莲叶间。鱼戏莲叶东，鱼戏莲叶西。鱼戏莲叶南，鱼戏莲叶北。

吴兢《乐府古题要解》："江南古词，盖美芳辰丽景，嬉游得时。"按此篇始载《宋书·乐志》，《通志·相和歌》亦首列《江南曲》，以为正声。当为传世五言乐府之最古者，殆武帝时所采吴楚歌诗。西北二字，古韵通，《楚辞·大招》："无东无西，无南无北。"是其证。

（二）《薤露》（相和曲）：

薤上露，何易晞！露晞明朝更复落，人死一去何时归？

（三）《蒿里》：

蒿里谁家地？聚敛魂魄无贤愚。鬼伯一何相催促，人命不得少踟蹰！

《古今注》曰："薤露蒿里，并丧歌也。本出田横门人，横自杀，门人伤之，为作悲歌，言人命奄忽，如薤上之露易晞灭也。亦谓人死魂魄归于蒿里。至汉武帝时，李延年乃分为二曲，《薤露》送王公贵人，《蒿里》送士丈夫庶人。使挽柩者歌之，亦谓之《挽歌》。"是二歌盖作于汉初。然以其中多用七言句一事按之，必经李延年润色增损，以武帝之世，乐府始大倡七言也。要为西汉文字无疑。

薤露一名，始见《文选·宋玉对楚王问》："其为阳阿薤露，国中属而和者数百人。""蒿里"者，《汉书·武五子传》："蒿里召兮郭门阅"，师古注："蒿里，死人里。"又《武帝纪》："太初元年十二月禫高里"。注引伏俨曰："山名,在泰山下。"师古曰："此高字,自作高下之高。而死人之里,谓之蒿里,或呼为下里者也。字则为蓬蒿之蒿。或者既见泰山神灵之府,高里山又在其旁,即误以高里为蒿里,混同一事。文学之士,共有此谬,陆士衡尚不免,(按指陆《泰山吟》:"梁甫亦有馆,蒿里亦有亭。")况其余乎!今流俗书本,此高字有作蒿者,妄加增耳。"然则高里自高里,乃泰山下一山名,蒿里自蒿里,为死人里之通称,或曰下里,不容相混也。

此二曲者,至东汉已不仅为丧歌。有用之宴饮者,如《后汉书·周举传》:"商(大将军梁商)大会宾客,宴于洛水,举时称疾不往,商与亲暱酣饮极欢,及酒阑倡罢,续以《薤露》之歌,座中闻者皆为掩涕。太仆张种时亦在焉,会还,以事告举,举叹曰:此所谓哀乐失时,非其所也,殃将及乎。商至秋果薨。"有用之婚嫁者,如《风俗通》云:"时京师殡、婚、嘉会,皆作魌櫑,酒酣之后,续以《挽歌》。魌櫑,丧家之乐;《挽歌》,执绋相偶和之者。"按曹植有《元会》诗,而云"悲歌厉响,咀嚼清商。"所谓悲歌,当即挽歌,则知流风所及,至魏犹未泯。于此,亦可见二曲感人之深矣。

(四)《鸡鸣》(相和曲):

鸡鸣高树巅,狗吠深宫中。荡子何所之?天下方太平。刑法非有贷,柔协正乱名。黄金为君门,璧玉为轩堂。上有双樽酒,作使邯郸倡。刘王碧青甍,后出郭门王。舍后有方池,池中双鸳鸯。鸳鸯七十二,罗列自成行。鸣声何啾啾,闻我殿东厢。兄弟四五人,皆为侍中郎。五日一时来,观者满路傍。黄金络马头,颎颎何煌煌。桃生露井上,李树生桃傍。虫来啮桃根,李树代桃僵。树木身相代，兄弟还相忘！

按汉作多"缘事而发"，此诗必有所刺！云天下方太平者，微词也。正言若反。夫刑法非有所假贷，况正当此乱名之时乎？故戒荡子以不可轻犯法网。乱名者，谓善恶无别，尊卑无序，即下文所叙僭越诸事。《尔雅·释诂》："协，服也。"柔协，犹柔服。《左传》："伐叛，刑也。柔服，德也。"此盖谓优柔姑息，为乱名之渐。《汉书·外戚列传》赵昭仪"居昭阳舍，……切皆铜沓冒，黄金涂。壁带往往为黄金釭，函蓝田璧，明珠翠羽饰之"。注云："切，门限也。沓冒，其头也。涂，以黄金涂铜上也。壁带，壁之横木露出如带者也。于壁带之中，往往以金为釭，若车釭之形也。其釭中著玉璧明珠翠羽耳。"是金门玉堂唯皇家为能有之，非臣下所得僭用。刘王者，汉同姓诸侯王也。郭门王，则郭门外之异姓诸侯王也。陈沆云："汉制，非刘氏不得王。故惟宗室王家，得殿砌青甃，而僭效之者则郭门之王氏也。郭门，其所居之地。鸳鸯七十二，伎妾之盛也。"按《汉书·武五子·昌邑哀王贺传》："贺到灞上，旦至广明东都门，（龚）遂曰：'礼，奔丧，望见国都哭，此长安东郭门也。'贺曰：'我嗌痛，不能哭。'至城门，遂复言。贺曰：'城门与郭门等耳。'"是长安当西汉时，城门外别有郭门也。陈氏以为所居之地，盖得之。凡此，皆诗所谓"乱名"之事。

朱乾《乐府正义》云："本言其僭侈，言外有尊本宗，抑外戚意，此诗人微旨。"说甚有见。按西汉外戚，势最猖獗，故《汉书·王商传赞》云："自宣、元、成、哀，外戚兴者，许、史、三王、丁、傅之家，皆重侯累将，穷贵极富，见其位矣，未见其人也。"而就中尤以三王之一，五侯家为最僭侈。《汉书·元后传》："河平（成帝）二年（前26），上悉封舅谭为平阿侯，商成都侯，立红阳侯，根曲阳侯，逢时高平侯，五人同日受封，故世谓之五侯。"此事在当日，度必轰动天下，为世艳羡也。《传》又云："上幸商第，见穿城引水，意恨，内衔之，未言。后微行出，过曲阳侯第，又见园中土山渐台，似类白虎殿，于是上怒，……乃使尚书责问司隶校尉、京兆尹：知成都侯商擅穿帝城，决引沣水，曲阳侯根骄奢僭上，赤墀青琐，司隶、京兆，皆阿纵不举奏正法。二人顿首省户下。……是日，诏尚书奏文帝时诛将军薄昭故事。商、立、根皆负斧质谢，上不忍诛。"此五侯之僭侈，固尝触天子之怒者。《传》又云："五侯群弟，争为奢侈，赂遗珍宝，四面而至，后庭姬妾，各数十人，僮奴以千百数。罗钟磬，舞郑女，作倡优狗马驰逐。大治第室，起土山渐台，洞门高廊阁道，连属弥望。百姓歌之曰：'五侯初起，曲阳最怒。坏决高都，连竟外杜。土山渐台西白虎。'（注：皆仿效天子之制也）其奢侈如此！"此五侯之僭侈，见于民歌者。又刘向《极谏外家封事》石："今王氏一姓，乘朱轮华毂者二十三人，大将军（王凤）秉事用权，五侯骄奢僭盛，并作威福，尚书、九卿、州牧、郡守，皆出其门。历上古至秦汉，外戚僭贵，未有如王氏者也。"此五侯之僭侈，见于宗室大臣之奏疏者。与诗所咏甚切合，疑即为五侯作也。

又王凤于五侯，本属同产，凤卒后，以次当及平阿侯谭为大司马，乃凤以其不附己，因以死保从弟音以自代，致谭、音二人搆隙。其后，曲阳侯根复阴陷红阳侯立，致立被遣就国，皆兄弟相忘之事也。要之此诗必有所刺，其所表现之时代，亦为一骄奢僭侈之时代，而求之两汉，厥为五侯之事，适足以当之，则此篇固亦西汉末作品也。

（五）《乌生八九子》：

　　乌生八九子，端坐秦氏桂树间。唶！我秦氏家有遨游荡子，工用睢阳彊，苏合弹。左手持彊弹两丸，出入乌东西。唶！我一丸即发中乌身，乌死魂魄飞扬上天。阿母生乌子时，乃在南山岩石间。唶！我人民安知乌子处？蹊径窈窕安从通？白鹿乃在上林西苑中，射工尚复得白鹿脯。唶！我黄鹄摩天极高飞。后宫尚复得烹煮之。鲤鱼乃在洛水深渊中，钓竿尚得鲤鱼口。唶！我人民生，各各有寿命，死生何须复道前后！

句格苍劲，迥异寻常。黄鹄二句，与《铙歌》"黄鹄高飞离哉翻，关弓射鹄，令我主寿万年"，情事相同。又篇中言及上林苑，上林苑当景、武之世，多养白鹿狡兔，为游猎之地，并足为作于西京（长安）之证。

此篇为寓言，极言祸福无形，主意只在末二句。《文选》李善注："古《乌生八九子》歌曰：黄鹄摩天极高飞。"是作"唶我"一读。朱嘉徵云："唶音借，叹声，一音谪。嚘、唶，多辞句也。"陈祚明曰："唶字，读嗟叹之音。"李子德曰："唶，托乌语以发之。白鹿、鲤鱼不用唶字，极有理。"是诸家又皆作唶字一读也。按《史记·滑稽列传》："郭舍人疾言骂之曰：'咄！老女子何不疾行？陛下已壮矣！'"又《外戚世家》："武帝下车泣曰：'嚘！大姊，何藏之深也！'"又《汉书·东方朔传》，朔笑之曰："咄！口无毛，声謷謷，尻益高。"又《后汉·光武纪》："后望气者苏伯阿为王莽使至南阳，望见舂陵郭，唶曰：'气佳哉！郁郁葱葱然。'"注云："唶，叹也。音子夜反。"则知汉人原有此种语法。作唶字读，似于义为长。我秦氏，我黄鹄，盖乌与黄鹄自我也。此类汉乐府中多有之。如《豫章行》："何意万人巧，使我离根株。"则白杨自我也。《蜨蝶行》:"奈何卒逢三月养子燕,接我苜蓿间。"则蜨蝶自我也。《战城南》:"为我谓乌,且为客豪。"则死者自我也。《白鹄行》:"吾欲衔汝去,口噤不能开。吾欲负汝去,毛羽何摧颓。"吾,亦白鹄自吾也。所谓"我人民"、"我黄鹄"者,亦犹《汉书》:"我儿子,安敢望汉天子!"(《匈奴传》)又"我丈夫,一取单于耳"之类。(《李陵传》)

《毛传》:"善其事曰工"。彊,彊弩也。睢阳,古宋国地,汉为梁所都,梁孝王尝广睢阳城七十里,其人夙善为弓,故云。苏合,西域香也。

(六)《董逃行》(清调曲):

　　吾欲上谒从高山。山头危险大难。遥望五嶽端,黄金为阙班璘。但见芝草叶落纷纷。(一解)

　　百鸟集来如烟。山兽纷纶麟辟邪。其端鸱鸡声鸣,但见山兽援戏相拘攀。(二解)

　　小复前行玉堂,未心怀流还。传教出门:"来!门外人何求所言?""欲从圣道求得一命延!"(三解)

　　教敕凡吏受言:"采取神药若木端。玉兔长跪捣药虾蟆丸。奉上陛下一玉柈。服此药可得神仙。"(四解)

　　服尔神药莫不欢喜,陛下长生老寿。四面肃肃稽首。天神拥护左右。陛下长与天相保守!(五解)

按别有《董逃歌》,为董卓时童谣,见《后汉书·五行志》,与此无涉。吴旦生《历代诗话》引《乐府原题》,谓《董逃行》作于汉武之时,盖武帝有求仙之兴。董逃者,古仙人也。朱嘉征亦谓此方士迂怪语,使王人庶几遇之,或武帝时使方士入海求三神山,为公孙卿辈所作。按《史记·封禅书》:武帝时,李少君、栾大等以方术见,少君拜文成将军,栾大拜五利将军,贵震天下。"而海上燕齐之间，莫不搤腕而自言有禁方，能神仙矣。"篇中神药若木，玉兔虾蟆，即所谓禁方、不死之药也。

五岳者，闻一多先生云："《列子·汤问》篇曰：'渤海之东，其中有五山焉，一曰岱舆，二曰员峤，三曰方壶，四曰瀛洲，五曰蓬莱，其上台观皆玉，其上禽兽皆纯缟。五山之根，无所连著，帝乃命禺彊使臣鳌十五举首而戴之，五山始峙。而龙伯之国有大人，一钓而连六鳌，合负而趋归其国，于是岱舆、员峤二山流于北极，沉于大海。'疑五岳初谓海上五山。此诗黄金为阙之语，与《列子》台观皆金玉，《史记》黄金银为阙（《封禅书》）正合。《王子乔》古辞曰，东游四海五岳山，谓大海中之五山也"。（节录）

《急就篇》："射魃辟邪。"《韵会》："辟邪，兽名。"按《汉书·西域传》："乌弋山离国有桃拔。"孟康注："桃拔一名符拔。似鹿长尾。一角者或为天鹿，两角者或为辟邪。"是此兽盖出于西域。汉人往往篆刻其形于钟旋、印钮或带钩，虽皇后首饰亦用之（见《后汉书·舆服志》）。隋时绘于军旗。至唐则多绣于帘额，秦韬玉诗所谓"地衣镇角香狮子，帘额侵钩绣辟邪"者是也。五代以后，始无闻。前人多以"麟辟邪其端"为句，误。其端，即指上五岳端也。何求所言，倒语，犹云何所求言也。昆仑山有碧玉之堂，见《十洲记》。流还，犹游旋，言行至玉堂，而求仙之意弥坚也。

李子德曰："幻想直写，朴淡参差，而音节殊遒，乐府之本也。"范大士曰："短长错综间，真鸣金石而叶宫商。"然则即以作风论，亦允为西汉作品也。

（七）《平陵东》：

平陵东，松柏桐，不知何人劫义公。劫义公，在高堂上。

交钱百万两走马。两走马,亦诚难。顾见追吏心中恻。心中恻,血出漉。归告我家卖黄犊!

崔豹《古今注》曰:"《平陵东》,汉翟义门人所作也。"《乐府古题要解》云:"义,丞相方进之少子,字文仲,为东郡太守,以莽篡汉,举兵诛之,不克,见害。门人作歌以悲之也。"按其事详《汉书·翟方进传》,兹节录如下:"义为东郡太守数岁,平帝崩,王莽居摄,义心恶之。谓陈丰曰:吾幸得备宰相子,身守大郡,父子受汉厚恩,义当为国讨贼。设令时命不成,死国埋名,犹可以不惭于先帝。于是举兵,立刘信为天子,移檄郡国,郡国皆震,比至山阳,众十余万。莽大惧,乃拜孙建为奋武将军,凡七人,以击义。攻围义于圉城(在河南),破之。义与刘信,弃军庸亡,至固始(在河南)界中,捕得义。尸磔陈都市。莽尽坏义第宅污池之,发父方进及先祖冢在汝南者,烧其棺柩,夷灭三族,诛及种嗣,至皆同坑以棘五毒并葬之。莽于是自谓大得天人之助,至其年十二月,遂即真矣。"此其本末也。《王莽传》亦谓:"莽既灭翟义,自谓威德日盛,获天人之助,遂谋即真之事矣。"然则义不死,莽不得篡汉也。

此篇之作,其当翟义兵败被捕之时乎?《汉书·地理志》:"右扶风有平陵县。"注云:"昭帝置,莽曰广利。"在今西安市咸阳县西北。曰平陵东,松柏桐者,暗指莽居摄地也。《后汉书·郡国志》,长安下,注引《皇览》云:"卫思后葬城东南桐松园,今千人聚是。"是知汉时长安固多植松柏梧桐也。不知何人者,不敢斥言,故云不知也。交钱百万两走马,言如其可赎,则不惜以百万钜资赎之,盖汉法可以货贿赎罪也。然义于新莽,实为大逆,罪在不赦,故曰亦诚难。顾见追吏,想像之词,言营救者法当连坐,自身且将为吏追捕,正所谓诚难也。钱既不能赎,则惟有

67

救之以力耳,故云归告我家卖黄犊,言欲卖牛买刀,以死救之也。观末语,知此歌必出于民间。

作者作此诗时,殆尚不知义之已死,故犹存万一之望。吴兢以为门人悲义之见害,后人不察,牵强为说,皆非诗意。按《后汉书·王昌传》:"王昌一名郎。更始元年(23)十二月,林(景帝七代孙)等遂立郎为天子。移檄州郡曰:'王莽窃位,获罪于天。天命佑汉,故使东郡太守翟义,严乡侯刘信,拥兵征讨。普天率土,知朕隐在人间,朕仰观天文,以今月壬辰即位赵宫,盖闻为国,子之袭父,古今不易。(郎诈称为成帝子子舆)刘圣公(刘玄)未知朕,故且持帝号,已诏圣公及翟太守亟与功臣诣行在所。'郎以百姓思汉,既多言翟义不死,故诈称之,以从人望。"(节引)考翟义被害,在居摄二年(7)冬,下迄更始,凡十六年。据此,则当日翟义之死,民间或不遍知,故历十余年后,犹多有不死之传说,因而王昌辈得以诈称之。然义之忠义,其感人之深,结人之固,亦正可见。此诗所以有"义公"之目,与心恻血出、归家卖犊诸语也。旧以为出义门人,正不必尔。呜呼,乐府,"缘事而发"之言,岂欺我哉!

西汉民间乐府,约如上述七篇。其《东光》一曲,咏汉武平南越事,然张永《元嘉伎录》云:"《东光》,旧但有弦无音,宋识造其声歌。"则此曲终当存疑也。

二 东汉民间乐府

论东汉乐府之采诗 西汉之有民间乐府,因其事见班书,故可无疑。东汉则乐府之设立,史无明文,藉令有之,其是否仍采用民谣,一如武帝故事,尤属茫昧,此诚一先决问题也。就下举诸事实观之,则东汉初年,盖已有乐府,且仍必采诗也。

按《后汉书·祭遵传》:"建武八年(32)秋,复从车驾上陇。及(隗)嚣破,帝(光武)东归过汧,幸遵营,劳飨士卒,作黄门武乐,良夜乃罢。"又《光武纪》:"建武十三年(37)三月,益州传送公孙述瞽师、郊庙乐器、葆车舆辇,于是法物始备。"又《南匈奴传》:"建武二十六年(50),南单于奉奏诣阙,更乞和亲,并请音乐。"又《祭祀志》:"陇蜀平后,乃增广郊祀。……凡乐奏青阳、朱明、西皓、玄冥,及云翘、育命舞。"(青阳四曲,在前《郊祀歌》内)又崔豹《古今注》:"明帝为太子,乐人作歌诗四章,以赞太子之德,其一曰《日重光》,其二曰《月重轮》,其三曰《星重辉》,其四曰《海重润》,汉末丧乱,其二章亡。"凡此,皆光武时事也。使无乐府之设立,恐不能至此。蔡邕《礼乐志》谓汉乐四品:一曰《大予乐》,二曰《周颂雅乐》,三曰《黄门鼓吹》,四曰《短箫铙歌》。按明帝永平三年(60)八月,改《大乐》曰《大予乐》。则知至明帝时,乐府且益形完备。又《安帝纪》:"永初元年(107)九月,诏太仆少府减黄门鼓吹以补羽林士。"《汉宫仪》曰:"黄门鼓吹,百四十五人。"是迄东汉中叶,且以乐府人员过剩为患矣。

至于当时乐府,仍必采诗,则亦有足取证者。两汉政治,有共同之特点者一:即民意之重视是也。易言之,即歌谣之重视是也。如《汉书·韩延寿传》:

> (延寿)徙颍川,颍川多豪强难治。延寿欲教以礼让,恐百姓不从,乃历召郡中长老为乡里所信向者,设酒具食,亲与相对,接以礼意。人人问以谣俗,民所疾苦。(节引)

师古注:"谣俗,谓闾里歌谣,政教善恶也。"又《王尊传》:

> 尊居部二岁,怀来徼外,蛮夷归附其威信。博士郑宽

中,使行风俗,举奏尊治状,迁为东平相。

又《谷永传》:

> 永对曰:"臣愿陛下立春遣使者循行风俗,宣布圣德,存恤孤寡,问民所苦劳。"

所谓"使行风俗"、"循行风俗",盖即古者"听于民谣"之意,亦即延寿所云"人人问以谣俗"是也。而《王莽传》亦云:

> 元始四年(4)四月,遣大司徒司直陈崇等八人,分行天下,览观风俗。其秋,(五年秋)风俗使者八人还,言天下风俗齐同,诈为郡国造歌谣,颂功德,凡三万言。(节引)

事亦见《后汉书·谯玄传》。此虽出于风俗使者之欺下罔上,假造民意,但亦足觇当时政治重视民意之风气焉。惜此三万言之假造歌谣,今皆不存,否则对于吾人研究诗体之流变者,必有不少裨益,以其内容虽为假造,而形式则必为当代民歌之形式也。

此种重视民谣之风气,至东汉犹未稍歇,并实行以民谣为黜陟之标准。故范晔《后汉书·循吏列传》叙云:"初,光武起于民间,颇达情伪。广求民瘼,观纳风谣,故能内外匪懈,百姓宽息。然建武、永平之间,吏事刻深,亟以谣言单辞,[1]转易守长。"(节引)兹更举其事之见于本纪及列传者,节录如下。

---

[1] 乾按这里的单辞,犹偏辞,即一面之词,单方面无对证之辞。《尚书·吕刑》:"明清于单辞。"孔颖达疏:"单辞,谓一人独言,未有与对之人。"《后汉书·明帝纪》:"详刑慎罚,明察单辞。"李贤注:"单辞,犹偏辞也。"又《朱浮传》:"有人单辞告浮事者。"李贤注:"单辞,谓无正(证)据也。"复按下文"故朱浮数上谏书,箴切峻政"数语,可为印证。与文字的长短繁简无关。王运熙先生说:"所谓'单辞',当指文字短小、简单的歌辞。"(《乐府诗述论》增补本,上海古籍出版社2006版第425-429页。下称王著)未免望文生义,恐误。

《顺帝纪》：

　　汉安元年（142）八月，遣侍中杜乔，光禄大夫周举，守光禄大夫郭遵、冯羡、栾巴、张纲、周栩、刘班等八人，分行州郡，班宣风化，举实臧否。

《周举传》：

　　时诏遣八使巡行风俗，皆选素有威名者，分行天下。其刺史二千石有臧罪显明者，驿马上之。墨绶以下，便辄收举。其有忠清惠利，为百姓所安，宜表异者，皆以状上。于是八使同时俱拜，天下号曰八俊。

《雷义传》：

　　顺帝时，使持节督郡国，行风俗，太守令长坐者凡七十人。

以上皆顺帝时事。

《刘陶传》：

　　光和（灵帝）五年（182），诏公卿以谣言举刺史二千石为民蠹害者。（注云：谣言，谓听百姓风谣善恶，而黜陟之也。）时太尉许馘，司空张济，承望内官，宦者子弟宾客，虽贪污秽浊，皆不敢问；而虚纠边远小郡清修有惠化者二十六人，吏人诣阙陈诉。耽（陈耽）与议郎曹操上言：公卿所举，率党其私，所谓放鸱枭而囚凤凰。其言忠切，帝以让馘、济。由是诸坐谣言徵者，悉拜议郎。

《蔡邕传》：

　　熹平六年（177）制书引咎，诰群臣各陈政要所当施行。邕上封事曰：夫司隶校尉，诸州刺史，所以督察奸枉，分别白黑者也。伏见幽州刺史杨熹等，各有奉公疾奸之心，熹等所纠，其效尤多。余皆枉桡，不能称职，公府台

71

阁,亦复默然。五年制书,议遣八使,又令三公谣言奏事。(《汉官仪》曰:三公听采长史臧否,人所疾苦,条奏之,是为举谣言者也。)是时,奉公者欣然得志,邪枉者忧悸失色。未详斯议,所因寝息?今始闻善政,旋复变易,足令海内,测度朝政。宜追定八使,纠举非法。更选忠清,平章赏罚。(节录)

则知在光和五年前,当熹平之五年,已尝有谣言奏事之议,但未实行,故邕以为言。此皆灵帝时事也。而观《季邰传》:"和帝即位,分遣使者,皆微服单行,各至州县,观采风谣。"则东汉采诗之举,并远在顺帝以前,当和帝之世矣。今乐府有《雁门太守行》,其篇首云:"孝和帝在时,雒阳令王君"云云,亦足资推证。

夫既遣使者以行风俗,因谣言而为黜陟,则自必存录,以为黜陟之张本,而乐工因采以入乐,此事理之当然者,前举《雁门太守行》,即其明例也。[1] 由是可知,东汉一代,亦自有其民间乐府。所异者,采诗之目的,纯为政治,不为音乐,与武帝时微有

---

[1] 乾按《后汉书·王涣传》:"(民)每食辄弦歌而荐之。(注:古乐府歌曰:孝和帝在时……)永初二年(《乐府诗集》误作'永嘉二年'),邓太后诏曰:'故洛阳令王涣,秉清修之节,蹈羔羊之义,尽心奉公,务在惠民。功业未遂,不幸早逝。百姓追思,为之立祠。自非忠爱之至,孰能若斯者乎?今以涣子石为郎中,以劝劳勤。'"据此可知《雁门太守行》"时政之得失系焉",正是朝廷"用以考察王涣政绩的风谣",并非单纯"纪念的作品"。王涣是死在任上的,故黜陟不限生前,身后追加,亦往往有之。《雁》诗本为《古乐府歌》,不只是"不合乐的歌辞"。《后汉书·五行志一》载《董逃歌》,《乐府诗集》引崔豹《古今注》曰:"后人习之为歌章,乐府奏之,以为儆诫焉。"杜文澜《古谣谚》卷六从《后汉书》中辑录东汉所采风谣90余篇,包括《岑熙歌》、《樊晔歌》、《崔瑗歌》等长篇。《晋书·刘曜载记》有《陇上歌》,"曜闻而嘉伤之,命乐府歌之"。《乐府诗集》收在杂歌谣类,余冠英先生《乐府诗选》认为"原可编入杂曲"。梁武帝曾诏曰"观政听谣"。故本书关于《雁门太守行》是东汉采诗用为黜陟、因以入乐之明例的论断尤误。

别耳。此诚两汉政治上一大特色,亦即两汉乐府高出后世之根本原因也。(按王符《潜夫论·明闇》篇:"夫田常囚简公,踔齿悬湣王,二世亦既闻之矣,然犹复袭其败迹者何也?过在于不纳卿士之箴规,不受民氓之谣言,自以为贤于简、湣,聪于二臣也。"认为秦二世之灭亡,过在"不受民谣","自绝于民",此亦当时重视民谣之反映。)

汉乐府之时代,本多不可考,兹所谓东汉民间乐府者,实亦难必其皆东汉作也。兹为取便观览,且以明一代社会之概况,特就其性质,析为幻想、说理、抒情、叙事四类,叙之于后。

(一)幻想之类 所谓幻想,盖指诸言游仙之作。按《后汉书·方术传》叙:"汉自武帝颇好方术,天下怀协道艺之士,莫不负策抵掌,顺风而届焉。后王莽矫用符命,光武尤信谶言,自是习为内学。尚奇文,贵异数,不乏于时也。"夫上有好者,下必甚焉,此汉乐府所以多神仙迂怪之文也。

(1)《长歌行》(相和平调曲):

> 仙人骑白鹿,发短耳何长!导我上太华,揽芝获赤幢。来到主人门,奉药一玉箱:"主人服此药,身体日康强。发白复更黑,延年寿命长。"

王逸《楚辞》注:"揽,采也。"《方言》:"翿,幢,翳也。楚曰翿。关东关西曰幢。"起二语殊有奇趣,所谓"弥幻弥真"。

(2)《王子乔》(相和吟叹曲):

> 王子乔,参驾白鹿云中遨。参驾白鹿云中遨。下游来,王子乔,参驾白鹿上至云戏游遨。上建逋阴广里践近高。结仙宫,过谒三台。东游四海五岳,上过蓬莱紫云台。三王五帝不足令,令我圣明应太平。养民若子事父明。当究天禄永康宁。玉女罗坐吹笛箫嗟行。圣人游八极,鸣吐衔福

翔殿侧。圣主享万年,悲吟皇帝延寿命。

王子乔,周灵王太子晋。好吹笙作凤鸣,游伊洛间,道人浮丘公接以上嵩高山。时人为立祠缑氏山下及嵩高之首。(见刘向《列仙传》)吴旦生谓:王乔有三人:一为王子晋,二为叶令王乔,三为柏人令王乔,皆神仙也。(《历代诗话》卷二十四)《乐府正义》:"建,立也。遄阴未详其地,广里见王隐《晋书》。"按当指立祠之处。高,谓嵩高。《白虎通》:"中央之岳,独加高字者何?中央居四方之中,可高,故曰嵩高。"又《搜神后记》:"嵩高山北有大穴,莫测其深。"亦嵩高连文。践近高者,谓近于嵩高可履践也。究,尽也。刘熙《释名》云:"嗟,佐也。言之不足以尽意,故发此声以自佐也。"盖谓玉女吹箫笛以佐行耳。圣人,指王子乔。呜吐句,颂词。如宣帝时凤凰神雀降集京师之类。此篇,《乐府正义》以为武帝时作,王子乔盖比戾太子,恐不足信。

(3)《步出夏门行》(相和瑟调曲):

邪迳过空庐,好人尝独居。卒得神仙道,上与天相扶。过谒王父母,乃在太山隅。离天四五里,道逢赤松俱。揽辔为我御,将吾天上游。天上何所有?历历种白榆。桂树夹道生,青龙对伏趺。

按《后汉书·百官志》载:洛阳城十二门,有夏门。此篇题曰《步出夏门行》,当系东汉作也。王父母,谓东王公,西王母。白榆,桂树,青龙,双关星名。陈祚明曰:"好人必有所指。廖廖空庐,独居其中,此高士也,何以为娱。富贵不足系念,故期以神仙也。'卒得'字妙,与《善哉行》'要道不烦'同旨。极言其易。与天相扶,语奇!东父西母,乃在太山,荒唐可笑。天何可里计?乃言四五里,见得极近,最荒唐语,写若最真确,故佳。"按此类,汉乐府中多有之,尤以言神仙诸作为然。往往参互舛错,不可究诘,与诸传记不符,正不必一一求其适合。妄言之,妄听之,斯为得之。陈氏所谓荒唐,实亦即所谓诙谐。此种诙谐性,乃汉乐府一大特色,不独此一篇然也。

(4)《善哉行》(相和瑟调曲):

来日大难,口燥唇干。今日相乐,皆当喜欢。(一解)
经历名山,芝草翻翻。仙人王乔,奉药一丸。(二解)
自惜袖短,内手知寒。惭无灵辄,以报赵宣!(三解)
月没参横,北斗阑干。亲交在门,饥不及餐。(四解)
欢日尚少,戚日苦多。以何忘忧?弹筝酒歌。(五解)
淮南八公,要道不烦。参驾六龙,游戏云端。(六解)

游仙思想发生之原因有二:一为希图不死,如秦皇、汉武是也。一为逃避现实,如屈原《远游》所谓"悲时俗之迫阨,愿轻举而远游"是也。此篇情绪杂遝,忽而求仙,忽而报恩,忽而恤贫交,自悲自解,无伦无序,然其中自有一段愤懑,盖《远游》之类。

《左传》宣公二年传:"晋侯饮赵盾酒,伏甲将攻之。初,宣子(盾卒谥宣子)田于首山,舍于翳桑,见灵辄饿,问其病,曰:'不食三日矣。'食之。既而为公介,倒戟以御公徒而免之。问何故,对曰:'翳桑之饿人也。'问其名居,不告而退,遂自亡也。"《淮南子》:淮南王(刘)安养士数千人,中有高才八人为八公。大难,犹大乐、大佳之类,盖汉人语。内,同纳。阑干,横斜貌。

(二)说理之类 此类多言处世避难,安身立命之道。大抵不出儒道两家思想,其为道家思想者,多属寓言体,颇具神仙度世之点化作用。其为儒家思想者,则率含教训意味。然要皆有深切浓厚之感情为之背景,故亦不同于子书箴铭焉。

(1)《君子行》(相和平调曲)：

  君子防未然,不处嫌疑间:瓜田不纳履,李下不正冠。嫂叔不亲授,长幼不并肩。劳谦得其柄,和光甚独难。周公下白屋,吐哺不及餐。一沐三握发,后世称其贤。

纯为儒家思想。《周易》:"劳谦君子有终吉。"又曰:"谦,德之柄也。"《老子》:"和其光,同其尘。"和光,谓令名高位与人同之。而能如此者甚难也。二句言避嫌之道。末举周公以实之。陈祚明曰:"瓜田李下句,当其创造时,岂不新警!"邱光庭云:"诸经无纳履之语,按《曲礼》:俯而纳屦。正义曰:俯,低头也。纳,犹着也。低头着屦,则似取瓜,故为人所疑也。履无带,着时不必低头,故知履当为屦,传写误也。"《汉书·萧望之传》:"恐非周公相成王,躬吐握之礼,致白屋之意。"师古注:"周公摄政,一沐三握发,一饭三吐哺,以致天下之士。白屋,谓白盖之屋,以茅覆之,贱人所居。"

(2)《长歌行》(平调曲)：

  青青园中葵,朝露待日晞。阳春布德泽,万物生光辉。常恐秋节至,焜黄华叶衰。百川东到海,何日复西归?少壮不努力,老大徒伤悲!

按此篇亦见文选。感物兴怀,临流叹逝,理语亦情语也。焜黄,色衰貌。

(3)《猛虎行》(平调曲)：

  饥不从猛虎食!暮不从野雀栖!"野雀安无巢?游子为谁骄?"

朱嘉徵曰:"猛虎行,谨于立身也。"杜诗云:"纨袴不饿死,儒冠多误身",又云:"礼乐攻吾短",盖士君子洁身自爱,见得思义,势必至此。末二语,托为野雀反唇相讥之词。犹言我野雀岂无巢哉?若尔天涯游子,则真无家矣,尚骄谁乎?骄字根上"不从"字来。要知世间,乃多此种俗物。

(4)《艳歌行》(瑟调曲):

南山石嵬嵬,松柏何离离。上枝拂青云,中心十数围。洛阳发中梁,松柏窃自悲。斧锯截是松,松树东西摧,持作四轮车,载至洛阳宫。观者莫不叹,问是何山材?谁能刻镂此,公输与鲁般。被之用丹漆,薰用苏合香。本自南山松,今为宫殿梁!

(5)《豫章行》(清调曲):

白杨初生时,乃在豫章山。上叶摩青云,下根通黄泉。凉秋八九月,山客持斧斤。我□何皎皎,梯落□□□。根株已断绝,颠倒岩石间。大匠持斧绳,锯墨齐两端。一驱四五里,枝叶自相捐。□□□□□,会为舟船襎。身在洛阳宫,根在豫章山。多谢枝与叶,何时复相连?吾生百年□,自□□□俱。何意万人巧,使我离根株。

以上两篇皆表现道家思想者。即《庄子》"山木自寇"意,但更不道破,令读者自悟。夫以南山之松,得为宫殿之梁,此乃儒家之所荣,亦正道家之所悲。盖道家崇尚清静,贵全天年,故以不才为大才,以无用为大用也。李子德曰:"如对三代鼎彝,见其残缺寇,令人抚之有余思也。"信然。

(6)《枯鱼过河泣》(杂曲歌辞):

枯鱼过河泣,何时悔复及?作书与鲂鲔,相教慎出入!

此亦寓言警世之作。张嘉荫《古诗赏析》云:"此罹祸者规友之诗。出入不谨,后悔何及?却现枯鱼身而为说法。"李子德曰:"枯鱼何泣?然非枯鱼,则何知泣也?!"

按《后汉书·陈留老父传》:"桓帝世党锢事起,守外黄令陈留张升,去官归乡里,道逢友人,共班草而言。升曰:吾闻赵杀鸣犊,孔子临河而返,覆巢竭渊,龙凤逝而不至。今宦竖日乱,陷害忠良,贤人君子,其去朝乎?夫德之不建,人之无援,将性命之不免,奈何?因相抱而泣。老父趋而过之曰:吁!二大夫何泣之悲也。夫龙不隐鳞,凤不藏羽。网罗高悬,去将安所?虽泣,何及乎?"诸寓言之作,其当桓、灵之日,党锢之世乎?要其为乱世之音,固无可疑者。

(三)抒情之类 《文心雕龙》云:"吐纳英华,莫非情性。"凡在诗歌,本皆挚情之结晶,而此独以情标类者,亦权其轻重,为便利计耳,无所过执可也。

(1)《怨诗行》(楚调曲):

天德悠且长,人命一何促。百年未几时,奄若风吹烛。嘉宾难再遇,人命不可续。齐度游四方,各系太山录。人间乐未央,忽然归东岳。当须荡中情,游心恣所欲!

旧说岱宗上有金箧玉策,能知人年寿修短。《尔雅》:"泰山为东岳。"《博物志》:"泰山主召人魂。"

(2)《西门行》(瑟调曲):

出西门,步念之:今日不作乐,当待何时?(一解)

夫为乐,为乐当及时。何能坐愁怫郁,当复待来兹!(二解)

饮醇酒,炙肥牛。请呼心所欢,可用解愁忧。(三解)

人生不满百,常怀千岁忧。昼短苦夜长,何不秉烛游?(四解)

自非仙人王子乔,计会寿命难与期!自非仙人王子乔,计会寿命难与期!(五解)

人寿非金石,年命安可期?贪财爱惜费,但为后世嗤!

(六解)

此篇为晋乐所奏,汉"本辞"稍异。晋人每增加本词,写令极畅,或汉、晋乐律不同,故不能不有所增改。步念之者,谓步步念之也,盖重言而用一字。如《鸡鸣曲》:"池中双鸳鸯",谓双双也;《董逃行》:"其端鹍鸡声鸣",亦谓声声也,皆其例。《吕氏春秋》:"今兹美禾,来兹美麦。"高诱注:"兹,年也。"上二作,皆死生之感。

(3)《悲歌》(杂曲歌辞):

  悲歌可以当泣,远望可以当归。思念故乡,郁郁累累。欲归家无人,欲渡河无船。心思不能言,肠中车轮转。

按《文选》李善注引《古乐府诗》曰:"还望故乡郁何累",文句稍异。郁郁累累,谓坟墓也。汉诗用比,皆极新颖的当,如言人命短促,则云"奄若风吹烛","奄忽若飚尘","命如凿石见火";言时光之一去不回,则云"百川东到海,何时复西归?"言君子之不处嫌疑,则云"瓜田不纳履,李下不正冠。"讥兄弟之不相爱,则云"虫来啮桃根,李树代桃僵。"此篇车轮之喻亦然。

(4)《古歌》:

  秋风萧萧愁杀人。出亦愁,入亦愁。座中何人谁不怀忧?令我白头!胡地多飚风,树木何修修。离家日趋远,衣带日趋缓。心思不能言,肠中车轮转。

按此歌郭茂倩《乐府诗集》,左克明《古乐府》并不载。然其本身即为一含有音乐性之文字,观末二句与《悲歌》悉同,亦足证其出于乐府也。沈德潜曰:"苍莽而来,飘风急雨,不可遏抑。"良然!以上二篇皆写游子天涯之感者,古时交通不便,行路艰难,真有如所谓"一息不相知,何况异乡别"者。初不如吾人今日之瞬息千里,迅速安全,故古人于离别一事,乃甚多血泪之作。此则时代环境有以左右吾人之情感者也。

在汉乐府抒情一类中,最可注意者,厥为描写夫妇情爱一类作品。南朝清商曲,多男女相悦及女性美之刻画,汉时则绝少此种。盖两汉实为儒家思想之一尊时期,其男女之间,多能以礼义为情感之节文。读上《君子行》亦可见。故其所表现之女性,大率温厚贞庄,与南朝妖冶娇羞,北朝之决绝刚劲者,歧然不同。如云"他家但愿富贵,贱妾与君共铺糜。"如云"若生当相见,亡者会黄泉。"如云"愿得一心人,白头不相离。""使君自有妇,罗敷自有夫"之类,皆忠厚之至也。故即就此点以观,《孔雀东南飞》,亦决不能作于六朝。无他,风格太不类耳!

（5）《公无渡河》（瑟调曲）：

　　公无渡河,公竟渡河。堕河而死,当奈公何!

按此曲《乐府诗集》附于《相和六引·箜篌引》下,《古乐府》及《汉魏诗乘》,又直以为《箜篌引》。按《古今乐录》云:"今三调中自有《公无渡河》,其声哀切,故入瑟调。"然则非《箜篌引》明矣。崔豹《古今注》云:"《箜篌引》者,朝鲜津卒霍里子高妻丽玉所作也。子高晨起刺船,有一白首狂夫,被发提壶,乱流而渡,其妻随而止之,不及,遂堕河而死。于是援箜篌而歌曰云云。声甚凄怆,曲终亦投河而死。子高还,以语丽玉,丽玉伤之,乃引箜篌而写其声,名曰《箜篌引》。"则《箜篌引》乃感此曲而作,此曲实《箜篌引》所托始,非《箜篌引》甚明。《古今乐录》谓"其声哀切",今其声虽不可得而闻,而读其词犹觉有余悲焉。此篇与后《孔雀东南飞》同为写夫妇殉情之作,虽修短悬殊,其于感人一也。魏晋以下,无闻焉尔。

（6）《东门行》（瑟调曲）：

　　出东门,不顾归。来入门,怅欲悲。盎中无斗米储,还视架上无悬衣。拔剑东门去!舍中儿母牵衣啼:"他家但愿富贵,贱妾与君共铺糜。上用仓浪天,故下当用此黄口儿!""今非咄行,吾去为迟。白发时下难久居!"

《东门行》有两篇,一为晋乐所奏,即所谓"古词"(文字颇有增改),一为汉乐府原作,即所谓"本词"(本词之名,首见唐吴兢《乐府古题要解》,宋郭茂倩《乐府诗集》因之),此处所录,乃未经晋乐修改之"本词"[1]。不曰携剑、带剑,而曰"拔剑",其人其事,皆可想见。饥寒切身,举家待毙,忍无可忍,故铤而走险耳。"他家"数语,妻劝阻其夫之词。(故,特也。《世说新语》:"陆抗时为江陵都督,故下请孙皓,然后得释。")用,为也。古人迷信,谓天能祸福人,而杀人者必且报及后嗣,故又以父子之情动其夫。黄口,雏鸟,此指小儿。《淮南子》:"古之伐国,不杀黄口。"他家、我家、是家,皆汉人语也。明陆深《春风堂随笔》:"王忠肃公翱字九皋,盐山人,为太宰时,每呼二侍郎崔家、严家,今相传以公为朴直。此字亦有所本,盖尊敬之词。汉称天子曰官家,石曼卿呼韩魏公为韩家。若今人则为轻鲜之词矣。"按汉时

---

[1] 乾按《东门行》本词,过去曹道衡先生曾怀疑"为当时乐官配乐时作的另一种歌辞"(《乐府诗选》,人民文学出版社2000年版第44页),并被一本《中国文学作品选注》(中华书局2007年版第413页)引用了。但是后来曹先生又实事求是地作了更正,认为"现在看来,难以据此得出非'本辞'而是乐官所作的结论。"(《两汉诗选》,中华书局2005年版第49页)郭茂倩《乐府诗集》收录汉魏乐府本词凡10篇,计汉乐府《东门行》、《西门行》、《白头吟》、《满歌行》4篇和曹操、曹丕、曹植各2各篇。《四库全书总目提要》介绍《乐府诗集》说:"其古词多前列本词,后列入乐所改。"(应是"其古词多前列入乐所改,后列本词",所以余冠英先生《乐府诗选》说:"本编先列本辞,后列晋辞,和《乐府诗集》相反。")此说虽有误,但毕竟注意到了本词。现在的《辞海》、《中国大百科全书》等介绍《乐府诗集》,采用《四库提要》的说法,却唯独不提"本词"。借重"本词"来区别晋乐所奏的古词,是《乐府诗集》的一个特色。所谓本词,就是原作,就是《通志》所说的"在此古辞之前的始作之辞",是汉魏乐府中一个不应忽视更不可否定的存在。

称天子但曰"是家",尚无称"官家"者。《汉书·外戚传》:"是家轻族人,得无不敢乎?"谓成帝也。然当时称"家",确含尊意。"今非"以下,夫答妻之词。言今非咄嗟之间行,则吾去为已迟。应上"牵衣啼"。《尔雅》:"下,落也。"(非,若非、如不,假设词。《史记》:"今不急下,吾烹太公。"咄行,咄嗟行之省文,犹即行。阮籍诗:"咄嗟行至老,僶俛常苦忧。"详见本书附记。)

(7)《艳歌何尝行》(瑟调曲):

　　飞来双白鹄,乃从西北来。十十五五,罗列成行。(一解)

　　妻卒被病行,不能相随。五里一反顾、六里一徘徊。(二解)

　　吾欲衔汝去,口噤不能开。吾欲负汝去,毛羽何摧颓。(三解)

　　乐哉新相知,忧来生别离。蹰躅顾群侣,泪下不自知。(四解)

　　"念与君离别,气结不能言。各各重自爱,远道归还难。妾当守空房,闭门下重关。若生当相见,亡者会黄泉!"今日乐相乐,延年万岁期。

此篇亦载《宋书·乐志·大曲》。沈约云:"'念与',下为趋,曲前有艳。"郭茂倩曰:"诸调曲皆有辞有声,而大曲又有艳,有趋有乱。辞者,其歌诗也。声者,若羊吾夷伊那何之类也。艳在曲之前,趋与乱在曲之后。亦犹《吴声》、《西曲》前有和,后有送也。")按"念与"数语,为妻答夫之词。刘履《选诗补注》谓此为新婚远别之作。朱乾亦云:"此为夫妇相离别之词。妻字指白鹄,硬下得妙。"想当然也。汉魏乐府,结尾多作祝颂语,往往与上文略不相属,此盖为当时听乐者设,与古诗不同,不可连上文串讲也。

(8)《艳歌行》(瑟调曲)：

> 翩翩堂前燕,冬藏夏来见。兄弟两三人,流宕在他县。故衣谁当补?新衣谁当绽?赖得贤主人,览取为吾䋎。夫婿从门来,斜柯西北眄。——"语卿且勿眄,水清石自见!""石见何累累,远行不如归!"

此盖夫疑其妻之作。末四语对话,口角甚肖。李子德曰:"石见何累累,承之曰远行不如归,接法高绝。非远行何以有补衣之事?故触事思归耳。"按末二语,当是夫婿反唇相讥之词,有逐客之意。斜柯句神态如绘,黄晦闻先生曰:"案梁简文《遥望》诗'斜柯插玉簪',毕曜《情人玉清歌》'善踏斜柯能独立'。段成式《联句》'斜柯欲近人',则斜柯原是古语,当为欹斜之意。"按孟启《本事诗》载崔护郊游寻春事,有"女子独倚小桃,斜柯伫立,而属意殊厚"之文,此斜柯似兼有斜视之意。览通作揽,说文:"揽,撮持也。"广韵:"䋎,补缝。"

(9)《白头吟》(楚调曲)：

> 皑如山上雪,皎若云间月。闻君有两意,故来相决绝。今日斗酒会,明旦沟水头。蹀躞御沟上,沟水东西流。凄凄复凄凄,嫁娶不须啼。愿得一心人,白头不相离。竹竿何袅袅,鱼尾何簁簁。男儿重意气,何用钱刀为!

此篇旧多误以为卓文君作。陈沆云:"《玉台新咏》载此篇,题作'皑如山上雪',不云《白头吟》,亦不云何人作也。《宋书·大曲》有《白头吟》,作古辞。《御览》、《乐府诗集》同之,亦无文君作《白头吟》之说。自《西京杂记》始附会文君,然亦不著其辞,未尝以此诗当之。及宋黄鹤注杜诗,混合为一,后人相沿,遂为妒妇之什,全乖风人之旨。且两意决绝,沟水东西,文君之于长卿,何至是乎?盖弃友逐妇之诗,非小星逮下之刺。愿得一心人,白头不相离,忠厚之至也。男儿重意气,何用钱刀为,慷慨之思也。勿以嫉妒诬风人焉。"

《礼记》:"孔子曰:嫁女之家,三夜不息烛,思相离也。取妇之家,三日不举乐,思嗣亲也。"以此推之,则古时女子出嫁,亦必悲啼,所谓"嫁娶不须啼"者,实即嫁时不须啼耳。张荫嘉曰:"凄凄二句从他人嫁娶时凭空指点,以为妇人有同一之愿。不从己身说,而己身已在里许。"袅袅,弱貌。簁簁,鱼尾长貌。二句谓钓者以竹竿得鱼,犹之男子以意气而得妇,结合之间,初不在金钱也。"沟水东西流",象征夫妻之离散。古人云:"天生江水向东流",而沟水则不必然,故隋庾抱诗云:"人世多飘忽,沟水易西东"。

(10)《陌上桑》(相和曲):

日出东南隅,照我秦氏楼。秦氏有好女,自名为罗敷。罗敷憙蚕桑,采桑城南隅。青丝为笼绳,桂枝为笼钩。头上倭堕髻,耳中明月珠,缃绮为下裙,紫绮为上襦。行者见罗敷,下担捋髭须。少年见罗敷,脱帽著帩头。耕者忘其犁,锄者忘其锄。来归相怨怒,但坐观罗敷。(一解)

使君从南来,五马立踟蹰。使君遣吏往:"问是谁家姝!""秦氏有好女,自名为罗敷。""罗敷年几何?""二十尚不足,十五颇有余。"使君谢罗敷:"宁可共载否?"罗敷前置词:"使君一何愚!使君自有妇,罗敷自有夫。(二解)

东方千余骑,夫婿居上头。何以识夫婿,白马从骊驹。青丝系马尾,黄金络马头。腰间鹿卢剑,可直千万余。十五府小吏,二十朝大夫;三十侍中郎,四十专城居。为人洁白

皙,鬑鬑颇有须。盈盈公府步,冉冉府中趋。坐中数千人,皆言夫婿殊。"(三解)

汉时太守、刺史有"行县"之制,名曰"劝课农桑",实多扰民,[1]此诗即其证也。诗中写罗敷之美,分两层,首从正面描摹,亦止言其服饰之盛。次从旁面烘托,此法最为新奇!然亦正以行者、少年、耕者、锄者逗起下文使君。见得"雅俗共赏",有如孟子所谓"不知子都之美者无目者也"意。唐权德舆《敷水驿》诗:"空见水名敷,秦楼昔事无。临风驻征骑,聊复捋髭须。"数百年后犹能使人如此神往,足见此诗之艺术魅力。末段为罗敷答词,当作海市蜃楼观,不可泥定看杀!以二十尚不足之罗敷,而自云其夫已四十,知必无是事也。作者之意,只在令罗敷说得高兴,则使君自然听得扫兴,更不必严词拒绝。(请参阅拙作《汉乐府的诙谐性》)

倭堕髻即堕马髻,见《后汉书·梁统传》。《风俗通》:"堕马髻者,侧在一边。始自梁冀家所为,京师翕然皆放效。"《古今注》:"堕马髻,今(指晋)无复作者。倭堕髻,一云堕马之余形也。"按温庭筠《南歌子》:"倭堕低梳髻",是唐时犹有为之者。帩头一作绡头,《释名》:"绡头,绡,钞也。钞发使上从也。"沈德潜曰:"坐,缘也。归家怨怒,缘观罗敷之故也。"《汉书·隽不疑传》晋灼注:"古长剑首以玉作井鹿卢形。"古诸侯五马,汉太守甚重,比诸侯,故用五马。《汉书·酷吏·宁成传》:"(成)称曰:仕不至二千石,贾不至千万,安可比人乎?"今罗敷所以盛夸其

---

[1]《汉书》卷七十六《韩延寿传》:"延寿在东郡三岁……入守左冯翊,岁余,不肯出行县。丞掾数白:'宜循行郡中,览观民俗,考长吏治迹。'延寿曰:'县皆有贤令长、督邮,分明善恶,于外行县,恐无所益,重为烦扰。'丞掾皆以为方春月,可一出劝耕桑。延寿不得已,行县至高陵。"此为《陌上桑》产生之历史背景。度当时类此扰民之事,定复不少。

夫婿者,亦至太守而极,盖一时观念然也。汉人似颇以有须为美观,如《汉书·霍光传》:"光长才七尺三寸,白皙,疏眉目,美须髯。"又《后汉书·光武纪》:"光武身七尺三寸,美须眉。与李通等起于宛,时年二十八。"又《马援传》:"(援)为人明须发,眉目如画。"皆其证。

盈盈冉冉,并行迟貌,二句一意,重言以成章耳。案汉世男女,皆各有步法。《梁冀传》谓冀妻能作"折腰步",又《孔雀东南飞》云:"纤纤作细步,精妙世无双。"此汉代女子步法之可考见者。《后汉书·马援传》:"勃(朱勃)衣方领,能矩步。"注云:"颈下施衿,领正方,学者之服也。矩步者,回旋皆中规矩。"服既为学者之服,则"矩步"当亦学者之步,与此诗所谓"公府步"者必自不同。此汉士大夫步法之可考见者。度其间方寸疾徐之节,必将有不同及难能之处,故彼传特表而出之,而此诗亦以为言也。闻一多先生云:"案古礼,尊贵者行迟,卑贱者行速,孙堪以县令谒府,而趋步迟缓,有近越礼,故遭谴斥。(见《后汉书·儒林·周泽传》)太守位尊,自当举趾舒泰,节度迟缓。此所谓公府步府中趋,犹今人言官步矣。"则是官步中,又有尊卑之别焉。(按《陌上桑》,实为我国五言诗歌发展史上之明珠,后世大诗人如曹植、杜甫、白居易等莫不为之醉心倾倒。曹《美女篇》"行徒用息驾,休者以忘餐",显系从此脱胎。曹乃建安作者,则此篇产生时代之早,固约略可见,其早于《孔雀东南飞》,则可断言耳。)

(四)叙事之类　汉乐府本多"缘事而发"(上述三类中亦多如此),故此类特多佳制,于当时民情风俗,政教得失,皆深有足征焉。乐府不同于古诗者,此亦其一端。盖古诗多言情,为主观的,个人的;而乐府多叙事,为客观的,社会的也。

(1)《雁门太守行》(瑟调曲):

孝和帝在时,洛阳令王君。本自益州广汉蜀民。少行宦,学通五经论。(一解)

明知法令,历世衣冠。从温补洛阳令,治行致贤。拥护百姓,子养万民。(二解)

外行猛政,内怀慈仁。文武备具,料民富贫。移恶子姓,篇著里端。(三解)

伤杀人,比伍同罪对门。禁鳌矛八尺,捕轻薄少年。加笞决罪,诣马市论。(四解)

无妄发赋,念在理冤。敕吏正狱,不得苛烦。财用钱三十,买绳礼竿。(五解)

贤哉贤哉,我县王君。臣吏衣冠,奉事皇帝。功曹主簿,皆得其人。(六解)

临部居职,不敢行恩。清身苦体,夙夜劳勤。治有能名,远近所闻。(七解)

天年不遂,早就奄昏。为君作祠,安阳亭西,欲令后世,莫不称传。(八解)

东汉民间乐府之有确实时代可考者,只此一篇。按《后汉书·王涣传》:"涣字稚子,广汉郪人也。少好侠,晚改节敦儒学,州举茂才,除温令,在温三年〔1〕。永元(和帝)十五年(103)为洛阳令,以平正居身,得宽猛之宜。又能以谲数擿发奸伏,京师称叹,以为涣有神算。元兴元年病卒。民思其德,为立祠安阳亭西,每食辄弦歌而荐之。延熹中,桓帝事黄老道,悉毁诸房祀,唯

---

〔1〕 乾按《东观汉记》载《河内谣》:"王涣除河内温令,商贾露宿,人开门卧,人为作谣曰:'王稚子,代未有。平徭役,百姓喜。'遂迁兖州刺史。"东汉因谣言而为黜陟,采风谣以考察王涣政绩,此又一例。

特诏密县存故太傅卓茂庙,洛阳留王涣祠焉。"(节录)盖即此篇所咏。[1] 按和帝永元十七年(105)四月改元元兴,是年十二月帝崩,涣卒于元兴初,而此诗首云"孝和帝在时",则是当作于殇帝延平(106)后也。

《后汉书·百官志》:"县万户以上为令,不满为长。"东汉都洛阳,为河南尹所治,故得为令。致与至通,致贤犹至贤。料民贫富,犹《百官志》所谓"知民贫富,为赋多少。"移恶二句,按《宋书·乐志》及《涣传》注引此诗均作"移恶子姓名五篇著里端。"多出"名五"二字,此从《乐府诗集》删去。移谓移书,犹今言"行文"。《汉书·尹赏传》:"使乡吏、亭长、里正、父老、伍人,杂举少年恶子。"师古注:"恶子,不承父母教命者。"按恶子即违法乱纪之坏人,其在少年,即一般所谓"恶少",在旧社会,此种恶少,大都市最多。《说文》:"关西谓榜曰篇",篇著,犹言榜示,揭示。《后汉书·循吏·王景传》:"景又训令蚕织,为作法制,皆著于

---

[1] 乾按汉乐府《雁门太守行》有二篇,一为"此篇所咏",即本书所录《乐府诗集》卷三九所收晋乐所奏八解,凡47句,203字;一为汉本词,即《后汉书》卷一百六《王涣传》"每食辄弦歌而荐之"句注引《古乐府歌》,凡25句,111字。现照录如下:

古乐府歌曰:孝和帝在时,洛阳令王君,本自益州广汉蜀人。少行官,学通五经、论。明知法令,历代衣冠。从温补洛阳令,化行致贤。外行猛政,内怀慈仁。移恶子姓名五,篇著里端。无妄发赋,念在理冤。清身苦体,宿夜劳勤。化有能名,远近所闻。天年不遂,早就奄昏。为君作祠,安阳亭西。欲令后代,莫不称传也。

很明显,这首《古乐府歌》才是当时百姓"每食辄弦歌"的歌辞,而不是那篇晋乐所奏,但由于《乐府诗集》漏收,遂将两篇混为一谈,如余冠英先生《乐府诗选》,逯钦立先生《先秦汉魏晋南北朝诗》等。晋乐所奏较此篇增加22句,92字,其余殆同,按照《乐府诗集》的体例,这首《古乐府歌》当是《雁门太守行》的汉本词。

乡亭。"是其证。里谓乡里,东汉里有里魁,掌一里百家。(见《百官志》)端者,里中显目之处。所以如此者,欲使四方,明知其为恶人,以示戒也。《百官志》云:"民有什伍,善恶相告。什主十家,伍主五家,以相检察。"《周礼·地官》:"五家为比,使之相保。"是比亦五家也。盖谓凡伤杀人者,比伍与对门皆同坐也。《东观记》曰:"马市正,数从卖羹饭家乞贷,不得,辄殴骂之至忿。涣闻知事实,便讽吏解遣。"财与才通。《汉书·宣帝纪》:"诏池籞未御幸者,假与贫民。"注:"折竹以绳绵连禁御,使人不得往来,律名为籞。"此亦谓假与贫民田,才用钱三十,便可买绳理竹以治其地也。礼,理也。按以上诸事,传多失载,此乐府有以补史之阙文者。

(2)《陇西行》(瑟调曲):

  天上何所有?历历种白榆。桂树夹道生,青龙对道隅。凤凰鸣啾啾,一母将九雏。顾视世间人,为乐甚独殊!好妇出迎客,颜色正敷愉。伸腰再拜跪,问客平安否。请客北堂上,坐客毡氍毹。青白各异樽,酒上正华疏。酌酒持与客,客言主人持。却略再拜跪,然后持一杯。谈笑未及竟,左顾敕中厨。促令办粗饭,慎莫使稽留!废礼送客出,盈盈府中趋。送客亦不远,足不过门枢。取妇得如此,齐姜亦不如。健妇持门户,亦胜一丈夫!

张荫嘉曰:"此羡健妇能持门户之诗。旧解皆云中含讽意,盖因妇人宜处深闺,不应自应宾客也。然玩诗意,以凤凰和鸣,一母九雏兴起,则此好妇之无夫无子,自可想见。门户既借以持,宾客胡能不待?篇中绝无含刺之痕。起八句言天上物物成双,凤凰和鸣,惟有将雏之乐,以反兴世间好妇,不幸无夫无子,自出待客之不得已来。似与下文气不属,却与下意境有关。"张氏以此为羡健妇能持门户之作是矣。惟又谓此健妇为无夫之寡妇,则尚有可议。按《汉书·陈遵传》:"初,遵为河南太守,而弟为荆州牧,当之官,过长安富人故洛阳王外家左氏,饮食作乐。后司直陈崇闻之,劾奏遵兄弟曰:始遵初除,乘藩车,入闾巷,过寡妇左阿君,置酒歌讴,遵起舞跳梁,顿仆坐上,暮因留宿。遵知礼不入寡妇之门,而湛酒溷淆,乱男女之别,臣请俱免。"(节录)观此,可知汉时习俗。既云礼不入寡妇之门,则为寡妇者亦自不应置酒待客。信如张氏之说,则此妇不得称好妇,而此客之来,亦如陈遵兄弟先为失礼矣。好妇之夫,自可行役在外,似不必定解作"无夫"也。

按《汉书·艺文志》有《燕代讴、雁门云中陇西歌诗》九篇之目,此篇题为《陇西行》,而其所表现之女性,亦复豪健有丈夫气,与其他诸篇,如《东门行》、《艳歌行》、《白头吟》等之第为文弱者迥异,当即所采《陇西歌诗》也。至其所以特异之故,则由于地气与环境之关系。班固尝两著其说,《汉书·地理志》云:"凡民函五常之性,而其刚柔缓急,音声不同,系水土之风气,故谓之风。好恶取舍,动静无常,随君上之情欲,故谓之俗。秦地天水、陇西,山多林木,民以板为室屋,及安定、北地、上郡、西河,皆迫近戎狄,修习战备,高上气力,以射猎为先。汉兴,名将多出焉。孔子曰'小人有勇而无谊则为盗',故此数郡民俗质木,不耻寇盗。"又《赵充国传》赞云:"秦汉以来,山东出相,山西出将。何则?山西天水、陇西、安定、北地,处势迫近羌胡,民俗修习战备,高上勇力,鞍马骑射。故秦诗曰:'王于兴师,修我甲兵,与子偕行',其风声气俗,自古而然,今之歌谣慷慨,风流犹存耳。"夫男既如此,女当亦然,此篇中所以有健妇持门户,亦胜一丈夫之文也。所惜班氏于此种慷慨歌谣,皆未记录。今之所存,吾人亦难辨别。此篇虽可确认为出于陇西,然是否为西汉所采,在《艺文志》所列"《陇西歌诗》九篇"之内,吾人亦无法断言。向使班氏一载其词,则此歌时代,便成铁铸。而吾人于五言诗体源流之探究,将更得一有力之佐证,其嘉惠后学,岂有既乎?!

(3)《相逢行》(清调曲):

> 相逢狭路间,道隘不容车,不知何年少,夹毂问君家。君家诚易知,——易知复难忘:黄金为君门,白玉为君堂。堂上置樽酒,作使邯郸倡。中庭生桂树,华灯何煌煌。兄弟两三人,中子为侍郎。五日一来归,道上自生光。黄金络马头,观者盈道傍。入门时左顾,但见双鸳鸯。鸳鸯七十二,罗列自成行。音声何噰噰,和鸣东西厢。大妇织绮罗,中妇织流黄。小妇无所为,挟瑟上高堂:"丈人且安坐,调丝方未央。"

《乐府古题要解》:"《相逢行》,古词。文意与《鸡鸣曲》同。"按《鸡鸣》兼讽兄弟不相顾,此则专刺富贵家庭之淫乐,亦微有别。曰夹毂问君家,曰易知复难忘,意存讥诮,而语自浑成,盖以才能德行为仕宦者,更不待问而后知也。黄金以下,一路写去,似句句恭维,实句句奚落。作使犹役使。邯郸,赵地。倡,女乐也。《汉书·地理志》:"邯郸,北通燕涿,南有郑卫,漳河之间,一都会也。其土广俗杂。"又云:"赵中山地薄人众,丈夫相聚游戏,作奸巧,多弄物,为倡优,女子弹弦跕躧,游媚富贵,遍诸侯之后宫。"汉诗多言燕、赵、邯郸,知其俗至汉犹然也。丈人解不一,此为妇尊舅姑之称。

(4)《长安有狭斜行》(清调曲):

> 长安有狭斜,狭斜不容车。适逢两少年,夹毂问君家,君家新市傍,易知复难忘。大子二千石,中子孝廉郎。小子

无官职,衣冠仕洛阳。三子俱入室,室中自生光。大妇织绮纻,中妇织流黄。小妇无所为,挟瑟上高堂。"丈人且徐徐,调丝讵未央。"

李子德曰:"既曰无官职,又曰衣冠仕洛阳。世胄子弟,当自丑矣。此篇所刺尤深,汉诗亦不多得。"按卖官之风,虽自西汉已开其端,然不如东汉之甚,此篇殆对当时以入钱为官者而发,故有"衣冠仕洛阳"之语。如《后汉书·桓帝纪》:"延熹四年(161)七月,占卖关内侯、虎贲、羽林、缇骑、营士、五大夫,钱各有差。"又《灵帝纪》:"光和元年(178)十二月,初开西邸卖官,自关内侯、虎贲、羽林,入钱各有差。私令左右卖公卿,公千万,卿五百万。中平四年(187),是岁卖关内侯,假金印紫绶传世,入钱五百万。"(节引)官爵之滥如此,汉安得不亡,而民间又安能无刺乎?

(5)《上留田行》(瑟调曲):

里中有啼儿,似类亲父子。回车问啼儿,慷慨不可止!

《古今注》云:"上留田,地名也。人有父母死,不字其孤弟者,邻人为其弟作悲歌以讽其兄。"按"亲父子",犹云一父之子,谓同产兄弟。《孔雀东南飞》云"我有亲父兄",亦谓同产兄也。李子德以为似讽父之听后妇而不恤前子,恐误。回车一问,始知果然为"亲父子",故不胜慷慨。啼儿答语,更不揭出,语极含蓄,故曰闻者足戒。

(6)《妇病行》(瑟调曲):

妇病连年累岁,传呼丈人前一言。当言未及得言,不知泪下一何翩翩。"属累君两三孤子,莫我儿饥且寒!有过慎莫笪笞!行当折摇,思复念之!"乱曰:抱时无衣,襦复无里。闭门塞牖舍,孤儿到市。道逢亲交,泣坐不能起。从乞求与孤买饵。对交啼泣,泪不可止。——"我欲不伤悲不能已。"探怀中钱持授。交入门,见孤儿啼索其母抱。徘徊空舍中,"行复尔耳,弃置勿复道!"

写母爱极深刻。"当言"二句,传神之笔。"舍"即房舍,牖舍连文,正汉魏诗古朴处,亦如舟船、觞杯连文之类。下文云"空舍",即根此舍字来。曰"两三孤子",则知孤儿非一,逢亲交乞钱,是大孤儿;啼索母抱,是小孤儿,盖幼不知其母之已死也。惨状一一从亲交眼中写出,徘徊弃置,盖有不忍言者矣。亲交犹亲友,汉魏时常语,如《善哉行》:"亲交在门",曹植诗:"亲交义不薄",皆其证。"行当"犹今言不久就要。《旧唐书·张嘉贞传》:"若贵臣尽当可杖,但恐吾等行当及之。""折揺"犹折夭,谓孤子。尔,如此也。"行复尔耳",谓妻死不久,即复如此,置子女于不顾也。吴旦生曰:"乱者,乐之卒章"。

(7)《孤儿行》,一曰《孤子生行》(瑟调曲):

孤儿生,孤子遇生,命独当苦!父母在时,乘坚车,驾驷马。父母已去,兄嫂令我行贾。南到九江,东到齐与鲁。腊月来归,不敢自言苦。头多虮虱,面目多尘,大兄言办饭,大嫂言视马。上高堂,行取殿下堂,孤儿泪下如雨。使我朝行汲,暮得水来归。手为错,足下无菲。怆怆履霜,中多蒺藜。拔断蒺藜,肠肉中,怆欲悲。泪下渫渫,清涕累累。冬无复襦,夏无单衣。居生不乐,不如早去下从地下黄泉!春风动,草萌芽。三月蚕桑,六月收瓜。将是瓜车,来到还家。瓜车翻覆,助我者少,啗瓜者多。"愿还我蒂!兄与嫂严,独且急归,当兴校计。"乱曰:里中一何谯谯,愿欲寄尺书,将与地下父母:"兄嫂难与久居!"

后母之憎前子,兄嫂之疾孤弟,几为吾国数千年来之通病,此亦一社会问题也。沈德潜曰："泪痕血点,凝缀而成。"信然。观南到九江,东到齐鲁,此篇疑亦秦地歌谣,班固所谓"慷慨"者也。"行取"犹行趣,趣与趋通。古者屋高严皆名为殿,不必宫中。错,石也。菲,粗屦也。《汉书·朱云传》："云攀槛呼曰:臣得下从龙逄、比干游于地下足矣。"与此"下从地下黄泉"语法正同。惟此处复黄泉二字,此当为音节关系,犹《妇病行》"连年累岁"叠用之类。下从地下黄泉句后,忽然荡开,间以"春风动,草萌芽"二语,令读者耳目心情,随之一豁,然后再折回本题,转到收瓜事上,所谓乐府之妙,往往于回翔曲折处感人者,此类是也。后世长短句,惟李后主《浪淘沙》"晚凉天净月华开。想得玉楼瑶殿影,空照秦淮。"颇同此神味。

(8)《十五从军征》:

十五从军征,八十始得归,道逢乡里人:"家中有阿谁?""遥望是君家,松柏冢累累。"兔从狗窦入,雉从梁上飞。中庭生旅谷,井上生旅葵。烹谷持作饭,采葵持作羹。羹饭一时熟,不知贻阿谁。出门东向望,泪落沾我衣。

《乐府古题要解》云："此诗,晋宋入乐奏之,首增四句,名《紫骝马》。(见《乐府诗集·梁鼓角横吹曲》)十五从军征以下,古诗也。"则此篇在汉虽为古诗,而在晋、宋则尝播于乐府,缘附录于后。《后汉书·光武纪》:"至是野谷旅生。"注云:"不因播种而生,故曰旅"。按江总诗"旅竹本无行",又张正见诗"秋窗被旅葛",皆指野生者。范大士曰:"后代离乱诗,但能祖述而已,未有能过此者。"(按汉制:民年二十三为正卒,一岁为卫士,一岁为材官、骑士,五十六岁免兵役。核之此诗,特欺人耳。按沈约《宋书·自序》:"伏见西府兵士,或年几八十,而犹伏隶",唐令狐楚《塞下曲》亦有"黄尘满面长须战,白发生头未得归"之句,又知不独汉代为然也。）

两汉民间乐府,大部具如上述。凡两汉之政教吏治,民情风俗以及思想道德等,吾人于此皆得窥其梗概焉。后世乐府既不采诗,文人所制,又多缘情绮靡,故求如汉作之足为论世之资者,乃绝不可得。下迄于南朝之清商,五季之艳词而极矣。

附录　黄节先生《相和三调辨》

关于郑樵《通志》及郭茂倩《乐府诗集》所云"相和三调",即平调、清调、瑟调,近颇有误解。陆侃如《诗史》卷上一九八页引梁任公先生未发表文稿,云"惟《清商》为有三调,而《相和》则未闻有之。"意盖谓三调乃属于《清商》,与《相和》绝不相干,"相和三调"之名称,根本不合。实则《宋志》所载《清商三调歌诗》,其中自有汉《相和曲》也。故郭茂倩论《清商》云:"《清乐》者,九代之遗声,其始即《相和三调》是也。"正乃推本《宋志》,初无不合。今将黄晦闻先生辨正一文,附志于此,览者当可释然矣。原文如下:

《宋书·乐志》"相和"与"清商三调歌诗",为郑樵《通志·乐略》"相和歌"及"相和歌三调"之所本。

从《宋书·乐志·相和》及《清商三调》中录出古辞与楚词钞之篇名,凡十七曲如下:

(1)《江南可采莲》　(2)《东光乎》　(3)《鸡鸣高树

颠》 (4)《乌生八九子》 (5)《平陵东》 (6)《今有人》 (7)《上谒》 (8)《来日》 (9)《东门》 (10)《罗敷》 (11)《西门》 (12)《默默》 (13)《白鹄》 (14)《何尝》 (15)《为乐》 (16)《洛阳行》 (17)《白头吟》

此十七曲,《宋志》所谓:"相和,汉旧曲也。"

从《宋书·乐志》所云:"本十七曲,朱生、宋识、列和等复合之为十三曲",以求由十七曲合而为十三曲之证据,录《宋志·相和》十三曲之篇名如下:

(1)《驾六龙》 (2)《厥初生》 (3)《江南可采莲》 (4)《天地间》 (5)《东光乎》 (6)《登山而远望》 (7)《惟汉二十二世》 (8)《关东有义士》 (9)《对酒歌太平时》 (10)《鸡鸣高树颠》 (11)《乌生八九子》 (12)《平陵东》 (13)《今有人》(合《弃故乡》、《驾虹霓》为一曲,名《陌上桑》)

此十三曲中,惟《江南》、《东光》、《鸡鸣》,《乌生》、《平陵》、《今有人》六曲为相和汉旧歌。其余则魏武帝、文帝辞也。宋志所谓,"合为十三曲者",谓合汉相和旧歌六曲及魏武帝文帝歌辞七曲(《宋志》载九曲,因《弃故乡》、《驾虹霓》二曲合并《今有人》为《陌上桑》,故止得七曲)共为十三曲也。

从《宋书·乐志》所载《清商三调歌诗》中,录出《汉相和旧歌》篇名如下:

(1)《上谒》(即《董逃行》古词) (2)《来日》(即《善哉行》古词) (3)《东门》(即《东门行》古词) (4)《罗敷》(即《艳歌罗敷行》古词) (5)《西门》(即《西门行》古词) (6)《默默》(即《折杨柳行》古词) (7)《白鹄》(即《艳歌何尝》古词) (8)《何尝》(即《艳歌何尝行》古词)

(9)《为乐》(即《满歌行》古词) (10)《洛阳行》(即《雁门太守行》古词) (11)《白头吟》(与《擢歌》同调古词)

此十一曲,皆汉相和旧歌。其余二十四曲(《宋志》所载《清商三调歌诗》,共三十五曲)则为魏武帝、文帝、明帝及东阿王之词,合为三十五曲,《宋志》所谓"荀勖撰旧词施用"者也。是故《清商三调》三十五曲之中,有十一曲为《汉相和旧歌》,故《通志》四十九云:"自《短歌行》以下,晋荀勖采撰旧词施用,以代汉魏,故其数广焉"者也。梁任公云"郑樵读《宋志》时,似将'清商三调荀勖撰'一行,滑眼漏掉"云云,任公未细检《通志》耳。

如上,据《宋志》考得《相和》十三曲中,有《汉相和旧歌》六曲。《清商三调歌诗》三十五曲中,有《汉相和旧歌》十一曲。由此可知,《三调》中有《相和》矣。

梁任公论乐府诗歌谓:"郑樵《通志》有大错误一点,在把《清商》与《相和》混为一谈,殊不知惟《清商》为有《三调》,而《相和》则未闻有之。《宋志》录完《相和》十三曲之后,另一行云,《清商三调诗歌》,荀勖撰旧词施用者。此下即分列《平调》六曲(案《宋志》平调五曲非六曲也),《清调》六曲,《瑟调》八曲,则三调皆属于《清商》甚明。而郑樵读《宋志》时,似将'《清商三调》荀勖撰'一行滑眼漏掉,漫然把《宋志》所录诸歌,全部归入《相和》,造出《相和平调》等名目"云云。梁氏之言,未细观《宋志》,遂冤及郑樵,故作此篇以辨之。二十二年(1933)三月黄节识。

第四章　东汉文人乐府

西汉文人制作甚多,如唐山夫人《安世房中歌》十七章,司马相如等《郊祀歌》十九章,王褒《中和》、《乐职》、《宣布》诗三章,综计不下四十篇,然皆歌颂体之贵族乐府耳。其袭用当时民间乐府之五言体而自作好诗者,惟一班婕妤而已。若夫东汉,则作者渐繁,傅毅有《冉冉孤生竹》,张衡有《同声歌》,蔡邕有《饮马长城窟行》,辛延年有《羽林郎》,宋子侯有《董娇娆》,颇极一时之盛。盖自西汉武帝始有民间乐府,下迄西汉之末,不过百年,为时既浅,故仿作者少。至于东汉,则积渐已久,故作者辈出也。今不曰两汉文人乐府,而曰东汉文人乐府者,正以明一时风气之所趋也。

郭茂倩《乐府诗集》列《杂曲歌辞》一部。其中即多文士制作。所谓《杂曲》者,郭氏云:"杂曲者历代有之。或心志之所存,或情思之所感,或宴游欢乐之所发,或忧愁怨怒之所兴,或叙离别悲伤之怀,或言征战行役之苦,或缘于佛老,或出自夷虏,并收备载,故总谓之《杂曲》。"又云:"或因意命题,或学古叙事。"大抵凡属于《相和歌辞》之民间乐府,皆尝入乐,而属于《杂曲歌辞》之文人乐府,则间有未入乐者。民间乐府为创作的,而文人乐府则为因袭民间而来者,观其形式多为五言,内容率乏个性,即其明验也。若夫班姬《团扇》,于歌行之中,寓身世之感,则亦犹韦端己、李后主词之发生于五代,各有其特殊环境,未可一概而论也。今并班姬之作,次叙于后。

（一）班婕妤　有《怨歌行》一首（楚调曲）：

新裂齐纨素,鲜洁如霜雪。裁为合欢扇,团圆似明月。

出入君怀袖,动摇微风发。常恐秋节至,凉飚夺炎热。弃捐箧笥中,恩情中道绝!

《汉书·外戚传》谓婕妤为赵飞燕所谮,遂求供养太后于长信宫。诗盖为此而作。故钟嵘《诗品》云:"婕妤团扇短章,辞旨清越,怨深文绮。"第观其立言之得体,即足征非他人所能代庖。后世拟作,如梁元帝《婕妤怨》,徐悱妻刘氏《和婕妤怨》等篇,何曾一字道著耶?"常恐"二字,直贯篇末。王夫之曰:"说到'常恐'便止,但堪作今人半首古诗耳。汉人有高过《国风》者,此类是也。"吴湛曰:"出入句,谓蒙君恩。动摇句,谓虽无大功,亦有微劳。蒙恩曰'怀袖',失恩曰'箧笥',谓即至失恩,不过弃置,此待君忠厚处,婕妤此时,已失宠矣。其曰'常恐',若为预虑之词然者,用意特深,所谓怨而不怒者也。"

按《文选》所录女作家作品有二:一为曹大家《东征赋》,一即《怨歌行》。李善注云:"《歌录》曰:'怨歌行古辞'。然言古者有此曲,而班婕妤拟之。"则是此篇且为文人拟作民间乐府之始祖矣。

近有据《汉书》无作怨诗之言,遂疑此篇为伪作者。关于此点之解释有二:(1)由于当时史家,轻视此种文艺作品,以为小道郑声,无关大体,故阙而不载。《汉书·艺文志》全载《安世》、《郊祀》二歌,而于当时民间谣讴,不载一字,即其例。(2)由于班固为亲者讳之微意。观《艺文志》不列婕妤作赋之目(婕妤尝作赋自伤悼,载《外戚传》),而《外戚传》赞语,于婕妤亦独不置一辞,与后世赞不绝口者异趣(曹植、傅玄皆有赞),婕妤于班固为大姑母,则此篇班氏不载,亦自在情理中,并非不可能。至于《文选》所录,原不尽出正史,如崔子玉《座右铭》,《后汉书》本传便未载,岂得亦谓为伪作耶?

又有据宋严羽《沧浪诗话》："乐府作颜延年"一语，遂直以为颜延年作者。于是并陆机之《班婕妤》亦不得不指为伪作，以陆作曾明言"寄情在玉阶，托意惟团扇"，且又为西晋时人，在颜延年之前也。但凭臆断，以全其说，其不足信，实无待言。夫颜延年乃宋之有数诗人，与谢灵运齐名，与陶渊明有故，下迄梁初，其间又不过百年，使果为颜作者，则萧统编《文选》，何得不知？藉令《文选》有误，何以《诗品》竟不提及？《文心雕龙》亦不直指其人？稍后之《玉台新咏》又一仍《文选》之旧？李善注《文选》亦屡引作班婕妤《怨诗》？而梁元帝、刘孝绰、孔翁归诸人之《婕妤怨》，又并有"遂作裂纨诗"，"妾身似秋扇"，"团扇逐秋风"等语？说不见于与颜延年同时代之六朝，不见于唐初，而见于数百年后之宋人诗话，谓曰可信，其谁信耶？《宋书·颜延年传》："延之性既褊激，兼有酒过，肆意直言，曾无遏隐，当其为适，旁若无人。"如使诗为心声，延年当不办此！

（二）马援　有《武溪深行》（杂曲）：

滔滔武溪一何深！鸟飞不度，兽不敢临。——嗟哉武溪兮多毒淫！

《古今注》："《武溪深》，马援为南征之所作。援门生袁寄生善吹笛，援作歌以和之。"按《后汉书·马援传》："建武二十四年（48）刘尚击武陵五溪蛮夷，深入军没，援因复请行，时六十二。明年三月，进营壶头，贼乘高守隘，水疾，船不得上。会暑甚，士卒多疫死，援亦中病，遂困。贼每升险鼓噪，援辄曳足以观之，左右哀其壮意，莫不为之流涕。"（节引）此篇盖作于是时。与后曹操《苦寒行》同其悲壮。《柳亭诗话》云："乐府有《武溪深》曲，'毒淫'二字写尽蛮烟瘴雨之酷。即'仰视飞鸢，跕跕落水中'意，却只如是而止，更不旁及一语。觉后人《从军行》铺张扬历，未免过情。"

(三)东平王苍　有《武德舞歌》一首(舞曲歌辞):

　　於穆世庙,肃雍显清。俊乂翼翼,秉文之成。越序上帝,骏奔来宁。建立三雍,封禅泰山。章明图谶,放唐之文,休矣惟德,罔射协同。本支百世,永保厥功。

《东观汉记》:"明帝永平三年(60)八月,公卿奏议世祖庙舞名。东平王苍议:以为汉制,宗庙各奏其乐,不皆相袭,以明功德,光武皇帝受命中兴,武功盛大,庙乐宜曰《大武》之舞,其《文始》、《五行》之舞如故,勿进《武德舞》。诏书曰:如骠骑将军议,可进《武德》之舞如故!"按《汉书·礼乐志》:"《武德舞》者,高祖四年作。"则此篇盖因旧曲而为之辞者。《通志》云舞之有辞,始于晋,观此,知其不然。

《光武纪》:"中元元年(56)二月,登封泰山,禅于梁父。初起明堂、灵台、辟雍,宣布图谶于天下。"诗所谓"三雍",盖指明堂,灵台,辟雍。不曰三堂,三台者,举一以概其余耳。班固《白虎通德论》,兼论明堂、灵台、辟雍三者,而独以辟雍名篇,是其证。《后汉书》注:"图,河图也。谶,符命之书。谶,验也,言为王者受命之征验也。"《后汉书·张衡传》:"初,光武善谶,及显宗、肃宗,因祖述焉。自中兴之后,儒者争学图纬,兼复附以妖言。"又光武初即皇帝位,其祝文亦引谶记曰:"刘秀发兵捕不道,卯金修德为天子。"然则图谶之兴,实自光武,此歌亦纪实也。

(四)傅毅　有《冉冉孤生竹》(杂曲):

　　冉冉孤生竹,结根太山阿。与君为新婚,兔丝附女萝。兔丝生有时,夫妇会有宜。千里远结婚,悠悠隔山陂,思君令人老,轩车来何迟!伤彼蕙兰花,含英扬光辉。过时而不采,将随秋草萎。君亮执高节,贱妾亦何为?

此篇亦在《古诗十九首》内。《乐府诗集》亦作古词。《文心雕龙》云:"《孤竹》一篇,傅毅之辞。"必有所据。《后汉书·傅毅传》云:"毅追美孝明皇帝功德最盛,而庙颂不立,乃依《清庙》作《显宗颂》十篇奏之,由是文雅显于朝廷。"今显宗十颂已不传,此篇之独存,当以采用民歌体裁而自为抒情诗之故。一存一亡之间,良非偶然。

(五)张衡　有《同声歌》(杂曲):

邂逅承际会,得充君后庭。情好新交接,恐慄若探汤。不才勉自竭,贱妾职所当。绸缪主中馈,奉礼助蒸尝。思为莞蒻席,在下蔽匡床。愿为罗衾帱,在上卫风霜。洒扫清枕席,鞮芬以狄香。重户结金扃,高下华灯光。衣解巾粉御,列图陈枕张。素女为我师,仪态盈万方。众夫所希见,天老教轩皇。乐莫斯夜乐,没齿焉可忘?

此篇首见《玉台新咏》,然《文心雕龙》已论及:"张衡怨篇,清典可味;仙诗缓歌,雅有新声。"所谓仙诗,即指此曲,以篇中有天老素女之言也。《说文》:"蒻,蒲子也。可为荐。"《毛诗》:"下莞上簟。"郑《笺》:"小蒲之席也。"《玉篇》:"衾,大被也。"《尔雅》:"帱谓之帐。"鞮,《说文》:"革履也。"狄香,夷狄之香,谓以香薰履也。列图以下,写房中之事,《汉书·艺文志》载房中八家,百八十六卷,其中有"《天老杂子阴道》二十五卷,《黄帝三王养阳方》二十卷,《三家内房有子方》十七卷"等,当即是。

《西溪丛话》:"陶渊明《闲情赋》,必有所自,乃出张衡《同声》。"按陶赋有云:"愿在衣而为领,承华首之余芳。愿在丝而为履,附素足以周旋。"《丛话》盖指此数语,亦即昭明太子《陶集序》谓为"白玉微瑕,惟在《闲情》一赋"者也。迄于有唐,则效颦

102

者益多,如裴诚《新添杨柳词》:"愿作琵琶槽那畔,美人长抱在胸前。"又和凝《河满子》:"却爱蓝罗裙子,羡他长束纤腰。"然厚薄亦有间矣。

(六)辛延年 有《羽林郎》:

> 昔有霍家奴,姓冯名子都。依倚将军势,调笑酒家胡。胡姬年十五,春日独当垆。长裾连理带,广袖合欢襦。头上蓝田玉,耳后大秦珠。两鬟何窈窕,一世良所无。一鬟五百万,两鬟千万余。不意金吾子,娉婷过我庐。银鞍何煜爚,翠盖空踟蹰。就我求清酒,丝绳提玉壶。就我求珍肴,金盘绘鲤鱼。贻我青铜镜,结我红罗裾。不惜红罗裂,何论轻贱躯!男儿爱后妇,女子重前夫。人生有新故,贵贱不相踰。多谢金吾子,私爱徒区区!

此篇作者身世不详,《玉台》列班婕妤《怨歌行》前,以诗之风格论,殆东汉时人。羽林郎武帝时置。颜师古云:"羽林,宿卫之官,言其如羽之疾,如林之多。"后白居易之《神策军》,命题盖仿此。

《乐府正义》云:"汉以南、北二军相制。南军卫尉主之,掌宫城门内之兵。北军中尉主之,掌京城门内之兵。武帝增置期门羽林,以属南军。增置八校以属北军,更名中尉为执金吾。南军掌宿卫,当时以二千石以上子弟充之,期门羽林亦以六郡良家子选给,未有如冯子都其人者。自太尉勃以北军除吕氏,于是北军势重。武帝用兵四夷,发中尉之卒,远击南粤,后又增置八校,募知胡事者为胡骑,知越事者为越骑,武骑纷然,将骄兵横,殆盛于南军矣。光武所以有'仕宦当至执金吾'之云也。题曰《羽林郎》,本属南军,而诗云'金吾子',则知当时南、北军制败坏,而北军之害为尤甚也。案后汉和帝永元元年(89)以窦宪为大将军,窦氏兄弟骄纵,而执金吾景尤甚,奴客缇骑,强夺财货,篡取罪人,妻略妇女,商贾闭塞,如避寇仇。此诗疑为窦景而作。盖托往事以讽今也。"其言甚确。所引窦氏兄弟事,见《后汉书·窦宪传》,传并云"有司畏懦,莫敢举奏。"则其势之炙手可热,不难想见。此正诗人之所以不能已于言者。

霍家奴,《玉台》、《乐府》"奴"并作"姝"。《古乐府》作"奴"。丁福保则谓作姝者是,古士之美者亦曰姝,如彼姝者子。案《汉书·霍光传》:"光爱幸监奴冯子都",又"使苍头奴上朝谒,莫敢遣者。"自以作"奴"为是。《汉宫仪》云:"执金吾,缇骑二百人。"篇中金吾子,当指缇骑之属,所谓奴,亦未必即家奴也。《后汉书·马援传》:"伏波(马援为伏波将军)类西域贾胡,到一处辄止。"注云:"言似商胡,所至之处辄停留。"此酒家胡,疑为当时之贾胡,非必女子之姓。张荫嘉曰:"不惜红罗裂,何论轻贱躯,言其势可畏。若不惜此红罗之裂者,轻贱之躯,几难保矣!"

(七)宋子侯 有《董娇娆》(杂曲):

洛阳城东路,桃李生路旁,花花自相对,叶叶自相当。春风东北起,花叶自低昂。不知谁家子,提笼行采桑,纤手折其枝,花落何飘飏。"请谢彼姝子,何为见损伤?""高秋八九月,白露变为霜。终年会飘堕,安得久馨香?""秋时自零落,春月复芬芳。何时盛年去,欢爱永相忘?"吾欲竟此曲,此曲愁人肠。归来酌美酒,挟瑟上高堂。

《汉诗说》曰:"请谢彼姝子二句,是问词。高秋八九月四句,是姝子答词。秋时自零落四句,又是答姝子之词。正意全在吾欲竟此曲数语。"按所论良是,汉作固往往有此奇境也。此篇作者,身世亦不详,《玉台》列班婕妤后。《诗薮》云:"汉名士若王逸、孔融、高彪、赵壹辈,诗存者皆不工,而不知名若辛、宋乐府,妙绝千古,信诗有别才也。"

(八)蔡邕　有《饮马长城窟行》(瑟调曲):

　　青青河畔草,绵绵思远道。远道不可思,宿昔梦见之。梦见在我傍,忽觉在他乡。他乡各异县,展转不相见。枯桑知天风?海水知天寒?入门各自媚,谁肯相谓言?客从远方来,遗我双鲤鱼。呼儿烹鲤鱼,中有尺素书。长跪读素书,书中竟何如?上言加餐饭,下言长相忆。

按此篇,《文选》作古辞,《玉台》作蔡邕,《蔡中郎集》亦载。首八句,两句一韵,一韵一转,在诗歌中亦属创格。"枯桑"二句为比,古今无异议,惟所比为何,则解说纷然。朱嘉徵曰:"白乐天云:诗有隐一字而意自见者,海水知天寒,言不知也。"此解独得。盖二句正言若反,犹云枯桑岂知天风?海水岂知天寒?以喻人情浇薄,莫知我艰也!曹植诗云:"狐裘足御冬,焉念无衣客?"杜甫云:"江上形容吾独老,天边风俗自相亲!"炎凉之感,正所谓"古来共如此"者也。"自媚",犹"自相亲"矣。

鲤鱼素书者,黄晦闻先生曰:"《诗·桧风》:'谁能烹鱼,溉之釜无鬵。谁将西归,怀之好音。'烹鱼得书,古辞借以为喻。注者或言鱼腹中有书,或言汉时书札以绢素结成双鲤,或言鱼沈潜之物,以喻隐密,皆望文生义。未窥诗意所出。"(按后来诗词中每以鱼或鲤鱼代指书信,即本此诗。)

(九)繁钦　有《定情诗》(杂曲):

　　我出东门游,邂逅承清尘。思君即幽房,侍寝执衣巾。时无桑中契,迫此路侧人。我既媚君姿,君亦悦我颜。何以致拳拳?绾臂双金环。何以致殷勤?约指一双银。何以致区区?耳中双明珠。何以致叩叩?香囊系肘后。何以致契阔？腕绕双跳脱。何以结恩情？美玉缀罗缨。何以结中心？素缕连双针。何以结相于？金薄画搔头。何以慰别离？耳后瑇瑁钗。何以答欢忻？纨素三条裙。何以结愁悲？白绢双中衣。与我期何所？乃期山东隅。日旰兮不至，谷风吹我襦。远望无所见，涕泣起踟蹰。与我期何所？乃期山南阳。日中兮不来，飘风吹我裳。逍遥莫谁睹，望君愁我肠。与我期何所？乃期西山侧。日夕兮不来，踯躅长叹息。远望凉风至，俯仰正衣服。与我期何所？乃期山北岑。日暮兮不来，凄风吹我衿。望君不能坐，悲苦愁我心。爱身以何为？惜我华色时。中情既款款，然后克密期。褰衣蹑花草，谓君不我欺。厕此丑陋质，徙倚无所之！自伤失所欲，泪下如连丝！

钦与建安七子同时，而最不得志，此盖其自伤之作，然情思摇荡已极，风骨殊未高。《文选·洛神赋》李善注引繁钦《定情诗》云："何以消滞忧，足下双远游。"今此二语不见，是其中尚有佚文也。《广雅》："拳拳，区区，爱也。"又："叩叩，诚也。"孔融《与韦休甫书》："不得与足下岸帻广坐，举杯相于。"又曹植诗："广情故，心相于。"是"相于"乃建安时常语，犹言相亲耳。区区之事，而铺陈至数百言，《孔雀东南飞》，不犹短已乎！

（十）诸葛亮　有《梁甫吟》（楚调曲）：

步出齐城门，遥望荡阴里。里中有三墓，累累正相似。问是谁家墓，田疆古冶子。力能排南山，文能绝地纪。一朝被谗言，二桃杀三士。谁能为此谋？国相齐晏子！

《三国志·本传》："诸葛亮躬耕陇亩，好为《梁甫吟》。"《乐府诗集》云："梁甫，山名，在泰山下。《梁甫吟》盖言人死葬此山，亦《葬歌》也。"按东汉以来，特好《挽歌》，虽宴饮嫁娶亦喜用之（见前西汉民间乐府)。孔明之好为《梁甫吟》,度亦爱其声调耳。此篇《艺文类聚》题诸葛亮作,后人颇多怀疑,然以诗而论,殆非武侯一流人物不办。"谁能为此谋,国相齐晏子!"不着议论,而含意无尽,真乃春秋笔法。

此篇本事见《晏子春秋》,兹节录如下:"公孙接、田开疆、古冶子,事景公以勇力闻。晏子过而趋,三子者不起,晏子入见,请公使人馈之二桃曰:'三子何不计功而食桃?'公孙曰:'接一搏猏,再搏乳虎,功可以食。'田曰:'吾伏兵而却三军者再,功可以食。'古冶子曰:'吾尝从君济于河,鼋衔左骖以入砥柱之流,当是时也,冶少不能游,潜行逆流百步,顺流九里,得鼋而杀之,左操骖尾,右挈鼋头,鹤跃而出津,人皆曰河伯也,若冶之功,可以食桃矣!'二子曰:'吾勇不子若,功不子逮,取桃不让,是贪也。然而不死,无勇也。'皆反其桃,挈领而死。古冶子曰:'二子死之,冶独生之,不仁。耻人以言,而夸其声,不义。恨乎所行,不死,无勇。'亦反其桃,挈领而死。公葬以士礼焉。"《一统志》:"三士墓在临淄县治南。"《诗·南山》:"南山崔崔",《毛传》:"南山,齐南山也。"《庄子》:"此剑上决浮云,下绝地纪。"按《唐书·天文志》:"云汉自坤抵艮为地纪。"又《礼记》:"义理,礼之文也。"三子者本有勇而无文,而谓之"文能绝地纪"者,亦言其忠义之气足以贯绝地纪耳。

(十一)无名氏 以上列叙东汉文人乐府,自班婕妤外,凡得九人。今所欲述者,为汉末无名氏之杰作《孔雀东南飞》。其作者虽失名,然要必出于文人(但非一人)之手,如辛延年,宋子侯之流,则绝无可疑。故不归之民间乐府,而从徐陵所编《玉台新咏》作"无名人",次于本章之后,且以明民间乐府之影响焉。

此篇首载《玉台新咏》,题为《古诗为焦仲卿妻作》(《乐府诗集》入《杂曲歌词》），其篇首有序云："汉末建安中，庐江府小吏焦仲卿妻刘氏，为仲卿母所遣，自誓不嫁，其家逼之，乃投水而死。仲卿闻之，亦自缢于庭树。时人伤之，为诗云尔。"全诗长达一千七百余字，兹分段录如下：

孔雀东南飞，五里一徘徊。"十三能织素，十四学裁衣。十五弹箜篌，十六诵诗书。十七为君妇，心中常苦悲。君既为府吏，守节情不移。贱妾留空房，相见常日稀。鸡鸣入机织，夜夜不得息。三日断五匹，大人故嫌迟。非为织作迟，君家妇难为。妾不堪驱使，徒留无所施。便可白公姥，及时相遣归！"

府吏得闻之，堂上启阿母："儿已薄禄相，幸复得此妇。结发同枕席，黄泉共为友。共事三二年，始尔未为久。女行无偏斜，何意致不厚？"阿母谓府吏："何乃太区区！此妇无礼节，举动自专由。吾意久怀忿，汝岂得自由！东家有贤女，自名秦罗敷。可怜体无比，阿母为汝求。便可速遣之！遣去慎勿留！"府吏长跪告："伏惟启阿母。今若遣此妇，终老不复取！"阿母得闻之，槌床便大怒："小子无所畏，何敢助妇语！吾已失恩义，会不相从许！"府吏默无声，再拜还入户。举言谓新妇，哽咽不能语："我自不驱卿，逼迫有阿母。卿但暂还家，吾今且报府。不久当归还，还必相迎取。以此下心意，慎勿违我语！"新妇谓府吏："勿复重纷纭。往昔初阳岁，谢家来贵门。奉事循公姥，进止敢自专？昼夜勤作息，伶俜萦苦辛。谓言无罪过，供养卒大恩。仍更被驱遣，何言复来还？妾有绣腰襦，葳蕤自生光。红罗复斗帐，四角垂香囊。箱帘六七十，绿碧青丝绳。物物各自异，种种在其中。人贱物亦鄙，不足迎后人。留待作遗施，于今无会因。时时为安慰,久久莫相忘!"

鸡鸣外欲曙,新妇起严妆。著我绣袷裙,事事四五通。足下蹑丝履,头上玳瑁光。腰若流纨素,耳著明月珰。指如削葱根,口如含朱丹。纤纤作细步,精妙世无双。上堂拜阿母,阿母怒不止。——"昔作女儿时,生小出野里。本自无教训,兼愧贵家子。受母钱帛多,不堪母驱使。今日还家去,念母劳家里。"却与小姑别,泪落连珠子:"新妇初来时,小姑始扶床。今日被驱遣,小姑如我长。勤心养公姥,好自相扶将!初七及下九,嬉戏莫相忘!"

出门登车去,涕落百余行。府吏马在前,新妇车在后。隐隐何甸甸,俱会大道口。下马入车中,低头共耳语:"誓不相隔卿!且暂还家去,吾今且赴府。不久当还归,誓天不相负!"新妇谓府吏:"感君区区怀。君既若见录,不久望君来。君当作磐石,妾当作蒲苇。蒲苇纫如丝,磐石无转移。我有亲父兄,性行暴如雷。恐不任我意,逆以煎我怀。"举手长劳劳,二情同依依。

入门上家堂,进退无颜仪。阿母大拊掌:"不图子自归!十三教汝织,十四学裁衣,十五弹箜篌,十六知礼仪。十七遣汝嫁,谓言无誓违。汝今何罪过,不迎而自归?"兰芝惭阿母:"儿实无罪过!"阿母大悲摧。

还家十余日,县令遣媒来:"云有第三郎,窈窕世无双。年始十八九,便言多令才。"阿母谓阿女:"汝可去应之!"阿女含泪答:"兰芝初还时,府吏见丁宁:结誓不别离。今日违情义,恐此事非奇!自可断来信,徐徐更谓之。"阿母白媒人:"贫贱有此女,始适还家门。不堪吏人妇,岂合令郎君?幸可广问讯,不得便相许。"媒人去数日,寻遣丞请还:

"说有兰家女,承籍有宦官。云有第五郎,骄逸未有婚。遣丞为媒人,主簿通语言:'直说太守家,有此令郎君!既欲结大义,故遣来贵门。'"阿母谢媒人:"女子先有誓,老姥岂敢言?"阿兄得闻之。怅然心中烦。举言谓阿妹:"作计何不量:先嫁得府吏,后嫁得郎君。否泰如天地,足以荣汝身。不嫁义郎体,其往欲何云?!"兰芝仰头答:"理实如兄言。谢家事夫婿,中道还兄门。处分适兄意,那得自任专?虽与府吏要,渠会永无缘。登即相许和,便可作婚姻!"

媒人下床去,诺诺复尔尔。还部白府君:"下官奉使命,言谈大有缘。"府君得闻之,心中大欢喜。视历复开书,便利此月内,六合正相应。良吉三十日,今已二十七,卿可去成婚。交语速装束,络绎如浮云。青雀白鹄舫,四角龙子幡。婀娜随风转,金车玉作轮。踯躅青骢马,流苏金镂鞍。赍钱三百万,皆用青丝穿。杂彩三百匹,交用市鲑珍。从人四五百,郁郁登郡门。

阿母谓阿女:"适得府君书,明日来迎女。何不作衣裳,莫令事不举!"阿女默无声,手巾掩口啼,泪落便如泻。移我琉璃榻,出置前窗下。左手持刀尺,右手执绫罗。朝成绣袷裙,晚成单罗衫。晻晻日欲暝,愁思出门啼。府吏闻此变,因求假暂归。未至二三里,摧藏马悲哀。新妇识马声,蹑履相逢迎。怅然遥相望,知是故人来。举手拍马鞍,嗟叹使心伤:"自君别我后,人事不可量。果不如先愿,又非君所详。我有亲父母,逼迫兼弟兄。以我应他人,君还何所望?"府吏谓新妇:"贺卿得高迁!磐石方且厚,可以卒千年。蒲苇一时纫,便作旦夕间。卿当日胜贵,吾独向黄泉。"新妇谓府吏:"何意出此言,同是被逼迫,君尔妾亦然!

黄泉下相见,勿违今日言!"执手分道去,各各还家门。生人作死别,恨恨那可论?念与世间辞,千万不复全。

府吏还家去,上堂拜阿母:"今日大风寒。寒风吹树木,严霜结庭兰。儿今日冥冥,令母在后单。故作不良计,勿复怨鬼神。命如南山石,四体康且直。"阿母得闻之,零泪应声落:"汝是大家子,仕宦于台阁。慎勿为妇死,贵贱情何薄?东家有贤女,窈窕艳城郭。阿母为汝求,便复在旦夕。"府吏再拜还,长叹空房中,作计乃尔立。转头向户里,渐见愁煎迫。

其日牛马嘶,新妇入青庐。奄奄黄昏后,寂寂人定初。——"我命绝今日,魂去尸长留。"揽裙脱丝履,举身赴清池。府吏闻此事,心知长别离。徘徊庭树下,自挂东南枝。

两家求合葬,合葬华山傍。东西植松柏,左右种梧桐。枝枝相覆盖,叶叶相交通。中有双飞鸟,自名为鸳鸯。仰头相向鸣,夜夜达五更。行人驻脚听,寡妇起彷徨。多谢后世人,戒之慎勿忘!

《孔雀东南飞》之产生,其必具之条件有二:一为文人乐府之盛行,一为五言诗体之成熟,序云"建安中",盖适当其时。此本绝作,如谓建安时代不能产生,则纵推而下之,以至于六朝、隋、唐、明、清,亦无能产生也!

全篇浑朴自然,犹是汉时风骨,惟以情事既奇,篇章复巨,而又历时久远,转相传写之间,不免失却几分本来面目,一犹长江大河,奔流万里,势必挟泥沙而俱下,则亦事或有之,不足为异。且如"足下蹑丝履",张为麒《孔雀东南飞年代祛疑》,以为丝履乃六朝时物,然观曹操《内诫令》:"前于江陵得杂彩丝履,以与家约,当著尽此履,不得效作也。"则汉末建安中已自有之,不始六朝矣。又如"进退无颜仪",《祛疑》谓"仪"字非用古韵,仪字由歌入支,始于魏文帝。按李尤《良弓铭》:"弓矢之作,爰自曩时。不争之美,亦以辨仪。"又蔡邕《济北崔君夫人诔》:"世丧母仪,宗殒宪师。哀哀孝子,靡所瞻依。"则仪字由歌入支不始魏文矣。

又如"小子无所畏","下官奉使命",说者谓"小子"、"下官"为六朝时通用口语,足见此诗不作于建安。按小子一词,经传屡见。有含自谦之意者,如《尚书·汤誓》:"非台小子,敢行称乱。"有为尊时卑之称者,如《论语》:"小子何莫学夫诗","吾党之小子狂简","小子鸣鼓而攻之可也",皆孔子谓其门人者。亦有表贬斥之义者,如《诗·板》:"老夫灌灌,小子蹻蹻!"襄四年《左传》:"我君小子!朱儒是使。"又《后汉书·班超传》:"小子安知壮士志哉!"仲卿母于盛怒之下斥其子为"小子",夫何足异?

至于"下官"二字,最早见于《汉书·贾谊传》:"君主斥罢软不胜任者,不谓罢软,曰下官不职。"为君斥臣之词。然观《后汉书·循吏·任延传》:"延拜武威太守,帝(光武)戒之曰:'善事上官,无失名誉!'延对曰:'臣闻忠臣不私,私臣不忠,上下雷同,非陛下之福,善事上官,臣不敢奉诏。'"此所谓上下,即指上官下官,则已为群臣相对待之词,与诗意相近。考下之为言,本先秦两汉以来之常语,故有所谓下国、下县、下妻(见《汉书·王莽传》,即《外戚列传》所谓"小妻"),自谦则或曰下走、下才、下僚,此诗叙丞对太守而自称下官,亦情理之常。

又如"新妇入青庐",说者引唐段成式《酉阳杂俎》:"北朝婚礼,青布幔为屋,在门内外,谓之青庐,于此交拜迎妇。"遂据以断此诗为作于六朝,不作于建安。按《杂俎·贬误》篇曾引《聘北道记》云:'北方婚礼,必用青布幔为屋,谓之青庐,于此交拜迎新妇。'然则所谓北朝婚礼者,本为北方婚礼,段氏窜易原文,殊属非是。故闻人倓《古诗笺》虽引段氏《杂俎》,而仍据《聘北道记》作北方,不作北朝。《世说新语·假谲篇》:"魏武少时尝与袁绍好为游侠,观人新婚,因潜入主人园中,夜叫呼,云'有偷儿贼。'青庐中人皆出现。"则是在北朝以前,北方固早有青庐之制矣。

又诗有"交广市鲑珍",说者谓分交州置广州,始于孙权黄武五年(226),足证其非汉作。按黄武五年上距建安,不过六年,为时甚近,与《序》云"时人为诗"之言,无甚不合,盖其事发生于汉末,而诗或作于汉末稍后,如傅玄《庞氏有烈妇》,即其例也。此其一。考元左克明《古乐府》(《四库全书》本)"交广"作"交用",明梅鼎祚《古乐苑》、《汉魏诗乘》及冯惟讷《古诗纪》,并注"广"一作"用",而谢榛《四溟诗话》引此句亦正作"交用市鲑珍",是"广"字已非定谳。且事在仓卒,以速为贵,交广去庐江重洋万里,非咄嗟可办,按之情理及上下文义,皆不当尔。疑后人习闻交州为产宝之区,故不觉由"交语速装束""交钱百万两走马"之交,而联想及交州之交,又因交州想及广州,因而妄改,实不足据。此其二。是故吾人即撇开此诗之风格不论,第从以上诸名物观之,亦无一能证明此诗之非汉作也。

又《史记·刺客列传》:"家大人召使前击筑",司马贞《索隐》:"韦昭云:'古名男子为丈夫,尊父妪为大人。'故古诗云:'三日断五匹,大人故嫌迟'是也。"如此诗为六朝作,司马贞肯称为古诗而引以注《史记》否?是亦足为考订此诗时代之一佐证矣。(本节所论,可参阅古直先生《汉诗辩证》,王越先生《孔

113

雀东南飞年代考》。)

此诗本文有疑难者二处:一为"阿女含泪答,兰芝初还时。府吏见丁宁,结誓不别离。今日违情义,恐此事非奇。自可断来信,徐徐更谓之"数语。纪容舒《玉台新咏考异》谓:"奇字义不可通,疑为宜字之讹。"陈胤倩则云:"谓暂遣复迎,人家多有,不足为异也。"释奇字亦觉牵强,女子被出,系一大事,不得谓为人家多有,不足为异。按奇读如奇偶之奇,"违情义"谓违誓言,承上"结誓"句来。犹云:今日忽违誓更嫁,恐此非我一人能独自作主之事。兰芝自不欲更嫁,故浑其词以为推脱地耳。信,使也,指人言。"断来信",即谢绝媒人。汉魏六朝时,书是书,信是信,故多"信使"连文,杜诗犹有之。自中晚唐后,信与书始渐混而为一,如许浑《下第怀友人》云"一封书信缓归期",又王驾《古意诗》:"一行书信千行泪,寒到君边衣到无?""更谓之",陈氏解云:"更谓之,再与府吏言也。"以"之"字属府吏,亦胶固。按此语犹今人言"这件事我们慢慢再说罢",皆一时延宕之词,所谓"缓兵之计"也。

二为"媒人去数日,寻遣丞请还。说有兰家女,承籍有宦官"以下数语,纪氏《考异》云:"请还二字未详。又序云刘氏,此云兰家,或字之讹也。"闻人倓云:"按县令因事而遣丞请于太守也。"又释"说有"以下数句云:"按丞还而述太守之说如此。兰字或是刘字讹。"信如此说,则"说有"诸语,皆为丞对县令转述太守及主簿之言矣,显与下"阿母谢媒人"句不相衔接!按"寻遣丞请还"云者,谓不久太守复遣丞为媒人请婚而复至刘家也。"说有"以下,为丞对兰芝母转述太守及主簿之词,非对县令,故下紧接以"阿母谢媒人"云,文理固甚清晰。特上文"县令遣媒来",用明述,此太守遣丞为媒,却用补叙,致生疑窦耳。(请参阅拙文《关于孔雀东南飞的一个疑难问题的管见》)又"贵贱情何薄"句,黄晦闻先生曰:"贵谓大家子,宦台阁,贱谓妇也。贵贱相悬,遣妇不为薄情,'何薄',言何薄之有也?"

《艺苑卮言》曰:"《孔雀东南飞》,质而不俚,乱而能整,叙事如画,叙情如诉,长篇之圣也!"陈胤倩曰:"历述十许人口中语,各各肖其声情,神化之笔也!"李子德曰:"叙事敷辞,俱臻神品!"实则所谓神,所谓圣,总不外情理二字,无情则理无所寄,然理失则情亦违!此诗之感人,即在合乎理而得乎情事之真。例如"低头共耳语"数句,与上"举言谓新妇"数句,虽大体相同,然情有深浅,语有缓急,文有繁略,不但不可互易,抑亦各各不能增减。盖前后境地不同,心情自异也。又如"却与小姑别,泪落连珠子",须知"上堂拜阿母"时,便已有了此泪,然向阿母落,则为不近情理,为不合兰芝个性。又如写兰芝被遣,云"还家十余日,县令遣媒来","十余日"三字,便甚有分寸,大有道理。与古所谓"出妇嫁于乡曲者良妇也"(见《史记·张仪传》)同义。又下文云"阿女含泪答",含泪得是!曰"兰芝仰头答"、"登即相许和",仰头得是!登即得是!盖前答对母,是初次危机,故犹存希冀之心。后答对兄,是再度逼迫,已心知无望,故态度亦转入于决绝崛强。此等处,正所谓"叙事如画"者。(按《通鉴·唐纪》五十七:"(田)弘正闻之,笑曰:'是(按指刘悟)闻除改,登即行矣,何能为哉!'"胡三省注:"言登时即行也。"盖犹今言马上或立即,乃汉以后口语,唐宋元明清诗文小说中仍多有之。)

此篇与后来北朝之《木兰诗》,唐韦庄之《秦妇吟》,可称为乐府中之三杰。胡应麟谓:"五言之赡,极于《焦仲卿妻》,杂言之赡,极于《木兰》。"使胡氏而获见《秦妇吟》,吾知其必继之曰:"七言之赡,极于《秦妇吟》。"靳荣藩云:"庐江小吏一首,序述各人语气,有焦仲卿语,有仲卿妻语,有仲卿母语,有仲卿妻母语,有仲卿妻兄语,有县令语,有主簿语,有府君语,有作诗者自己语,沓杂淋漓,或繁或简,或因其繁而更繁之,或因其简而更简之,水复山重,曲折入妙,诗中创格也。"(《吴诗集览》引)信然。

(十二)田恭 两汉文人乐府,至此已可告结束,所欲附带叙述者尚有明帝时之田恭。所作有《远夷乐德》、《远夷慕德》、《远夷怀德》三歌,见《后汉书·西南夷传》,为乐府中第一篇翻译作品!今隶《远夷乐德歌》一首,附注夷言,以为本章之殿。

大汉是治(提官隗搏),与天意合(魏冒踰糟)。吏译平端(闾译刘脾),不从我来(旁莫支留)。
闻风向化(征衣随旅),所见奇异(知唐桑艾)。多赐缯布(知眦缠绣),甘美酒食(推潭仆远)。
昌乐肉飞(拓拒苏便),屈伸悉备(局后仍离)。蛮夷贫薄(僄让龙洞),无所报嗣(莫支度由)。
愿主长寿(阳雒僧鳞),子孙昌炽(莫㰔角存)。

其余二歌,亦俱四言,"昌乐肉飞"语甚奇。《汉书·礼仪志》文颖注:"舞者骨腾肉飞",昌与倡通,则是言舞也。按《后汉书·西南夷传》:"永平(明帝)中,益州刺史朱辅上书曰:今白狼等慕化归义,作诗三章,远夷之语,辞意难正,有犍为郡掾田恭与之习狎,颇晓其言,臣辄令讯其风俗,译其辞语,今遣恭护送诣阙,并上其乐诗。帝嘉之,事下史官,录其歌焉。"则此歌明为田恭所译,丁福保《全汉诗》(卷一)但题"白狼王唐菆"而不题译者之名,且略去音译,均失之。此外,蔡琰有《胡笳十八拍》,然系赝品,从略。

附记

按田恭所译《远夷乐德》等三歌,盖兼用意译及音译。其正文大字为意译,注文小字为音译,凡音译文字,但象其声音耳,无意义也。朱彭寿《安乐康平室随笔》卷四载有关于此歌之轶事一则,兹录如下:"壬子(按当为公元1912年)秋,客有招饮于都门(按指北京)某酒肆者,入其室,见中悬一额甚旧,题'推潭仆远'四字,在座诸人,群相猜测,莫解所谓。后历询他友,亦迄无知者。偶遇某翁,谈及此事,则曰:'闻老辈曾言之,似四字出《汉书》中,然是否足据,固未之深考'云。余素好事,因取《汉书》检阅数过,卒未见其语,复推而及于《后汉书》,始得之于《西南夷莋都夷传·乐德歌》内,为'甘美酒食'注文。源出《东观汉记》。乃知此本夷人语,盖据当时所闻异域者,译成此句,故无意义可言。若但就文字求之,虽百思亦不得其解矣。今记于此,以免后之见此额者,又徒劳研索焉。"

第三编　魏乐府——附吴

第一章 概　　论

魏乐府之大异于汉者有一事焉,曰乐府不采诗,而所谓乐府者,率皆文士之什是也。或者以为时当丧乱分割之际,又声制散佚,解音者少,故采诗之事,势有未遑,实则不然也。按《魏志》十二《鲍勋传》载有文帝事一则,颇足为魏乐府何以不采诗之说明。兹具录如下:

> 文帝将出游猎,勋停车上书曰:"陛下仁圣恻隐,有同古烈,臣冀当继踪前代,令万世可则也。如何在谅闇之中,修驰骋之事乎?臣冒死以闻,唯陛下察焉。"帝手毁其表,而竟行猎。中道顿息,问侍臣曰:"猎之为乐,何如八音也?"侍中刘晔对曰:"猎胜于乐。"勋抗辞曰:"夫乐,上通神明,下和人理,隆治致化,万邦咸乂,故移风易俗,莫善于乐。况猎,暴华盖于原野,伤生育之至理哉!"因奏刘晔佞谀不忠。帝怒,作色罢。还,即出勋为右中郎。

观此,则知文帝之视乐府,实与田猎游戏之事无异,刘晔之对,乃其本心,故鲍勋虽据理抗颜,援引先哲名言,而适以撄其逆鳞。则知魏乐府之不采诗,并非厄于环境而不能,实由于乐府观念之改变而不为。前此论乐,重与政合,故虽两汉,不废采诗。今既以八音但为耳目之观好,根本否认其政治功用,所谓移风易俗者,自无取于遒人之击铎也。

盖曹魏一代,本为儒学之破坏时期,而主其事者即为武帝与文帝。故晋傅玄《举清远疏》云:"近者魏武好法术,而天下贵刑名,魏文慕通达,而天下贱守节。其后纲维不摄,而虚无放诞之论,盈于朝野。"《宋书·臧焘传》亦云:"自魏氏膺命,主爱雕虫,家弃章句,人重异术。……庠序黉校之士,传经之业,自黄初(魏文帝)至于晋末,百余年间,儒教尽矣!"而《魏志》十六《杜恕传》亦载恕太和中上疏云:"今之学者,师商、韩而上法术,竞以儒家为迂阔,不周世用。"尤足证儒学之破坏,实自曹魏开之。夫乐本《六经》之一,地位甚高,而著效则缓,与法家之功利主义根本不合,其见视为迂阔而远于事情,亦理之固然也。此当为魏乐府不采诗之主因矣。今就此时期乐府之现象,撮其大要,分三项次叙于后。

一、文人乐府之全盛　乐府自东汉以来,文士始多仿制,然大都不过一二篇,其风未盛也。至魏则乐府既不采诗,民歌来源,根本断绝,而"魏武以相王之尊,雅爱诗章,文帝以副君之重,妙善辞赋,陈思以公子之豪,下笔琳琅。"(《文心·明诗》)故前此文人所斥为郑声淫曲者,今则适为唯一之表现工具。前此所不甚著意经营者,今则竭全力以赴之。三祖陈王,所作皆多至数十篇,文人乐府,斯为极盛。故其作品,亦遂与汉大异。以言风格,则变而为高雅,且时出以寄托,如曹植《美女》等篇,无复两汉朴鄙之风。以言文字,则变而为绮丽,故《诗薮》谓:"子建《名都》、《白马》、《美女》诸篇,辞极赡丽,然句颇尚工,语多致饰,视西汉乐府,天然古质,殊自不同。"盖已下开六朝雕琢之风。以言内容,则类不出乎个人生活之范围。《文心雕龙·乐府》篇云:"魏之三祖,气爽才丽,宰割辞调,音靡节平,观其'北上'众引,'秋风'列篇,或述酣宴,或伤羁旅,志不出于淫荡,辞不离于哀思。"盖大致然也。此亦当时文人乐府应有之现象也。

二、声调之模拟　《晋书·乐志》云:"汉自东京大乱,绝无金石之乐。乐章亡绝,不可复知,及魏氏平荆州,获汉雅乐郎杜夔,能识旧法,以为军谋祭酒,使云删定雅乐。"又曹植《鼙舞歌》序云:"汉灵帝西园鼓吹有李坚者,能《鞞舞》,遭乱西随段煨,先帝闻其旧有技,召之。坚既中废,兼古曲多谬误,异代之文,未必相袭,故依前曲作新歌五篇。"观此,可见当时乐府人才之缺乏与声调散亡之情形。故魏世诸作,绝少创调,大抵皆不过"依前曲作新歌"而已。

此种声调之模拟,其格式亦有不同。有用旧曲而不用旧题者,如文帝黄初二年(221)改汉《巴渝舞》曰《昭武舞》,改宗庙《安世乐》曰《正始乐》,又如缪袭《魏鼓吹》十二曲,改汉《铙歌·朱鹭》为《楚之平》,改《艾如张》为《获吕布》之类。有用旧曲而兼用旧题者,此类最多。汉乐府皆题义相合,如"词"之初起者然:《杨柳枝》便咏杨柳,《竹枝》便咏竹,《渔父》便咏渔翁。至魏则不然。一面以缺乏识乐之人,不得不借用旧曲,一面又以意志内在之要求,复不欲为旧题所囿,于是借题寓意,"著腔子唱好诗",故乐府之题与义,多判不相谋,如《薤露》本汉丧歌,曹操乃以之咏怀时事,《陌上桑》本汉艳曲,而曹操又以之侈言神仙,是皆离开原题而自作新诗者也。《唐庚文录》云:"古乐府命题,皆有主意,后之人用乐府为题者,直当代其人而措辞,如《公无渡河》,须作妻止其夫之辞。"若以唐氏此言,求之魏乐府,合者盖十不一二也。胡应麟云:"乐府自魏失传,文人拟作,多与题左,前辈历有辩论,愚意当时但取声调之谐,不必词义之合也。"此言得之。故此类作品,一似纯出模拟,其实皆属创作,以其题虽旧,而其义则新也。此外亦有自出新题者,如曹植之《名都》、《白马》、《妾薄命》,阮瑀之《驾出北郭门行》等,并似因意命题,无所依傍。疑此类在当日皆未尝入乐,故无须乎袭用旧题以为曲牌之标志,而题之与义,遂得以悉相符合。观子建《名都》、元瑜《北郭》,并描写社会,指切当时,盖犹得汉乐府风人之遗意,惟此类究不多见,唐人新题乐府,实滥觞于此。

三、体裁之大备　世多谓乐府为诗之一体,实则一切诗体皆由乐府生也。汉乐府多杂言及五言,四言甚少,至六言七言,则更绝无其作。魏则诸体毕备,吾国千百年来之诗歌,虽古近不同,律绝或异,要其大体,盖莫不导源于此时矣。

近人有因魏为乐府之模拟时期,遂多以后世填词相拟议者,私窃以为不然。盖填词有一定之字句,不可增减,而魏之为乐府者,则极其自由,例如《陌上桑》本为五言,而曹操乃拟作长短句,《薤露》《蒿里》本长短句,而曹操又拟作五言,诸如此类,更仆难数,其与后世填词,自属不侔。按《宋书·乐志》引张华《表》云:"二代三京,袭而不变,虽诗章词异,兴废随时,至其韵逗曲折,皆系于旧。"意者当时乐府之模拟,只求合于旧曲之韵逗曲折,不必如后世之按字填词,故能于一调之中,而适用各种诗体,观同时曹丕《陌上桑》,与曹操所作者,文句长短便不同,亦可为证也。故魏世作者,不独不受古题之牢笼,抑亦不受声调之桎梏,此其所以能各随其才性而尽其所长也欤?诸体之中,尤以曹操之四言,曹丕之七言,曹植之五言,为最可注意。影响亦最大。其六言一体,曹植虽有其作(《妾薄命》),然无若何影响。

要之,以内容而论,魏乐府实远不逮汉,盖写作多以个人为主,题材单调,局面狭小,且不足以"观风俗,知薄厚"也。然以形式言,当时作者能对于各种诗体作多方面之尝试与努力,为后世诗坛辟一新局面,开一新途径,则亦自有其价值与贡献也。

第二章　曹操四言乐府

魏乐府皆有主名，复各有家数，故就其作者作各别之叙述。操字孟德，沛国谯郡人，少机警，有权数，任侠放荡，不治行业，年二十举孝廉为郎，尝散家财合义兵以诛董卓。建安元年，迁汉都于许，自为大将军，历任丞相，封魏王，建安二十五年（219）卒，年六十六。曹丕代汉，追谥武皇帝，庙号太祖，其《述志令》云："设使国家无有孤，不知当几人称帝，几人称王。"盖霸者之流也。其乐府诗歌亦如之。

操实一政治家与军事家而非诗人，然以性爱辞章，兼善音乐，故凡心志之所存，情思之所感，皆于乐府焉发之。自东汉以来，作者非一，然致力之勤，作品之富，实以操为第一人。按张华《博物志》："蔡邕善音乐，冯翊山子道、王九贞、郭凯等善围棋，太祖皆与埒能。"又《曹瞒传》："太祖为人佻易，无威重，好音乐，倡优在侧，常以日达夕。"《宋书·乐志》亦云："《但歌》四曲，出自汉世，无弦节作伎，最先一人唱，三人和，魏武帝尤好之。"所谓"但歌"，盖即不合乐之徒歌，相当于今所谓"清唱"，梁简文帝《戏赠丽人》诗："但歌聊一曲，鸣弦未肯张。"又王僧孺《咏姬人》诗："窈窕宋容华，但歌有清曲。"皆其证。足见操爱好音乐之笃。故《魏书》云："太祖登高必赋，及造新诗，被之管弦，皆成乐章。"则其成功，盖亦深有得于音乐之助也。

操所作凡二十一首，计有杂言，五言，四言三体，而四言尤工。刘潜夫曰："四言尤难，《三百篇》在前故也。"叶水心曰："五言而上，世人往往极其才之所至，而四言虽文辞巨伯，辄不能

工。"顾操所作,独能得心应手,运转自如,"于《三百篇》外,自开奇响",此其所以为千古绝唱也。如《短歌行》:

对酒当歌,[1]人生几何?譬如朝露,去日苦多。慨当以慷,忧思难忘。何以解忧?惟有杜康。

青青子衿,悠悠我心。但为君故,沉吟至今。呦呦鹿鸣,食野之苹。我有嘉宾,鼓瑟吹笙。

明明如月,何时可掇?忧从中来,不可断绝。越陌度阡,枉用相存。契阔谈䜩,心念旧恩。

月明星稀,乌鹊南飞。绕树三匝,何枝可依?山不厌高,水不厌深。周公吐哺,天下归心。

四言简短,易为板垛,而操此作,不惟语句自然,且气魄雄伟,音调壮阔,故不可及。钟伯敬《古诗归》曰:"四言至此,出脱《三百篇》殆尽,此其心手不粘滞处。'青青子衿'二句,'呦呦鹿鸣'四句,全写《三百篇》,而毕竟一毫不似。其妙难言。"论亦良确。此篇大意,似在延揽人才。曰"但为君故",念人才也。曰"何时可掇",言人才之不易得也。曰"何枝可依",喻贤者之择主而仕也。末以周公自比,始说出本意。《短歌行》外,又有《步出夏门

---

〔1〕 按"对酒当歌"之"当",向有二说:一说"当"是当对之当,赵翼《陔余丛考》云:"曹操对酒当歌,当字今作'宜'字解,然诗与'对'字并言,则其意义相类。《世说》'王长史语不大当对',言其非敌手也。元微之寄白香山书有'当花对酒'之语,《学斋呫哔》载《古镜铭》有云'当眉写翠,对脸傅红'。是当字皆作对字解,曹诗正同此例。今俗尚有'门当户对'之语。"另一说则解"当"为该当之当,王世贞《艺苑卮言》云:"古乐府'悲歌可以当泣,远望可以当归',二语妙绝。老杜'玉佩仍当歌',当字出此,然不甚合作,用脩(杨慎)引孟德'对酒当歌',云'子美一阐明之,不然,读者以为该当之当矣。'大聩聩可笑。孟德正谓遇酒即当歌也。下云'人生几何?'可见矣。若以对酒当歌,作去声,有何趣味?"今按二说均可通,唐宋人对此句之理解已自有分歧。李白诗"惟愿当歌对酒时,月光长照金樽里",此以当为当对之当者;柳永词"也拟疏狂图一醉,对酒当歌,强乐还无味",此又以当为该当之当矣。惟作"当对"解,则歌乃听他人歌;而作"该当"解,则歌应理解为自歌,此其别耳。

126

行》(一曰《碣石篇》)：

　　云行雨步,超越九江之皋,临观异同。心意怀游豫,不知当复何从。经过至我碣石,心惆怅我东海。(以上为《艳》)

　　东临碣石,以观沧海。水何澹澹,山岛竦峙。树木丛生,百草丰茂。秋风萧瑟,洪波涌起。日月之行,若出其中,星汉灿烂,若出其里。幸甚至哉,歌以咏志。(一解)

　　孟冬十月,北风徘徊。天气肃清,繁霜霏霏。鹍鸡晨鸣,鸿雁南飞。鸷鸟潜藏,熊罴窟栖。钱镈停置,农收积场。逆旅整设,以通商贾。幸甚至哉,歌以咏志。(二解)

　　乡土不同,河朔隆寒。流澌浮漂,舟船行难。锥不入地,蘴藾深奥。水竭不流,冰坚可蹈。士隐者贫,勇侠轻非。心常叹怨,戚戚多悲。幸甚至哉,歌以咏志。(三解)

　　神龟虽寿,犹有竟时。腾蛇乘雾,终为土灰。老骥伏枥,志在千里。烈士暮年,壮心不已。盈缩之期,不但在天。养怡之福,可得永年。幸甚至哉,歌以咏志。(四解)

朱嘉徵《乐府广序》曰："《陇西行》歌《碣石》,魏公北征乌桓(在今内蒙古自治区)时作。"朱乾《乐府正义》曰："魏武乌桓之役,履危蹈险,殊非怡养之福。军还之日,科问前谏者皆厚赏之,曰:孤前乘危以徼倖,不可以为常,诸君之谏,万安之计,是以相赏。'永年'之云,皆警心于事定也。"操征乌桓事在建安十二年(207),而还邺则在十三年春正月,此篇当作于还邺后,时操年已五十四,故有"老骥"之叹。《世说新语·豪爽》篇载:王处仲每酒后辄咏"老骥伏枥"四语,以如意打唾壶,壶口尽缺。足见其感人之深。胡应麟曰:"汉高帝《鸿鹄歌》,是'月明星稀'诸篇之祖,非雅颂体也。然气概横放,自不可及,后惟孟德'老骥伏枥'四语,奇绝足当。"按魏初,《文王》、《伐檀》、《驺虞》、《鹿鸣》四诗音节尚存,操之好为四言,当与此有关。由操而下,若曹丕、曹植诸人,所作亦多,至晋荀勖且欲定四言为一尊,其所造晋歌,悉为四言,皆缘受曹操之影响也。惟自《三百篇》后,四言之体已弊,虽有曹操之崛起,亦不过如回光返照而已。四言而外,杂言与五言,亦多佳制,五言者可以《苦寒行》为代表:

> 北上太行山,艰哉何巍巍!羊肠坂诘屈,车轮为之摧。树木何萧瑟,北风声正悲。熊罴对我蹲,虎豹夹路啼。豀谷少人民,雪落何霏霏。廷颈长太息,远行多所怀。我心何怫郁,思欲一东归。水深桥梁绝,中路正徘徊。迷惑失故路,薄暮无宿栖。行行日已远,人马同时饥。担囊行取薪,斧冰持作糜。悲彼《东山》诗,悠悠令我哀。

按《魏志》一:"建安十年冬,高幹以并州叛,执上党太守,守壶关口,十一年春正月,公征幹。"此篇盖作于征幹之时。悲壮得未曾有。杂言者,可以《精列》一篇为代表:

> 厥初生造化之陶物,莫不有终期。莫不有终期。圣贤不能免,何为怀此忧?愿螭龙之驾,思想昆仑居。思想昆仑居。见期于迂怪,志意在蓬莱。志意在蓬莱。周孔圣徂落,会稽以坟丘。会稽以坟丘。陶陶谁能度?君子以弗忧。年之暮,奈何时过时来微!

一起大气磅礴,与汉《铙歌》同调。"会稽",谓禹也。禹东巡狩,死于会稽,因葬焉,故云"以坟丘",意谓虽圣如夏禹,亦不能无死也。"时过时来微"谓去日苦多而来日益少也。

曹操乐府,要如上述。其高处似纯在以气胜,前人谓为"跌宕悲凉","沉雄俊爽",殆即以此。盖其雄才大略,足以骄其气,其势位之隆高,足以吐其气,而其生活之变动,治军三十年,足迹所至,南临江,东极海,西上散关,北登白狼,又足以充其气也。故锺伯敬曰:"英雄帝王,未必尽不读书,而其作诗之故,不尽在此。志大而气从之,气至而笔与舌从之,难与后世文士道。"范大士亦曰:"三曹惟阿瞒最为雄杰,熟读其诗,自然增长气力。"盖非无见也。

第三章　曹丕七言乐府

继轨曹操而肆力于乐府歌辞且有新贡献者为曹丕。丕字子桓，操长子，史云丕"八岁能属文，天资文藻，下笔成章，好文学，以著述为务。"建安二十五年代汉即帝位，黄初七年卒（226），年四十。谥曰文帝。

丕不独为一文学创作者，且为一文学批评者，其《典论·论文》，实为我国文学批评史上第一篇有系统之文字。两汉重在明经，诗赋小道，每不屑为，虽东汉作者渐多，然其观念，仍无改变，观蔡邕所上对事，谓"书画辞赋，才之小者，匡理国政，未有其能。陛下（灵帝）即位之初，先涉经术，听政余日，观省篇章，聊以游意，当代博弈，非以教化取士之本。"至以辞赋与博弈等量齐观，即其验也。而丕作《典论·论文》，乃云："盖文章经国之大业，不朽之盛事，年寿有时而尽，荣乐止乎其身，二者必至之常期，未若文章之无穷！"遂一反前此睥睨文学之态度，建安文学之昌盛，丕之提倡，与有力焉。

虽然，丕对于文学之最大贡献，乃不在此批评方面，而在其能继《郊祀歌》之后，而完成纯粹之七言诗体。其七言《燕歌行》二篇，不仅为乐府产生一新体制，实亦为吾国诗学界开一新纪元。其词云：

秋风萧瑟天气凉，草木摇落露为霜。（一解）
群燕辞归雁南翔。念君客游多思肠。（二解）
慊慊思归恋故乡，君何淹留寄他方。（三解）
贱妾茕茕守空房，忧来思君不敢忘。（四解）

不觉泪下沾衣裳。援琴鸣弦发清商。（五解）

短歌微吟不能长。明月皎皎照我床。（六解）

星汉西流夜未央。牵牛织女遥相望。尔独何辜限河梁？（七解）

别日何易会日难？山川悠远路漫漫。郁陶思君未敢言。寄声浮云往不还。涕零雨面毁容颜。谁能怀忧独不叹？展诗清歌聊自宽。乐往哀来摧心肝。耿耿伏枕不能眠。披衣出户步东西。仰看星汉观云间。飞鸧晨鸣声可怜。留连顾怀不能存。

按前此歌诗，无全篇七言者。《大风》、《垓下》，并带兮字，《安世》、《铙歌》，只间有一二，惟《郊祀歌》大衍七言，有连用至十余句者，但亦非全作。《汉书·东方朔传》载朔有"八言、七言上下"，晋灼注谓"八言、七言诗各有上下篇。"又《后汉书·东平宪王苍传》："诏告中傅封上苍自建武以来章奏，及所作书记、赋、颂、七言、别字、歌诗、并集览焉。"所谓七言，是否通体脱尽楚调，其文久佚，难知究竟。《柏梁台诗》虽属通体七言，然系联句，不出一人之手，其真伪复成问题。他如李尤《九曲歌》只存"年岁晚暮时已斜，安得力士翻日车"二句，是否全篇，亦不得而知。至若张衡《四愁》，虽具体而微，然首句尚用"兮"字，究仍不脱楚调。是故传世七言、不用兮字、且出于一人手笔者，实以曹丕《燕歌行》二首为矫矢！萧子显《南齐书·文学传论》云："魏文之丽箓，七言之作，非此谁先？"按子显梁时人，其时诗之总集多存，据《隋书·经籍志》，则晋有荀绰之《古今五言诗美文》五卷，宋有谢灵运之《诗集》五十卷，张敷、袁淑之《补谢灵运诗集》百卷，颜竣之《诗集》百卷，明帝之《诗集》四十卷，张永之《乐府歌诗》十二卷，《乐府歌辞》九卷，不著撰人姓氏之《古诗集》九卷。除苟绰所集,曾标明五言外,其余当为各体并收,今凡此诸书,虽皆亡佚,不可复见,然当齐、梁之世,固一一具存,如其中所载,前夫魏文,已有纯粹七言之作,则萧子显不当云"七言之作,非此谁先"矣,此理之至明者。然则以曹丕为七言之鼻祖,盖早在千余年之前,不自吾人今日始也。

七言一体,既属新兴,故当时未见风行,惟魏明帝及缪袭间有其作。缪袭字熙伯,东海人,历事魏四世,所作《魏鼓吹曲》十二章,其《旧邦》一章,即为七言。词云:

> 旧邦萧条心伤悲。孤魂翩翩当何依。游士怀故涕如摧。兵起事大令愿违。传求亲戚在者谁?立庙置后魂来归。

此章《宋书·乐志》读作十二句,其实乃七言六句也。稍后,则吴韦昭之《吴鼓吹曲》十二篇,其《克皖城》一篇,亦为七言者:

> 克灭皖城遏寇贼。恶此凶孽阻奸慝。王师赫征众倾覆。除秽去暴戡兵革。民得就农边境息。诛君吊臣昭至德。

此篇《宋志》仍读作十二句,实亦七言六句。盖七言歌诗一体,实从《楚辞》之《大招》、《招魂》及九歌中《山鬼》、《国殇》等篇变化而成,原为合两句为一句,故其句法则率为上四下三,押韵则概为一句一韵。如曹丕之《燕歌行》,吾人若依《宋志》分其一句作两句读,固无不可也! 此两点者,实为初期七言之特征,亦即七言导源于《楚辞》之佐证,其详已见前论《安世房中歌》及《郊祀歌》中。

缪、韦二子后,则有晋《白纻舞歌》三首,亦系纯粹七言,句法仍无改变,盖直接祖述《燕歌行》之体而为之者。为明示此一时期七言兴起之概况,兹特将《白纻舞歌》三首次录于后,是歌

为舞曲,文字亦殊婉娈多姿。其一:

> 轻躯徐起何洋洋。高举两手白鹄翔。宛若龙转乍低昂。凝停善睐容仪光。如推若引留且行。随世而变诚无方。舞以尽神安可忘?晋世方昌乐未央。质如轻云色如银。爱之遗谁赠佳人。制以为袍余作巾。袍以光躯巾拂尘。丽服在御会嘉宾。醪醴盈樽美且淳。清歌徐舞降祇神。四座欢乐胡可陈。

《宋书·乐志》云:"《白纻舞》,按舞词有巾袍之言,纻本吴地所出,宜是吴舞也。"舞虽出于吴地,而歌则作于晋世,此据"晋世方昌乐未央"一语而可知也。陈胤倩云:"轻躯句,如推句,写舞生动。后人咏舞诗皆出此。"按朱载堉《律吕精义》云:"人舞四势为纲,象四端也。一曰上转势,象侧恻之仁。二曰下转势,象羞恶之义。三曰外转势,象是非之智,四曰内转势,象辞让之理。舞谱谓之送、摇、招、邀。上转若邀宾,下转若送客,外转若摇出,内转若招入。"此诗如推若引,盖言转势不同,所谓龙转也。其二:

> 双袂齐举鸾凤翔。罗裙飘飘仪容光。趋步生姿进流芳。鸣弦清歌及三阳。人生世间如电过。

> 乐时每少苦日多。幸及良辰耀春华。齐倡献舞赵女歌。羲和驰景逝不停。春露未晞严霜零。

> 百年凋索花落英。蟋蟀吟牖寒蝉鸣。百年之命忽若倾。早知迅速秉烛游。东造扶桑游紫庭。西至昆仑戏曾城。

其三:

> 阳春白日风花香。趋步明月舞瑶珰。声发金石媚笙簧。罗袿徐转红袖扬。清歌流响绕凤梁。

如矜若思凝且翔。转盼遗精艳辉光。将流将引双雁行。欢来何晚意何长。明君御世永歌昌。

《诗薮》云："晋《白纻舞歌》，绮丽之极，而古意犹存。自后作者相沿，梁武之外，明远，休文，辞各美丽。"《文艺苑卮言》云："《白纻舞歌》，已开齐梁妙境，有子桓《燕歌行》之风。"按此歌句格用韵，与《燕歌行》无异，而文字则实较《燕歌行》为自然，二书之言，不为无见。至于影响，则《白纻舞歌》似尤较《燕歌行》为大，以《燕歌行》但歌而不舞，而《白纻》则兼为舞曲，其传播之力量，自较大也。观南朝时，宋、齐、梁各代皆有《白纻歌》，文人私造者，则鲍明远有六篇，张率九篇，沈约五篇，是其证矣。

要而论之，乐府中之七言歌诗，盖禀命于《楚辞》，萌芽于《安世》、《郊祀》，而成熟确立于曹丕之《燕歌行》。与民间未尝入乐之七言谣谚无涉。此其大略也。至鲍明远氏出，更别出机杼，自成一格，所以《行路难》十九首，下开隋唐七言歌行之先路，为七言演进中之又一大转变。而有唐之世，则七言歌行外，更有七言绝、七言律、七言排律诸体之兴起，于是七言始获充分之发展，骎骎乎驾五言而上之，为诗坛放一异彩，辟一奇境。然而饮水思源，吾人诚不能不归功致美于曹丕之《燕歌行》焉。

第四章　曹植五言乐府

曹氏父子之产生，实为吾国文学史上一大伟迹。曹操四言之独超众类，曹丕七言之创为新体，既各擅长千古，而五言之集大成，子建尤为百世大宗。以父子三人，而擅诗坛之三绝，宁非异事？而作品之富，影响之大，则三曹中，又以子建为最焉。

钟嵘《诗品》云："植诗源出于国风，骨气奇高，词彩华茂，情兼雅怨，体被文质，粲溢今古，卓尔不群。嗟乎！陈思之于文章也，譬人伦之有周、孔，鳞羽之有龙凤，音乐之有琴笙，女工之有黼黻，俾尔怀铅吮墨者，抱篇章而景慕，映余辉以自烛。故孔氏之门如用诗，则公幹升堂，思王入室，景阳潘陆，自可坐于廊庑之间矣。"呜呼，钟氏之推崇，可谓至矣。虽然，子建之诗，其成功亦自有其因素焉，非苟而已也。析言之，约有四端：

（一）卓越之天才　《三国志·魏志》本传："植年十岁余，善属文，太祖尝视其文，谓植曰：'汝倩人耶？'植跪曰：'言出为论，下笔成章，顾当面试，奈何倩人！'"以一髫龀之童，而其文即已惊人如此，自是天才超越。又子建《与杨德祖书》，谓王粲、刘桢辈"犹不能飞骞绝迹，一举千里"，则其自视固已高出当时诸子一等。谢灵运谓"天下才一石，子建独得八斗"，良非溢美。夫惟其才高，故心敏而笔快，能道人不易道之情，叙人不易叙之事，状人不易状之景，此其所以得成一伟大诗人也。

（二）仁侠之性格　前人多以"贵宾"、"公子"等名目，妄拟子建，如敖陶孙便云："曹子建如三河少年，风流自赏。"此实大谬。惟本传亦第云"植性简易，不治威仪，舆马服饰，不尚华丽，任性而行,不自雕励",亦未为尽得。以余观之,子建实一至情至性之仁人侠客也。其诗歌皆充满忠厚热烈之情感,与夫积极牺牲之精神。所谓"风流自赏"之"闲情逸致",在子建作品中,乃属绝无仅有!其《求自试表》云:"微才弗试,没世无闻,荣其躯而丰其体,生无益于世,死无损于数,虚荷上位而忝重禄,禽息鸟视,终于白首,此徒圈牢之养物!非臣之所志也。"此宁贵宾公子者流所能道耶?又子建当乃兄曹丕代汉即帝位之初,不拜表称贺,乃素服而哭,丕后闻之,大为不悦,则其为人如何,盖可想见矣。

（三）谦虚之态度　子建《与杨德祖书》云:"世人著述,不能无病,仆常好人讥弹其文,有不善者,应时改定。昔丁敬礼尝作小文,使仆润饰之,仆自以才不过若人,辞不为也。"又《与吴质书》云:"夫文章之难,非独今也,古之君子,犹亦病诸。"夫以下笔成章之才,而其对于著作之慎重与自处之谦虚乃如此,斯子建之所以为子建也欤?

（四）恶劣之环境　使子建而仅为"吟安一个字,燃断数茎须"之诗人,则才称"绣虎",位列藩侯,子建固可优为之。然而不然,子建不欲以翰墨为勋绩,辞赋为君子。使其所处为一国治民安之时代,则个人失意之痛苦,当亦不至如此其甚。然而不然,子建适当三国丧乱之际,兼之东有吴,西有蜀,内有司马氏之包藏祸心,而子建于魏复为宗室。使文帝不忌其才,明帝能申其请,则子建亦可以无憾,然而又不然也。本传:"文帝即王位,诛丁仪、丁廙,并其男口。植与诸侯并就国。监国谒者希指,奏植醉酒悖慢,有司请治罪,帝以太后故,贬爵安乡侯。"《传》又云:"植常自愤怨,抱利器而无所施,每欲求别见独谈,论及时政,幸冀试用,终不能得。时法制待藩国,既自峻迫,寮属皆贾竖下才,兵人给其残老,大数不过二百人;又植以前过,事事复减半,十一年中而三徙都,常汲汲无欢,遂发疾薨。"子建本早失父欢,继遭兄忌,终且不见信用于其侄,徒以母后之故,得免性命之虞,其境遇悲惨,为何如耶?

上举四端,乃子建乐府诗歌成功之要素,明乎此而后可以读子建作品,昔人评子建者多矣,余犹喜《兰庄诗话》"质朴浑厚"一语。质朴或不尽然,浑厚则诚的评。盖其心危,故浑。其情笃,故厚也。吴乔《围炉诗话》云:"诗之难处在深厚,厚更难于深。子建诗高处亦在厚。"亦深有见之论也。

子建乐府,计四十一篇。其中五言占四分之三,且多属精心结撰之作,足见其致力之所在。两汉五言,至此可谓告一大段落。今就其生平,分三期叙述之,而以魏氏三祖为一天然之分界线。

(一)武帝时期——建安二十四年(219)以前　子建一生,以此期生活最为优裕。上承父母之爱宠,下有亲好之游从,虽其后宠爱渐衰,太子之立,不无失意,然骨肉无恙,知交如故,清夜之游,仍自若也,故此期作品,大抵多叙酬宴戏乐之事,无甚悲痛之音,惟时寓箴规讽谕之意,于篇章之外而已。此可于下列诸作见之。

(1)《箜篌引》:

置酒高殿上,亲友从我游。中厨办丰膳,烹羊宰肥牛。秦筝何慷慨,齐瑟和且柔。阳阿奏奇舞,京洛出名讴。乐饮过三爵,缓带倾庶羞。主称千金寿,宾奉万年酬。久要不可忘,薄终义所尤。谦谦君子德,磬折欲何求?惊风飘白日,光景驰西流。盛时不可再,百年忽我遒。生存华屋处,零落归山丘。先民谁不死?知命复何忧。

朱绪曾曰:"刘履云:'此盖子建既封王之后,燕享宾亲而作。'按子建在文帝时虽膺王爵,四节之会,块然独处,至明帝时始上疏求存问亲戚,恐无燕享宾亲事,然则此篇作于封平原,临菑侯时也。"按朱氏之言至确。三曹中,武帝好刑名,文帝慕通达,惟子建专主儒学,故其诗歌往往表现儒家之思想与精神,观其《赠丁仪、王粲》诗"欢怨非贞则,中和诚可经"与此篇之"久要不可忘"四语可见。《论语》:"久要不忘平生之言。"孔安国云:"久要,旧约也。"又《周易》:"谦谦之德,卑以自牧也。"夫欲听是乐者,则必闻是言,子建岂无意哉?以诗论,则"生存"二语,感人最深,宜羊昙诵而流涕也。

(2)《斗鸡篇》:

游目极妙伎,清听厌宫商。主人寂无为,众宾进乐方。长筵坐戏客,斗鸡观闲房。群雄正翕赫,双翅自飞扬。挥羽邀清风,悍目发朱光。嘴落轻毛散,严距往往伤。长鸣入青云,扇翼独翱翔。愿蒙狸膏助,长得擅此场。

描写处,极尽物情。丁晏《曹集诠评》,据《邺都故事》:"魏明帝太和中筑斗鸡台",因以此篇为明帝时作。无论作风不类,度子建至明帝时,正所谓饱经忧患,亦无此闲情也。按刘桢,应场俱有《斗鸡诗》,应诗云:"兄弟游戏场,命驾迎众宾。"所谓兄弟,即指曹丕兄弟,所谓戏场,即此诗之闲房,初不必待明帝之筑台,而后始可作斗鸡之戏也。然则此篇盖建安中与应、刘诸子同赋者。篇中主人,亦指曹丕,曰"极妙伎",曰"厌宫商",皆所谓微词。《事类赋》注引《庄子》逸篇:"羊沟之鸡,时以胜人者,以狸膏涂其首也。"

(3)《名都篇》:

名都多妖女,京洛出少年。宝剑值千金,被服丽且鲜。斗鸡东郊道,走马长楸间。驰骋未及半,双兔过我前。揽弓捷鸣镝,长驱上南山。左挽因右发,一纵两禽连。余巧未及展,仰手接飞鸢。观者咸称善,众工归我妍。归来宴平乐,美酒斗十千。脍鲤臇胎虾,炮鳖炙熊蹯。鸣俦啸匹侣,列坐竟长筵。连翩击鞠壤,巧捷惟万端。白日西南驰,光景不可攀。云散还城邑,清晨复来还。

郭茂倩曰:"名都者,邯郸临淄之类。刺时人骑射之妙,游骋之乐,而无忧国之心也。"按子建黄初元年即被遣就国,此当系建安中居京师所作。结云清晨来还,则盘游无已可见,却含而不露,信如陈胤倩所云:"万端感慨,皆在言外!"

《史记·匈奴传》:"冒顿乃作为鸣镝。"《集解》引《汉书音义》云:"镝,箭也。如今鸣射也。"《毛诗传》:"发矢曰纵。""一纵两禽连",谓一箭而贯两兽也。李白诗:"一射两虎穿。"又《旧唐书·代宗纪》载代宗"畋于苑中,矢一发,贯二兔,从臣皆贺",则善射者固当有此。《毛传》又云:"善其事曰工。"《方言》云:"自关以西谓好曰妍。"平乐,观名,见《三辅黄图》。臇与隽通,《说文》:"隽,肥肉也,"此盖谓肉羹。《史记·霍去病传》:"其在塞外,卒乏粮,或不能自振,而骠骑(去病)尚穿域蹋鞠"。《索隐》云:"鞠戏,以皮为之,中实以毛,蹴蹋为戏也。"《正义》云:"按《蹴鞠书》,有《域说篇》,即今之打毬也。"鞠壤犹鞠域,盖打毬之所也。

(4)《妾薄命》:

日月既逝西藏,更会兰室洞房。华灯步障舒光,皎若日出扶桑。促樽合坐行觞,主人起舞娑盘,能者穴触别端。腾觚飞爵阑干。同量等色齐颜。任意交属所欢。朱颜发外形兰。袖随礼容极情,妙舞仙仙体轻。裳解履遗绝缨。俯仰笑喧无程,览持佳人玉颜,齐举金爵翠盘。手形罗袖良难。

腕弱不胜珠环。坐者叹息舒颜。御巾裹粉君傍。中有霍纳都梁，鸡舌五味杂香。进者何人齐姜。恩重爱深难忘。召延亲好宴私，但歌杯来何迟。客赋既醉言归，主人称露未晞！

写长夜狂欢，可谓曲尽形容。然正意只在末句，盖几于流连忘返矣。篇中"坐者"子建自谓，以上种种，皆作者静坐一旁所见。"叹息舒颜"四字，大有啼笑俱非之意。此篇可断为第一期作品，以诗有"召延亲好宴私"之言，而子建当文帝、明帝时，皆绝不能有此种自由，或参预此种宴会之优许也。末句，"主人"，当亦指曹丕。"穴觙别端"，写舞态，犹傅毅《舞赋》"若竦若倾，飞散合并"矣。霍谓霍香，与都梁香，并出交广。纳，艾纳，亦香名，出西国。

六言诗，任昉云始自汉谷永，然今不传。传者有孔融所作三首，无可观。后之为六言者，若傅玄《董逃行·历九秋篇》，庾信《怨歌行》，王褒《高句丽》等，盖皆出于子建。至唐乃变为韦应物、刘长卿、王建诸人之《调笑令》与《谪仙怨》。因较五言多一字，较七言又少一字，不合语气之自然，故自诗骚以至词曲，皆鲜有其体。

子建第一期乐府之略可指数者，不外上四篇。虽不能视为子建之代表作，然而素富贵而不淫，居燕安而不溺，其心胸怀抱，固亦可见焉。

（二）文帝时期——黄初元年（220）至黄初七年（226） 文帝自为太子时，即已深忌子建，徒以武帝尚在，隐而未发。故一旦践位，即日以杀植为事。始则诛其党羽，继且残及手足，危机四伏，动辄得咎，此七年间，子建殆无日不在惊波骇浪之中。而怀才莫展，忠不见信，尤所痛心。基于此种环境之陡变，而乐府内容与情调遂亦大异厥初。大抵初期所咏,不出人间,齐讴楚舞,犹是贵族本色。而此期则多言游仙与夫孤妾逐妇之不幸生活。初期写法,不外铺陈其事而直言之,而此期则往往索物寄惰,引类譬喻,其有叙事如《圣皇篇》者,亦极掩抑吞吐之致。故此期所作,莫不有其弦外之音,言外之意。盖情不能已,而势或难言,亦事理所必然者。今次叙于后。

(1)《野田黄雀行》:

高树多悲风,海水扬其波。利剑不在掌,结友何须多!不见篱间雀,见鹞自投罗。罗家得雀喜,少年见雀悲。拔剑捎罗网,黄雀得飞飞。飞飞摩苍天,来下谢少年。

《文心·隐秀》篇云:"陈思之《黄雀》,公幹之《青松》,格高才劲,而并长于讽谕。"所谓长于讽谕者,《文心》未之明言。胡适之《白话文学史》则谓"此为子建爱自由,思解放之一种心理表现",恐非诗意所在。按自文帝即位,子建友人,先后被戮,玩利剑二句,当系悼友之作。盖深痛己之不能如少年拔剑捎网以救此投罗之雀也。例如本传云:"文帝即王位,诛丁仪、丁廙,并其男口。"注引《魏略》曰:"仪与临菑侯(植)亲善,数称其奇才,太祖(操)既有意欲立植,而仪又共赞之,及太子立,遂因职事收付狱,杀之。"又《魏志·杨俊传》:"初,临菑侯与俊善,太祖适嗣未定,密访群司,俊虽并论文帝、临菑才分所长,不适有所据当,然称临菑犹美。文帝常以恨之。黄初三年……收俊,尚书仆射司马宣王、常侍王象、荀纬请俊,叩头流血,帝不许。俊曰:吾知罪矣!遂自杀。众冤痛之。"观此,则知当日与子建稍有瓜葛者,亦必置之死地而后已。子建友谊素笃,杨俊之死,《传》言众冤痛之,其在子建,又当如何疚心?出之讽谕,非得已也。

141

(2)《怨诗行》：

明月照高楼，流光正徘徊。上有愁思妇，悲叹有余哀。借问叹者谁？自云客子妻。君行踰十年，孤妾常独栖。君若清路尘，妾若浊水泥。浮沉各异势，会合何时谐。愿为西南风，长逝入君怀。君怀良不开，贱妾当何依？

子建于文帝为同母弟，而浮沉异势，不相亲与。故往往托之孤妾弃妇以见意。即《当墙欲高行》"愿欲披心自说陈，君门以九重，道远河无津"之旨也。严沧浪谓"诗对句好易，起句好难，而结句好尤难。"子建此诗，可谓起结俱佳。后半连用两比，愈出愈奇，愈转愈深。《围炉诗话》谓子建诗"高处亦在厚"，此类是也。按此篇亦见《宋书·乐志》，颇多增句，《文选》题作《七哀》，今从《宋志》及《乐府诗集》。

(3)《种葛篇》：

种葛南山下，葛藟自成荫。与君初婚时，结发恩义深。欢爱在枕席，宿昔同衣衾。窃慕棠棣篇，好乐如瑟琴。行年将晚暮，佳人怀异心。恩纪旷不接，我情遂抑沉。出门当何顾，徘徊步北林。下有交颈兽，仰见双栖禽。攀枝长太息，泪下沾罗衿。良马（玉台作鸟）知我悲，延颈对我吟。昔为同池鱼，今为商与参。往古皆欢遇，我独困于今！弃置委天命，悠悠安可任。

此亦别有所感，特托词于夫妇耳。朱嘉徵曰："调悲而远，文温以厚。"信然。《毛诗·小雅·常棣》篇云："妻子好合，如鼓瑟琴。""窃慕"二句，本此。又《礼记》注："纪，会也。""恩纪"，犹云恩会耳。

(4)《美女篇》：

美女妖且闲，采桑歧路间。柔条纷冉冉，落叶何翩翩。

攘袖见素手，皓腕约金环。头上金爵钗，腰佩翠琅玕。明珠交玉体，珊瑚间木难。罗衣何飘飘，轻裾随风还。顾盼遗光彩，长啸气若兰。行徒用息驾，休者以忘餐。借问女安居？乃在城南端。青楼临大路，高门结重关。容华耀朝日，谁不希令颜？媒氏何所营，玉帛不时安？佳人慕高义，求贤良独难。众人徒嗷嗷，安知彼所欢？盛年处房室，中夜起长叹！

叶燮《原诗》云："《美女篇》，意致幽渺，含蓄隽永，音韵节度，皆有天然姿态，层层摇曳而出，使人不可仿佛端倪，固是空千古绝作。后人惟杜甫《新婚别》可以伯仲，此外谁能学步？"按此篇写美女妆饰情态，与汉民间乐府《陌上桑》及辛延年《羽林郎》，无甚差异，且有因袭之处，如"行徒"二句，便从《陌上桑》"行者见罗敷"数语脱变而来。然前二篇为赋，文尽于事，而此篇则为比，意在言表。在前二篇中，罗敷不过一采桑少妇，胡姬亦不过一当垆女郎，有情性，无意志，而此篇中之美女，则因其为作者之化身，乃兼有作者之意志。故《陌上桑》、《羽林郎》风趣盎然，自是乐府本色，而《美女篇》则不免改观。此种改观处，亦即子建微露其本相处，汉魏不同，是亦一端也。

(5)《圣皇篇》：

圣皇应历数，正康帝道休。九州咸宾服，威德洞八幽。三公奏诸公，不得久淹留。藩位任至重，旧章咸率由。侍臣省文奏，陛下体仁慈。沉吟有爱恋，不忍听可之。迫有官典宪，不得顾恩私。诸王当就国，玺绶何累缧。便时舍外殿，宫省寂无人。主上增顾念，皇母怀苦辛。何以为赠赐？倾府竭宝珍。文钱百亿万，采帛若烟云。乘舆服御物，锦罗与金银。龙旂垂九旒，羽盖参班轮。诸王自计念："无功荷厚德。思一效筋力，糜躯以报国。"鸿胪拥节卫，副使随经营。

>贵戚并出送,夹道交辐轸。车服齐整设,韡晔曜天精。武骑卫前后;鼓吹箫笳声。祖道东门外,泪下霑冠缨。攀盖因内顾,俛仰慕同生。行行日将暮,何时还阙庭?车轮为徘徊,四马踌躇鸣。路人尚酸鼻,何况骨肉情!

子建有《鼙舞歌》五篇,皆文帝时作,此其一也。本传云:"文帝即位,植与诸侯并就国。"此盖追叙其事。按《魏书》云:"太子(曹丕)嗣立,遣彰之国,彰自以先王见任有功,冀因遂见用。而闻当随例,意甚不悦。不待遣而去。"又《魏志·周宣传》云:"帝(文帝)复问曰:'吾梦摩钱文,欲令灭,而更愈明,此何谓耶?'宣怅然不对。帝重问之,宣对曰:'此自陛下家事,虽意欲尔,而太后不听,是以文欲灭而明耳。'时帝欲治弟植之罪,偪于太后,但加贬爵。"观此二事,则知文帝于诸弟,实毫无"爱恋"、"顾念"、"仁慈"之情,分遣就国,乃其本意。而诗乃以执法归之臣下,以恩爱归之君上者,虽云势所不许,盖亦义所宜然。读此篇可悟诗人立言忠厚之道,与史家贵乎实录者不同。玩"便时舍外殿,宫省寂无人"句,则知下文所云"何以为赠赐,倾府竭宝珍"诸语,皆属虚饰,并非实事。而文帝之刻薄寡恩,亦隐中自见。不可为作者瞒过。钟伯敬云:"此与《赠白马王彪》,同一音旨,而深婉柔厚过之。"亦知言也。

(6)《五游咏》:

>九州不足步,愿得凌云翔。逍遥八纮外,游目历遐荒。披我丹霞衣,袭我素霓裳。华盖芳晻霭,六龙仰天骧。曜灵未移景,倏忽造昊苍。阊阖启丹扉,双阙曜朱光。徘徊文昌殿,登陟太微堂。上帝休西櫺,群后集东厢。带我琼瑶佩,漱我沆瀣浆。踟蹰玩灵芝,徙倚弄华芳。王子奉仙药,羡门进奇方。服食享遐纪,延寿保无疆。

《楚辞·远游》："悲时俗之迫阸兮,愿轻举而远游。"此子建游仙乐府之所由作也。此篇外,尚有《游仙》、《远游》、《仙人篇》、《升天行》诸作,其中当有明帝时作品,姑举《五游咏》以见子建在此时期心境之一斑。

(三)明帝时期——太和元年(227)至太和六年(232) 自表面观之,子建此期生活,似较文帝时为优,实则其中心痛苦,并未稍减,且有加无已。观前引《求自试表》,已可洞见。其《谏取诸国土息表》亦云："若陛下听臣,使解玺释绂,追柏成、子仲之业,营颜渊、原宪之事,居子臧之庐,宅延陵之宅,如此,虽进无成功,退有可守,身死之日,犹松、乔也。然伏度国朝,终未肯听臣之若是,固当羁绊于世绳,维系于禄位,怀屑屑之小忧,执无已之百念,安得荡然肆志,逍遥于宇宙之外哉!"则其进退维谷之情可见。盖明帝之于子建,虽外示尊宠,内实羁縻,其忌而不用,正与乃父同辙。而太和三年之讹言迎立,权臣司马懿之拥兵自大,尤使子建含不白之冤与社稷之痛。故此期作风,大体与第二期不殊,而声情之哀切,尤为过之。夫忧能伤人,此子建所以不得终其天年也欤。今将可确信为此期之作品次叙于后。

(1)《怨歌行》：

为君既不易,为臣良独难。忠信事不显,乃有见疑患。周公佐成王,金縢功不刊。推心辅王室,二叔反流言。待罪居东国,泣涕常流连。皇灵大动变,震雷风且寒。拔树偃秋稼,天威不可干。素服开金縢,感悟求其端。公旦事既显,成王乃哀叹。吾欲竟此曲,此曲悲且长。今日乐相乐,别后莫相忘。

按《魏志》三："太和三年夏四月丁酉,明帝还洛阳宫。"斐注引《魏略》曰："是时讹言帝已崩,从驾群臣,迎立雍丘王植。京师自下太后群公尽惧。及帝还,皆私察颜色,卞太后悲喜,欲推始言者,帝曰:'天下皆言,将何所推?'"此篇殆为此事而发者。子建于明帝为叔父,犹周公之于成王,故借二叔流言以寄慨。子建当明帝时尝屡求自试,皆不见纳,吾人于此,亦可略知其故矣。《诗镜》云:"叙古如披己怀,读之觉一往之气可尚,'待罪居东国,泣涕常流连',出意太率,圣人情事,不若是之惶遽也。"按二语,正作者真情自然流露处,故微现我相,不当直作咏史观。要之此篇之作,必有所感,故能"叙古如披己怀"也。末四句与上文意不相属,盖为当时听曲者设,乃系一种照例文章,汉魏乐府多有之,不可连上文串讲也。

此篇《宋书·乐志》不载。然观《晋书》八十《桓伊传》:"时谢安女婿王国宝,专利无检行,安恶其人,每抑制之。及孝武末年,嗜酒好内,于是国宝谗谀之计,得行于主相之间。而好利险诐之徒,以安功名盛极而构会之,嫌隙遂成。帝召伊饮宴,安侍坐,帝命伊吹笛,伊抚筝而歌《怨诗》(即上《怨歌行》),声节慷慨,俯仰可观,安泣下沾衿,乃越席而就之,捋其须曰:'使君于此不凡!'帝甚有愧色。"然则此篇,自东晋时已播于丝竹矣,《宋志》不收,何耶?

(2)《远游篇》:

远游临四海,俯仰观洪波。大鱼若曲陵,承浪相经过。灵鳌戴方丈,神岳俨嵯峨。仙人翔其隅,玉女戏其阿。琼蕊可疗饥,仰首吸朝霞。昆仑本吾宅,中州非我家。将归谒东父,一举超流沙。鼓翼舞时风,长啸激清歌。金石固易弊,日月同光华。齐年与天地,万乘安足多?

曰"中州非我家",曰"万乘安足多",殆亦有感于前事而作者。时子建必且见疑于明帝,故托意远游,弊屣万乘,以自表心迹,其情之悲郁,可谓痛绝人寰矣。

(3)《吁嗟篇》:

吁嗟此转蓬,居世何独然;长去本根逝,夙夜无休闲。东西经七陌,南北越九阡。卒遇回风起,吹我入云间。自谓终天路,忽然下沉泉。惊飙接我出,故归彼中田。当南而更北,谓东而反西。宕宕当何依,忽亡而复存。飘飖周八泽,连翩历五山。流转无恒处,谁知吾苦艰!愿为中林草,秋随野火燔。糜灭岂不痛,愿与根荄连!

本传云子建十一年中而三徙都,诗以转蓬为喻,盖感此事而作,结四语更有邦国疹瘁之忧。野火,隐切司马氏父子。按《魏志》十六《杜恕传》:"恕上疏极谏曰:'近司隶校尉孔羡,辟大将军(司马懿)狂悖之弟(司马通),而有司嘿尔,望风希指,甚于受属。选举不以实,人事之大者也。'"事在太和中,则知此时司马氏炙手可热之势已成。又卷二十二《陈峤传》注引《世语》云:"帝(明帝)忧社稷,问峤:'司马公忠正,可谓社稷之臣乎?'峤曰:'朝廷之望,社稷未知也!'"是明帝本人,亦自有所感觉也。此社稷存亡攸系,子建当日,宁有不知?观其《与司马仲达书》,义正词严,不稍假借,证以此诗,盖早有见于司马氏之不臣矣。然则此篇作于明帝时,殆绝无可疑。裴松之注特将此诗录入本传,可谓深知子建,且特具卓识。

(4)《薤露行》:

天地无穷极,阴阳转相因。人居一世间,忽若风吹尘。愿得展功勤,输力于明君。怀此王佐才,慷慨独不群。鳞介尊神龙,走兽宗麒麟。虫兽犹知德,何况于士人?孔氏删诗书,王业粲以分。骋我径寸翰,流藻垂华芬。

《薤露》、《蒿里》,皆汉丧歌,子建用之,有借以自挽之意。"骋我

147

径寸翰,流藻垂华芬",虽欲不以翰墨为勋绩,辞赋为君子,亦不可得已。此当亦晚年所作。

子建乐府,大要具如上述。除《妾薄命》为六言外,其余各篇,悉属五言,谓为集五言之大成,盖不为过。

汉乐府变于魏,而子建实为之枢纽。求其迹之可得而论者,约有三点:一曰格调高雅。汉乐府采之里巷,质朴鄙俚,情趣天然,子建则多所寄托,而使乐府带有浓厚之贵族色彩,完全变为文人一己之咏怀诗!其稍有汉乐府遗意者,不过初期所作《名都》等一二篇耳。二曰文字藻丽。此固不足以尽子建,然子建之影响,乃适在是。如《名都》、《美女》等作,后人即目为"修辞之章"。《文选》所录,亦多属此种。故王世贞谓"子建才敏于父兄,然不如其父兄质。汉乐府之变,自子建始。"亦的论也。三曰音律乖离。乐府主声,子建所作,多侧重文字与内容,入乐者甚少,故两汉"其来于于,其去徐徐"之韵味,亦颇缺乏。殆几与不入乐之诗打成一片矣。

间尝求之吾国文学史,其足与子建后先辉映者,吾得二人焉,曰前有屈原,后有杜甫。

第五章　王粲、左延年诸人之叙事乐府

　　魏乐府不采诗，故叙事之作独少，然亦非绝无其作也。盖魏世乐府，虽出摹拟，而摹拟之中，往往亦具创作之意，即前人所谓"借古题，写时事"是也。从其"借古题"一点言之，固属摹拟因袭，从其"写时事"而论，亦自不失为创作。此其风盖自曹操开之，如所作《薤露》《蒿里》二篇，即为借汉《挽歌》旧题，而写当时董卓作乱之事者。惟以地位环境关系，其所写之事，要为个人之事，贵族之事，终觉与民间无涉。故求其能约略表现此一时代民间情俗社会状况之作，乃不在以乐府著称之曹氏父子，而转在曹氏父子以外之第二流作家，如王粲，阮瑀，陈琳，左延年诸人。故今总为一章，合并叙述，亦魏世之民间乐府也。

　　王粲字仲宣，山阳人。献帝西迁，粲徙长安，以西京扰乱，乃之荆州依刘表。后曹操辟为丞相掾，魏国既建，拜侍中。建安二十二年卒，年四十一。粲善属文，举笔便成，无所改定，时人以为宿构。为建安七子之一。所作乐府，有《从军行》、《七哀》等篇。而《七哀》"西京乱无象"一首，叙汉末乱离，生民涂炭之惨，尤有足感者。诗云：

　　　　西京乱无象，豺虎方遘患。复弃中国去，委身适荆蛮。亲戚对我悲，朋友相追攀。出门无所见，白骨蔽平原。路有饥妇人，抱子弃草间。顾闻号泣声，挥涕独不还："未知身死处，何能两相完！？"驱马弃之去，不忍听此言。南登灞陵岸，回首望长安。悟彼下泉人，喟然伤心肝。

《乐府古题要解》云："《七哀》起于汉末。"按曹子建《怨诗行》，

《文选》题作《七哀》，然则所谓《七哀》者，固乐曲之一也。

粲依刘表，时年十七，当献帝初平之三年，《后汉书·献帝纪》云："初平三年（192）夏四月，诛董卓，夷三族。董卓部曲将李傕、郭汜、樊稠、张济反，攻京师。六月戊午陷长安城，吏民死者万余人。李傕杀司隶校尉黄琬，司徒王允，皆灭其族。"盖即此篇所咏。遘与搆通，豺虎谓李傕等。沈约所称"仲宣灞岸之篇"，又杜诗"群盗哀王粲"、"豺遘哀登楚"，皆指此作。《毛诗·曹风·下泉》序云："下泉，思治也。曹民疾共公侵刻，下民不得其所，忧而思明王贤伯也。"（按吴旦生《历代诗话》云："灞陵，文帝所葬处，故接以'泉下人'，其云'悟彼泉下人，喟然伤心肝'，陶渊明诗'感彼柏下人，安得不为欢'，正同意也。今本作'下泉人'，遂谓《下泉》，《曹风》诗篇，其诗有'念彼周京'之句，正是望长安而有感。其说反觉支离。"录备参考。）

阮瑀字元瑜，陈留人。少受学蔡邕。曹操辟为司空军谋祭酒，管记室。建安十七年卒。亦为七子之一。其乐府诗有《驾出北郭门行》：

驾出北郭门，马樊不肯驰。下车步踟蹰，仰折枯杨枝。顾闻丘林中，噭噭有悲啼。借问"啼者谁？何为乃如斯？""亲母舍我殁，后母憎孤儿。饥寒无衣食，举动鞭捶施。骨消肌肉尽，体若枯树皮。藏我空室中，父还不能知。上冢察故处，存亡永别离。亲母何可见？泪下声正嘶。弃我于此间，穷厄岂有赀？"传告后代人，以此为明规！

后母之虐，古今多有，诗歌所咏，则亦罕见。《谈艺录》云："乐府往往叙事，故与诗殊。盖叙事辞缓，则冗不精，翩翩堂前燕，叠字极促，乃佳。阮瑀《驾出北郭门》，视《孤儿行》大缓弱不逮矣！"按此篇亦自平实可法，又魏世作者，或述酣宴，或伤羁旅，其能留意下层社会,敷陈民间疾苦,如此作者,殆如麟角凤毛,未可以文艺之末事少之。结作劝戒语,亦乐府之体宜尔也。

陈琳字孔璋,广陵人。避难冀州,袁绍使典文章,尝为檄讨曹操,丑诋操父祖,绍败后,操释前嫌,使与阮瑀并管记室。亦当时七子之一。有《饮马长城窟行》:

> 饮马长城窟,水寒伤马骨。往谓长城吏:"慎莫稽留太原卒!""官作自有程,举筑谐汝声!""男儿宁当格斗死,何能怫郁筑长城?"长城何连连,连连三千里。边城多健少,内舍多寡妇。作书与内舍:"便嫁莫留住!善侍新姑嫜,时时念我故夫子!"报书往边地:"君今出语一何鄙?!""身在祸难中,何为稽留他家子?生男慎莫举,生女哺用脯。君独不见长城下,死人骸骨相撑拄?""结发行事君,慊慊心意关。明知边地苦,贱妾何能久自全?"

张荫嘉《古诗赏析》曰:"往谓六句,设为卒往告吏求归,吏惟饬卒急筑,卒再与吏析辩往复之词。长城四句,言如此工程,宁有尽日,将来夫妻相聚,真绝望矣。作书六句,第一番寄答。去书但嘱'便嫁',来书但责'何鄙',不忍直言必死边地也。身在至末十句,第二番寄答。寄辞六句,以在祸难,说明不忍稽留之故,复言生男不如生女,用古辞语,以见己之必死边城。答辞四句,表自己之亦当从死,而夫之死,终不忍言,只以'苦'字代之,得体。"按此篇误解者甚多,致标点失实,张氏之说,盖本诸其师沈德潜《古诗源》,而特见曲尽,最为可从。《太平御览》五百七十引杨泉《物理论》曰:"始皇起骊山之冢,使蒙恬筑长城,死者相属,民歌曰:生男慎勿举,生女哺用脯。不见长城下,尸骸相支拄。"此则张氏所谓"用古辞语"者。程谓课程,《汉书·景十三王传》:"杵春不中程辄掠。"师古注:"程者,作之课也。"官作犹官役。"举筑"句,谓歌邪许。《淮南子·道应训》:"令举大木者,前呼邪许,后亦应之。"盖言同声用力也。

长城为吾国历史上最伟大之工程,自战国以来,代有修筑,其间盖不知牺牲多少人民生命,故一见于民歌,再见于乐府。惜汉古词不传,蔡邕所作,亦未切题,其直接摹写长城给与民间之痛苦者,孔璋此作,实为首屈一指。意当时或亦有修筑长城之事,故孔璋借古题以咏之。

左延年,生平无考。《宋书·乐志》称其"妙善郑声"。《晋书·乐志》亦云"黄初中,左延年以新声被宠。"约可知为一妙解音律之人。其所作杂言《秦女休行》一首,于三曹七子外,亦别具风趣。其词云:

> 步出上西门,遥望秦氏庐。秦氏有好女,自名为女休。休年十四五,为宗行复雠。左执白杨刃,右据宛鲁矛。雠家便东南,仆僵秦女休。女休西上山,上山四五里,关吏呵问女休。女休前置辞:"平生为燕王妇,于今为诏狱囚。平生衣参差,当今无领襦。明知杀人当死,兄言快快,弟言无道忧。女休坚词:为宗报仇死不疑!"杀人都市中,徼我都巷西。丞卿罗列东向坐,女休凄凄曳梏前。两徒夹我持刀,刀五尺余,刀未下,朣胧击鼓赦书下。

盖叙述烈女复仇之事者。与晋傅玄《庞氏有烈妇》咏庞娥亲复仇事甚相类。惟此篇本事,别无可考,不敢遽断其为时事,抑为故事耳。按自东汉之末,私人复仇之风特炽,贤士大夫,又往往假以言辞,遂致不可遏抑。如《后汉书》六十一《苏不韦传》:"不韦父谦为李暠所害,不韦乃凿地达暠寝室,杀其妻儿。复驰往魏郡,掘其父阜冢,以阜头祭父坟,又标之于市曰:'李君迁父头!'暠愤恚发病欧血死。士大夫多讥不韦发掘冢墓,归罪枯骨,不合古义。唯任城何休,方之伍员,太原郭林宗则谓'子胥凭阖庐之威,因轻悍之卒,岂如苏子单特孑立,靡因靡资。力唯匹夫,功隆千乘,方之于员,不已优乎?'议者于是贵之。"(有删节)又如《三国志》二十四《韩暨传》:"暨庸赁积资,阴结死士,遂禽陈茂,以首祭父墓。由是显名。"夫复仇,非以为名高者也,而名乃由是显,则当时习俗可知。故魏文当即位之初,即下诏禁绝。《魏志》二:"黄初四年(223),诏曰:今海内初定,敢有私复雠者皆族之!"观此一诏,则其风尤可见。延年此篇之作,及所咏之事,并当黄初四年以前,亦足以观一时之风俗焉〔1〕。

白杨刃者,即白杨刀,《淮南子》:"羊头之销。"高诱注:"白羊子刀也。"羊杨通。宛,地名。属南阳。《荀子》:"宛钜铁钝。"杨惊注:"大刚曰钜。钝,矛也。"盖其地出矛。平生为燕王妇,其事不详,想亦作者随文渲染之词,未必实有其事,观上"休年十四五"句可知,乐府中多有此种夸诞不近情理处。"弟言无道忧"者,谓上失其道为可忧也,盖弟劝阻之词。

《诗薮》云:"左延年《秦女休行》,叙事真朴,黄初乐府之高者。傅玄《庞烈妇》盖效《女休》作者。词意高古,足乱东西京。乐府叙事,魏晋仅此两篇。"按傅作乃叙述故事者,严格而论,实不能谓为叙事作品。至魏世一代,若上文所举王粲《七哀》,阮

---

〔1〕 东汉末年,报仇之事,史不绝书,今补录一二如下:《后汉书》卷八十二《崔瑗传》:"初,瑗兄璋为州人所杀,瑗手刃报仇,因亡命,会赦归家。"又卷九十七《党锢列传·何颙传》:"太学友人虞伟高,有父仇未报,而病笃,将终,颙往候之,伟高泣而诉,颙感其义,为复仇,以头醊其墓。"所可注意者,崔何二人皆儒生,崔且为《座右铭》之作者,并自言"柔弱生之徒,老氏诫刚强",而亦手刃报仇,则当时社会风气可知。按同书卷五十八《桓谭传》载谭上疏陈时政所宜,有云:"今人相杀伤,虽已伏法,而私结怨仇,子孙相报,后忿深前,至于灭户殄业,而俗称豪健,故虽有怯弱,犹勉而行之。"谭乃东汉初人,而其言已如此,则知颂扬复仇风之形成,由来已久。此诚当时一大社会问题也。

瑀《北郭》,陈琳《饮马》,皆不失为叙事之作,亦不得云仅延年此篇然也。

魏自正始后,国势日非,乐府之作,亦顿形沉寂。大诗人如阮嗣宗,《咏怀诗》多至近百首,而乐府竟无一篇。惟嵇康有《秋胡行》七章,然亦备极悲观,且语涉玄虚,无关叙事,故今从略。

第六章　吴乐府——乐府填词之初祖韦昭

三国惟魏乐府为最盛，已具如上数章之所述。蜀汉无乐府，吴亦只韦昭所作《吴铙歌》十二曲，即《晋书·乐志》所云"吴使韦昭制《鼓吹》十二曲"者是也。而其渊源复本之于《魏鼓吹曲》，故附论于本篇之末。

吴之有《鼓吹曲》，为时似甚早。《吴志》二："建安十八年（213）正月，曹公攻濡须。"注引《吴历》云："曹公出濡须，权数挑战，公坚守不出，权乃自来，乘轻舟从濡须口入公军，行五六里，回还作鼓吹。"又《吴志》十引《江表传》云："曹公出濡须，权率众七万应之，密敕宁（甘宁）使夜入魏军，宁乃选健儿百余人，径诣曹公营下，踰垒入营，斩得数十级，北军惊骇鼓噪，举火如星。宁已还入营，作鼓吹，称万岁。"则是建安十八年前，吴已有之。按《吴志》一注引《江表传》："（孙）策西讨黄祖，行及石城，闻（刘）勋轻身诣海昏，便分遣从兄贲辅率八千人于彭泽待勋，自与周瑜率二万人步袭皖城，即克之。得（袁）术百工及鼓吹。"事在建安四年。然则吴之有鼓吹，盖始于此时，乃得之袁术者。惟是年韦昭尚未生，即建安十八年，昭亦不过十二岁，犹未出仕，十二曲之作，自当在此以后。沈约《宋书·乐志》云韦昭孙休世上《鼓吹铙歌》十二曲，其言盖绝可信也。

而《晋书·乐志》乃云："汉时有《短箫铙歌》之乐，列于鼓吹，多叙战阵之事。及魏受命，改其十二曲，使缪袭为词，述以功德代汉。……是时，吴亦使韦昭制十二曲名，以述功德受命。"一若韦昭之十二曲为与缪袭同作于魏受命之时者，此实大谬。

魏受命为建安二十五年(220)，下距孙休即位(258)，凡三十八年，先后相悬，不得云是时也。考建安二十五年魏文帝《策孙权文》云："君化民以德，礼乐兴行，是用锡君轩悬之乐。"既云轩悬之乐，则鼓吹自亦在内。故窃意《魏鼓吹》十二曲，盖尝流入于吴，迨韦昭作《吴鼓吹曲》时，因得从而模仿之。不独先后异时，抑且有因果关系，此从韦作本身，可得而取证者有二焉。

第一，韦昭所改《汉铙歌》十二曲之名，与缪袭所改之十二曲，全然相同。为简明计，今将《汉铙歌》十八曲旧名，及缪袭、韦昭所改十二曲之新名，制一表于后，以资印证。汉曲次第，从《宋书·乐志》。

汉、魏、吴鼓吹曲名对照表

朝代次第	汉鼓吹曲旧名	魏缪袭改名	吴韦昭改名	朝代次第	汉鼓吹曲旧名	魏缪袭改名	吴韦昭改名
1	朱鹭	楚之平	炎精缺	10	君马黄		
2	思悲翁	战荥阳	汉之季	11	芳树	邕熙	承天命
3	艾如张	获吕布	摅武师	12	有所思	应帝期	从历数
4	上之回	克官渡	伐乌林	13	雉子		
5	翁离	旧邦	秋风	14	圣人出		
6	战城南	定武功	克皖城	15	上邪	太和	玄化
7	巫山高	屠柳城	关背德	16	临高台		
8	上陵	平南荆	通荆门	17	远如期		
9	将进酒	平关中	章洪德	18	石留		

据上表，可知凡缪袭所改之《朱鹭》等十二曲，韦昭亦同改。其未改之《君马黄》等六曲，韦昭亦未改。又汉曲《有所思》在第十二，而缪改列第十一，汉曲《上邪》在第十五，而缪改列第十二，足见系以意选择，而昭又悉与之同，前后若合符契，设非韦昭以

缪袭之《魏鼓吹》十二曲为蓝本,必无如是之巧合也。

第二,韦昭所改十二曲中,有与缪袭所作,字数多寡,句读长短,完全相同者。此盖与后来之"按字填词"无异,在韦昭前,吾人尚未之见也。如《汉之季》(当汉《思悲翁》,"当"为乐府诗中之术语,有时用"代",其意则一):

> 汉之季,董卓乱。桓桓武烈应时运。义兵兴,云旗建。厉六师,罗八阵。飞鸣镝,接白刃。轻骑发,介士奋。丑虏震,使众散。劫汉主,迁西馆。雄豪怒,元恶偾。赫赫皇祖功名闻。

此篇盖填缪袭《战荥阳》者(改汉《思悲翁》):

> 战荥阳,汴水陂。戎士愤怒贯甲驰。阵未成,退徐荣。二万骑,堑垒平。戎马伤,六军惊。势不集,众几倾。白日没,时晦暝。顾中牟,心屏营。同盟疑,计无成。赖我武皇万国宁。

亦步亦趋,丝毫不爽。类此者尚有《炎精缺》、《摅武师》、《通荆门》三首。而《通荆门》一首,文长达百余字,亦无纤芥不合,尤足证韦昭实有意填词,而非出于一时之适然偶合。上举四篇外,其《从历数》、《玄化》、《伐乌林》、《章洪德》四首亦属填词而成者,但与缪原作微有出入耳。

观斯二证,足见《吴鼓吹曲》渊源所自。名虽代汉,实本于魏,为确无可疑也。《汉铙歌》中杂风谣,不尽颂什,自魏而后,始专述功德(主要是武功),变为纯粹贵族乐府,而铙歌之生意尽矣。韦昭所作,内容亦无足取,惟于乐府之中,首开填词一路,要为一大特点(此与我国语言文字有关),余故表而出之。而其余诸曲,则概所从略。

世之论填词者,莫不知有唐宋,今观韦昭所作,则知此道在乐府中固早已有之,初不待唐宋也。魏世作者,已多"依前曲,作新歌"。然其所谓"依"者,但依前曲之"韵逗曲折"耳,故同属一调,而文句各别,从未有若斯之修短中程、维妙维肖者。然则后世所云填词之初祖,乃不在梁武帝、沈休文,更不在白居易、刘禹锡、温飞卿,而在韦昭矣。

尝试论之,此种填词办法之产生,原由于作者音乐知识之浅薄,并不能视为乐府之极则与幸事。盖斯路一启,易生取巧,凡不识乐者,亦得以因人成事。第按准前式,率由旧章,不必求之声调之本身,而所作即不难播之弦管,协于歌喉。故填词者愈多,知音者即愈少。填词之技术愈精,创调之能力斯愈弱,观乎两宋,概可知矣。然而世不乏缀文之士,而识曲者恒寡;拟声之事甚难,而填词之作易工,则厥后此道之风行,亦势所必至也。缪袭为魏之音乐家,而史不言韦昭精通音律,则其出此,或亦以济一时之穷欤?(本章所论,可参阅拙作《乐府填词与韦昭》一文,见《解放集》。)

吴乐府自鼓吹十二曲外,别无作品,按《吴志·周瑜传》:"瑜少精意于音乐,虽三爵之后,其有阙误,瑜必知之,知之必顾,故时人谣曰:'曲有误,周郎顾。'"是当时吴地必别有新曲流行,惜词无传者。《世说新语》载有孙皓《尔汝歌》一首,殆是类欤。《歌》云:

昔与汝为邻,今为汝作臣(从《太平御览》)。上汝一杯酒,令汝寿万春。

《新语》云:"晋武帝问孙皓,闻南人好作《尔汝歌》,颇能为否?皓正饮酒,因举觞劝帝,而言曰云云。帝悔之。"(《排调篇》)约可觇知其时江南新兴乐府之特殊格调。此外《宋书·五行志》有《孙皓时童谣》二首,亦为五言四句。吴《孙皓初童谣》:

宁饮建业水,不食武昌鱼。宁还建业死,不止武昌居。

《宋志》云:"皓寻迁都武昌,民泝流供给,咸怨毒焉。"按皓甘露元年(265)九月徙都武昌,明年(宝鼎元年)十二月还都建业。又《天纪中童谣》:

阿童复阿童,衔刀游渡江。不畏岸上虎,但畏水中龙。

《宋志》云:"晋武帝闻之,加王濬龙骧将军,及征吴,江西众军无过者,而王濬先定秣陵。"观此三首,则知当三国之末,此种短隽之新歌,已盛行于江南民间。迨晋室东渡,因政治、经济、文化种种关系,遂由徒歌而被诸管弦,由小调而蔚为大国焉。

第四编 晋乐府

第一章　晋之舞曲歌辞

有晋一代乐府，分中原与江左，东晋别为南朝，以江南民歌为主体，西晋则紧接曹魏之后，仍以文人乐府为大宗，自不能混为一谈。

乐府至于西晋，愈失其社会之意义，指事针时之作，视曹魏为尤少。其特征之可得而言者约有三事：一为故事乐府之风行；一为文人拟古乐府之僵化，一即《舞曲歌辞》之发达是也。今先叙《舞曲》。

郑樵《通志·乐府总序》曰："舞与歌相应，歌主声，舞主形。自三代之舞，至于汉魏，并不著辞也。舞之有辞，自晋始。"又《文武舞序》云："大抵汉魏之世，舞诗无闻，至晋武帝泰始九年（273），荀勖曾典乐，更《文舞》曰《正德》，《武舞》曰《大豫》。使郭夏、宋识为其舞节，而张华为之乐章，自此以来舞始有词。舞而有辞，失古道矣。"是郑氏以为舞曲有辞，确始于晋，故一再言之。按后汉东平王苍尝造《武德舞歌》，载之《东观汉记》。而《宋书·乐志》亦有《汉鼙舞歌》五篇之目，一《关东有贤女》、二《章和二年中》、三《乐久长》、四《四方皇》、五《殿前生桂树》，并章帝时造。夫既名之曰"歌"，亦似非无辞者。且曹植作有《鼙舞歌》五篇，亦在张华前。然则舞之有辞，实起于汉，不得云自晋始也。特以西晋当三国分崩之后，成统一之局，上承汉魏遗声，旁采江南新曲。如《拂舞》、《白纻舞》，并出吴地。故舞曲较前独盛耳。

《南齐书·乐志》云："舞曲，皆古辞雅音，称述功德，宴享所奏。傅玄歌辞云：'获罪于天，北徙朔方。坟墓谁扫，超若流光。'如此十余小曲，名为'舞曲'，疑非宴乐之辞。然舞曲总名起此矣。"今所谓十余小曲者已不可见。是舞之有辞，虽不始于晋，而舞词之盛，则确始于晋，故有"舞曲"一总名之产生，尔后遂与《郊祀》、《燕射》、《鼓吹》、《横吹》等并列于乐府，此则征诸《南齐·乐志》而亦可知者也。

舞之起，本后于歌，《宋书·乐志》云："民之生，莫有知其始也。含灵抱智以生天地之间，喜怒哀乐之情，好得恶失之性，不学而能，不知所以然而然者也。怒则争斗，喜则咏歌，夫歌者，固乐之始也。咏歌不足，乃手之舞之，足之蹈之。然则舞，又歌之次也。"而其事亦各异焉。《通典》云："乐之在耳者曰声，在目者曰容。声应乎耳，可以听知。容藏于心，难以貌观。故圣人假干戚羽旄以表其容，发扬蹈厉以见其意，声容选和而后大乐备矣。"盖歌主声，舞主容，主声者自不可无辞，主容者辞本非所急，舞曲之必待汉而始有辞，必待晋而始有可述者，斯其故欤？

舞曲大体分《雅舞》、《杂舞》两种。《雅舞》用之郊庙朝飨，《杂舞》用之宴会。故凡雅舞歌辞，多言文武功德，而杂舞则以意在行乐，其歌辞遂亦最富于文学意味。西晋舞曲之可珍贵者亦厥为杂舞一类。《乐府诗集》云："《杂舞》者，《公莫》、《巴渝》、《槃舞》、《鞞舞》、《拂舞》、《铎舞》、《白纻》之类是也。始皆出于方俗，后寝陈于殿庭，汉魏以后，并以鞞，铎，巾，拂四舞，用之宴飨。"故晋《杂舞歌辞》中亦间有贵族之作，（如《鞞舞歌》）今各别叙之。

（一）鞞舞歌

《宋书·乐志》曰："《鞞舞》未详所起，然汉代已施于燕享矣。傅毅、张衡所赋,皆其事也。"按《鞞舞》,梁谓之《鞞扇舞》。汉曲五篇并章帝造,魏曲五篇,并明帝造,其辞并亡。而陈思王曹植又自有五篇,今存集中。《晋鞞舞歌》乃傅玄所作,亦五篇,盖又依汉魏旧曲而为之者。一曰《洪业》、二曰《天命》、三曰《景星》、四曰《大晋》、五曰《明君》。惟其施用,似尤较汉魏为广泛。晋夏侯湛《鞞舞赋》云:"专奇巧于乐府兮,苞殊妙乎伶人。匪繁手之末流兮,乃皇世之所珍。在庙则格祖考兮,在郊则降天神。纳和气于两仪兮,充克谐乎君臣。"则知晋世鞞舞,不独陈于殿庭,抑且用之郊祀,实为当时朝廷之重乐。虽列于杂舞,而实与雅舞无异,故其辞亦悉为称述功德之作,惟《明君》一篇为较可取耳。其词云:

明君御四海,听鉴尽物情。顾望有谴罚,竭忠身必荣。兰茝出荒野,万里升紫庭。茨草秽堂阶,扫截不得生。能否莫相蒙,百官正其名。恭己慎有为,有为无不成。闇君不自信,群下执异端。正直罹谮润,奸臣夺其权。虽欲尽忠诚,结舌不敢言。结舌亦何殚?尽忠为自患!清流岂不洁,飞尘浊其源。歧路令人迷,未远胜不还。忠臣立君朝,正色不顾身。邪正不并存,譬若胡与秦。秦胡有合时,邪正各异津。忠臣遇明君,乾乾惟日新。群目统在纲,众星拱北辰。设令遭闇主,斥退为凡民。虽薄供时用,白茅犹可珍。冰霜昼夜结,兰桂摧为薪。邪臣多端变,用心何委曲。便僻从情指,动随君所欲。偷安乐目前,不问清与浊。积伪罔时主,养交以持禄。言行恒相违,难赜甚溪谷!昧死射乾没,觉露则灭族。

陈胤倩曰:"反覆淋漓,曲折究论,可资劝诫。"徐师曾《诗体明辩》亦云:"傅玄《明君》一篇,剀切有足感者。"斯言亦信哉。"射乾没",犹云射利,即《论语》"小人喻于利"意。《史记·酷吏·张汤传》:"汤始为小吏,乾没。"《集解》云:"徐广曰:'随势沉浮也。'骃案服虔曰:'射成败也。'如淳曰:'得利为乾,失利为没。'"证以傅玄此诗,则如说为是。史汉中多有两字相反,而意有所偏属者,如意本在急,而兼云缓急;意本在害,而兼云利害,"乾没"亦是类也。

(二)杯槃舞歌

《杯槃舞》,汉名《槃舞》。张衡《舞赋》云:"历七槃而纵蹑。"王粲《七释》云:"七槃陈于广庭。"是以槃七枚为舞也。至晋帝时,加之以杯,舞者矜手以接杯槃而反覆之,因更名《杯槃舞》。汉曲无辞,晋辞一篇,其首句为"晋世宁",故又名《晋世宁舞》,即干宝《搜神记》所云"晋太康中,天下为《晋世宁舞》"者是也。其词如下:

晋世宁,四海平。普天安乐永大宁。四海安,天下欢。乐治兴隆舞杯槃。舞杯槃,何翩翩。举坐翻覆寿万年。天与日,终与一。左回右转不相失。筝笛悲,酒舞疲。心中慷慨可健儿。樽酒甘,丝竹清。愿令诸君醉复醒。醉复醒,时合同。四坐欢乐皆言工。丝竹音,可不听。亦舞此槃左右轻。自相当,合坐欢乐人命长。人命长,当结友。千秋万岁皆老寿。

文字轻松,音节委婉,令人读之,如闻其声,如见其形。篇中凡八转韵,不用萧、尤、侵、咸等衰飒暗哑之韵,亦似非偶然者。

按此歌《宋书·乐志》不著作者,《乐府诗集》以下因之。张溥《汉魏百三家集》乃以属张华,其集首题辞云:"《拂舞》、《白纻舞》、《杯槃舞》诸篇,晋代无名氏之作,藏书家本,亦有系之《张司空集》者。"盖不足信也。

(三)拂舞歌

《鞞舞》、《杯槃舞》皆出于汉,《拂舞》则出于江南。惟舞虽吴舞,而词则非吴词,故《宋书·乐志》曰:"江左初又有《拂舞》,旧云:《拂舞》,吴舞。检其歌,非吴词也。皆陈于殿庭。"晋歌凡五篇:一曰《白鸠》、二《济济》、三《独禄》、四《碣石》、五《淮南王》。《碣石》即曹操《步出夏门行》词。《淮南王》则崔豹《古今注》以为淮南小山所作,要亦晋以前古辞。其《白鸠》、《济济》、《独禄》三篇并无作者。《通志》云:"《白凫》之词出于吴,《碣石章》又出于魏武,则知《拂舞》五篇,并晋人采集三国以前所作。惟《白凫》不用吴旧歌而更作之,命以《白鸠》焉。"按《乐府诗集》引《伎录》曰:"求禄求禄,清白不浊。清白尚可,贪污杀我。晋歌为鹿字,古通用也。疑是风刺之词。"然则《独禄》一篇,亦系因旧歌而更作者,不独《白鸠》为然也。大抵此三篇皆西晋之词。

(1)《白鸠篇》 晋杨泓《舞序》云:"自到江南见《白符舞》,或言《白凫鸠舞》,云有此来数十年矣。察其词旨,乃是吴人患孙皓虐政,思属晋也。"《南齐书·乐志》载其本歌云:"平平白符,思我君惠,集我金堂。"今歌词与此颇异,知是更作者:

翩翩白鸠,载飞载鸣。怀我君德,来集君庭。
白雀呈瑞,素羽明鲜。翔庭舞翼,以应仁乾。
交交鸣鸠,或丹或黄。乐我君惠,振羽来翔。
东壁余光,鱼在江湖。惠而不费,敬我微躯。

策我良驷,习我驱驰。与君周旋,乐道亡余。
我心虚静,我志霑濡。弹琴鼓瑟,聊以自娱。
凌云登台,浮游太清。攀凤附龙,目望身轻。

《通志》云:"《白鸠篇》亦曰《白凫舞》,以其歌且舞也。"按三代歌舞不相合,歌者不舞,舞者不歌,两汉之世,歌舞二者仍多相应而不相兼,信如《通志》之言,则西晋实为吾国舞乐一大进步时期。盖歌舞合一,则舞者于举身赴节外,更能体会词意,而具有各种不同之深切表情也。戏曲之成功,此其第一步。而其所以能有此种"歌舞合一"之现象者,则又由于舞曲之有辞也。《西河词话》谓"至元时歌舞始合一",观此,知其不然。

(2)《济济篇》 《乐府正义》曰:"《济济篇》未详所起,而同属吴舞,桑榆欢娱,衰老怀思,意象朝不谋夕,地广民稀,地荒民散,思归黄浦,以息其劳,'亡国之音哀以思,其民困',斯之谓矣。疑与《白鸠篇》同为吴将亡诗。"事或然欤。

畅飞畅舞气流芳,追念三五大绮黄。去失有,时可行。去来同时此未央。时冉冉,近桑榆。但当饮酒为欢娱。衰老逝,有何期?多忧耿耿内怀思。渊池广,鱼独希。愿得黄浦众所依。恩感人,世无比。悲歌且舞无极已。

《拂舞》五篇,惟此咏舞,若下《独漉》,乃言复仇,而亦入舞曲,殊不可晓。观末语,则此篇亦歌舞相合之类。三五,谓三皇五帝。绮黄,汉商山四皓绮里季,夏黄公也。黄浦,春申君所凿,春申君姓黄,故名。《乐府古题要解》云:"《拂舞》,前史云出自江右,复有《济济》、《独漉》篇等共五篇,今读其词,除《白鸠》一篇,余并非吴歌。"按黄浦为吴地,此篇当亦本之吴歌也。

(3)《独漉篇》(《宋书》作《独禄》) 本篇虽属舞曲,而其词则为叙述复仇之事者。按晋世鼓吹复仇之作,尚有傅玄《庞氏

有烈妇》,张华《博陵王宫侠曲》,则知虽经魏文帝正诏禁绝,而一时社会风气仍无大变也:

> 独漉独漉,水深泥浊。泥浊尚可,水深杀我。
> 雍雍双雁,游戏田畔。我欲射雁,念子孤散。
> 翩翩浮萍,得水摇轻。我心何合?与之同并。
> 空床低帷,谁知无人。夜衣锦绣,谁别伪真?
> 刀鸣削中,倚床无施。父冤不报,欲活何为?
> 猛虎斑斑,游戏山间。虎欲啮人,不避豪贤。

浊音独,漉独为韵。独漉者,小罟也。盖以取鱼之难,喻复仇之难。范大士曰:"路险形单,心摇迹闇,历历比喻。空床低帷以下,是觅不得父仇,复恐为其所残也。"按范说良是。孔子曰"苛政猛于虎",孟子曰"如水益深",意此篇盖人有父屈死于法,或为豪猾所害而法不能伸,因潜入仇家,报仇而未遂者之所作也。"夜衣锦绣,谁别伪真?"疑虑之词。盖己虽为复父仇而来,然夜入人室,不知者且将诬我为盗窃也。其汉苏不韦之流欤。

(4)《淮南王篇》 崔豹以为汉淮南小山作,按《文选》卷三十李善注引作《古乐府词》,不云小山。《汉魏诗乘》及采菽堂《古诗选》亦并作汉古词,当亦晋人采旧歌而加以润色者。此本晋乐府惯技,如所奏魏三祖及陈王诸乐章,便多增改。诗云:

> 淮南王,自言尊。百尺高楼与天连。后园凿井银作床。
> 金瓶素绠汲寒浆。汲寒浆,饮少年。少年窈窕何能贤?扬声悲歌音绝天。我欲渡河河无梁。愿化双黄鹄,还故乡。
> 还故乡,入故里。徘徊故乡,苦身不已。繁舞寄声无不泰。
> 徘徊桑梓游天外。

《乐府诗集》引崔豹《古今注》曰:"淮南王服食求仙,遍礼方士,遂与八公相携俱去,莫知所往。小山之徒,思恋不已,乃作《淮南王曲》焉。"按应劭《风俗通》曰:"俗说淮南王安招致宾客方术之士数千人,铸成黄白,白日升天。谨按《汉书》:淮南王安招募方伎怪迂之人,述神仙黄白之事。财殚力屈,无能成获,乃谋叛逆,上使宗正以符节治王,安自杀,亲伏白刃,与众弃之,安在其能神仙乎?安所养士,或颇漏亡,耻其如此,因饰诈说,后人吠声,遂传形耳。"然则《古今注》乃本之俗说,不足置信也。故《乐府正义》云:"此诗首言'淮南王,自言尊',便是书法!其平日谋为不轨意可见矣。又言'少年窈窕何能贤',则所招致宾客数千人,不过假神仙黄白之术以遂其私谋耳。'渡河无梁,还乡无日',是可哀也。'繁舞寄声无不泰',言富贵亦自足乐,何必神仙?但得'徘徊桑梓',已抵'游天外'也。此诗大概是哀淮南之愚而取祸,应氏之说,为得其实。"是此篇乃哀讽之词,非思恋之作也。

晋舞曲,尚有《白纻舞歌》三篇,因属七言,已详上编曹丕七言乐府中。

第二章　晋之故事乐府

汉乐府采之现社会,故多"缘事而发",故事乐府,可谓绝无仅有。魏虽出于模拟,然所拟者不过旧曲之声调,故亦绝少其作。迨乎西晋,而故事乐府始大盛行焉。此其故盖有二端:一曰拟古之过当。魏世拟作,大抵借古题而叙时事,因旧曲以申今情,题名之袭用,无异傀儡。而晋之作者,则多在古题中讨生活,借古题即咏古事,所借为何题,则所咏亦必为何事,如傅玄《和秋胡行》便咏秋胡事,《惟汉行》便咏汉高祖事。石崇《王明君辞》便咏王昭君事。陆机《婕妤怨》,便咏班婕妤事之类。以此而言模拟,故事乐府,焉得不盛?一曰生活之空虚。曹魏作者,生当三国动荡之际,社会之剧变,个人之播迁,身经目击,多有可述,故或写时事,或伤羁旅,或述酬宴,虽其规模小大,视汉乐府已自不侔,然要有作者之面目在。西晋当三分之后,成一统之局,社会状况,渐趋安定,文人生活,弥复空虚,故对于乐府诗歌,绝少关涉时事,大抵以雕章琢句为能事,以拟古咏史为职志。观陆机拟古诗多至十四首,而左思《咏史》诗亦多至八首,即足以觇一时之风气,又不仅乐府为然也。

由乐府之本义言,此种作品,既无足观感,原非所贵。然即其所咏,则一时代之社会心理亦隐约可见。又吾国诗歌,叙事者少,然则即以趣味之眼光观之,寻其源流而究其影响,亦乐府史中一快事也。故今合叙为一章。

傅玄　晋故事乐府之大作家,厥为傅玄。玄字休奕,博学善属文,妙解钟律,晋《郊祀》、《鼓吹》及《舞曲》等歌辞,多出其手。《古诗源》曰:"休奕诗聪颖处时带累句,大约长于乐府而短于古诗。"《诗品》不以入品,《文选》亦只录《杂诗》一篇,殆犹有雅俗之见耶? 玄所作乐府凡数十篇,其叙述故事者有以下诸篇:

(1)《惟汉行》:

> 危哉鸿门会,沛公几不还。轻装入人军,投身汤火间。两雄不俱立,亚父见此权。项庄奋剑起,白刃何翩翩。伯身虽为蔽,事促不及旋。张良愦坐侧,高祖变龙颜。赖得樊将军,虎叱项王前。瞋目骇三军,磨牙咀豚肩。空卮让霸主,临急吐奇言,威凌万乘主,指顾回泰山。神龙困鼎镬,非哙岂得全? 狗屠登上将,功业信不原。健儿实可慕,腐仔安足叹?

《乐府诗集》云:"魏武帝《薤露行》曰:'惟汉二十二世,所任诚不良'。曹植又作《惟汉行》。"按此为调名所自仿。然魏武所咏,乃汉末时事,植所作则与汉事更不相干。至傅玄此篇始变为叙述汉代之故事乐府,其详具见《史记·项羽本纪》。惟篇中颇能注意于各人心理之描写,故亦与抄袭不同。哙责让项羽一段言论,后人有疑为张良教使之者,而此云"临急吐奇言",盖得其实。"空卮"之"空",动词,犹干杯矣。

(2)《秋胡行》:

> 秋胡子娶妇,三日会行。仕宦既享显爵,保兹德音。以禄颐亲,韫此黄金。睹一好妇,采桑路傍。遂下黄金,诱以逢卿。玉磨逾洁,兰动弥馨。源流洁清,水无浊波。奈彼秋胡,中道怀邪。美此节妇,高行巍峨。哀哉可悯,自投长河。
>
> 秋胡纳令室,三日宦他乡。皎皎洁妇姿,泠泠守空房。燕婉不终夕,别如参与商。忧来犹四海,易感难可防。人言生日短,愁者苦夜长。百草扬春华,攘腕采柔桑。素手寻繁

枝，落叶不盈筐。罗衣翳玉体，回目流采章。君子倦仕归，车马如龙骧。精诚驰万里，既至两相忘。行人悦令颜，借息此路傍。诱以"逢卿"喻，遂下黄金装。烈烈贞女忿，言辞厉秋霜。长驱及居室，奉金升北堂。母立呼妇来，欢情乐未央。秋胡见此妇，惕然怀探汤。负心岂不惭？永誓非所望。清浊必异流，兔凤不并翔。引身赴长流，果哉洁妇肠！——彼夫既不淑，此妇亦太刚。

按后一首亦载《玉台新咏》，题作《和班氏诗》。本集则二首分列，今从《乐府诗集》合录之。《秋胡行》汉古词不传。魏世则武帝、文帝、曹植、嵇康诸人所作，皆与秋胡事无干。以其时考之，汉辞当亦为民间流传之故事乐府，或其词至晋已亡，故休弈为重写之如此乎？

秋胡事最早见于刘向之《列女传》，至《西京杂记》，则故事之中，又有故事焉。所载亦小有异同，今备录之。《列女传》："鲁秋胡洁妇者，鲁秋胡子妻也。秋胡子既纳之五日，去而宦于陈，五年乃归。未至家，见路傍妇人采桑，秋胡子悦之，下车谓曰：'暑日若曝，独采桑，吾行道远，愿托桑荫下飡。'下赍休焉。妇人采桑不辍。秋胡子谓曰：'力田不如逢丰年，力桑不如见公卿。吾有金，愿以与夫人。'妇人曰：'嘻！夫采桑力作，纺绩织纴，以供衣食，奉二亲，养夫子，已矣，吾不愿金。所愿卿无有外意，妾亦无淫泆之志，收子之赍与笥金！'秋胡子遂去，至家，奉金遗母，母使人呼其妇，妇至，乃向采桑者也。秋胡子惭。妇曰：'子束发辞亲往仕，五年乃还，当欢喜，乍驰乍骤，扬尘至，思见亲戚，今也乃悦路傍妇人，下子之粮，以金予之，是忘母也，忘母不孝。好色淫泆，是污行也，污行不义。夫事亲不孝，则事君不忠，处家不义，则治官不理。孝义并亡，必不遂矣。妾不忍见，子

173

改娶矣,妾亦不嫁。'遂去而东走,投河而死。"

《西京杂记》:"杜陵秋胡者,能通《尚书》,善为古隶字,为翟公所礼,欲以兄女妻之。或曰:'秋胡已经娶而失礼,妻遂溺死,不可妻也!'驰象曰:'昔鲁人秋胡,娶妻三月,而游宦三年,休还家,其妻采桑至郊,而不识其妻也,见而悦之,乃遗黄金一镒,妻曰:"妾有夫游宦不返,幽闺独处,三年于兹,未有被辱如今日也。"采桑不顾。胡惭而退。至家,问家人"妻何在?"曰"行采桑于郊未返。"既还,乃向所挑之妇也。夫妻并惭。妻赴沂水而死。今之秋胡,非昔之秋胡也。岂得以昔之秋胡失礼,而绝婚今之秋胡哉。'"观此,则知秋胡一故事在汉世极为流行,故竟有或人之误。"三月"当为"三日"之讹,盖结婚三月,离别三年,无缘便不相识也。《列女传》所载,自较《杂记》为胜,乃休奕此篇之所本。厥后颜延之复有《秋胡诗》一首,《乐府诗集》亦载之,然词繁文胜,非乐府叙事体也。

(3)《庞氏有烈妇》(一曰《秦女休行》):

庞氏有烈妇,义声驰雍凉。父母家有重怨,仇人暴且强。虽有男兄弟,志弱不能当。烈女念此痛,丹心为寸伤。外若无意者,内潜思无方。白日入都市,怨家如平常。匿剑藏白刃,一奋寻身僵。身首为之异处,伏尸列肆旁。肉与土合成泥,洒血溅飞梁。猛气上干云霓,仇党失守为披攘。一市称烈义,观者收泪并慨慷:"百男何当益?不如一女良!"烈女直造县门,云"父不幸遭祸殃,今仇身以分裂,虽死情益扬。杀人当伏法,义不苟活堕旧章!"县令解印绶:"令我伤心不忍听!"刑部垂头塞耳:"令我吏举不能成!"烈著希代之绩,义立无穷之名。夫家同受其祚,子子孙孙,咸享其荣。今我作歌咏高风,激扬壮发悲且清。

自篇首至"令我吏举不能成"为叙述,自"烈著希代之绩"至末语为赞扬。《诗镜》云:"语语生色,叙赞两工,式得其体。"信然信然。

《乐府诗集》曰:"《秦女休行》,左延年辞,大略言女休为燕王妇,为宗报仇,杀人都市,虽被囚系,终以赦宥,得宽刑戮也。晋傅玄云庞氏有烈妇,亦言杀人报怨,以烈义称,与古词义同而事异。"按此亦借古题以咏古事之类。左延年所咏,其事不传。而此篇之庞烈妇,则载在正史及私人著述,犹历历可考。郭氏《乐府》一书,于乐章之本事,搜辑甚勤,而此篇独付阙如,缘为补出,以资观览焉。庞氏复仇之事,一见于《三国志·魏志》十八《庞淯传》。一见于《后汉书》卷一百十四《列女传·庞淯母》。然陈志与范书,又皆本之皇甫谧之《列女传》者,裴注《三国志》引其全文,今节录如下:

烈女庞娥亲者,表氏庞子夏之妻,禄福赵君安之女也。君安为同县李寿所杀,娥亲有男弟三人,皆欲报雠,会遭灾疫,三人皆死。寿闻大喜,云赵氏强壮已尽,唯有女弱,何足复忧,防备懈弛。娥亲子淯,出行闻寿此言,还以启娥亲。娥亲感激愈深,怆然陨涕曰:"李寿,汝莫喜也!终不活汝!"阴市名刀,志在杀寿。寿为人凶豪,比邻有徐氏妇,忧娥亲不能制,恐逆见中,每谏止之。娥亲谓左右曰:"卿等笑我,直以我女弱不能杀寿故也。绝,而娥亲犹在,岂可假手于人哉?要当以寿颈血污我刀刃,令汝辈见之!"遂弃家事,乘鹿车伺寿,至光和二年(179)二月上旬,以白日清时于都亭之前,与寿相遇。便下车,奋刀砍之,并伤其马,马惊,寿挤道边沟中,娥亲寻复就地砍之,探中树兰,折所持刀,寿被创未死,因拔寿所佩刀以截寿头,持诣都亭,归罪有司,徐步诣狱,辞颜不变。时禄福长,寿阳尹嘉,不忍论娥亲,即解印绶去官,弛法纵之。娥亲曰:"雠塞身死,妾之明分也。治狱制刑,君之常典也。何敢贪生,以枉官法!"乡人闻之,倾城奔往,观者如堵焉,莫不为之悲喜、慷慨、嗟叹也!守尉不敢公纵,阴语使去。娥亲抗声大言曰:"枉法逃死,非妾本心,乞得归法,以全国体!"尉故不听所执,娥亲辞气愈厉,而无惧色。尉知其难夺,强载还家。凉州刺史周洪、酒泉太守刘班等并共表上,称其烈义。刊石立碑,显其门闾。太常弘农张奂以束帛二十端礼之。(《后汉书》九十五《张奂传》,奂本燉煌酒泉人,后因功特听徙弘农,光和四年卒,年七十八。)海内闻之者,莫不改容赞善。故黄门侍郎安定梁宽,追述娥亲,为其作传。玄晏先生(《晋书》:皇甫谧自号玄晏先生)以为:父母之仇,不与共天地,盖男子之所为也。而娥亲以女弱之微,奋剑仇颈,人马俱摧,塞亡父之怨魂,雪三弟之永恨,近古以来,未之有也!

按《后汉书》云庞淯母字娥,不曰"娥亲"。又《三国志》云"娥父赵安",不曰"赵君安",殆缘名号之殊。光和为汉灵帝年号,光和二年(179),下距皇甫谧之生汉献帝建安二十年(215),盖已三十有六年,而谧之作传,自更远在是年以后,则知娥亲复仇,实为汉末魏晋间最流行之故事。玄晏别为立传,休弈又以入乐,并非纯出亲情与乡谊。(休弈为北地人)"禄福",《后汉书·郡国志》作"福禄",属酒泉郡,并汉凉州地,篇首云"义声驰雍凉"者以此。据《传》,娥亲兄弟三人皆遭疫病死,《后汉书》同,而此诗云"虽有男兄弟,志弱不能当",一似未尝死者,此盖休弈之曲笔,欲借男以形女耳。故下文复托为观者之词,而云"百男何当益,不如一女良"也。

以上三篇,皆傅玄作,文字古朴,大有汉风,昔人谓其"古貌绮心,微情远境,汉后未睹其俦。乐府淋漓排荡,位置三曹,材情妙丽,似又过之。"(《诗境》)洵非虚美。惟于叙述之后,每以议论作结束,视两汉之蕴藉浑厚,终觉不侔。后世白居易《秦中吟》诸作,大率以末二语见意,盖仿休奕斯体者。(按杜甫《暮秋枉裴道州手札率尔遣兴》诗云:"道州手札适复至,纸长要自三过读……使我昼立烦儿孙,令我夜坐费灯烛。"后二语句法,即本此诗"令我伤心不忍听""令我吏举不能成"。想老杜亦甚爱此诗,诵之熟,故不觉形之于文耳。)

石崇 傅玄外,则石崇有《王明君辞》一首。自序云:"王明君者,本为王昭君,以触文帝讳故改。匈奴盛,请婚于汉,元帝以后宫良家子昭君配焉。昔公主嫁乌孙,令琵琶马上作乐以慰其道路之思,其送昭君,亦必尔也。其造新曲,多哀怨之声,故叙之于纸云尔。"

> 我本汉家子,将适单于庭。辞诀未及终,前驱已抗旌。仆御涕流离,辕马悲且鸣。哀郁伤五内,泣泪沾朱缨。行行日已远,遂造匈奴城。延我于穹庐,加我阏氏名。殊类非所安,虽贵非所荣。父子见陵辱,对之惭且惊。杀身良不易,默默以苟生。苟生亦何聊,积思常愤盈。愿假飞鸿翼,乘之以遐征。飞鸿不我顾,伫立以屏营。昔为匣中玉,今为粪上英。朝华不足欢,甘与秋草并。传语后世人:远嫁难为情!

此篇《文选》暨《玉台新咏》并载。通首俱属代言。起二句叙述中见书法,便有无限感慨。惟既云"将适单于庭",此乃初出塞,而下文所云,皆至匈奴以后事,未免自相矛盾。故陈胤倩谓:"既云送昭君有词,因造新曲,此初出塞,安得遽云'父子见陵辱'?每见拟古者附会古人事实,不得代言之情,多复类此,亦是大瑕。"按《汉书·匈奴传》呼韩邪单于来朝,元帝以王嫱配之,生一子。株累立,复妻之,生二女。盖匈奴俗,父死乃妻其后母,陈氏之评良是。《唐书·乐志》云:"《明君》,汉曲也。汉人怜其远嫁,为作此歌。晋石崇妓绿珠善舞,以此曲教之,而自制新歌。"然则此篇亦借古题而咏古事之类也。

昭君和亲,为汉代外交一大政迹,同时亦为文学上一大好题材。故古今诗人多所咏叹,而小说传闻,更多煊染焉。此事之最早记载,自推汉人所作之昭君一曲,惜其词不传。今则当以班固《汉书·匈奴传》为首见矣。然《传》亦但云:"竟宁元年(前33)单于来朝,自言愿壻汉氏以自亲,元帝以后宫良家子王嫱字昭君赐单于。单于欢喜,上书愿保塞上谷以西至燉煌,传之无穷。请罢边备以休天子之民。……昭君号宁胡阏氏,生一男伊屠智牙师,呼韩邪死,复株累若鞮单于复妻王昭君,生二女,长女为须卜居次,小女为当于居次。"据此段记载,吾人大约可知昭君为一绝色宫女而已。以一绝色宫女,而久不见幸,而卒至远嫁,本非人情,易生疑窦。度班固著《汉书》时,社会或有关于昭君和亲之传说,固以其言多忌讳而删之,亦未可知也。

其次,则为《后汉书·南匈奴传》。《传》云:"昭君字嫱,南郡人也。初,元帝时,以良家子选入掖庭,时呼韩邪来朝,帝敕以宫女五人赐之。昭君入宫数岁,不得见御,积悲怨,乃请掖庭令求行。呼韩邪临辞,大会,帝召五女以示之,昭君丰容靓饰,光明汉宫,顾影裵徊,竦动左右,帝见大惊,意欲留之,而难于失信,遂与匈奴,生二子。及呼韩邪死,其前阏支子代立,欲妻之,昭君上书求归,成帝敕令从胡俗,遂复为后单于阏氏焉。"以与《汉书》较,则已大有增饰,诸如积怨求行,临辞惊艳,上书求归等,皆非前史之所有。然尚无画工图形,吞药自尽诸异说也。是为昭君故事正史记载之第一期。

其见于稗官小说,则有《世说》、《西京杂记》、《琴操》三书,而又互有出入。《世说·贤媛篇》云:"汉元帝宫人既多,乃令画工图之,欲有呼者,辄披图召之,其中幸者皆行货赂。王明君姿容甚丽,志不苟求,工遂毁其状。后匈奴求和,求美女于汉帝,帝以明君充行。既召见而惜之,但名字已去,不欲中改,于是遂行。"

而《西京杂记》,尤言之凿凿:"元帝后宫既多,不得常见,乃使画工图其形,按图召幸。宫人皆赂画工,多者十万,少者亦不减五万。昭君自恃容貌,独不肯与,工人乃丑图之,遂不得见。后匈奴入朝,求美人为阏氏,于是上案图以昭君行。及去,召见,貌为后宫第一,善应对,举止闲雅,帝悔之,而名籍已定,帝重信于外国,故不复更人。乃穷案其事,画工皆弃市,籍其家资,皆巨万。画工有杜陵毛延寿,为人形丑好老少,必得其真;安陵陈敞,新丰刘白、龚宽,并工于牛马飞鸟众势,人形丑好,不逮延寿;下杜阳望,亦善画,尤善布色,樊育亦善布色,同日弃市。京师画工,以是差稀。"按《后汉书》只言昭君数岁不得见御,而此则并道出所以不得见御之故。于是由昭君"自请求行",一变而为元帝"案图以行"。

而《琴操》所载,又复大异,其言曰:"昭君,齐国王穰女。端庄闲丽,未尝窥看门户,穰以其有异于人,求之者皆不与。年十七,献之元帝。元帝以地远不之幸,以备后宫。积五六年,帝每游后宫,昭君常怨不出。后单于遣使朝贺,帝宴之,尽召后宫,昭君乃盛饰而至,帝问欲以一女赐单于,谁能行者?昭君乃越席请往。时单于使在旁,帝惊恨不及。昭君至匈奴,单于大悦,以为汉与我厚,纵酒作乐,遣使者报汉,送白璧一双,骏马十匹,及珠

179

宝之类。昭君恨帝始不见遇,乃作怨思之歌。昭君有子曰世违,单于死,世违继立。凡为胡者,父死妻母,昭君问世违曰:汝为汉也?为胡也?世违曰:欲为胡耳。昭君乃吞药自杀。"其荒谬绝伦,殆不足置诘。此虽与第一期记载大相背戾,然如《世说》、《杂记》所云,犹在情理之中,故杜甫《咏怀古迹》有"画图省识春风面"句,亦尝据为典实。且元帝自元帝,昭君自昭君,尚无蒙恩临幸之事也。是为昭君故事小说传闻之第二期。

至元马致远作《汉宫秋》杂剧,则集诸传说之大成而更踵事增华,将元帝,昭君二人凭空捏合,因而有灞桥惜别一段文章。其第三折载昭君道白有云:"妾身王昭君自从选入宫中,被毛延寿将美人图点破,送入冷宫,甫能得蒙恩幸,又被他献与番王形像,今拥兵来索,待不去,又怕江山有失,没奈何将妾身出塞和番,这一去,胡地风霜怎生消受也。"此段自述最为简要。就中除蒙恩一层为前说所无外,(按庾信《王昭君》云:"猗兰恩宠歇,昭阳幸御稀",恐非有据。)入番献图,拥兵来索,亦与旧说异。而入番之初,即跳江而死,与《琴操》所云吞药者亦不同。此当由马氏之临文虚构,借以激发吾民族羞恶之心者,未必其时有此传说也。是为昭君故事杂剧扮演之第三期。

大抵时代愈后,附会愈多,真象亦愈泯。然每经一度之改变,辄多一番之新意,以历史眼光观之,诚无足取信,而以文学立场论,则转觉可贵。石崇此篇,第悲昭君之远嫁,未及其他,自属第一期传说中之作品。若梁简文帝:"画工偏见诋,无由情恨通。"隋薛道衡:"不蒙女史进,更失画师情。"以及唐崔国辅、沈佺期、刘长卿、白居易诸人所咏,则已属第二期矣。

崇作《王明君词》外,尚有《楚妃叹》一篇咏楚庄王夫人,按陆机《吴趋行》云"楚妃且勿叹",则其曲由来已久,盖亦咏古题之类,今从略。

故事之流行,往往亦与时代相应,并非纯出偶然。汉武好神仙,故王乔,赤松,安期,羡门之事盛传于世,播于乐府,其明验也。自魏以来,儒教已衰,老庄复盛,故休弈有"腐儒"之言。复仇之禁,虽著于魏世,其在西晋,则并无明文,度当日此风必仍炽,故休弈有《烈妇》之咏。吾国社会,男女不平等,西晋之世,风气尤为轻薄,故休弈有《秋胡》之作,以阐明夫妇之道。自东汉以诸羌氏实边,华夷杂处,下迄西晋,遂成心腹之患,观江统《徙戎论》上不十年而五胡乱华,亦足见其危急,故石季伦有《明君》之词,以激扬民族自尊之心。是以其所咏之事虽古,而所以咏之之意则新。推原所以,亦足为论世之资焉。

第三章 晋之拟古与讽刺乐府

晋乐府拟古，约可分为两派：一派借古题咏古事，如上章所叙之故事乐府；一派借古题咏古意，则大抵就前人原意，敷衍成篇。此种作品，视前者价值尤低，本无足道，表而出之，亦以示一时代之风气焉。例如傅玄《艳歌行》：

> 日出东南隅，照我秦氏楼。秦氏有好女，自字为罗敷。首戴金翠饰，耳缀明月珠。白素为下裙，丹霞为上襦。一顾倾朝市，再顾国为虚。问女居安在？堂在城南居。青楼临大巷，幽门结重枢。使君自南来，驷马立踟蹰。遣吏谢贤女："岂可同行车？"斯女长跪对："使君言何殊！使君自有妇，贱妾有鄙夫。天地正厥位，愿君改其图。"

便是全袭汉乐府《陌上桑》者，人物全无生气，未免点金成铁。改"罗敷自有夫"为"贱妾有鄙夫"，尤可憎。"使君自南来"以下诸语，且亦非事理，殊欠允当。盖罗敷既未出，采桑陌上，使君自无缘得见也。乃知文学贵独造，贵创作，舍己徇人，徒自取败耳。又如玄所作《西长安行》：

> 所思兮所在？乃在西长安。何用存问妾？香橙双珠环。何用重存问？羽爵翠琅玕。今我兮闻君，更有兮异心，香亦不可烧，环亦不可沉。香烧日有歇，环沉日自深。

大体亦系由《汉铙歌·有所思》套来。而陆机之《燕歌行》亦然：

> 四时代序逝不追。塞风习习落叶飞。蟋蟀在堂露盈墀。念君客游常苦悲。君何缅然久不归。贱妾悠悠心无违。白日既没明灯辉。夜禽赴林匹鸟栖。双鸣关关宿河

湄。忧来感物涕不晞。非君之念思为谁？别日何早会何迟？

殆与魏文帝《燕歌行》同一鼻孔出气矣。他如所作《苦寒行》、《短歌行》，亦莫不同然。其略具新意者，惟《猛虎行》耳：

渴不饮盗泉水！热不息恶木阴！恶木岂无阴？志士多苦心！整驾肃时命，杖策将远寻。饥食猛虎窟，寒栖野雀林。日归功未建，时往岁载阴。崇云临岸骇，鸣条随风吟。静言幽谷底，长啸高山岑。急弦无懦响，亮节难为音。人生诚未易，曷云开此衿。眷我耿介怀，俯仰愧古今。

虽从汉曲"饥不从猛虎食，暮不从野雀栖"化出，尚不失为一自我表现之作。然在当时已绝不多见矣。乐府如此，尚何以乐府为乎？魏晋同属模拟，而晋又不逮魏者，其故亦端在此。

虽然，此种拟古乐府之本身，诚无足观，而此种拟古乐府之风气，则亦使晋世诗人产生不少指事针时之讽刺作品焉。盖模拟既多，合作斯出，于此亦足见汉乐府真精神之终不可掩也。

张华 在此类作品中，其描写世风之浮华轻薄者，有张华《轻薄篇》：

末世多轻薄，骄代好浮华。志意既放逸，赀财亦丰奢。被服极纤丽，肴膳尽柔嘉。童仆余粱肉，婢妾蹈绫罗。文轩树羽盖，乘马鸣玉珂。横簪刻瑇瑁，长鞭错象牙。足下金鏤履，手中双莫邪。宾从焕络绎，侍御何芬葩。朝与金张期，暮宿许史家。甲第面长街，朱门赫嵯峨。苍梧竹叶青，宜成九酝醝。浮醪随觞转，素蚁自跳波。美女兴齐赵，妍唱出西巴。一顾城国倾，千金宁足多？北里献奇舞，大陵奏名歌。新声踰激楚，妙伎绝阳阿。玄鹤降浮云，鳣鱼跃中河。墨翟且停车，展季犹咨嗟。淳于前行酒，雍门坐相和。孟公结重

183

关，宾客不得蹉。三雅来何迟，耳热眼中花。盘案互交错，坐席咸喧哗。簪珥或堕落，冠冕皆倾斜。酣饮终日夜，明灯继朝霞。绝缨尚不尤，安能复顾他？留连弥信宿，此欢难可过。人生若浮寄，年时忽蹉跎。促促朝露期，荣乐遽几何？念此肠中悲，涕下自滂沱。但畏执法吏，礼防且切磋。

郭茂倩曰："《乐府解题》曰：《轻薄篇》言乘肥马，衣轻裘，驰逐经过为乐，与《少年行》同意。何逊云'城东美少年'，张正见云'洛阳美少年'，是也。"按此篇历历描绘，必非泛泛之作。《宋书·五行志》云："晋惠帝元康中，贵游子弟相与为散发裸身之饮，对弄婢妾。逆之者伤好，非之者负讥，希世之士，耻不与焉。盖胡翟侵中国之萌也，岂徒伊川之民，一被发而祭者乎！"噫！此张华《轻薄》之所由作也欤？

溯自魏世，儒教已衰，迄乎晋初，老庄复炽，若竹林七贤之徒，莫不游心玄默，蔑弃礼典，逊至军咨散发，吏部盗樽，或借马追婢，或因梭折齿，(并见《晋书》四十九)如此之事，不一而足，则晋风之薄，从可知矣。有识之士，得不恐而畏乎？本篇以首四句冒领下文，自"被服极纤丽"至"素蚁自跳波"，皆浮华丰奢之事；自"美女兴齐赵"至"此欢难可过"，皆轻薄放逸之事。"人生"数句，写轻薄子之颓废心理，末云"但畏执法吏，礼防且切磋"，正深慨当时礼防之废绝也。

竹叶、九酝，皆酒名。张衡《七辩》："玄酒白醴，葡萄竹叶。"曹植《酒赋》："宜成醪醴，苍梧缥清。"宜成即宜城，盖其地并出酒。梁简文帝诗："宜城酘酒今行熟。"《北堂书钞》云："宜城九酝酒曰酘酒。"《激楚》，曲调名，《楚辞·招魂》："宫庭震惊，发《激楚》些。"阳阿谓阳阿主，汉名倡，赵飞燕尝属阳阿主家学歌舞，见《汉书·外戚列传》。绝，亦过也。玄鹤二句写新声之妙，即《荀子》"瓠巴鼓瑟而流鱼出听,伯牙鼓琴而六马仰秣"意。

墨子非乐,故曰墨翟且停车,亦用"邑号朝歌,墨子回车"一事。展季即柳下惠,孟子尝称柳下惠云"虽袒裼裸裎于我侧,尔焉能浼我哉?"又《诗经·巷伯》《毛传》:"鲁人有男子独处于室,邻之嫠妇又独处于室。夜暴风雨至而室坏,妇人趋而托之,男子闭户而不纳。妇人自牖与之言曰:'子何为不纳我乎?'男子曰:'吾闻之也,男子不六十,不闲居,今子幼,吾亦幼,不可以纳子。'妇人曰:'子何不若柳下惠然?妪不逮门之女,国人不称其乱。'男子曰:'柳下惠固可,吾固不可。'"妪者,《礼记·乐记》注云:"以体曰妪。"段玉裁《毛诗故训传》谓"此即俗所谓坐怀不乱。不逮门,谓不及门无宿处也。"盖其人不好色,故诗云"展季犹咨嗟。"极言声伎之动心悦耳也。

淳于谓淳于髡,滑稽善饮酒。雍门谓雍门周,善鼓琴。孟公,陈遵字,尝闭门留客。"三雅":伯雅、仲雅、季雅,皆酒爵。即子建诗"但歌杯来何迟"意也。绝缨,用楚庄王宴群臣事,见《说苑》。

华又有《游猎篇》,亦写当时贵游公子之浪漫生活者,与此篇同旨。其描写侠客以武犯禁之作,则有《博陵王宫侠曲》二首:

> 侠客乐幽险,筑室穷山阴。燎猎野兽稀,施网川无禽。岁暮饥寒至,慷慨顿足吟。穷令壮士激,安能怀苦心?干将坐自□,繁弱控余音。耕佃穷渊陂,种粟著剑镡。收秋狭路间,一击重千金。栖迟熊罴穴,容与虎豹林。身在法令外,纵逸常不禁。

> 雄儿任气侠,声盖少年场。借友行报怨,杀人租市旁。吴刀鸣手中,利剑严秋霜。腰间叉素戟?手持白头镶。腾

> 超如激电,回旋如流光。奋击当手决,交尸自纵横。宁为殇鬼雄,义不入圜墙。生从命子游,死闻侠骨香。身没心不惩,勇气加四方。

"岁暮饥寒至"四语写出"勇侠轻非"之根源,为二篇主意所在。盖此侠客之为友报怨,杀人租市,种种不法行为,皆缘穷之一字有以驱使之也。《孟子》曰:"若民,则无恒产,斯无恒心。苟无恒心,放辟邪侈,无不为矣。"篇中极写侠客之放辟,亦正所以致讥于为政者之漠视民生也。

傅玄 张华外,其描写男女不平等之病态社会者,则傅玄有《豫章行·苦相篇》,及《明月篇》等。《苦相篇》云:

> 苦相身为女,卑陋难再陈。男儿当门户,堕地自生神。雄心志四海,万里望风尘。女育无欣爱,不为家所珍。长大逃深室,藏头羞见人。垂泪适他乡,忽如雨绝云。低头和颜色,素齿结朱唇。跪拜无复数,婢妾如严宾。情合同云汉,葵藿仰阳春;心乖甚水火,百恶集其身。玉颜随年变,丈夫多好新。昔为形与影,今为胡与秦。胡秦时相见,一绝逾参辰!

按诗歌中写社会重男轻女之心理及女子因而所受之种种痛苦者,傅玄此作,实为仅见。时至今日,犹觉读之有余悲也。又《明月篇》:

> 皎皎明月光,灼灼朝日晖。昔为春蚕丝,今为秋女衣。丹唇列素齿,翠彩发蛾眉。娇子多好言,欢合易为姿。玉颜盛有时,秀色随年衰。常恐新间旧,变故兴细微。浮萍本无根,非水将何依?忧喜更相接,极乐还自悲。

亦系写女子不幸之命运者。按何劭《荀粲传》:"粲常以妇人者,才德不足论,自宜以色为主。"则当日一般对于女子之观念可知。夫"以色侍他人,能得几时好?"玄盖深痛之也。玄又有六言《董逃行·历九秋篇》十二章,亦为代女子鸣其不平之作,今节录数章于下:

历九秋兮三春,遗贵客兮远宾。顾多君心所亲。乃命妙妓才人。炳若日月星辰。(其一)

奏新诗兮夫君。烂然虎变龙文。浑如天地未分。齐讴楚舞纷纷。歌声上激青云。(其三)

坐咸醉兮沾欢。引樽促席临轩。进爵献寿翩翩。千秋要君一言:愿爱不移如山!(其五)

君恩爱兮不竭:譬如朝日夕月。此景万里不绝。长保初醮结发,何忧坐成胡越?(其六)

妾受命兮孤虚。男儿堕地称珠。女弱虽存若无!骨肉至亲更疏。奉事他人托躯!(其九)

君如影兮随形。贱妾如水浮萍。明月不能常盈。谁能无根保荣?良时冉冉代征。(其十)

颜绣领兮含晖。皎日回光则微。朱华忽尔渐衰。影欲舍形高飞。谁言往恩可追?(其十一)

大旨与前二篇同。此诗作者旧有三说:(1)以为汉古词,见《文选·南都赋》李善注引。而《选诗拾遗》从之,以为非相如、枚乘不能为。(2)以前十章为梁简文帝诗,后二章为傅玄作,见《玉台新咏》。(3)以为傅玄诗,见《选诗拾遗》引陈释智匠《乐录》,而《乐府解题》及《乐府诗集》从之。冯惟讷《古诗纪》云:"讷按此词,本题曰《董逃行·历九秋篇》。《董逃行》起于汉末(按冯氏误以《董逃歌》为《董逃行》),不得谓为相如、枚乘为之也。观其辞语,不类二京,当以《乐录》为正。"陈胤倩亦云:"按《妾受命》分两章,与《苦相篇》同意,定为傅作无疑。"二氏之言是也。

陆机 傅玄外,其写士卒之痛苦者,则陆机有《饮马长城窟行》,颇得汉魏风骨:

> 驱马陟阴山,山高马不前。往问阴山候,劲虏在燕然。戎车无停轨,旌旆屡徂迁。仰凭积雪岩,俯涉坚冰川。冬来秋未反,去家邈以绵。猃狁亮未夷,征人岂徒旋?末德争先鸣,凶器无两全。师克薄赏行,军没微躯捐。将遵甘陈迹,收功单于旃。振旅劳归士,受爵藁街传。

陈胤倩曰:"起四句来绪迢遥,末德四句自是至语。凡诗语,理至到者情亦至到,便成名言不易。"《诗镜》云:"陆机诗,可喜处,在清俊之气。可憎处,在缛绣之辞。《饮马长城窟行》,绝少词累。"按《晋书·陆机传》:"太安初(302),颖与河间王颙起兵讨长沙王乂,假机后将军河北大都督,督诸军二十余万人。机以三世为将,道家所忌,固辞都督,颖不许。"是机实躬与八王之乱,诗或有感于其事而作。"猃狁亮未夷,征人岂徒旋",即所谓"黄沙百战穿金甲,不斩楼兰终不还"者也。大抵讽刺诸篇要皆有其时代社会之真实背景,故最为可贵,而其意识则正从拟作汉乐府得来也。下此南朝,则并此少数即事箴时之作亦莫得而睹矣。

第五编 南朝乐府

第一章　论南朝新声乐府发达之原因

郭茂倩《乐府诗集》卷六十一论《杂曲歌辞》有曰："自晋迁江左，下逮隋唐，德泽寝微，风化不竞，去圣逾远，繁音日滋，艳曲兴于南朝，胡音生于北俗，哀淫靡漫之辞，迭作并起，流而忘返，以至陵夷。原其所由，盖不能制雅乐以相变，大抵多溺于郑卫，由是新声炽而雅音废矣。虽沿情之作，或出一时，而声辞浅近，少复近古。"其论声辞演变之迹，实至为明简。惟谓新声之起，由于不能制雅乐以相变，则原因尚不如是之简单也。无论此时雅乐废绝，不能复制，藉曰能制矣，恐亦不足以遏此种新声艳曲之狂焰。以南朝社会，实一色情之社会，其所爱尚自为一种色情之乐府，虽有雅乐，其奈不好何？故兹章所述，即首在从当时社会各方面，一究此种艳曲发达之根源。

溯自西晋永嘉之乱，五胡云扰，中原鼎沸，怀、愍二帝，相继被虏，元帝渡江，即位建业，遂为东晋，而开历史上南北对峙之局面。以前史家，过重传统，故多将东西二晋合为一代，李延寿作《南史》，即始于刘宋而未能打破。实则质之于地理、政治、思想、风俗各方面，东晋皆与宋、齐、梁、陈四朝成一天然不可分裂之整个时代。而文学中之乐府，尤若连环然。故此所谓南朝，乃包括以上五代而言，自东晋元帝太兴元年（318）至陈后主祯明三年（589），凡二百七十二年。

在此二百余年中，实为吾民族最消沉亦最可耻之时期。外则大河南北，蹂躏于异族铁蹄之下者历载三百而莫能恢复，内则弑篡环生，干戈迭起，坐拥百越沃野之资，江汉山海之利，而莫肯

以中原为意。新亭之泣,击楫之声,东晋以下,寂尔无闻,而读《晋书·郭澄之传》,尤令人嗟悼:

> 刘裕北伐,既克长安,裕意更欲西伐,集寮属议之,多不同。次问澄之,澄之不答,西向诵王粲诗曰:"南登霸陵岸,回首望长安。"裕便意定。曰:"当与卿共登霸陵岸耳。"

一念之私,败于垂成,汉族之不振,此实一重大关键也。虽然,以文学而论,则此期乐府亦占有诗史中最新鲜之一页焉,即所谓《清商曲辞》者是也。

此种《清商曲辞》,亦即郭氏所斥为"艳曲"者,其发达之情形,吾人可于当时反对者之论调中见其真象。《南齐书》二十三《王僧虔传》:

> 僧虔……以朝廷礼乐,多违正典,民间竞造新声杂曲。……上表曰:……今之《清商》,实由铜雀,三祖风流,遗音盈耳。……自顷家竞新哇,人尚谣俗,务在焦杀,不顾音纪,流宕无涯,未知所极,排斥正曲,崇长烦淫。……故喧丑之制,日盛于廛里,风味之响,独尽于衣冠。

又《太平御览》五百六十九引梁裴子野《宋略》云:

> 先王作乐崇德,以格神人,通天下之至和,节群生之流放。……及周道衰微,日失其序,乱俗先之以怨怒,国亡从之以哀思。优杂子女,荡悦淫志,充庭广奏,则以鱼龙靡漫为瓌玮,会同享觐,则以吴趋楚舞为妖妍。纤罗雾縠侈其衣,疏金镂玉砥其器。在上班赐宠臣,群下亦从风而靡。王侯将相,歌伎填室,鸿商富贾,舞女成群。竞相夸大,互有争夺,如恐不及,莫为禁令,伤风败俗,莫不在此。

王、裴二氏之论,皆意在攻击者,然吾人正可视为当时《清商曲辞》发达之实录。而其所谓"荡悦淫志",所谓"喧丑之制",乃适为南朝乐府之正宗与特色焉！

《清商曲辞》——南朝乐府之宝藏，就其发生时代之后先与作者之不同，大致可分为两期：

（一）前期民间歌谣。

（二）后期文士拟作。

前期相当于晋、宋、齐，后期相当于梁、陈。而前期之民歌，尤占有最重要之地位。其不同于汉民间者约有三点：其一，体裁简短。大抵皆五言四句之小诗，与汉之多长篇者异。其二，风格巧艳。缠绵悱恻，摇荡心魂。民歌则游戏于双关，文人则驰骋于声韵，于恋情并多大胆之白描。此与汉之质朴温雅者异。其三，内容单调。汉乐府民歌普及于社会之各方面，南朝则纯为一种以女性为中心之艳情讴歌，几于千篇一律。其中有本事可寻者，亦不外男女之风流韵事，如《团扇郎》之出于晋中书令王珉，《桃叶歌》之作于晋王子敬。总之千变万转，不出相思，此与两汉以来所谓"乐府多叙事"者又异。

基于以上三点，故南朝之于汉魏，声调方面虽属一脉相传，而实际则无异于另起炉灶。其在文学史上亦具有开辟风气之功用，齐梁间纯文学观念之产生及后此宋词风格之形成，皆南朝乐府有以为之先路也。人亦有言，文学为时代之反映，一时代有一时代之环境，斯一时代有一时代之文学，今即本此意而略究其发达之原因，条论于后。

（一）因于地理者　地理之影响于人生者有二：一曰天然环境，二曰经济条件。地理不同，斯国民性亦随之而异。魏晋乐府，变汉者也，然以同为黄河流域之产品，故虽变汉，而犹近于汉。若南朝乐府，则其发生皆在长江流域，山川明媚，水土和柔，其国民既富于情感。而又物产丰盛，经济充裕，以天府之国，重

193

帝王之州,人民生活,弥复优越,故其风格内容,遂亦随之而大异。关于此点,李延寿《南史》曾有一段美妙之言论:

> 宋武起自匹夫,知人事艰难,黜己屏欲,以俭御身。家给人足,即事虽难;转死沟壑,于时可免。凡百户之乡,有市之邑,歌谣舞蹈,触处成群,盖宋世之极盛也。永明继运,垂心政术,都邑之盛,士女昌逸,歌声舞节,袨服华妆,桃花绿水之间,秋月春风之下,无往非适。(见《循吏列传》,此有节文)

在此种幽美之天然环境中,男女风谣,自易发达。况南朝民间乐府本不如两汉之采于穷乡僻壤,而乃以城市都邑为其策源地者。如《吴歌》盛行之建业,《西曲》发源之荆、襄、樊、邓,前者既系当日首都,后者亦为重镇。今观其歌词,《吴歌》无论矣,若《西曲》,则其中有《襄阳乐》焉,有《石城乐》焉,有《寻阳乐》焉,有《江陵乐》焉,皆以城名为曲调之标志,其为出于城市,实至显而易见。(前引《南齐书·王僧虔传》"民间竞造新声杂曲",其所谓"民间",实即城市。)

城市生活,本近声色,而当南朝时,因官吏之贪聚,世家之挥霍,与夫伽蓝之建设,城市经济,益形膨胀。是以四方虽穷,而城市恒富,百姓虽流离痛苦,而城市居留者则正不妨于"桃花绿水之间,春风秋月之下",度其爱恋生活。其发为情词艳曲,盖亦理所固然。则初不必如《南史》所称,有待于宋、齐之盛世也。

(二)因于政治者　庾信《哀江南赋》云:"宰衡以干戈为儿戏,搢绅以清谈为庙略。"南朝政局之混乱黑暗,二语尽之矣。而当时人君之忌才好杀,尤造成一般之恐怖心理。其中尤以文人遭遇最为惨酷,若晋之刘琨、郭璞,宋之谢灵运、鲍照,齐之谢朓、王融,皆所谓不得其死者也。《南史·鲍照传》:

> 上(宋孝武帝)好文章,自谓人莫能及,照悟其旨,为文章多鄙言累句。咸谓照"才尽",实不然也!

又二十二《王僧虔传》:

> 僧虔弱冠,雅善隶书,孝武欲擅书名,僧虔不敢显迹。大明(孝武帝年号)之世,常用拙笔书,以此见容。

又五十《刘之遴传》:

> 之遴寻避难还乡,湘东王绎尝嫉其才学,闻其西上,至夏口,乃密送药杀之。不欲使人知,乃自制志铭,厚其赙赠。

呜呼,一技之长,犹不得展,才学之道,适以杀身,其他以位高望重而招忌者,更不待言矣。故其时,一般士大夫无论在朝与否,大抵皆销声匿迹,不干世务,高者则肥遯丘壑,或息影田园,下者乃托逃于酒肉声色以取容,观谢朓送谢瀹于征虏渚而指瀹口曰:"此中惟宜饮酒!"则一时心理如何,固可灼见也。此种浪漫乐府之得以发荣滋长,鲜受朝士大夫之非难与制裁者,亦黑暗政局下所产生之享乐与颓废之人生观,有以致之也。

(三)因于风尚者 南朝乃一声色社会,崇好女乐,观前引裴、王二氏之言即可见。而民间风情小调,本与女乐相近,最合于使用,故极为当时上层社会之所爱好,《晋书·乐志》所云"其始皆徒歌,既而被之管弦"者是也。今更略举数事,以示一斑,并以实裴、王二氏之说。《晋书》八十四《王恭传》:

> 会稽王道子,尝集朝士,置酒于东府,尚书令谢石,因醉为委巷之歌。恭正色曰:"居端右之重,集藩王之第,而肆淫声,欲令群下何所取则?"

又《南史》二十二《王俭传》:

> 齐高帝幸华林宴集,使各效技艺:褚彦回弹琵琶,王僧虔、柳世隆弹琴,沈文季歌《子夜来》,张敬儿舞。

又六十三《羊侃传》:

> 侃性豪侈,善音律,自造《棹歌》两曲,甚有新致。姬妾列侍,穷极奢靡。初赴衡州,于两艖舺间起三间通梁水斋,饰以珠玉,加之锦缋,盛设帷屏,列女乐,乘潮解缆,临波置酒。缘塘傍水,观者填咽。

又六十《徐勉传》:

> 普通末,(梁)武帝自算择后宫《吴声》、《西曲》女妓各一部,并华少赉勉,因此颇好声酒。

观《勉传》,可知今所传《清商曲辞》中之《吴声》、《西曲》,皆为当时之女乐。其施用乃甚广泛,凡朝廷宴集,道路游行,以及赏赐功臣,皆用之。甚且流传于朝士大夫之口,故王僧虔叹为"风味之响,独尽于衣冠"。夫上有好者,下必甚焉,朝廷之上,风气如此,虽欲不发达,其可得乎?(按《南史·徐湛之传》:"伎乐之妙,冠绝一时,门生千余,皆三吴富人子,资质端美,衣服鲜丽,每出入游行,涂巷盈满。何勖、孟灵休并奢豪,与湛之以肴膳服饰车马相尚。"当时上层社会生活之糜烂腐朽,此亦一证也。)

(四)因于思想者 自魏武好法术而天下贵刑名,魏文慕通达而天下贱守节,何晏、王弼之徒,复以玄虚相扇,儒教遂趋式微。迨夫东晋,佛教复盛,思想乃益行混乱,"羁鞍仁义,缨锁礼乐。"(晋葛洪语见《意林》)而儒家自两汉以来之道德观念与权威,至是乃荡然无余。其有能以礼自防者,众亦必嗤之以鼻。《南史》二十三《王琨传》:

> 大明(宋孝武帝)中,尚书仆射颜师伯豪贵,下省设女

乐,琨时为度支尚书,要琨同听。传酒行炙,皆悉内妓。琨以男女无亲授,传行每至,令置床上。回面避之,然后取。毕,又如此。坐上莫不抚手嗤笑。

其荡检逾闲,殆不复知礼义为何物矣。此种思想解放之结果,遂产生一浪漫自由,享乐现实之人生观,任情而动,恣意而行,社会亦无所谓舆论。男子如此,女性亦然。《南史·宋废帝纪》:

> 山阴公主,淫恣过度。谓帝曰:"妾与陛下,虽男女有殊,俱托体先帝,陛下后宫数百,妾惟驸马一人,事不平均,一何至此!"帝乃为立面首左右三十人。

此言而公然出于女子之口,诚有史以来所未有。加之当日佛教信徒之不守清规,而淫乱之俗以成。《晋书》六十四《简文三王传》:

> 于时孝武不亲万机,但与道子酣饮为务。姏姆尼僧,尤为亲昵。许荣上书曰:"臣闻佛者清远玄虚之神,以五诫为教,绝酒不淫,而今之奉者,秽慢阿尼,酒色是耽。"

此东晋时事也。又《南史》十三《南郡王义宣传》:

> 义宣多畜嫔媵,后宫千余,尼媪数百,男女三十人,崇饰绮丽,费用殷广。

此刘宋时事也。又卷十二《元徐妃传》:

> 元帝徐妃讳昭佩,与荆州后堂瑶光寺智远道人私通。……帝左右暨季江,有姿容,又与淫通。……有贺徽者,美色,妃要之于普贤尼寺,书白角枕为诗,相赠答。

此梁时事也。而观梁郭祖深上书,则道人又有所谓"白徒",尼则皆畜"养女",并不贯人籍。是丘尼无异于娼妓,而佛寺同于北里也。良以当其时,思想既失中心,新者复未建立,故虽以清静为门之佛教,不独于人心无所裨益,而实际乃适为助长淫乱之阶梯。(按梁王金珠《欢闻歌》云:"艳艳金楼女,心如玉池莲。持底报郎恩?俱期游梵天。"所谓梵天,亦即指佛寺,句意谓幽会于佛寺中。)

(五)因于制度者　自魏立九品中正之法,以辨人才之优劣,凡州郡皆置中正,以九等第其高下而登庸之,其用意盖祖两汉之"以土断官"。惟实际任归台阁,取决于一二本州中正为京官者之口,非真由于乡曲之清议。故其弊也,遂发生门第之观念,自西晋刘毅即有"上品无寒门,下品无世族"之叹。下及南朝,此制未改,门第之见,沿习益深,而门第阶级,因以形成。世家者以门第自负,朝廷亦以其门第而官之。国法所不能加,人君所不敢问,虽朝代屡变,而门第依然,东晋王谢,其著者也。观宋废帝以文帝女新蔡公主(废帝之姑)为贵嫔夫人,而改姓谢氏,侯景请婚,而梁武帝答以"王谢门高,可于朱张以下求之"。并足见其传统势力。又如《南史》二十一《王僧达传》:

僧达自负才地,三年间便望宰相。尝答诏曰:"亡父亡祖,司徒司空。"其自负如此!路琼之,太后兄庆之孙也。宅与僧达并,尝盛服诣僧达,僧达将猎,已改服,琼之就坐,僧达不与语,谓曰:"身昔门下驺人(侍从骑卒)路庆之者,是君何亲?"遂焚琼之所坐床。太后怒,泣涕于帝曰:"我尚在,而人陵之,我死后,乞食矣!"帝曰:"琼之年少,无事诣王僧达门,见辱乃其宜耳。僧达贵公子,岂可加以罪乎?"

又五十一《萧正德传》:

正德志行无悛,常公行剥掠。时东府有正德,及乐山侯正则,南沟有董当门子暹,世谓之董世子者也,南岸有夏侯夔世子涉,此四凶者,为百姓巨蠹,多聚亡命,黄昏杀人于道,谓之"打稽"。时豪勋子弟多纵,以淫盗屠杀为业,父祖不能制,尉逻莫能御。

其有能以名教自重者,亦不过一"四体不勤,五谷不分"之贵公子,[1]征歌逐舞,弄月吟风,乃其当行本色。在此种养尊处优、淫盗为业之社会中,摇荡心魂之情歌艳曲,自为当时有闲阶级及统治者之生活要求。南朝乐府,无论民间与文人,皆绝少描写社会疾苦者,盖职是之故。彼辈世代簪缨,锦衣玉食,本不知世间有疾苦事也。迨隋罢九品中正,开进士之科,有唐因之,门第阶级,始渐衰落,士大夫多起自田野,乐府遂亦随此种制度之改变而与南朝异其方向,则所谓唐人《新乐府》者是也。

综观上述五因,南朝乐府之发达,自非偶然。因其在文学史上为划分时代,而以文学价值言亦为表现时代之作品,故为究其根源如此。亦以使夫读者知此种恋歌过剩之产生,实出于一不健全不景气之社会。

世间因果,本自环循,社会环境,胎息文学,文学亦复陶铸社会。然则南朝国势之不振,民气之萎靡,读其乐府而不难知矣。

---

[1] 南朝社会尤其是贵族阶层,最轻视劳动及劳动人民,如《南史·到溉传》:"溉历御史中丞,掌吏部尚书,时何敬容以令参选,事有不允,溉辄相执。敬容谓人曰:'到溉尚有余臭,遂学作贵人!'初,溉祖彦之,以担粪自给,故世以为讥云。"

199

第二章　南朝前期之民间乐府——晋宋齐

　　南朝民间乐府，以《清商曲辞》为主，民歌之入乐者即全在此部。郭茂倩并题曰"晋、宋、齐辞"，虽《神弦曲》未注明朝代，然既列之《吴歌》与《西曲》之间，当同为前期作品也。郭氏云："《清商乐》，一曰《清乐》。"《清乐》者，九代之遗声，其始即《相和三调》是也。并汉魏以来旧曲，其辞皆古调及魏三祖所作。自晋播迁，其音分散，宋武定关中，因而入南。故王僧虔论《三调歌》曰："今之《清商》，实由铜雀。"按《宋书·乐志》有《清商三调歌诗》，不曰"《相和三调》"，其实则一也。

　　惟南朝《清商》，虽源自汉魏，然以历时既久，复经永嘉之乱，声制散落，故已非当日之旧。如《南史·萧惠基传》：

　　　　自宋大明（宋孝武帝）以来，声伎所尚多郑卫，而雅乐正声，鲜有好者。惠基解音律，尤好魏三祖曲，及《相和歌》，每奏，辄赏悦不得已。

又《隐逸列传》：

　　　　戴颙为义季鼓琴，并新声变曲，其三调游弦，广陵止息之流，皆与世异。文帝（宋文帝）每欲见之，以其好音，长给正声伎一部，颙合《何尝》、《白鹄》二声以为一调，号为清旷。

可知当时认为"雅乐正声"之汉魏旧曲，只为少数好古之士所欣赏，一般社会则正采撷新歌以造新调。故此时所谓《清商曲》，实为一清、平、瑟三调之混合物。即如《吴歌》、《西曲》，果各属何调？已无法指实。按谢灵运《会吟行》云："《六引》缓清唱，

《三调》伫繁音",是犹可想见其节奏器数之复杂矣。

《清商曲辞》中之乐章,计分六类,其中《上云乐》、《梁雅歌》,皆梁以后文士所作。《江南弄》亦梁武帝改《西曲》作者,当于后期叙之。余三类如下:

(一)《吴声歌》(凡三百二十六首)

(二)《神弦歌》(凡十七首)

(三)《西曲歌》(凡一百四十二首)

所谓南朝民间乐府尽此矣。其间或有文人所作者,如调属初创,如《桃叶》、《碧玉》等,则亦附带叙入。乐府之构成,有两种要素:一为声调,一即歌辞。故其构成之门途,亦大致有二:(一)先有声调,因而造歌以实之者。(二)先有歌辞,因而制调以被之者。民间乐府,多属后一种,故其真情自然,往往较文士所作为胜,两汉如此,南朝亦如此也。明人曹安《谰言长语》(二卷)论文有云:"遇景得情,任意落笔",正可为歌谣说法。故自六朝之世,此种民歌,即为一般人所爱赏,徐陵《玉台新咏》,便采录不少当时流行之《吴歌》与《西曲》,即其证也。

(一)吴声歌

《乐府诗集》云:"《晋书·乐志》曰:'吴歌杂曲,并出江南,东晋以来,稍有增广,其始皆徒歌,既而被之管弦。'盖自永嘉渡江之后,下及梁陈,咸都建业,吴声歌曲,起于此也。"是知吴歌实以江南之建业,为其发源地。名曰民间,实出京畿,故与汉异也。

在《吴声歌》中,有一大特点,为从来诗歌所罕见者(《西曲》亦甚少),即隐字谐声之"双关语"是也。如以"莲"为"怜",以

"丝"为"思"之类。此种"双关语"之应用，最早当见于《论语》。《八佾》篇："哀公问社于宰我，宰我对曰：夏后氏以松；殷人以柏；周人以栗，曰使民战栗。"孔安国注曰："凡建邦立社，各以其土所宜之木，宰我不本其意，妄为之说，因周用栗，便云使民战栗。"此或出于宰我之臆说，故当时孔子亦斥其非。然度当春秋之世，必已有一种双关语，故宰我乃有此谐声之解释，以栗树之"栗"，而双关战慄之"慄"。迄乎战国，则已数见不鲜，若纵横家与滑稽家之廋辞、隐语，皆是类也。其在两汉，则如《史记·项羽本纪》："范增数目项王，举所佩玉玦以示之者三，项王默然不应。"增意盖在使项羽决心除刘邦，此以玉玦之"玦"双关决断之"决"也。又《汉书·李陵传》："立政等见陵，未得私语，即目视陵，而数数自循其刀环，握其足，阴谕之，言可还归汉也。"此以刀环之"环"双关归还之"还"也。又《西京杂记》："戚夫人侍儿贾佩兰，后出为扶风人段仔妻，说在宫中时，至七月七日，临百子池作《于阗乐》，乐毕，以五色缕相羁，谓为相连爱。"此以牵连之"连"，双关怜惜之"怜"也。至于诗歌，则有《玉台新咏》所载"古绝句"一首：

  藁砧今何在？山上复有山。何当大刀头？破镜飞上天。

《乐府古题要解》云："藁砧，铁也，问夫何处也。山重山为出，言夫不在也。刀头有环，问夫何时当还也。破镜飞上天，月半当还也。"此诗确实时代不可知，然徐陵为梁时人，而题曰《古绝句》，则其时代当在六朝前，可视为《吴声歌》中双关语之滥觞。今将《吴声歌》所用之谐声字，分两类胪列于后。

第一类，同声异字以见意者：
（1）以"藕"为配偶之"偶"。

(2)以"芙蓉"为"夫容"。

(3)以"碑"为"悲"。

(4)以"题"、"蹄"为"啼"。

(5)以"梧"为"吾"。

(6)以"油"为因由之"由"。

(7)以"棋"为期会之"期"。

(8)以"雉"为"悌"。

(9)以"箭"为"见"。

(10)以"篱"为"离"。

(11)以"博"为"薄"。

(12)以计谋之"计"为发髻之"髻"。

(13)以衣裳之"衣"为依旧之"依"。

(14)以然否之"然"为燃烧之"燃"。

第二类,同声同字以见意者:

(1)以布匹之"匹"为匹偶之"匹"。

(2)以关门之"关"为关念之"关"。

(3)以消融之"消"为消瘦之"消"。

(4)以光亮之"亮"为见亮之"亮"。

(5)以飞龙之"骨"为思妇之"骨"。

(6)以道路之"道"为说道之"道"。

(7)以结实之"实"为诚实之"实"。

(8)以曲名之"散"为聚散之"散"。

(9)以药名之"散"为聚散之"散"。

(10)以曲名之"叹"为叹息之"叹"。

(11)以曲名之"吟"为呻吟之"吟"。

(12)以"风"波"流"水为游冶之"风流"。

203

（13）以围棋之"著子"为相思之"著了"。

（14）以故旧之"故"为本来之"故"。

此外，亦有以二字声音相近而谐声以见意者，如以"星"为"心"，以"琴"为"情"之类，究非上乘，为数亦甚少。今试举一双关之例，如《子夜歌》："金铜作芙蓉，莲子何能实？""莲"字即属于第一类，而"子"字与"实"字，则属于第二类。此不独由于我国文字之为单音语系，即与文法上用字之变化及字义之骈枝，亦有关系也。观上例，"实"字在表面之语格为动词，谓结实也，而经谐译之后，则已变为形容词而亦可通。又如："黄蘖万里路，道苦真无极。"道苦二字亦因谐译而异其语格者。

此种双关语，实为南朝艳曲极重要之一种表现手法。大抵以能具一底一面而又得物情事理之当然者为佳。通常多以两句达一意，而以下一句，释上一句。亦有通首俱为隐语，须全读四句而其意始明者，此类最少，亦最佳。《子夜歌》"高山种芙蓉"一首可为例。南朝而后，谐声之作，唐宋诗词以至近世歌谣中并皆有之，兹不具论。

（1）《子夜歌》 《宋书·乐志》："晋孝武太元中，琅玡王轲之家，有鬼歌《子夜》。"是子夜乃曲调之名。而《唐书·乐志》乃云："晋有女子名子夜，造此声，声过哀苦。"恐不足信。庾信《乌夜啼》诗："促柱繁弦非《子夜》"，弦急调悲，所谓"声过哀苦"者欤？（按唐李峤《歌诗》云："响发行云驻，声随《子夜》新。"则初唐时此曲仍传也。）今试读其词：

　　落日出门前，瞻瞩见子度。冶容多姿鬒，芳香已盈路。
　　芳是香所为，冶容不敢当。天不夺人愿，故使侬见郎！
　　宿昔不梳头，丝发被两肩。婉伸郎膝上，何处不可怜？
　　崎岖相怨慕，始获风云通。玉林语石阙，悲思两心同！

  见娘善容媚,愿得结金兰。空织无经纬,求匹理自难!
始欲识郎时,两心望如一。理丝入残机,何悟不成匹?
高山种芙蓉,复经黄蘗坞。果得一莲时,流离婴辛苦!
朝思出前门,暮思还后渚。语笑向谁道,腹中阴忆汝。
揽枕北窗卧,郎来就侬嬉。小喜多唐突,相怜能几时?
郎为傍人取,负侬非一事。摛门不安横,无复相关意!
年少当及时,蹉跎日就老。若不信侬言,但看霜下草。
谁能思不歌?谁能饥不食?日冥当户倚,惆怅底不忆?
欢从何处来?端然有忧色!三唤不一应,有何比松柏?
揽裙未结带,约眉出前窗。罗裳易飘飏,小开骂春风。
遣信欢不来,自往复不出。金铜作芙蓉,莲子何能实?
我念欢的的,子行由豫情。露雾隐芙蓉,见莲不分明!
侬作北辰星,千年无转移。欢行白日心,朝东暮复西。
恃爱如欲进,含羞未肯前,朱口发艳歌,玉指弄娇弦。
夜长不得眠,明月何灼灼,想闻欢唤声,虚应空中诺。
  今夕已欢别,合会在何时?明灯照空局,悠然未有棋!

十八九皆女子口气,齿吻亦绝肖。南朝女子多自称曰"侬",故多与"郎"、"欢"等对言,据此知其中当有不少为女子所作者,如"想闻欢唤声,虚应空中诺",痴情可想,非亲历者不能道。《通典》:"江南皆谓情人为欢。"(按"欢"字南朝民歌中屡见。)《观林诗话》:"乐府有风人诗,如'围棋烧败絮,著子故衣然'之类是也。"《容斋随笔》:"自齐梁以来诗人作乐府《子夜四时歌》之类,每以前句比兴引喻,而后句实言以证之。"按所论即指双关一类作品。读此《子夜》一歌,南朝社会之为何等社会,其男女为何等男女,吾人已约略可见矣。

  (2)《子夜四时歌》——《春歌》:

光风流月初,新林锦花舒。情人戏春月,窈窕曳罗裾。
　　春林花多媚,春鸟意多哀。春风复多情,吹我罗裳开。
　　明月照桂林,初花锦绣色。谁能不相思,独在机中织?
　　朱光照绿苑,丹华粲罗星。那能闺中绣,独无怀春情?
　　梅花落已尽,柳花随风散。叹我当春年,无人相要唤!
　　罗裳迮红袖,玉钗明月珰。冶游步春露,艳觅同心郎。
　　自从别欢后,叹音不绝响。黄蘖向春生,苦心随日长!

叹息无人,艳觅同心,虽发乎情,非所谓止乎礼义。"苦心随日长",亦双关语之佳者。"迮"与"窄"通。"罗裳"字,一再出现于歌中,即其产生于城市之标志。又《夏歌》:

　　高堂不作壁,招取四面风。吹欢罗裳开,动侬含笑容。
　　反覆华簟上,屏帐了不施。郎君未可前,待我整容仪!
　　朝登凉台上,夕宿兰池里。乘月采芙蓉,夜夜得莲子。
　　昔别春风起,今还夏云浮。路遥日月促,非是我淹留!
　　郁蒸仲暑天,长啸出湖边。芙蓉始结叶,花艳未成莲。
　　轻衣不重绨,飔风故不凉。三伏何时过?许侬红粉妆!

"芙蓉始结叶"二句,自然佳妙。又《秋歌》:

　　开窗秋月光,灭烛解罗裳。含笑帷幌里,举体兰蕙香。
　　秋夜凉风起,天高星月明。兰房竞妆饰,绮帐待双情。
　　秋爱两两雁,春感双双燕。兰鹰接野鸡,雌落谁当见?
　　仰头看桐树,桐花特可怜。愿天无霜雪,梧子解千年!
　　掘作九州池,尽是大宅里。处处种芙蓉,婉转得莲子!

以莲为喻,数见不鲜,此却出入意表。"举体",犹言浑身也。又《冬歌》:

　　渊冰厚三尺,素雪覆千里。我心如松柏,君情复何似?
　　涂涩无人行,冒寒往相觅。若不信侬时,但看雪上迹。

  炭炉却夜寒,重袍坐叠褥。与郎对华榻,弦歌秉兰烛。
  寒鸟依高树,枯林鸣悲风。为欢憔悴尽,那得好颜容?
  冬林叶落尽,逢春已复曜。葵藿生谷底,倾心不蒙照!
  何处结同心?西陵柏树下。晃荡无四壁,严霜冻杀我。

"涂涩"字,"炭炉"字,皆创语,甚新。按《玉台新咏》有钱塘《苏小歌》云:"我乘油壁车,郎乘青骢马。何处结同心,西陵松柏下。"与《冬歌》末首同其二句。《乐府广题》云:"苏小小,钱塘名娼也。盖南齐时人。"则当为袭用《冬歌》者。颇疑南朝民间乐府搀杂不少妓女作品,苏小小,特其知名者耳。观当时士大夫咏妓诗歌之多,亦足证娼妓之盛。即以上"四时歌"而论,如"与郎对华榻,弦歌秉兰烛","含笑帷幌里,举体兰蕙香","兰房竞妆饰,绮帐待双情。"试问寻常百姓人家,能有此光景情致否?余前云南朝清商曲乃发生于城市者,良亦有见于此也。

  (3)《子夜变歌》:

  人传欢负情,我自未尝见。三更开门去,始知子夜变!

末语"子夜变",即借用曲调名,亦双关中之妙品,属同声同字一类。

  (4)《大子夜歌》:

  歌谣数百种,子夜最堪怜:慷慨吐清音,明转出天然!
  丝竹发歌响,假器扬清音。不知歌谣妙,声势出口心!

《乐府古题要解》云:"《子夜四时歌》、《大子夜歌》、《子夜警歌》,皆曲之变也。""出天然","出口心",真能道出民歌之妙处。《子夜变歌》双关曲调名,即好在出于天然。

  (5)《上声歌》 《古今乐录》云:"此因上声促柱得名。"郭茂倩作"晋宋齐辞",盖不可辨矣。按庾信《咏舞》诗:"顿履随疏节,低鬟逐《上声》。"则或系舞曲也。

　　　　初歌《子夜》曲,改调促鸣筝。四座暂寂静,听我歌
　　《上声》。
　　　　新衫绣两端,迮著罗裙里。行步动微尘,罗裙随风起。
　　　　裲裆与郎著,反绣持贮里。汗污莫溅洗,持许相存在!
六朝女子皆服长裙,曳地三四尺,故行时拂动微尘,随风而起,大有飘飘欲仙之致。(按梁施荣泰《杂诗》:"罗裙数十重,犹轻一蝉翼。不言縠袖轻,专叹风多力。"其言虽夸大,但亦可见当时丝织品之精妙。)"裲裆"犹今之背心。"许"字在南朝民歌中,多用作表情之语助词,如"奈何许"、"奈许"之类。亦有有意义者,如"但看裙带缓几许?"则"许"可训为多。"许是侬欢归?"则"许"可训为或,疑词。"谁知许厚薄!""是侬泪成许!"则"许"又可训为"如此"。此歌"持许"之许,指上汗污,犹云"持此",则又为代名词矣。许字在西曲中绝少见,殆缘方言不同。"存在"云者,犹言存慰也。

　　(6)《欢闻歌》　《古今乐录》:"《欢闻歌》者,晋穆帝升平初(357年)歌,毕辄呼'欢闻不?'以为送声,后因此为曲名。"
　　　　遥遥天无柱!流漂萍无根。单身如萤火,持底报郎恩?
　　(7)《欢闻变歌》　《古今乐录》云:"《欢闻变歌》者,晋穆帝升平中,童子忽歌于道曰《阿子闻》。曲终辄云'阿子汝闻不?'无几,而穆帝崩,褚太后哭'阿子汝闻不?'声既凄苦,因以名之。"按此当亦如《子夜变歌》之类,盖一曲之变耳。
　　　　金瓦九重墙,玉壁珊瑚柱。中夜来相寻,唤欢闻不顾?
　　　　欢来不徐徐,阳窗都锐户。耶婆尚未眠,肝心如椎橹!
　　　　锲臂饮清血,牛羊持祭天:没命成灰土,终不罢相怜!
第二首为偷期之作。阳窗句不甚可晓,当言窗户犹未闭耳。与"使君自有妇,罗敷自有夫"者异矣。

(8)《阿子歌》 《宋书·乐志》:"《阿子歌》者,亦因升平初歌云'阿子汝不闻',后人演其声为《阿子》、《欢闻》二曲。"

阿子复阿子,念汝好颜容。风流世希有,窈窕无人双。

按《世说新语·贤媛篇》:"桓温平蜀,以李势女为妾,郡主凶妒,不即知之。后知,乃拔刃往李所,因欲斫之。见李在窗梳头,姿貌端丽,徐徐结发,敛手向主,神色闲正,辞甚凄惋。主于是掷刀前抱之曰:'阿子,我见汝亦怜,何况老奴?'遂善之。"是当时谓女子亦曰阿子。此歌云"阿子复阿子",亦似指言女子,盖亲之之词也。

(9)《前溪歌》 《乐府古题要解》云:"《前溪歌》,晋车骑将军沈玩所造舞曲也。"按庾信《乌夜啼》诗云:"歌声舞态异《前溪》",则信为舞曲也。(《玉台新咏》载第二首而删去末句。)

逍遥独桑头,北望东武亭。黄瓜被山侧,春风感郎情。

黄葛结蒙茏,生在洛溪边。花落逐水去,何当顺流还?

还亦不复鲜!

黄葛生烂熳,谁能断葛根?宁断娇儿乳,不断郎殷勤!

《苕溪渔隐》云:"于竞《大唐传》,湖州德清县南前溪村,则南朝集乐之处。今尚有数百家习音乐,江南声伎,多自此出,所谓舞出前溪者也。"按歌辞又有"逢郎前溪度","前溪沧浪映"等语,则村盖缘水得名。德清,属浙江。

(10)《丁督护歌》 凡五首,《宋志》不著作者。《唐书·乐志》:"丁督护,晋宋间曲也。今歌是宋武帝所制云。"按《玉台新咏》以此所录前一首为宋武帝作,当即《唐志》所本。然其词殊不类,从《宋志》为允。

督护初征时,侬亦恶闻许。愿作石尤风,四面断行旅。

闻欢去北征,相送直渎浦。只有泪可出,无复情可吐!

宋武帝刘裕尝一度克服中原,歌词云北征,殆作于其时。"只有泪可出"二语,较柳永词"执手相看泪眼,竟无语凝咽",便觉有天籁人籁之别。按石尤风即打头逆风,唐诗多有,如陈子昂《入峡苦风》:"宁知巴峡路,辛苦石尤风。"司空曙《送卢秦卿》:"无将故人酒,不及石尤风!"戴叔伦《送裴明州》(效南朝体):"知郎未得去,惭愧石尤风。"亦有直言打头风者,如郑谷《江上阻风》云:"闻道渔家酒初熟,晚来翻喜打头风。"

(11)《团扇郎》 《古今乐录》云:"《团扇郎歌》者,晋中书令王珉捉白团扇,与嫂婢谢芳姿有爱,情好甚笃。嫂捶挞婢过苦,王东亭闻而止之,芳姿素善歌,嫂令歌一曲,当赦之。应声歌曰:'白团扇。辛苦五流连,是郎眼所见。'珉闻,更问之:'汝歌何遗?'芳姿即改曰:'白团扇。憔阵非昔容,羞与郎相见。'后人因而歌之。"

　　　　青青林中竹,可作白团扇。动摇郎玉手,因风托方便。
　　　　团扇薄不摇,窈窕摇蒲葵。相怜中道罢,定是阿谁非?
末首以团扇自喻,词旨蕴藉温厚,得风人之致。然自是南方女性。若在两汉,则将直云"闻君有两意,故来相决绝","闻君有他心,拉杂摧烧之"矣。子不我思,岂无他人?更不暇平章是非也。

(12)《七日夜女歌》:
　　　　婉娈不终夕,一别周年期。桑蚕不作茧,昼夜长悬丝。
(13)《黄生曲》:
　　　　松析叶青蓇,石榴花葳蕤。迮置前后事,欢今定怜谁?
(14)《碧玉歌》 一名《千金意》。《乐府诗集》作无名氏,引《乐苑》云:"《碧玉歌》者,宋汝南王所作也。碧玉,汝南王妾名。以宠爱之甚,所以歌之。"按宋并无汝南王,《乐苑》之说,自属无稽。考碧玉嫁汝南王事,本歌未明言,惟梁、陈诗人则多有道及者,如梁元帝《采莲曲》:"碧玉小家女,来嫁汝南王。"又庾信《结客少年场》:"定知刘碧玉,偷嫁汝南王。"则其事或者有之,但非宋汝南王耳。又此歌五首,《玉台》录二首,题孙绰作。孙绰东晋时人,如碧玉为宋汝南王妾,则是宋时人,绰无能预为此歌,故吴旦生曰:"碧玉,晋汝南王妾名,孙绰为作《碧玉歌》。"要之《乐苑》之说最不可从。

  碧玉小家女,不敢攀贵德。感郎千金意,惭无倾城色。
  碧玉破瓜时,郎为情颠倒。感郎不羞郎,回身就郎抱。

(15)《桃叶歌》 《古今乐录》:"晋王子敬之所作也。桃叶,子敬妾名。缘于笃爱,所以歌之。"《隋书·五行志》亦云:"陈时,江南盛歌王献之《桃叶词》。"(即下第三首。)《玉台》亦作王献之(仅录后二首),是可信为王作也。

  桃叶映红花,无风自婀娜。春花映何限?感郎独采我。
  桃叶复桃叶,桃树连桃根。相连两乐事,独使我殷勤。
  桃叶复桃叶,渡江不用楫。但渡无所苦,我自迎接汝。
"相连"各集作"相怜",今从《玉台》。第一首,范大士以为桃叶所歌,殆想当然耳。

(16)《长乐佳》 凡八首,大体无足取,然有一杰作:
  红罗复斗帐,四角垂朱珰,玉枕龙须席,郎眠何处床?
四句中,三句叠写饰物,读之令人茫然,只末语一问,而神情毕露,而声态欲生,而通首空灵,物物活跃,真化工之笔也。每读此诗,便不禁想及周邦彦《少年游》"低声问向谁行宿"一段光景,可谓各极其妙。此与下《懊侬歌》"江陵去扬州"一首,俱为最富有艺术意味之写实作品,盖可遇而不可求也。(按《长乐佳》古词凡八首,徐陵《玉台新咏》独选此一首,可谓先获我心。龙须,草名。)

(17)《懊侬歌》 《古今乐录》云:"《懊侬歌》者,晋石崇绿珠所作,唯《丝布涩难逢》一曲,后皆隆安(东晋安帝)初民间讹谣之曲。"《宋书·五行志》云:"晋安帝隆安中(397—401),民间忽作《懊侬歌》,其曲中有'草生可揽结,女儿可揽抱'之言。桓玄既篡居大位,义旗以三月二日扫定京师,玄之宫女及逆党之家,子女妓妾,悉为军赏。……时则草可结。事则女可抱,信矣。"陈胤倩曰:"此调颇古,要约之情,特为沉切。"歌几十四首,兹录其佳者:

丝布涩难逢,令侬十指穿。黄牛细犊车,游戏出孟津。
寡妇哭城倾,此情非虚假。相乐不相得,抱恨黄泉下。
月落天欲曙,能得几时眠?凄凄下床去,侬病不能言。
我与欢相怜,约誓底言者?常叹负情人,郎今果成诈!
懊恼奈何许!夜闻家中论,不得侬与汝。
我有一所欢,安在深阁里。桐树不结花,何由得吾子?
江陵去扬州,三千三百里。已行一千三,所有二千在!

王渔洋《古夫于亭杂录》云:"徐巨源云,江陵去扬州……此有何情何景?而古雅隽永,味之不尽。凡作六朝乐府,当识此意,故录其语。"又其《分甘余话》云:"乐府'江陵去扬州'一首,愈俚愈妙,然读之未有不失笑者。余因忆再使西蜀时,北归次新都,夜宿,闻诸仆偶语曰:'今日归家,所余道里无几矣,当酌酒相贺也。'一人问:'所余几何?'答曰:'已行四十里,所余不过五千九百六十里耳。'余不觉失笑,而复怅然有越乡之悲。此语虽谑,乃得乐府之意。"

又第五首,《南史》四十五《王敬则传》载有本事一则,今节录如下:"齐明帝辅政,出敬则为会稽太守。及即位,进为大司马台使。明帝既多杀害,敬则自以高、武旧臣,心怀忧惧,帝虽外厚其礼,而内相疑备,敬则诸子在京师,忧怖无计。后明帝纳梁武帝计,伪以敬则使者,为游击将军,并遣敬则世子仲雄入东,仲雄善弹琴,江左有蔡邕焦尾琴,在主衣库,明日,敕五日一给仲雄。仲雄在御前鼓琴作《懊侬歌》曰:'常叹负情侬,郎今果行诈!'又曰:'君行不净心,那得恶人题?'帝愈猜愧。后敬则举兵反,凡十日而败。"史云仲雄作《懊侬歌》,意亦如古者赋诗言志之类,非必己所作也。"许"字当作"诈",殆缘形近而误。"君行"二句,今歌不见,知尚有逸曲也。

(18)《华山畿》 《古今乐录》云:"宋少帝时,南徐一士子,从华山畿往云阳,见客舍有女子年十八九,悦之无因,遂感心疾。母问其故,具以启母。母为至华山寻访,见女具说,女闻感之,因脱蔽膝令母密置其席下卧之,当已。少日果差。忽举席,见蔽膝而抱持,遂吞食而死。气欲绝,谓母曰:'葬时车载从华山度。'母从其意,比至女门,牛不肯前,打拍不动。女曰:'且待须臾,妆点沐浴。'既而出,歌曰:(即下第一首)。棺应声开,女透入棺。家人叩打,无如之何,乃合葬。呼曰神女冢。"《乐府正义》曰:"南徐州,刘宋时淮南地也。云阳,曲阿也。华山当是丰县之小华山。《乐录》之说甚诞,未足信!"

华山畿。君既为侬死,独活为谁施?欢若见怜时,棺木为侬开!

懊恼不堪止,上床解要绳,自经屏风里。

啼相忆,泪如漏刻水,昼夜流不息。

一坐复一起。黄昏人定后,许是不来已!

相送劳劳渚。长江不应满,是侬泪成许!

啼著曙。泪落枕将浮,身沉被流去。

奈何许！天下人何限？慊慊只为汝！

(19)《读曲歌》 《宋书·乐志》云："《读曲歌》者，民间为彭城王义康所作也。其歌云'死罪刘领军，误杀刘第四'是也。"按今歌与此事无关。《古今乐录》云："《读曲歌》者，元嘉十七年(440)袁后崩，百官不敢作声歌，或因酒宴，止窃声读曲细吟而已。以此为名。"其说与《宋志》不同。按《玉台》载此歌"柳树得春风"一首，题作《独曲》，则《乐录》之说，自属望文生义。此曲之起，或如《宋志》所云，盖民间伤义康之冤者。刘领军谓刘湛，刘第四即义康。本非艳曲，但以风气所趋，遂成传情秘箧耳。

花钗芙蓉髻，双鬓如浮云。春风不知著，好来动罗裙。
柳树得春风，一低复一昂。谁能空相忆，独眠度三阳？
怜欢敢唤名，念欢不呼字。连唤欢复欢，两誓不相弃！
语我不游行，常常走巷路。败桥语方相，欺侬那得渡？
君行负怜事，那得厚相干？麻纸语三葛：我薄汝粗疏。
十期九不果，常抱怀恨生。燃灯不下炷，有油那得明？
相怜两乐事，黄作无趣怒。合散无黄连，此事复何苦？
逋发不可料，憔悴为谁睹？欲知相忆时，但看裙带缓几许！

闻欢得新侬，四肢懊如垂。鸟散放行路井中，百翅不能飞。

打杀长鸣鸡，弹去乌白鸟。愿得连冥不复曙，一年都一晓！

白门前，乌帽白帽来。白帽郎，是侬良。不知乌帽郎是谁？

折杨柳，百鸟园林啼，道欢不离口。

"方相"，古之像神以逐疫者，戴面具，四目为方相，两目为俱(音欺)。送葬时,亦用之,行在丧车之前(详《周礼·夏官》方相氏)。此诗云"败桥语方相",则是送葬时之方相。"合散",犹言和药,散乃药名,如丸散之散。"合散"二句,亦双关语中之佳者。

《吴声歌曲》,大体如上。虽复千篇一律,然每若光景常新,使人不厌其复。沈德潜曰:"晋人《子夜歌》,齐梁人《读曲》等歌,俚语俱趣,拙语俱巧。"范大士曰:"若《吴声歌曲》,晋《子夜》、《欢闻》、《懊侬》等歌,宋《碧玉》、《读曲》诸作,则机趣横生,音响流丽,故所存不嫌其多。"其为后人爱好,诚非无故也。

(二)神弦歌

南朝前期民间乐府之第二部为《神弦歌》。《古今乐录》载十一曲,其词十七章,悉见《乐府诗集》。以歌中青溪,白石,及赤山湖等地名考之,知其发生仍不离建业左右。

《神弦歌》之来源,亦似甚早。《宋书·乐志》:"何承天曰:'或云今之《神弦》,孙氏以为《宗庙登歌》也。'史臣案陆机《孙权诔》:'肆夏在庙,云翘承机,'不容虚设此言。又韦昭孙休世上《鼓吹铙歌》十二曲表曰:'当付乐官善歌者习歌。'然则吴朝非无乐官,善歌者乃能以歌辞被丝管,宁容止以《神弦》为庙乐而已乎?"据此,则是孙吴时,江南已有此歌矣。观其歌词,盖民间祠神之乐章,与《楚辞》之《九歌》,性质正同。即朱子所谓"比其类,则宜为《三颂》之属;而论其词,则反为《国风》再变之郑卫"者是也。

对于此种体制与内容矛盾之解释,吾人约有三点:第一,民间所祀之神,无关天地山川之大,只是一些"杂鬼"。第二,南方风俗,夙尚淫祀,每用巫觋作乐歌舞以娱神。第三,朝廷视郊祀为最严重之典礼,而一般民众对之,则无异于一种娱乐之集会。基此三点,故民间祀神乐章中能夹杂不少有情趣之描写,与贵族所用之郊祀歌异其面目。《晋书》卷九十四《夏统传》有一段记载,颇足据以窥知当日祭祀之真象,并说明此种矛盾之原因,今节录之:

> 统字仲卿,会稽永兴人也。……其从父敬宁祠先人,迎女巫章丹、陈珠,二人并有国色,庄服甚丽,善歌舞,又能隐形匿影。甲夜之初,撞钟击鼓,间以丝竹,丹、珠乃拔刀破舌,吞刀吐火,云雾杳冥,流光电发。统诸从弟欲往观之,难统,于是共绐之曰:"从父间疾病得瘳,大小以为喜庆,欲因其祭祀并往贺之,卿可俱行乎?"统从之。入门,忽见丹、珠在中庭,轻步佪舞,灵谈鬼笑,飞触挑柈,酬酢翩翻,惊愕而走,不由门,破藩直出。归责诸人曰:"奈何诸君迎此妖物,夜与游戏,放傲逸之情,纵奢淫之行!"

则是祭祀先人亦用女巫。而所谓女巫者又并善歌舞,有国色,实际与女伎无异。夫祭祀先人犹且事同游戏,则一般祀神,不更可知乎?《小名录》载"羊侃尝奏三部女乐",《吴歌》、《西曲》外,疑《神弦》即其一也。

《神弦》曲中所祀之神,现多不可考,惟青溪小姑尚有不少记载。《图书集成·博物部》统归之杂鬼类,题曰:"《晋神弦歌》。"歌词虽仅十七首,然在《吴歌》、《西曲》外,实自成一格,文字颇有奇趣。

(1)《宿阿曲》:

> 苏林开天门,赵尊闭地户。神灵亦道同,真官今来下。

苏林、赵尊为何神,未详。按晋宋诸神有苏侯,与蒋侯齐名,见《宋书·礼志》。《南齐书·崔祖思传》:"祖思初辟州主簿,与刺史刘怀珍于尧庙祠神,庙有苏侯像,怀珍曰:'尧圣人,而与杂神为列,欲去之,何如?'祖思曰:'苏峻今日可谓四凶之五也。'怀珍遂令除诸杂神。"是苏侯即东晋之苏峻也,未知与此异同。[1]

(2)《道君曲》:

中庭有树自语,梧桐推枝布叶。

(3)《圣郎曲》:

左亦不伴伴,右亦不翼翼。仙人在郎旁,玉女在郎侧。酒无沙糖味,为他通颜色。

陈胤倩曰:"淋漓新异!"钟伯敬曰:"沙糖岂可比酒味?俚语妙妙。'通'字有情理。"按所谓"仙人"、"玉女",殆即女巫丹、珠之流也。

(4)《娇女诗》:

北游临河海,遥望中菰菱。芙蓉发盛花,渌水清且澄。弦歌奏声节,仿佛有余音。

蹀躞越桥上,河水东西流。上有神仙居,下有西流鱼。行不独自去,三三两两俱。

---

[1] 按苏林乃传说中之神仙人物,与苏峻无涉,兹节录其有关材料如下。《图书集成·神异典·神仙部》载周季通《元洲上师苏君传》云:"先师姓讳林,字子元,濮阳曲水人。初师琴高先生,琴高周康王时人,已九百岁。复改师华山仙人仇先生,仇乃致林于涓子,涓子告林曰:'欲作地上仙人,必先服食药物,除去三尸。'林谨奉法术,道成,周观天下,游睇名山。以汉元帝神爵二年(前60)三月六日告季通曰:我昨被元洲召为真命上卿,与汝别。明旦,有云车羽盖迎林,即日登天,冉冉西北而去。"其言多荒诞不经,然歌所谓"苏林开天门"者,当即指此苏林也。

又按:《永乐大典》卷〇二四〇五引《列仙传》云:"苏林,字子玄,濮阳人,数遇仙人,授以道要,后有云车羽盖迎之升仙。"是苏林本有此神,曩疑为苏峻,误。《列仙传》二卷,旧题汉刘向撰,不可信。《四库提要》云:"或魏晋间方士为之,托名于向",差近之。

上有下有,指桥言。此娇女之神庙当在桥上。

(5)《白石郎曲》:

　　白石郎,临江居。前导江伯后从鱼。

　　积石如玉,列松如翠。郎艳独绝,世无其二。

颇有汉乐府奇境。今江宁溧水县北二十里有白石山,白石郎,此山所祀之水神欤?祀神而侈言神貌之美艳,所谓淫祀者也。

(6)《青溪小姑曲》 《江宁府志》:"青溪发源锺山,吴赤乌中,凿东渠名青溪,通城北堑以泄后湖水,其流九曲,达于秦淮。"干宝《搜神记》云:"广陵蒋子文尝为秣陵尉,因击贼,伤而死。吴孙权时封中都侯,立庙锺山,转号锺山为蒋山。"刘敬叔《异苑》曰:"青溪小姑,蒋侯第三妹也。"歌云:

　　开门白水,侧近桥梁。小姑所居,独处无郎。

按《图书集成》引《江宁府志》:"青溪夫人祠,在金陵闸。"曲云开门白水者以此。《志》又云:"夫人南朝时甚有灵验,宋犹有之,今废。按青溪小姑者汉秣陵尉蒋子文妹也。尝遇难,妹挟两女投溪中死。青溪小姑祠,其来旧矣。"遇难投水事,未详所本。又曲云"小姑所居,独处无郎",而《志》言挟两女投溪中死,是为已婚,恐不足信。青溪小姑,尚多逸闻,容篇末叙之。

(7)《湖就姑曲》:

　　赤山湖就头。孟阳二三月,绿蔽黄荇薮。

　　湖就赤山矶。大姑大湖东,仲姑居湖西。

按赤山湖在江苏句容县西南。《建康志》云:"湖在句容、上元两县界,上接九源,下通秦淮,周二十里。"湖就姑者,湖滨所祀之女神欤?

(8)《姑恩曲》:

　　明姑尊八凤,蕃蔼云日中。前导陆离兽,后从朱鸟麟凤凰。

(9)《采莲童曲》：

泛舟采菱叶,过摘芙蓉花。扣楫命童侣,齐声采莲歌。

东湖扶菰童,西湖采菱芰。不持歌作乐,为持解愁思。

陈胤倩曰："解愁与作乐,更分深浅,言情曲至。"

(10)《明下童曲》：

走马上前阪,石子弹马蹄。不惜弹马蹄,但惜马上儿。

《神弦歌》大致如上。关于青溪小姑,除前所引者外,尚多神话传说,今汇录于后,并略论其所以盛传之故。

(1)《异苑》："青溪小姑庙,云是蒋侯第三妹。庙中有大榖扶疏,鸟尝产育其上,晋太元中,陈郡谢庆执弹乘马,徽杀数头,即觉体中栗然。至夜,梦一女子,衣裳楚楚,怒云：'此鸟是我所养,何故见侵？'经日,谢卒。"

(2)《搜神后记》："晋太康中,谢家沙门竺昙遂,年二十余,白皙端正,流俗沙门常行经青溪庙前过,因入庙中看。暮归,梦一妇人来语云：'君当来作我庙中神,不复久。'昙遂梦问妇人是谁？妇人云：'我是清溪庙中姑。'如此一日许,临病便死。"

(3)《续齐谐记》："会稽赵文韶,宋元嘉中为东扶寺,廨在青溪中桥,秋夜步月,怅然思归,乃倚门唱《乌飞曲》。忽有青衣年可十五六许,诣门曰：'女郎闻歌声有悦人者,逐日游戏,故遣相问。'文韶不之疑,遂邀暂过。须臾,女郎至,年可十八九许,容色绝妙。谓文韶曰：'闻君善歌,能为作一曲否？'文韶即为歌'草生磐石下',声甚清美。女郎顾青衣取箜篌鼓之,泠泠似楚曲,又令婢歌《繁霜》,自脱金钗扣箜篌和之,婢乃歌曰：'歌繁霜,繁霜侵晓幕。何意空相守,坐待繁霜落？'留连宴寝。将旦,别去,以金簪遗文韶,文韶亦赠以银碗及琉璃匕。明日,于青溪庙中得之。乃知所见,青溪女神也。"(按《八朝神怪录》亦载此事,颇有异同。)

据上,吾人约可推知青溪小姑之祀,其来似甚早,并非始于南朝,在西晋太康中已立有专庙,距孙权立蒋庙时甚近,《异苑》云系蒋子文妹,盖可信。在初期发生之神话中,虽亦含风流意味,然尚属梦境,迨梁吴均作《续齐谐记》时,则青溪小姑已一变而为人,实行与人交接矣。《搜神记》卷五另一则载蒋子文与会稽东野女子吴望子情好事,情节与此正同。《神弦曲》中之神,大抵皆此类也。至于青溪小姑之所以倾动一时,或与其阿兄蒋子文有关,《宋书·礼志》四:

> 宋武帝永初二年(421)普禁淫祀,由是蒋子文祠以下,普皆毁绝。孝武孝建初(公元四五四年),更修起蒋山祠,所在山川,渐皆修复。明帝立九州庙于鸡笼山,大聚群神。蒋侯,宋代稍加爵位至相国大都督中外诸军事,加殊礼锺山王。

按《宋书》九十九《元凶劭传》,载劭将败时,以辇迎蒋侯神像于宫内,拜为大司马,封锺山郡王。是蒋祠在宋文帝时尚未毁绝,故劭得以迎取其神像,而锺山王之封,尤早在明帝前也。又沈约自撰之《赛蒋山庙文》云:"仰惟大王,年逾二百,世兼四代",是知蒋侯实为当时群神之冠冕,南齐东昏并尝封蒋侯为帝,青溪小姑既为蒋侯之妹,自为当时人所乐道矣。

(三)西曲歌

《乐府诗集》云:"《西曲歌》出于荆、郢、樊、邓之间。而其声节送和,与《吴歌》亦异,故因其方俗而谓之《西曲》。"《通志》云:"宋代以荆、雍为南方重镇,皆王子为之牧。江右辞咏,莫不称之以为乐土。故宋隋王诞作《襄阳乐》,齐武追忆樊、邓作《估客乐》是也。"然则《西曲》之发达,固亦自有其特殊之经济背景,余谓南朝民间乐府,名曰民间,实出城市者,此又一证也。今读其歌词,如"乘星冒风流,还侬扬州去!""人言扬州乐,扬州信自乐!"犹足见当时迷恋大城市淫靡生活之普遍心理。

《西曲歌》凡三十五种,中十六种为《舞曲》,二十一种为《倚歌》,重《孟珠》、《翳乐》两种。《古今乐录》云:"凡《倚歌》悉用铃鼓,无弦有吹。"而《吴声歌》乐器则有箜篌、琵琶之属,故《乐府诗集》谓其声节与《吴歌》异。惟内容风调,则不独《舞曲》与《倚歌》无殊,即与《吴歌》亦无别也。

(1)《石城乐》 《唐书·乐志》:"石城乐者,宋臧质所作也。石城在竟陵,质尝为竟陵郡,于城上眺瞩,见群少年歌谣通畅,因作此曲。"歌凡五首,《乐府》作无名氏,殆当时衍质曲之声而作者。诗云:

> 生长石城下,开窗对城楼。城中诸少年,出入见侬投。
> 阳春百花生,摘插环髻前。捥指蹋忘愁,相与及盛年。
> 闻欢远行去,相送方山亭。风吹黄蘖藩,恶闻苦离声。

因闻而相迭,知非正式情侣。捥与腕通。

(2)《莫愁乐》 《旧唐书·音乐志》:"《莫愁乐》者,出于《石城乐》,石城有女子名莫愁,善歌谣。《石城乐》和中复有'忘愁声',因有此歌。"按《乐府解题》云:"古歌亦有莫愁洛阳女,与此不同。"按梁武帝《河中之水歌》云:"河中之水向东流,洛阳女儿名莫愁。"然则不独石城有莫愁也。又按《石城乐》有"捥指蹋忘愁"之语,故知"忘愁"确为《石城乐》之和声。

221

> 莫愁在何处？莫愁石城西。艇子打两桨，催送莫愁来。
> 闻欢下扬州，相送楚山头。探手抱腰看，江水断不流。

(3)《乌夜啼》《旧唐书·音乐志》云："宋临川王义庆所作也。按今所传歌词，似非义庆本旨。"

> 可怜乌白鸟，强言知天曙。无故三更啼，欢子冒闇去！
> 笼窗窗不开，荡户户不动。欢下葳蕤篝，交侬那得往？
> 远望千里烟，隐当在欢家。欲飞无两翅，当奈独思何！

风俗至此，淫靡极矣。

(4)《估客乐》《古今乐录》云："齐武帝之所制也。帝布衣时，尝游樊、邓，登祚以后。追忆往事而作歌。敕'歌者常重为感忆之声'，犹行于世。释宝月又上两曲。"按武帝一首，殊木质。词云：

> 昔经樊邓役，阻潮梅渚根。感忆追往事，意满辞不叙。

宝月两首，则极温柔妩媚之致：

> 郎作十里行，侬作九里送。拔侬头上钗，与郎资路用。
> 有信数寄书，无信心相忆。莫作瓶落井，一去无消息。

意武帝所云"感忆追往事"者，即宝月所咏之事。武帝自以难言，故敕宝月更为之耳。以和尚而解作此等语，亦南朝特产也。（按古时书信有别，前叙《孔雀东南飞》时已言及，清人高士奇《天禄识余》言之尤详，并引此歌为证，今节录如下："古者谓使者曰信，凡云信者皆谓使者也。今遂以遗书馈物为信，故谓之书信，而谓前人之语亦然，谬矣。王右军《十七帖》有云：'往得其书，信遂不取答。'谓昔尝得其来书，而信人竟不取回书耳。世俗读作'往得其书信'一句，'遂不取答'为一句，误矣。古乐府云'有信数寄书，无信心相忆。'包佶诗'去札频逢信，回帆早挂空。'二诗尤可证。"其言是也。唐李叔霁诗"长安虽不远，无信可传书",并可为证。李大历初人。)

(5)《襄阳乐》 《古今乐录》云:"宋隋王诞之所作也。诞始为襄阳郡,元嘉二十六年(449),仍为雍州刺史。夜闻诸女歌谣,因而作之。所以和中有'襄阳来夜乐'之语也。"歌凡九首,《乐府》作无名氏。词云:

> 朝发襄阳城,暮至大堤宿。大堤诸女儿,花艳惊郎目。
> 人言襄阳乐,乐作非侬处。乘星冒风流,还侬扬州去。
> 扬州蒲锻环,百钱两三丛。不能买将还,空手揽抱侬。
> 上水郎担篙,下水摇双橹。四角龙子幡,环环江当柱。

范大士曰:"环环江当柱,妙想!当读去声。"又曰:"以大堤之盛,而女郎花艳,多出扬州,此风由来旧矣。"范知其然者,以歌云"还侬扬州去"也。

(6)《三洲歌》:

> 送欢板桥湾,相待三山头。遇见千幅帆,知是逐风流。
> 风流不暂停,三山隐行舟。愿作比目鱼,随欢千里游!

"风流"二字,亦系双关。《古今乐录》云:"三洲歌者,商客数游巴陵、三江口,往还因共作此歌。"读此及上《估客乐》,想见当日商业之繁盛,商人之逸豫。

(7)《采桑度》 一曰《采桑》。《旧唐书·音乐志》:"《采桑》因《三洲曲》而生。梁时作。"《乐府诗集》云:"《古今乐录》曰:'《采桑度》,旧舞十六人,梁八人。'即非梁时作矣。"按陈胤倩《古诗选》列之近代,恐亦无据。要为梁以前作耳。《通志》云:"《采桑度》,《三洲曲》所出也。与《罗敷》、《秋胡行》所谓采桑者异矣。"词云:

> 冶游采桑女,尽有芳春色。姿容应春媚,粉黛不加饰。
> 春月采桑时,林下与郎俱。养蚕不满百,那得罗绣襦?

采桑盛阳月,绿叶何翩翩。攀条上树表,牵坏紫罗裙。

所谓南朝民间乐府,稍具乡村意味者,惟此数曲而已。"粉黛不加饰",与《子夜歌》中"画眉注口"者自异。

(8)《江陵乐》 《通典》:"江陵,古荆州之域,春秋时楚之郢地。秦置南郡,晋为荆州,东晋、宋、齐以为重镇。"按即今湖北江陵县地。

阳春二三月,相将踏百草。逢人驻步看,扬声皆言好。

不复出场戏,堤场生青草。试作两三回,蹋场方就好。

(9)《青阳渡》:

碧玉捣衣砧,七宝金莲杵。高举徐徐下,轻捣只为汝。

(10)《来罗》:

郁金黄花标,下有同心草。草生日已长,人生日就老。

(11)《那呵滩》 《古今乐录》云:"《那呵滩》和云:'郎去何当还'。多述江陵及扬州事。'那呵',盖滩名也。"

我去只如还,终不在道边。我若在道边,良信寄书还。

陈胤倩曰:"寻思曲折,极肖女子临别之情。"尚有两首云:

闻欢下扬州,相送江津湾。愿得篙橹折,交郎到头还!

篙折当更觅,橹折当更安。各自是官人,那得到头还?

范大士曰:"一种相调之情,写来如话。"按范说以此为男女倡答之词,极是。(按《日知录》卷二十四"官人"条云:"南人称士人为官人,《昌黎集王适墓志铭》:'一女怜之,必嫁官人,不以与凡子。'是唐时有官者始得称官人也。杜子美《逢唐兴刘主簿》诗'剑外官人冷'。"所言甚是。然不能解释此歌之"官人"。此处"官人",男当是官隶,女当是官妓,俱无人身自由,故云"各自是官人,那得到头还"。)

(12)《孟珠》:

阳春二三月,草与水同色。攀条摘香花,言是欢气息。

　　望欢四五年,实情将懊恼。愿得无人处,回身就郎抱。

　　将欢期三更,合冥欢如何?走马放苍鹰,飞驰赴郎期。

实情犹言委实,将欢,犹言与欢。合冥,犹合昏,谓天已全黑。冥与暝通。按《读曲》歌云"合冥过藩来,向晓开门去。"则"合冥"亦当时常言。

(13)《翳乐》:

　　人言扬州乐,扬州信自乐:总角诸少年,歌舞自相逐。

(14)《夜度娘》:

　　夜来冒霜雪,晨去履风波。虽得叙微情,奈侬身苦何!

(15)《双行缠》:

　　朱丝系腕绳,真如白雪凝。非但我言好,众情共所称。

　　新罗绣行缠,足趺如春妍。他人不言好,独我知可怜。

明周祈《名义考》云:"行缠,妇人用帛幅束其足者。"然则缠足之风,盖始于六朝。惟观《读曲歌》:"跣把丝织履,故交白足露",则知其时,此风未盛,且不如宋以后之专尚小脚也。

(16)《平西乐》:

　　我情与欢情,二情感苍天。形虽胡越隔,神交中夜间。

(17)《寻阳乐》:

　　鸡亭故侬去,九里新侬还。送一却迎两,无有暂时闲。

"鸡亭"、"九里",当系地名,未详。"故侬新侬",犹言旧欢新欢。送一迎两,则其人之身份可知。

(18)《白附鸠》:

　　石头龙尾湾,新亭送客渚。酤酒不取钱,郎能饮几许?

(19)《寿阳乐》　《古今乐录》云:"宋南平穆王(刘铄)为豫州所作也。"《乐府》作古词,谓其歌辞"盖叙伤别望归之思"。

>可怜八公山,在寿阳。别后莫相忘!
>辞家远行去。空为君,明知岁月驶。
>笼窗取凉风,弹素琴。一叹复一吟。
>夜相思,望不来。人乐我独悲!

按寿阳在今安徽寿县,其北有八公山。又前歌所云"石头"、"新亭",亦并在建业,则知《西曲》所收,实不尽为荆、襄、樊、邓之歌。

(20)《拔蒲》:

>朝发桂兰渚,昼息桑榆下。与君同拔蒲,竟日不成把!

按《毛诗·卷耳》:"采采卷耳,不盈倾筐。嗟我怀人,置彼周行。"千载而下,惟此歌堪为嗣响。但为欢为戚不同耳。

(21)《作蚕丝》:

>春蚕不应老,昼夜常怀丝。何惜微躯捐,缠绵自有时。
>素丝非常质,屈折成绮罗。敢辞机杼劳?但恐花色多!

缠绵,花色,皆妙合双关。"花色"者,所谓"大堤诸女儿,花艳惊郎目"者是也。

(22)《杨叛儿》 《唐书·乐志》:"《杨伴儿》,本童谣歌也。齐隆昌时,女巫之子曰杨旻,少随母入内,及长,为何后宠,童谣云:'杨婆儿,共戏来所欢。'语讹,遂成《杨伴儿》。"按《古今乐录》又作《杨叛儿》,梁武帝诗亦云:"南音多有会,偏重《叛儿》曲。"皆缘一声之讹。今歌七首,殊少佳制,当时或爱重其音节耳。录其一首:

>欢欲见怜时,移湖安屋里。芙蓉绕床生,眠卧抱莲子。

(23)《西乌夜飞》:

>阳春二三月,诸花尽芳盛。持底唤欢来?花笑莺声弄。
>感郎崎岖情,不复自顾虑。臂绳双入结,遂成同心去。

(24)《青骢白马》:

青骢白马紫丝缰,可怜石桥根柏梁。
汝忽千里去无常,愿得到头还故乡。
问君可怜六萌车,迎取窈窕西曲娘?
齐唱可怜使人惑,昼夜怀欢何时忘。

(25)《安东平》:

凄凄烈烈,北风为雪。船道不通,步道断绝。
吴中细布,阔幅长度。我有一端,与郎作袴。
微物虽轻,拙手所作。余有三丈,为郎别厝。
制为轻巾,以奉故人。不持作好,与郎拂尘。
东平刘生,复感人情。与郎相知,当解千龄。

《汉书·食货志》:"布帛广二尺二寸为幅,长四丈为匹。"《礼记》疏:"丈八尺为端。"此歌上云我有一端,下云余有三丈,则此所谓一端,犹言一匹耳。厝,置也,谓别作也。陈胤倩曰:"语质韵古,欲追汉魏。"良然。东平,在山东。

(26)《女儿子》:

巴东三峡猿鸣悲,夜鸣三声泪沾衣。

按此曲郭茂倩亦收入《杂歌谣辞》内,题曰《巴东三峡歌》。后魏郦道元《水经注》卷三十四巫峡条云:"每至晴初霜旦,林寒涧肃,常有高猿长啸,属引凄异,空谷传响,哀转久绝,故渔者歌曰:'巴东三峡巫峡长,猿鸣三声泪沾裳。'"与此不同,当系一歌,因入乐而异耳。

(27)《月节折杨柳歌》 合闰月凡十三首。

《正月歌》:

春风尚萧条。去故来入新,苦心非一朝。折杨柳。愁思满腹中,历乱不可数。

《二月歌》:

翩翩鸟入乡。道逢双燕飞,劳君看三阳。折杨柳。寄言语侬欢,寻还不复久。

《五月歌》:

菰生四五尺。素身为谁珍,盛年将可惜。折杨柳。作得九子粽,思想劳纤手。

《七月歌》:

织女游河边。牵牛顾自叹,一会复周年。折杨柳。揽结长命草,同心不相负。

《九月歌》:

甘菊吐黄花。非无杯觞用,当奈许寒何。折杨柳。授欢罗衣裳,含笑言不取。

《十一月歌》:

素雪任风流。树木转枯悴,松柏无所忧。折杨柳。寒衣履薄冰,欢讵知侬否?

《闰月歌》:

成闰暑与寒。春秋补小月,念子无时闲。折杨柳。阴阳推我去,那得有定主?

此歌格调甚为别致。普通皆首二句或第二句与第四句相押。此则首句用韵,而与第三句相押,又以"折杨柳"三字句为换韵关捩。故首三句韵部不拘,"折杨柳"以下则概押有韵。体似变化,而律极谨严,自有乐府以来,尚无此种。即如南朝歌曲,以五言五句成章者虽间亦有之(如《前溪歌》),然皆一韵到底,用法亦一如常式,与此绝不类。惟《读曲歌》有"折杨柳。百鸟园中啼,道欢不离口。"全合于此歌之后半,疑融合吴声歌而成者。陈胤倩列此歌于晋,恐不足信。折杨柳三字无意义,为曲中之和声,如古乐府"贺贺贺"、"何何何"之类。

是歌之流传,其给与吾人之暗示,有重要者两点:第一,诗体之变迁,恒以音乐之变迁为转移。此歌特殊之格式,为求适合于当时特殊之声调,而非由于作者之矜奇,殆无可疑。汉乐府如《安世歌》《郊祀歌》之整齐骈俪,与《鼓吹铙歌》之长短参差,其所以不同者,亦即缘声调之关系,此歌足以说明其故。第二,前人有谓词之形成原于就律绝中之和声填以实字者,此歌亦足为证明其说。如吾人易"折杨柳"以同声韵而含有意义之三字,即与词无殊。故唐五代长短句之成功,虽以所受外来夷乐及里巷歌谣诸新腔调之影响为大,而由于固有律绝之嬗变,亦其蹊径之一也。(详拙作《论词之起源》,《国文月刊》第二十期,亦见《解放集》。[1])

南朝前期民间乐府,《吴声歌》《神弦歌》与《西曲歌》,已概如上述。陈绎曾《诗谱》云:"三国六朝乐府,犹有真意,胜于当时文人之诗。"而胡应麟《诗薮》,尤极推崇,其言曰:"汉乐府杂诗,自郊庙、铙歌、李陵、苏武外,大率里巷风谣,如上古《击壤》《南山》,知其成言,绝无文饰。故深朴真至,独擅古今。自曹氏父子以文章自命,宾僚缀属,云集建安。然荐绅之体,既异民间,拟议之词,又乖天造,华藻既盛,真朴渐漓。晋潘、陆兴,变而排偶,西京格制,实始荡然。独五言短什,杂出闾阎闺阁之口,句格音响,尚有汉风。若《子夜》《前溪》《欢闻》《团扇》等作,虽语极淫靡,而调存古质。至其用意之工,传情之婉,有唐人竭精殚力,不能追步者。余尝谓《相和》诸歌后,惟《清商》等绝,差可继之。"

陈、胡二氏之论,诚非无见。惟以汉乐府采诗之本义言,则

---

[1] 该文收入《萧涤非文选》,山东大学出版社2006年版。

南朝亦为乐府史上最浪漫与最空虚之时期。唐人《新乐府》之发生,其机兆盖伏于此。又自是而后,乐府始完全与政治、社会脱离关系,仅为一般赏心悦耳之具,而为情歌艳曲所占领,大有非此不足以被诸管弦之势。唐人之律绝,五代宋人之词,元明之曲,皆是也。其有歌咏民间疾苦之作如汉乐府者,非惟无入乐之机会,(唐人《新乐府》,实皆未入乐之诗耳。)并其入乐之资格而亦丧失之。每忆欧阳修嘲范希文为"穷塞主"之言,辄不禁怃然。凡此,皆乐府变迁之迹,亦吾国诗歌升降之所由,而南朝乐府实有以为之关键者也。

第三章　南朝后期之文人乐府——梁陈

南朝乐府,以前期民歌为主干,梁陈拟作,则其附庸。然不有此种拟作,则民歌影响,亦莫由而著。溯自东晋开国,下迄齐亡,百八十余年间,民间乐府已达于其最高潮;而梁武以开国能文之主,雅好音乐,吟咏之士,云集殿庭,于是取前期民歌咀嚼之,消化之,或沿旧曲而谱新词,或改旧曲而创新调,文人之作,遂盛极一时;故在梁陈之世,民歌虽仍然被诸管弦,而新作品则讫未产生,殆亦所谓物极必反者耶?

南朝民歌之模拟,本不始于梁。颜延之尝诋汤惠休诗为"委巷间歌谣",知其风已开于宋。兹略举数例,以资说明。如宋孝武帝《自君之出矣》:

　　自君之出矣,金翠闇无精。思君如日月,回还昼夜生。

又汤惠休《杨花曲》:

　　江南相思引,多叹不成章。黄鹤西北去,衔我千里心。

又谢朓《玉阶怨》:

　　夕殿下珠帘,流萤飞复息。长夜缝罗衣,思君此何极!

他如晋谢尚之《大道曲》,宋谢灵运《东阳谿赠答》,鲍照《采菱歌》等,亦俱为模拟之作。然以其时文人多薄而不为,故其风未盛。至梁,一方因音乐力量,一方又因对民歌自身之爱好,模拟乃成为极普遍之现象。形式内容,皆与民歌无大差异。寖假而影响于当时之全诗坛,而有所谓"宫体诗"之产生。故此期文人乐府,并无个性与特殊面目,韩退之云"齐梁及陈隋,众作等蝉噪。"非过论也。今先叙梁代作者。

（一）梁武帝　姓萧名衍，字叔达。在位四十八年，侯景之乱，饿死台城，年八十六。所作诗歌计数十篇，以模拟当时民歌诸小曲为其代表作，而《江南弄》七首，尤为特出。

（1）《子夜春歌》：

阶上香入怀，庭中花照眼。春心一如此，情来不可限！

兰叶始满地，梅花已落枝。持此可怜意，摘以寄心知。

（2）《子夜夏歌》：

闺中花如绣，帘上露如珠。欲知有所思，停织复踟蹰。

江南莲花开，红光照碧水。色同心复同，藕异心无异。

（3）《子夜秋歌》：

绣带合欢结，锦衣连理文。怀情入夜月，含笑出朝云。

（4）《子夜冬歌》：

寒闺动黻帐，密筵重锦席。卖眼拂长袖，含笑留上客。

（5）《襄阳蹋铜蹄》　《隋书·乐志》云："梁武帝之在雍镇，有童谣云：'襄阳白铜蹄，反缚扬州儿。'识者言白铜蹄，谓金蹄，为马也。白，金色也。及义师之兴，实以铁骑，扬州之士，皆面缚，果如谣。故即位之后，更造新声，帝自为之词三曲。"按三曲皆为当时流行之五言四句体，其二云：

草树非一香，花叶百种色。寄语故情人，知我心相忆。

"草树"、"花叶"，比喻之言，盖追忆襄阳行乐之事。

（6）《江南弄》　《古今乐录》云："梁天监十一年（512）冬，武帝改《西曲》制《江南弄》、《上云乐》十四曲。《江南弄》七曲：一曰《江南弄》，二曰《龙笛曲》，三曰《采莲曲》，四曰《凤笛曲》，五曰《采菱曲》，六曰《游女曲》，七曰《朝云曲》。"《江南弄》云：

众花杂色满上林。舒芳耀绿垂轻阴。连手蹀躞舞春心。舞春心，临岁腴。中人望，独踟蹰。（和云：阳春路，娉婷出绮罗。)

又《采莲曲》云:

游戏五湖采莲归。发花田叶芳袭衣。为君侬歌世所希,世所希,有如玉:江南弄,采莲曲!(和云:采莲渚,窈窕舞佳人。)

又《朝云曲》云:

张乐阳台歌上谒。如寝如兴芳晻暧。容光既艳复还没。复还没,望不来。巫山高,心徘徊。(和云:徙倚折耀华。)

格局甚别,余四曲亦同。按《西曲》中无以七言及三言成章者,而《江南弄》则悉为七言及三言所构成,此其故亦缘声调之异。《乐录》谓武帝改《西曲》制《江南弄》,则《江南弄》自不同于《西曲》,故词句亦随之而异耳。

乐府之叠句,泰半由音乐关系,然当其所叠,往往为篇中主旨所在。至如此处之叠句,则并为章法、韵脚、情意转换之枢纽,故即离开音乐,犹自有其文艺上之曲线美,亦乐府中利用叠句表情法之一进步也。

自武帝制《江南弄》七曲,当时和者计简文帝有《江南》、《龙笛》、《采莲》三曲,沈约有《赵瑟》、《秦筝》、《阳春》、《朝云》四曲,其格律一与梁武原作相同。则知填词一道,自三国韦昭以降,已益见流行矣。

(二)梁简文帝　名纲,字世缵,武帝第三子。纲赋诗多轻靡,故当时有"宫体"之目。沈德潜曰:"诗至萧梁,君臣上下,惟以艳情为娱,失温柔敦厚之旨,汉魏遗轨,荡然扫地矣。"然其描情绘景,往往勘理入微,盖亦有独到之处。按纲《与湘东王书》云:"未闻吟咏性情,反拟《内则》之篇,操笔写志,更摹《酒诰》之作。迟迟春口,翻学《归藏》,湛湛江水,遂同《人传》。"又《与当阳公书》云:"立身之道,与文章异。立身先须谨慎,文章且须放荡。"是纲对于文学之观念,根本即与前此不同也。且其由来者渐矣,前期民歌,何一而非"宫体"耶?兹录其尤绮艳者。

(1)《夜夜曲》(《乐府》作王偃,《全唐诗》作田娥):

　　愁人夜独伤,灭烛卧兰房。祇恐多情月,旋来照妾床!

(2)《拟沈隐侯(约)夜夜曲》:

　　霭霭夜中霜,河开向晚光。枕啼常带粉,身眠不着床。
　　兰膏尽更益,薰炉灭复香。但问愁多少,便知夜短长。

(3)《采莲曲》(《乐府》作昭明太子):

　　桂楫兰桡浮碧水。江花玉面两相似。莲疏藕折香风起。香风起,白日低。采莲曲,使君迷。(和云:采莲归,绿水好沾衣。)

(4)《折杨柳》(《乐府》作柳恽,今从《玉台》):

　　杨柳乱如丝,攀折上春时。叶密鸟飞碍,风轻花落迟。
　　城高短箫发,林空画角悲。曲中无别意,并是为相思。

(5)《艳歌曲》:

　　云楣桂成户,飞栋杏为梁。斜窗通蕊气,细隙引尘光。
　　裁衣魏后尺,汲水淮南床。青骊暮当返,预使罗裙香。

"魏后尺",不详。"淮南床",即用《晋拂舞歌·淮南王篇》"后园凿井银作床"语。床,井干,盖设架井上以支桔槔者。

(6)《乌栖曲》:

　　芙蓉作船丝作筰,北斗横天月将落。采桑渡头碍黄河,郎今欲渡畏风波。
　　浮云似帐月如钩,那能夜夜南陌头。宜城投泊今行熟,停鞍系马暂栖宿。

织成屏风金屈膝，朱唇玉面灯前出。相看气息望君怜，谁能含羞不自前？

陈胤倩曰："杨用修引《北堂书钞》，宜城九酝酒曰酘酒，谓'投泊'字乃'酘酒'字之误，亦通。然投泊字，本无不妥。"胡震亨《唐音癸籤》云："屈戍，今人家窗户设铰具，或铁或铜，名曰环纽，即古金铺之遗意。北方谓之屈戍，其称甚古，梁简文帝诗'织成屏风金屈戍'，李商隐诗'销香金屈戍'，李贺诗'屈膝铜铺锁阿甄'。屈膝，当是屈戍。"按简文帝诗原作屈膝，不作屈戍，岂胡氏所见本不同耶。句意盖谓屏风乃织成，屈膝乃金作者。

《诗薮》云："简文《乌栖曲》四首，奇丽精工，齐梁短古，当为绝唱！如'郎今欲渡畏风波'，太白《横江词》全出此。至'北斗横天月将落'，'朱唇玉面灯前出'。语特高妙。惟江总"桃花春水木兰桡"一首差可继之。"

要之，乐府至简文，实已开晚唐李义山、温飞卿一派风格。只辞耸听，逸韵动心，思入微茫，巧穷变态，是其所长。如《櫂歌行》之"溅妆疑薄汗，沾衣似故湔"，《美女篇》之"约黄能效月，裁金巧作星"，亦皆新隽得未曾有。至于直写胸襟，抒吐蕴抱，在篇咸琢，靡句不雕，罕独会之情，鲜贯串之旨，是其所失矣。

（三）沈约　字休文，历仕宋齐梁三世。约对于乐府诗歌之贡献有二：一为文献之保存。其《宋书·乐志》四篇，实为研究乐府者之重要材料，约于当时流行之艳曲，皆摒斥不著一词，第略详其本末；而于汉魏古词，则尽量登载，不厌详备，汉乐府之得以一二流传至今，不至全部淹灭者，约之力也。一为四声之发明。古诗近体，实从此判。自唐宋以迄今兹，虽诗体代变，盖未有不受其说之影响者。约所作拟古乐府甚多，但殊少新意，求其明媚近人，仍当推描写欢情舞态诸小品。殆亦时为之耶？约有

《四时白纻歌》五首,兹录三首:

(1)《春白纻》:

兰叶参差桃半红。飞芳舞縠戏春风。如娇如怨状不同。含笑流眄满堂中。翡翠群飞飞不息。愿在云间长比翼。佩服瑶草驻容色。舞日尧天欢无极。

(2)《夏白纻》:

朱光灼烁照佳人。含情送意遥相亲。嫣然一转乱心神。非子之故欲谁因?翡翠群飞飞不息。愿在云间长比翼。佩服瑶草驻颜色。舞日尧天欢无极。

(3)《夜白纻》:

秦筝齐瑟燕赵女。一朝得意心相许。明月如规方袭予。夜长未央歌白纻。翡翠群飞飞不息。愿在云间长比翼。佩服瑶草驻颜色。舞日尧天欢无极。

《古今乐录》曰:"沈约云:'《白纻》五章勅臣约造,武帝造后两句。'"陈胤倩曰:"其体甚异,故须流传。命语亦健,不沦卑响。"按晋《白纻舞歌》三首皆七言,惟用平韵,此则兼用仄韵,又末四语不变,为稍异耳。(按《女红余志》云:"沈约《白纻歌》五章,舞用五女,中间起舞,四角各奏一曲,至'翡翠群飞'以下,则合声奏之,梁尘俱动。舞已,则舞者独歌末曲以进酒。"所言甚有理,但未知所据,《女红》作者龙辅乃元人,其时《白纻舞》盖早已失传。)

(4)《秦筝曲》:

罗袖飘䌌拂雕桐。促柱高张散轻宫。迎歌度舞遏归风。遏归风,止流日。寿万春,欢无极。

此为约所作《江南弄》四首之一。雕桐,谓琴。陈胤倩曰:"又从遏归风,别生一意。"

(5)《六忆诗》(今仅存四首):

　　忆来时,的的上阶墀。勤勤叙离别,慊慊道相思。相看常不足,相见乃忘饥。

　　忆坐时,点点罗帐前,或歌四五曲,或弄两三弦。笑时应无比,嗔时更可怜。

　　忆食时,临盘动容色。欲坐复羞坐,欲食复羞食。含哺如不饥,擎瓯似无力。

　　忆眠时,人眠强未眠。解罗不待劝,就枕更须牵。复恐旁人见,娇羞在烛前。

此诗当时或未入乐,然无妨视为前期民歌之嫡传,法秀所谓"当堕犁舌狱"者也。

(四)江淹　字文通,亦历仕三世。诗凡百余篇,乐府则只数首。今从《玉台新咏》录其《西洲曲》一首(此诗《乐府》作古词,陈胤倩、王士禛《古诗选》并入晋诗):

　　忆梅下西洲,折梅寄江北。单衫杏子红,双鬓鸦雏色。西洲在何处?两桨桥头渡。日暮伯劳飞,风吹乌白树。树下即门前,门中露翠钿。开门郎不至,出门采红莲。采莲南塘秋,莲花过人头。低头弄莲子,莲子清如水。置莲怀袖中,莲心彻底红。忆郎郎不至,仰首望飞鸿。鸿飞满西洲,望郎上青楼。楼高望不见,尽日栏干头。栏干十二曲,垂手明如玉。卷帘天自高,海水摇空绿。海水梦悠悠,君愁我亦愁。南风知我意,吹梦到西洲。

蝉联而下,一转一妙,正复起束井井,自成章法。其体制盖自蔡邕《饮马长城窟行》、繁钦《定情诗》脱来,却变而为俊逸骀宕。唐人如张若虚之《春江花月夜》、李白之《长干曲》等篇,则又从此脱出者。《群芳谱》:"乌白,一名鹎白。乌喜食其子,因名之。或云其木老则根下黑烂成臼,故得此名。"

陈胤倩曰:"西洲曲摇曳轻飏,六朝乐府之最艳者。初唐刘希夷、张若虚七言古诗皆从此出,言情之绝唱也。夫艳,非词华之谓,声情惋转,语语动人,若赵女目挑心招,定非珠珰翠翘,使人动心引魄也。寻其命意之由,盖缘情溢于中,不能自已,随目所接,随境所遇,无地无物,非其感伤之怀。故语语相承,段段相绾,应心而出,触绪而歌,并极缠绵,俱成哀怨,此与《离骚·天问》同旨,岂不悲哉。"又曰:"段段绾合,具有变态,由树及门,由门望路,自然过渡,尤妙在'开门露翠钿'句可画。……自近而之远,自浅而之深,无可奈何而托之于梦,甚至梦借风吹,缥缈幻忽无聊之思,如游丝随风,浮萍逐水……太白尤亹亹于斯,每希规似,《长干》之曲,竟作粉本。至如'海水摇空绿',寄愁明月,随风夜郎,并相蹈袭。(按指太白《闻王昌龄左迁龙标》诗:"我寄愁心与明月,随风直到夜郎西。")故知此诗诚唐人所心慕手追而究莫能逮者也。"按陈氏此论甚确。惟谓与《离骚·天问》同旨,则似非真象。此篇风格,出于前期之《吴歌》、《西曲》,实至明显,魏晋以来,文人五言之作多矣,其音响有一篇似此者乎?则其源流所在,自不难见。文通本擅长模拟,其效民歌而成此杰作,似不足为异。

昭明独尚雅音,略于乐府,故《文选》全录文通《杂诗》三十首,而此则归摒弃之列。徐陵以入《玉台》,可无遗憾。兹将张、李二人之作,附录以资对照。张若虚《春江花月夜》:

春江潮水连海平,海上明月共潮生。滟滟随波千万里,何处春江无月明?江流宛转绕芳甸,月照花林皆似霰。空里流霜不觉飞,汀上白沙看不见。江天一色无纤尘,皎皎空中孤月轮。江畔何人初见月?江月何年初照人?人生代代无穷已,江月年年衹相似。不知江月待何人,但见长江送流水。白云一片去悠悠,青枫浦上不胜愁。谁家今夜扁舟子?何处相思明月楼?可怜楼上月徘徊,应照离人妆镜台。玉户帘中卷不去,捣衣砧上拂还来。此时相望不相闻,愿逐月华流照君。鸿雁长飞光不度,鱼龙潜跃水成纹。昨夜闲潭梦落花,可怜春半不还家。江水流春去欲尽,江潭落月复西斜。斜月沉沉藏海雾,碣石潇湘无限路。不知乘月几人归?落月摇情满江树!

李白《长干行》:

妾发初覆额,折花门前剧。郎骑竹马来,绕床弄青梅。同居长干里,两小无嫌猜。十四为君妇,羞颜未尝开。低头向暗壁,千唤不一回。十五始展眉,愿同尘与灰。常存抱柱信,岂上望夫台?十六君远行,瞿塘滟滪堆。五月不可触,猿声天外哀。门前迟行迹,一一生绿苔。苔深不能扫,落叶秋风早。八月蝴蝶来,双飞西园草。感此伤妾心,坐愁红颜老。早晚下三巴,预将书报家。相迎不道远,直到长风沙!

按此即陈氏所谓"长干之曲,竟作粉本"者。

(五)吴均 字叔庠。均文体清拔,好事者效之谓为"吴均体"。陈胤倩曰:"均诗非不清,而一往轻率,都无深致,想其才气俊迈,亦太白之流也。"《有所思》云:

薄暮有所思,终持泪煎骨。春风惊我心,秋露伤君发。

"泪煎骨",语亦尖新。按此亦缘采用当时流行之民歌体,故与《汉铙歌》中之《有所思》,名同而实异。又《小垂手》云:

舞女出西秦,蹑影舞阳春。且复小垂手,广袖拂红尘。折腰应两笛,顿足转双巾。蛾眉与曼脸,见此空愁人。

《楚辞》:"蛾眉曼睩,目腾光些。"王逸注:"曼,泽也。"字亦作慢,李后主词:"慢脸笑盈盈,相看无限情,"本此。

(六)柳恽　字文畅。父世隆,善弹琴,为当世第一。恽每奏父曲,辄感思。尝以《捣衣》诗"亭皋木叶下,陇首秋云飞,"见赏于王融。其《江南曲》云:

汀洲采白蘋,日暖江南春。洞庭有归客,潇湘逢故人。
故人何不返?春花复应晚! 不道新知乐,只言行路远。

又《独不见》云:

别岛望云台,天渊临水殿。芳草生未积,春花落如霰。
出从张公子,还过赵飞燕。奉帚长信宫,谁知独不见?

两篇皆五言八句,平仄对仗,渐趋严谨,与上吴均《小垂手》,梁简文帝拟沈隐侯《夜夜曲》等,并可视为五言律体之滥觞。《江南曲》五言四句换韵,疑亦系受前期民歌影响,盖叠两首而为一首者。《独不见》,咏汉成帝班婕妤事,末句押题名,手法亦从《子夜变歌》来。梁世著名诗人之作品,大要如上。此外,则江洪有《秋风曲》:

孀妇悲四时,况在秋闺内。凄叶留晚蝉,虚庭吐寒菜。
北牖风吹树,南篱寒蛩吟。庭中无限月,思妇夜鸣砧。

费昶有《采菱曲》:

妾家五湖口,采菱五湖侧。玉面不关妆,双眉本翠色。
日斜天欲暮,风生浪未息。宛在水中央,空作两相忆。

包明月有《前溪歌》:

当曙与未曙,百鸟啼前窗。独眠抱被叹,忆我怀中侬。
单情何时双?

王台卿有《陌上桑》:

郁郁陌上桑,盈盈道傍女。送君上河梁,拭泪不能语。

> 郁郁陌上桑,遥遥山下蹊。君去戍万里,妾来守空闺。
>
> 郁郁陌上桑,皎皎云间月。非无巧笑姿,皓齿为谁发?
>
> 郁郁陌上桑,袅袅机头丝。君行亦宜返,今夕是何时?

四章自为起讫。首句虽同,配入次句,以兴起下文,便觉章章自异。此亦系借汉乐府旧题目而运用新诗体者。其为女子所作者,则范静妻沈氏有《昭君叹》:

> 早信丹青巧,重货洛阳师:千金买蝉鬓,百万写娥眉。

徐悱妻刘氏(孝绰妹刘令娴)有《摘同心栀子赠谢娘诗》:

> 两叶难为赠,交情永未因。同心何处恨?栀子最关人。

又《梦见故人》诗:

> 觉罢方知恨,人心自不同。谁能对角枕,长夜一边空?

二诗皆《子夜》之流。"栀子"双关"之子"。

乐府至陈,声情益荡,史言后主荒于声色,与江总等狎客,游宴后宫,诗酒流连,罕关庶务。虽欲不亡,其可得乎?今亦次叙之。

(一)陈后主 名叔宝,字元秀。《隋书·乐志》云:"后主于清乐中造《黄骊留》及《玉树后庭花》、《金钗两鬓垂》等曲,与幸臣等制其辞,绮艳相高,极于轻荡,男女倡和,其声甚哀。"又《晋书·乐志》云:"《春江花月夜》、《玉树后庭花》、《堂堂》,并陈后主所作。"按诸曲存者惟《玉树后庭花》一首,为七言体:

> 丽宇芳林对高阁,新妆艳质本倾城。映户凝娇乍不进,
> 出帷含态笑相迎。妖姬脸似花含露,玉树流光照后庭。

《隋书·五行志》云:"祯明初(587),后主作新歌,辞甚哀怨,令后宫美人习而歌之,其词曰:'玉树后庭花,花开不复久'。时人以为歌谶,此其不久兆也。"按二句全篇已佚,是尚不止一篇也。后主又有《乌栖曲》:

241

> 合欢襦熏百和香,床中被织两鸳鸯。乌啼汉没天应曙,只持怀抱送郎去。

汉魏六朝七言歌诗,其句法率为上四下三,绝无变化,此篇首句作折腰句法,尚属仅见。至杜少陵出,而七言句法之变始备。由单纯趋于繁复,固一切文体演变之通例也。至所作《自君之出矣》,尤得《子夜》风致:

> 自君之出矣,霜晖窗夜明。思君若风影,来去不曾停。
> 自君之出矣,房空帷帐轻。思君如昼烛,怀心不见明。
> 自君之出矣,绿草遍阶生。思君如夜烛,垂泪著鸡鸣。

词旨新隽。唐人诗"蜡烛有心还惜别,替人垂泪到天明",宋人词"红烛自怜无好计,夜长空替人垂泪",皆本此。类此之作,集中尚多,大抵不外借民间曲调而自写新诗,如所拟《杨叛儿曲》,便几与五言律无异也。

(二)徐陵 字孝穆,与庾信齐名。尝辑《玉台新咏》,于"往古名篇,当今巧制",多所著录。其乐府亦以流宕妖艳为胜。如《折杨柳》:

> 嫋嫋河堤树,依依魏主营。江陵有旧曲,洛下作新声。妾对长杨苑,君登高柳城。春还应共见,荡子太无情!

对仗、平仄、粘贴,无一不与唐人五律吻合,徐氏以前,尚无其作。然则即视为五律之鼻祖,固无不可也。与前梁简文帝一首相较,则知此时四声之用愈严密。陵又有七言《乌栖曲》:

> 绣帐罗帷隐灯烛。一夜千年犹不足。惟憎无赖汝南鸡。天河未落犹争啼!(按'犹'当作'已'。)

七言两句换韵,盖变其体而为之者。至《长相思》二首则为长短杂言:

> 长相思,好春节。梦里恒啼悲不泄。帐中起,窗前髻。

柳絮飞还聚,游丝断复结。欲见洛阳花,如君陇头雪。

长相思,望归难。传闻奉诏戍臬兰。龙城远,雁门寒。愁来瘦转剧,衣带自然宽。念君今不见,谁为抱腰看?

按《长相思》一调,始于宋吴迈远,为五言古体,至梁张率始变为长短句,体式与此相同。徐陵斯作,盖亦填词之类。六朝犹为五言盛行之时期,而填词一道,复未流行,故此种长短句终不见发达。

(三)江总 字总持,初仕梁,入陈,后主擢为仆射尚书令。日与后主游宴后庭,多为艳诗,号称"狎客"。陈亡,复仕隋,卒。总五言诗,在陈世堪推独步,乐府则与徐陵等同为一丘之貉。其七言《乌栖曲》与《闺怨篇》二首,最为清绮。《乌栖曲》云:

桃花春水木兰桡,金羁翠盖聚河桥。陇西上计应行去,城南美人啼著曙。

此送别之作。汉制,郡国每岁遣吏诣京师,进计簿,谓之上计。《闺怨篇》云:

寂寂青楼大道边,纷纷白雪绮窗前。池上鸳鸯不独自,帐中苏合还空燃。屏风有意障明月,灯火无情照独眠。辽西水冻春应少,蓟北鸿来路几千?愿君关山及早度,念妾桃李片时妍!

《本传》言总于五言七言尤善,然伤于浮艳。此篇可为质证。陈胤倩曰:"轻隽。字字缀上极脆,便是填词法。"钟伯敬曰:"池上句,虚字落脚,奇!然已骎骎乎词家口齿矣。"沈德潜曰:"竟似唐律,稍降则为填词矣。"诸家之论,虽不无高卑轩轾之见,然词之风格确由六朝绮艳乐府孕育而成,则亦信不可诬也。

观本章所述,则前期民歌之影响于梁陈诗人已具可见。间常思之,当前期晋宋之交,犹有大诗人如陶渊明、谢灵运、颜延之者数辈崛起于其间,而萧梁以文风号为最盛,作家之多,前此不逮,乃竟庸碌无一足以语于比数。及今观之,然后知乐府之影响于当日诗坛实至深巨。盖前期民间艳曲初兴,作者犹人自为诗,故各有其面目,后期则此种艳曲,浸渍已久,一般作者专在此种民歌中讨生活,遂至雷同相从,了无个性。严沧浪谓"南朝(陈)诗人,张正见诗篇最多,亦最无足省发。"朱熹谓"读齐梁间人诗,四肢皆懒散不收拾",盖有由然矣。

今之言文学史者,率偏重南朝数大诗人,而略于其乐府,要知南朝乐府自是富有时代性与创作性之文学。虽其浪漫绮靡,不足拟于两汉,然在文学史上实具有打开一新局面,鼓荡一新潮流之力量。举凡前此所谓"移风易俗,莫善于乐",所谓"先王作乐崇德,以格神人,通天下之至和,节群生之流散",与夫班固所谓"足以观风俗,知薄厚"者,种种传统观念与功用,至是已全行打破而归于消灭。由叙事变而为言情,由含有政治社会意义者变而为个人浪漫之作,桑间濮上,郑卫之声,前此所痛斥不为者,今则转而相率以绮艳为高,发乎情而非止乎礼义,遂使唐宋以来之情词艳曲,得沿其流波,而发荣滋长,而蔚为大国,此固非一二大诗人之所能为力者也。钟伯敬曰:"读晋宋以后《子夜》《读曲》诸歌,想六朝人终日无一事,只将一副精神时日,于情艳二字上体贴料理,参微入透,其发为声诗,去宋元填词途径,甚近甚易。非唐人一反之,顺手做去,则填词不在宋元,而在唐人矣。"其言良非无见哉。

要之,南朝乐府,吾人得以两语括之曰:唐宋以来声诗之鼓吹,而两汉乐府之丧歌也。

第四章　汉乐府大作家鲍照

当南朝绮罗香泽之气，充斥淤漫之秋，其能上追两汉，不染时风者，吾得一人焉，曰鲍照。鲍氏乐府之在南朝，犹之黑夜孤星，中流砥柱，其源乃从汉魏乐府中来，而与整个南朝乐府不类，故特辟专章，叙之于后，以明流别。亦庄生所谓"逃空虚者闻足音而喜"之意也。

与鲍氏同时而略前者有两大诗人，一为陶渊明，一为谢灵运。陶诗默契自然，开后世田园一派；谢诗苞含名理，为千古山水之宗。其境界皆甚高，在诗史上之地位，亦极重要。然陶谢二人，并绝少乐府之作，陶仅临终所制《挽歌》三首，谢作较多，亦不逮其诗。故以诗言，陶鲍谢三家，后先鼎足，以乐府言，则当让鲍照独步！

盖乐府本含有普遍性与积极性二要素，以入世为宗，而不以高蹈为贵。以摹写人情世故为本色，而不以咏叹自然为职志。谢既出身名门，纵情丘壑，陶亦高卧北窗，安贫乐道，同为一种超人间之生活，本不适宜于乐府之写作，其内心亦无写作乐府之需要。至如鲍照，位卑人微，才高气盛，生丁于昏乱之时，奔走乎死生之路，其自身经历，即为一悲壮激烈可歌可泣之绝好乐府题材，故所作最多，亦最工。陶谢之短于乐府，而照独以乐府鸣者，斯其故也欤？

鲍照一名昭，(唐时避武后讳改)字明远。本上党人，后移家东海。先世不可考，无兄弟，妹令晖，亦以诗闻。照少有才思，弱冠游京师，尝为《行路难》诸古乐府，文甚遒丽，名震都下。宋文帝元嘉十六年(439)临川王义庆都督江州,招聚文学之士,照甚见知赏。二十一年王薨,照服丧三月,归乡里。二十三年始兴王濬在朝,引为侍郎。二十六年,濬为徐、兖二州刺史,照随从。濬行事多非,照屡表求解职。孝武孝建元年(454)除海虞令,内迁太学博士兼中书舍人。时孝武以文自高,自谓人莫能及,照悟其旨,为文多鄙言累句,不复尽其才思,当时咸谓照"才尽",实不然也。后出为秣陵令,转永嘉令。大明五年(461)除前军行参军,侍临海王子顼。六年,子顼为荆州刺史,照从之镇。子顼,孝武第七子,时年尚未十岁。大明八年,孝武崩,翌年泰始元年,明帝即位,以子顼为镇军将军,长史孔道存,不受命,举兵反。子顼旋为宗景所执,赐死。照死于乱兵。一说,为宗景所杀。年五十余。《黄州府志》云:"昭侍镇荆州时,尝筑室于黄梅,今邑治基,即其旧宅。有读书台,在东冲山。"《砚北杂志》云:"鲍明远墓在蕲州黄梅县南里许。"(关于鲍氏传记,以南齐虞炎《鲍照集序》为最早,亦较详确。沈约《宋书》未立传,仅附见于《临川烈武王道规传》后。《南史》与之大同小异。)

鲍诗存者约二百首,[1]其中乐府凡八十余篇,除《吴歌》三首,《中兴歌》十首为当时流行之五言四句体外,其余皆属古调,盖拟汉乐府而哜其胾者也。与夫但写痴情,不涉世事,与所谓喧丑之制,迥不侔矣。在诸作品中,有慨叹当时士大夫之无节操者,如《梅花落》:

中庭杂树多,偏为梅咨嗟。问君何独然?念其霜中能作花,露中能作实,摇荡春风媚春日。念尔零落逐寒风,徒有霜华无霜质!

---

[1] 据赵次公注,鲍尚有"拟阮步兵体":"泾渭分清浊,视彼谷风诗"二佚句。

此盖托讽之词。"念尔"之"尔",谓杂树,亦指世间悠悠者流。沈德潜曰:"以'花'字联上'嗟'字成韵,以'实'字联下'日'字成韵,格法甚奇。"按此法亦本缪袭《魏铙歌》。有描写贫贱之疾苦而深痛世情之凉薄者,如《代贫贱愁苦行》:

> 湮没虽死悲,贫苦即生剧。长叹至天晓,愁苦终日夕。盛颜当少歇,鬓发先老白。亲友四面绝,朋知断三益。空庭惭树萱,药饵愧过客。贫年忘日时,黯颜就人惜!俄顷不相酬,恧怩面已赤。或以一金恨,便成百年隙。心为千条计,事未见一获。运圮津涂塞,遂转死沟洫。以此终百年,不如还窀穸。

"富贵他人合,贫贱亲戚离。"本篇所咏,尤为深刻。"贫年"数语,非身历者不能道。其《代白头吟》云"人情贱恩旧,世议逐衰兴。毫发一为瑕,丘山不可胜!"刺世态之炎凉,语亦沉痛。有讥讽当日政风之恶浊,制度之不良者,如《代放歌行》:

> 蓼虫避葵堇,习苦不言非。小人自龌龊,安知旷士怀?鸡鸣洛城里,禁门平旦开。冠盖纵横至,车马四方来。素带曳长飚,华缨结远埃。日中安能止?钟鸣犹未归!夷世不可逢,贤君信爱才。明虑自天断,不受外嫌猜。一言分珪爵,片善辞草莱。岂伊白璧赐?将起黄金台!——今君有何疾,临路独迟回?

沈德潜曰:"'素带'二语,写尽富贵人尘俗之状。"按"日中"二句,感慨尤深,此辈直以京城为行乐处耳。贤君爱才数语,实是反说。魏晋以来,用人不以才而以势,南朝益重门第,驯致黄口小儿,纨袴荡子,亦起家为常侍,照本北人,地胄孤单,故终沉沦下位,能不致其愤懑?"岂伊",犹岂有。其叙述从军之痛苦而代士卒请命者,则有《代东武吟》:

　　　　主人且勿喧,贱子歌一言:仆本寒乡士,出身蒙汉恩。始随张校尉,占募到河源。后逐李轻车,追房穷塞垣。密途亘万里,宁岁犹七奔。肌力尽鞍甲,心思历凉温。将军既下世,部曲亦罕存。世事一朝异,孤绩谁复论?少壮辞家去,穷老还入门。腰镰刈葵藿,倚杖牧鸡豚。昔如鞲上鹰,今似槛中猿。徒结千载恨,空负百年怨。弃席思君幄,疲马恋君轩。愿垂晋主惠,不愧田子魂。

此托为老卒之言。末四语,则作者希冀之意。"密途"犹近途。亘,竟也。《韩非子》:"文公至河,令曰:'笾豆捐之!席蓐捐之!手足胼胝、面目犁黑者后之!'咎犯闻之而夜哭。公曰:'寡人出亡二十年,乃今得反国,不喜而哭,意者不欲寡人反国耶?'对曰:'笾豆所以食,而君捐之;席蓐所以卧,而君弃之;手足胼胝,面目犁黑,有劳功者也,而君后之,今臣与在后中,故哭。'文公乃止。"又《韩诗外传》:"昔田子方见老马于道,喟然有志焉,以问于御曰:'此何马也?'御曰:'故公家畜也。罢而不用,故出放之。'田子方曰:'少尽其力,而老弃其身,仁者不为也。'束帛而赎之。穷士闻之,知所归心矣。"诗意盖欲国家如晋文公不捐弃席,田子方之不弃老马也。魂云古通,谓不愧田子所云也。按宋文帝对北魏凡三次用兵,一在元嘉七年,一在二十七年,一在二十九年,皆无功。而后两次更遭惨败。良以临时周章,养兵无素,遇下寡恩,不能得人死力,故虽有封狼居胥之意,终不免仓皇北顾。明远此篇之作,盖有深意存焉。

　　凡此诸篇,皆南朝二百余年间乐府之所绝无者。而其感人之深,影响之大,跌宕悲凉,驰骋纵横,如骅骝之开道路,鹰隼之出风尘者,尤当推明远少作七言《拟行路难》十八首。以诗中"余当二十弱冠辰"、"弄儿床前戏,看妇机中织"诸语考之,殆明远弱冠前后所作,并非同出一时。《乐府古题要解》云:"《行路难》,备言世路艰难,及离别悲伤之意。"《乐府诗集》引《陈武别传》云"武常牧羊,诸家牧竖有知歌谣者,武遂学《行路难》,则所起亦远矣。"按今传世《行路难》,则以明远此词为最早。《文选》以体制关系,未行甄录,《玉台》载其四首。今摘叙丁后。其一云:

奉君金卮之美酒,玳瑁玉匣之雕琴,七綵芙蓉之羽帐,九华葡萄之锦衾。红颜零落岁将暮,寒光宛转时欲沉。愿君裁悲且减思,听我抵节《行路吟》。不见柏梁铜雀上,宁闻古时清吹音?

一"奉"字直贯下四句,夭矫无匹。盖以骚赋之笔调而为乐府者。"零落"双声,"宛转"叠韵。抵,侧击也。柏梁台,汉武建。铜雀,曹操建。其二:

璇闺玉墀上椒阁,文窗绣户垂罗幕。中有一人字金兰,被服纤罗采芳藿。春燕参差风散梅,开帏对景弄春爵。含歌揽涕恒抱愁,人生几时得为乐?——宁作野中之双凫,不愿云间之别鹤!

"椒阁"者,汉时皇后所居,以椒和泥涂四壁。文窗犹绮窗。其三:

洛阳名工铸为金博山。千斲复万镂,上刻秦女携手仙。承君清夜之欢娱,列置帷里明烛前。外发龙鳞之丹綵,内含麝芬之紫烟。——如今君心一朝异。对此长叹终百年。

起处如银河落九天,莫究其源,至末始点出本意。博山,香炉名,齐刘绘有《咏博山香炉》诗云"上镂秦王子,驾鹤乘紫烟。下刻蟠龙势,矫首半衔莲。"与此诗合观,可知当时工艺之精巧。"秦王子"即此诗所谓"秦女携手仙",用秦穆公女弄玉与萧史乘鸾

249

仙去事。其四：

泻水置平地，各自东西南北流。人生亦有命，安能行叹复坐愁！酌酒以自宽，举杯断绝歌路难。心非木石岂无感？吞声踯躅不敢言！

曰"有命"，曰"吞声"，盖门第社会中不平之鸣。谭元春曰："不曾言其所以，不曾指其所在，自唱自愁，读之老人。"其五：

对案不能食。拔剑击柱长叹息。丈夫生世会有时，安能蹀躞垂羽翼？弃置罢官去，还家自休息。朝出与亲辞，暮还在亲侧。弄儿床前戏，看妇机中织。自古圣贤皆贫贱，何况我辈孤且直？

读此可见明远之为人。按明远《侍郎上书》云："臣北州衰沦。"盖其时尚门第，故曰"孤"也。《论语》："直道而事人，焉往而不三黜？"篇中重二"息"字韵，汉魏古诗所不忌。其六：

愁思忽而至，跨马出北门。举头四顾望，但见松柏园。荆棘郁蹲蹲，中有一鸟名杜鹃。言是古时蜀帝魂。声音哀苦鸣不息，羽毛憔悴似人髡。飞走树间啄虫蚁，岂忆往日天子尊。念此死生变化非常理，心中恻怆不能言。

汉乐府："但见山兽援戏相拘攀"，"但见"句句法本此。其七：

中庭五株桃，一株先作花。阳春妖冶二三月，从风簸荡落西家。西家思妇见悲惋，零泪沾衣抚心叹。初送我君出门时，何言淹留节回换。床席生尘明镜垢，纤腰瘦削发蓬乱。人生不得恒称意，惆怅徙倚至夜半。

其八：

剉蘖治黄丝，黄丝历乱不可治。我昔与君始相值，尔时自谓可君意。结带与我言："死生好恶不相置！"今日见我颜色衰，意中索寞与先异。还君金钗玳瑁簪，不忍见之益愁

250

思。

陈胤倩曰:"起句每有远想,长于托兴。"两意字照射今昔。
其九:

> 春鸟喈喈旦暮鸣,最伤君子忧思情。我初辞家从军侨,荣志溢气干云霄。流浪渐冉经二龄,忽有白发素髭生。今暮临水拔已尽,明日对镜复已盈。但恐羁死为鬼客,客思寄灭生空精。每怀旧乡野,念我归人多悲声。忽见过客问何我,——"宁知我家在南城?"答云"我曾居君乡,知君游宦在此城。我行离邑已万里,今方羁役去远征。来时闻君妇,闺中孀居独宿有贞名。亦云朝悲泣闲房,又闻暮思泪沾裳。形容憔悴非昔悦,蓬鬓衰颜不复妆。见此令人有余悲,当愿君怀不暂忘!"

写征人思家之苦,却从过客口中画出,甚妙。孀居独宿,本属一意,然增入二字,顿觉姿态妩媚,声调悠扬,省却不得。"亦云"以下,并是过客转述所闻之词。其十:

> 君不见,柏梁台。今日丘墟生草莱。君不见,阿房宫。寒云泽雉栖其中。歌姬舞女今谁在?高坟累累满山隅!长袖纷纷徒竞世,非我昔时千金躯。随酒逐乐任意去,莫令长叹下黄垆!

"长袖"承上歌姬舞女,《韩非子》:"长袖善舞。""非我"之"我",亦谓歌姬舞女,殆现死人身而为众生说法矣。"黄垆",谓地下。
其十一:

> 诸君莫叹贫,富贵不由人。丈夫四十彊而仕,余当二十弱冠辰。莫言草木委冬雪,会应苏息遇阳春。对酒叙长篇,穷途命运委皇天。但愿樽中九酝满,莫惜床头百个钱。直得优游卒一岁,何劳辛苦事百年?

南朝任人，但论门第高卑，不计人才优劣，因而形成"上品无寒门，下品无世族"之政治局面。明远出身寒门，故有"富贵不由人"之叹。所谓"不由人"者，盖言不由己耳。"直得"，但得也。

关于明远乐府，举斯十一首，已足概其余，真所谓"壮丽豪放，若决江河"。(《彦周诗话》)按《晋书》八十三云："袁山松少有才名，善音乐，旧歌有《行路难》，曲辞颇疏质，山松好之，乃文其辞句，婉其节制，每因酣醉纵歌之，听者莫不流涕。初，羊昙善《唱乐》，桓伊能《挽歌》，〔1〕及山松《行路难》继之，时人谓之'三绝'。"山松为东晋末人，孙恩之乱，死于沪渎城，史云山松"文其辞句"，是亦当有《行路难》之作，惜其辞不传。然观此段所载，则知《行路难》一曲，当晋宋之间，甚为风行，明远所作如此，盖亦有得于声道之助。

《南齐书·文学传》云："发唱惊挺，操调险急，雕藻淫艳，倾炫心魂，斯鲍照之遗烈也。"杜工部云："俊逸鲍参军。"朱熹云："鲍明远才健，其诗乃《选》之变体，李太白专学之。"陆时雍云："明远才力标举，凌厉当年，如五丁凿山，开世人所未有！"此虽论其全诗，以评《行路难》，尤觉切合。胡应麟曰："元亮、延之，绝无七言，康乐仅一二首，亦非合作。歌行至宋益衰，惟明远颇自振拔，《行路难》十八章，欲汰去浮华，反于浑朴，后来长短句实多出此。与玄晖五言，俱兆唐人轨辙矣。"又曰："上挽曹、刘之逸步，下开李、杜之先鞭。"然则明远《行路难》，关系尤为重

---

〔1〕 南朝社会，似特爱《挽歌》，今更举二例如下：《南史·颜延之传》："(宋)文帝尝召延之，传诏，频不见。常日但酒店裸袒挽歌，了不应对。"又《梁书·谢几卿传》："与庾仲容意志相得，并肆情诞纵，或乘露车，历游郊野，既醉，则执铎挽歌。"社会风气，如此消沉颓废，南朝焉得不速亡。

大,概可知矣。七言至此,盖已别创一新境界,由板滞迟重变而为流转奔放。

统观上列,可知明远乐府,其意识体裁,皆与两汉"感于哀乐,缘事而发"者为近,而与当时"荡悦淫志,喧丑之制"实相远。谓为汉乐府大作家,其谁曰不宜?

第六编　　北朝乐府——附隋

第一章 概 论

《北史·文苑传》序云:"中州板荡,戎狄交侵,替伪相属,牛灵涂炭,故文章黜焉。其能潜思于战争之间,挥翰于锋镝之下,亦有时而间出矣。然皆迫于仓卒,卒于战阵,章奏符檄,则粲然可观,体物缘情,则寂寥于世。非才有优劣,时运然也。"故北朝一代,实无所谓文学,如曰有之,则厥为乐府。

溯自汉魏以来,羌胡鲜卑,降者多处塞内,其后生息日繁,实力日厚,辄因忿恨,杀害吏民,渐为心腹之患。《通鉴·晋纪三》:晋武帝太康元年(280)"郭钦上疏曰:'戎狄强犷,历古为患,魏初民少,西北诸郡,皆为戎居。……宜及平吴之威,谋臣猛将之略,渐徙内郡杂胡于边地,峻四夷出入之防,明先王荒服之制,此万世之长策也。'帝不听。"又惠帝元康九年(299),江统作《徙戎论》,略谓"四夷之中,戎狄为甚,弱则畏服,强则侵叛,宜及兵威方盛,徙诸羌氏各附本种,反其旧土。"朝廷复不能用。而其时更有八王之乱,方以干戈自相鱼肉,"五胡乱华",实兆于是。此北朝所由来,亦即北朝乐府所由生也。

李延寿《北史》,起于后魏道武帝登国元年(386),讫于隋义宁二年,而此所谓北朝,则始于南北对峙之初,终于北周禅位,即公元318年至581年。而以隋附焉。在此二百六十余年中,北朝皆蹂躏于异族,惟就文化方面言,则亦可分为两期:第一,五胡十六国之混乱时期。——公元318年至439年,此期胡风最盛。第二,后魏、北齐、北周之统一与分治时期。——公元439年至581年。此期已渐染华风。考北朝正式成立乐府,在第一期魏道武帝开国之世（约当公元388年），而其发达，则在魏太武帝统一北朝，及孝文帝崇尚华风以后，故吾人叙北朝一代乐府，亦大致可就此种文化之变迁而分为虏歌、汉歌前后之两期。

（一）虏歌时期　此为初期以虏音发表之歌。即后魏道武帝所用之乐章。《隋书·音乐志》引北齐祖珽表云："魏氏来自云朔，肇有诸华，乐操土风，未移其俗。至道武皇始二年（397）破慕容宝于中山，获晋乐器，不知采用，皆委弃之。"又《魏书·乐志》："太祖（道武帝）初，正月上日飨群臣，兼奏赵燕秦吴之音，五方殊俗之曲，四时飨会亦用焉。凡乐者，乐其所生，礼不忘本，掖庭中歌《真人代歌》，……凡一百五十章。昏晓歌之，时与丝竹合奏，郊庙宴飨亦用之。"可知此时所用乐章，乃系一种虏音歌曲，惟魏志所云一百五十章之《真人代歌》，至唐时已遗佚过半。《旧唐书·乐志》：

> 北狄乐，其可知者，鲜卑，吐谷浑，部落稽，皆马上乐也。后魏乐府始有北歌，即所谓《真人代歌》是也。代都时，（魏先世称代）命掖庭宫女，晨夕歌之。今存者五十三章，其名可解者六章：《慕容可汗》、《吐谷浑》、《部落稽》、《钜鹿公主》、《白净皇太子》、《企喻》是也。其不可解者，咸多可汗之辞，此后魏所谓《簸罗回》者也。其曲亦多可汗之辞。北虏之俗，呼主为可汗。吐谷浑又慕容别种，知此歌是燕赵之际，（代都时）鲜卑歌也。其词虏音，竟不可晓。

惟历代史志，皆不录其词，故今则并唐末尚存之五十三章歌词，吾人亦不可得而见。今《鼓角横吹曲》中犹有《钜鹿公主》、《企喻》二曲名，然其词非所谓"虏音不可晓"者，自非鲜卑歌之旧。故此期乐府，实等于零。其真象，已不可得而知也。

按《北齐书》三十三《徐之才传》："太宁二年（562）春，武明太后又病,之才弟之范,为尚才典,御勅令诊候,内史皆令呼太后为'石婆'。盖有俗忌,故改名以厌制之。之范出,告之才曰:'童谣云:周里跂求伽,豹祠嫁石婆,斩冢作媒人,唯得一量紫綖靴。今太后忽改名,私所致怪!'之才曰:'跂求伽,胡言去已。豹祠嫁石婆,岂有好事?斩冢作媒人,但令人合葬。自斩冢唯得紫綖靴者,得至四月。何者?紫之为字此下系,綖者熟当在四月之中。'之范问'靴是何义?'之才曰:'靴者革旁化,宁是久物?'至四月一日,后果崩。"观此,知北齐时犹有一种虏音歌谣,流行社会。《唐志》谓《真人代歌》,其词虏音,竟不可晓者,以此推之,略可窥见一斑。行而不远,固其宜也。

(二)汉歌时期　此为后魏以来用汉人语言文字所发表之歌。亦间有后魏以前作品。《隋书·乐志》云:"孝文颇为诗歌,以勗在位。谣俗流传,布诸音律。"又《北史·孝文帝纪》:"太和十九年(495)六月,诏不得以北俗之语,言于朝廷,违者免所居官!"又《咸阳王禧传》:"孝文引见朝臣,诏断北语,一从正音。禧赞成其事。于是诏年三十以上,习性已久,容或不可率革,三十以下,见在朝廷之人,语音不听仍旧!若有故违,当降爵黜官!若仍旧俗,恐数世之后,伊洛之下,复为被发之人。"此期汉语歌曲之发达,当即在魏孝文前后。今其作品,大部尚存,即所谓《梁鼓角横吹曲》是也。《魏书·乐志》不载,不知何故。《乐府诗集》引陈释智匠《古今乐录》云:

《梁鼓角横吹曲》,有《企喻》、《琅琊王》、《钜鹿公主》……等歌三十六曲。二十五曲有歌有声,十一曲有歌。是时乐府胡吹旧曲,有《大白净皇太子》、《小白净皇太子》、《雍台》、《胡遵利鈲女》、《淳于王》、《捉搦》、《东平刘生》……十四曲。三曲有歌,十一曲亡。又有《隔谷》等歌二十七曲,合前三曲凡三十曲。总六十六曲。

三曲有歌者,谓《淳于》、《捉搦》、《东平》。此六十六曲之歌词,今悉存《乐府诗集·横吹曲辞》,为北朝乐府唯一材料矣。

所谓《梁鼓角横吹曲》者,实皆北歌,非梁歌也。今歌辞中有"我是虏家儿,不解汉儿歌"。及长安、渭水、广平、钜鹿、陇头、东平、孟津诸北方地名,皆可为证。按梁武帝有《雍台》一首,为《胡吹旧曲》十一亡曲之一(见上引),又《隋志》云:"陈后主遣宫女习北方箫鼓,谓之《代北》,酒酣则奏之。"是此种北歌,固尝先后输入于梁、陈,故智匠作《乐录》时,因题曰"梁鼓角横吹曲"耳。歌是北歌,而保存之者则南人也。后世选诗家,因循不改,举以属梁,不足为训。

《横吹曲》本为胡乐,于军中马上奏之,自汉武帝时即输入中土,李延年因《摩轲兜勒》一曲,更造新声二十八解者是也。魏晋以来,不复具存。而其时所用者有《黄鹄》等十曲,其辞亦亡。故今所传北朝乐府,乃《横吹曲辞》之最早与最地道者。北朝本以朔虏入主中华,崇尚武勇,习于征战,由其民族性之所近,故《横吹曲》独盛,而与南朝繁淫之《清商曲》分道扬镳焉。

每观北史,未尝不窃怪彼拓跋、鲜卑,以少数被发左衽、结绳引弓之民族,控制吾华夏历二百余年之久,开有史未有之奇迹,仅赖文化之力,使之潜移默运,终归消融。及读其乐府,悲壮豪迈,尚武之气,充溢行间,然后知其所以至此者,实非无故也。嗟夫,使北朝之事而重演于今日者,吾知其又必不然矣。同化云乎哉?乐府云乎哉?

第二章　北朝民间乐府——附论木兰诗

北朝民间乐府，以《鼓角横吹曲》六十六曲为主，其他如《杂曲》《杂歌谣辞》中亦有一二。以现存数量言，诚远不及南朝，然在文学价值上则正可并驾齐驱。我国文学，自先秦之世，即已有南北两派之不同，大抵南方缠绵婉约，北则慷慨悲凉。南方近于浪漫，北则趋重实际。南方以辞华胜，北则以质朴见长。而此种区别，在南北两朝民间乐府中，表现尤为显著。

北朝本地瘠民贫，又自始至终，战争不绝，故即在此少数之歌曲内，仍不少艰苦之言。按《地驱歌》四曲，《古今乐录》谓"侧侧力力"以下八句，是"今歌有此曲"。然则一调之中，歌曲未必同出一时，故今特就其内容分五类叙述之。

（一）战争　郭茂倩曰："《梁鼓角横吹曲》，多叙慕容垂及姚泓时战阵之事。其曲有《企喻》等歌三十六曲。"按垂、泓皆第一期人物，如《企喻》等歌既多叙其事，则当为虏音，而今歌词殊了了，意所传六十六曲中，有不少翻译前期虏歌之作，如《敕勒歌》之易为齐言之类。但无可考究耳。北朝当后魏尚未统一时，战争最烈，故乐府有此诸曲焉。

（1）《企喻歌》：

男儿可怜虫，出门怀死忧。尸丧狭谷口，白骨无人收！

放马大泽中，草好马著膘。牌子铁裲裆，钜锌鹳尾条。

前行看后行，齐著铁裲裆。前头看后头，齐著铁钜锌。

第一首，悲壮如读《战城南》。或云是苻融诗，本云"深山解谷口，把骨无人收"。融，秦苻坚时人。后二首不甚可解，写当时士兵之装束,从军情形可想。吴旦生曰:"铁裲裆,乃马上饰鞍之具。"(按吴说非也。《释名》云:"裲裆,其一当胸,其一当背也。"盖即今所谓背心。南北朝民歌中均有之。如《读曲歌》"摘插裲裆里",《上歌》"新衫绣两裆",《琅琊王歌》"单衫绣裲裆";但此云"铁裲裆",当是铁甲之类,一般所谓"铁衣"。如为"饰鞍之具",则不得云"著"矣。"铁钜铧",当是头盔,古所谓"兜鍪"。)

(2)《慕容垂歌》:

慕容攀墙视,吴军无边岸。我身分自当,枉杀墙外汉!
慕容愁愤愤,烧香作佛会。愿作墙里燕,高飞出墙外!
慕容出墙望,吴军无边岸。咄我臣诸佐,此事可惋叹!

胡应麟曰:"《慕容垂歌》三首,诸家但注垂履历,而此歌出处憺然。按垂与晋桓温战于枋头,大破之。又从苻坚破晋将桓仲。坚溃,垂众独全,俱未尝少创。惟垂攻苻丕,为刘牢之所败,秦人盖因此作歌嘲之。则此歌亦出于苻秦也。杨用修谓垂自作,尤误。"胡氏辩歌非垂自作,甚是,盖首句难通也。又歌词两言"吴军",其为指"为刘牢之所败"事,无疑。所谓吴军,实指晋军,以地言之,故称吴军。当系秦人嘲笑之什,因用代言,故致混淆。"汉"者,谓汉儿也。其时军中,必有汉人。

(3)《紫骝马歌》:

高高山头树,风吹叶落去。一去数千里,何当还故处?

所谓"出门怀死忧"者也。此歌凡六曲,其后四曲,即拆用汉古词《十五从军征》一首。已见前述汉民间乐府中,故从略。

(4)《陇上歌》(杂曲):

陇上壮士有陈安。躯干虽小腹中宽。爱养将士同心肝。骢骢文马铁锻鞍。七尺大刀奋如湍。丈八蛇矛左右盘。十荡十决无当前。百骑俱出如云浮。追者千万骑悠悠。战始三交失蛇矛。弃我骍骢窜岩幽。为我外援而悬头。西流之水东流河,一去不还奈子何!

按《晋书·刘曜载记》云:"刘曜围陈安于陇城,安败走,曜使将军本先追之,斩安于涧曲。安善于抚下,吉凶夷险,与众共之。及死,陇上为之歌。曜闻而嘉伤,命乐府歌之。"则此歌固尝被诸管弦也,当属《杂曲》,《乐府诗集》收入《歌谣》类,欠妥。(按《晋书·载记》及《乐府诗集》载此歌,均无"百骑俱出"二句,而清沈德潜《古诗源》及近人丁福保所编《全晋诗》有之,未知何所本,待考。)

(5)《李波小妹歌》:

> 李波小妹字雍容。褰裙逐马如卷蓬。左射右射必叠双。妇女尚如此,男子安可逢?

《北史》三十三《李安世传》:"广平人李波,宗族强盛,残掠不已,公私为患,百姓为之语云云。刺史李安世诱波等杀之。"《乐府诗集》不收,实亦《杂歌谣辞》之类。读上两歌,具见北人崇拜英雄之情绪。若南人之所歌颂,则皆桃叶,芳姿,碧玉,莫愁之类也。与李波小妹同为当时巾帼英雄,而其行事复卓绝千古,备受社会之崇拜赞美者,尚有代父从军之木兰。其赞美曲即乐府中三大杰作之一——《木兰诗》。当于本章末另述之。

(二)羁旅 《颜氏家训》云:"别易会难,古人所重,江南饯送,下泣言离,北间风俗,不屑此事,歧路言离,欢笑分首。然人性自有少涕泪者,肠虽欲断,目犹烂然。如此之人,不可强责!"此类作品,最足说明北人"少涕泪"之性格。虽悲痛欲绝,终不似南人沾沾作儿女子态,没些丈夫气。

(1)《折杨柳枝歌》:(又有《折杨柳歌》,其第一首,与此全同,惟"下马"二字作蹀座。)

> 上马不捉鞭,反拗杨柳枝。下马吹长笛,愁杀行客儿。

上马下马,正写行客。一任愁杀,终不掉泪。

(2)《琅琊王歌》:

> 琅琊复琅琊,琅琊大道王。鹿鸣思长草,愁人思故乡。
>
> 客行依主人,愿得主人强!猛虎依深山,愿得松柏长!

末首词旨甚厚,陈胤倩曰:"奇想,奇语!"身在客中,犹自比猛虎,有气概。沈德潜曰:"正意在前,喻意在后,古人往往有之。"

(3)《陇头流水歌》。《古今乐录》云:"乐府有此歌,曲解多于此。"又《太平御览》五百七十二引辛氏《三秦记》:"陇右关西,其阪纡回,不知高几里,欲上者七日乃越,高处可容百余家,下处数十万户,上有清水,俗歌曰:(即下《陇头歌》末首)。"按魏晋所用汉《横吹曲》有《陇头》,此歌或亦参用汉古词,非尽作于北朝,亦如《紫骝马》之用《十五从军征》。歌凡三曲:

> 陇头流水,流离四下。念吾一身,飘然旷野!
>
> 西上陇阪,羊肠九回。山高谷深,不觉脚酸。
>
> 手攀弱枝,足踰弱泥。

陈胤倩曰:"念吾二句,情真似《国风》!三解二语,尽行路之艰难。"钟伯敬曰:"二弱字,雨雪饥渴之苦,在其中。"按第一曲之末,《古诗源》多出"登高望远,涕零双堕"二句,未详所本。岂惟蛇足,竟是大杀风景。又有《陇头歌》三曲:

> 陇头流水,流离山下。念吾一身,飘然旷野。
>
> 朝发欣城,暮宿陇头。寒不能语,舌卷入喉。
>
> 陇头流水,鸣声幽咽。遥望秦川,心肝断绝!

真情实景,最足动人。梁陈以还,陇头之作甚多,皆不及此。脚酸舌卷,行役之苦,心肝断绝,思乡之情,然终不以此,欷歔欲泣,

264

故自尔悲壮。

(三)豪侠　《礼记·中庸》:"子路问'强'?子曰:'南方之强与?北方之强与?抑而强与?宽柔以教,不报无道,南方之强也,君子居之;衽金革,死而不厌,北方之强也,而强者居之。'"郑注云:"强,勇者所好也。北方以刚猛为强。"观《史记·游侠列传》,若朱家,若剧孟,若郭解诸大侠,无一而非北人,尤足证南北民性之确有不同。此类乐府,即充分表现北人"刚猛为强"之本色者。

(1)《企喻歌》:

男儿欲作健,结伴不须多。鹞子经天飞,群雀两向波。

首句甚奇,其意盖谓欲作健儿也。健儿,犹言壮士,亦指士卒,三国六朝时常语。张荫嘉曰:"两向波,言两向分飞避之,如波之分散也。"胡应麟曰:"《企喻歌》,元魏先世风谣也。其词刚猛激烈,如云'男儿欲作健,结伴不须多'等语,真《秦风·小戎》之遗。其后雄据中华,几一宇内,即数歌词可证。六代江左之音,率《子夜》、《前溪》之类,了无一语丈夫风骨!恶能抗衡北人?陵夷至陈,卒并隋世。隋文稍知尚质,而取不以道,故炀(帝)复为《春江》、《玉树》等曲。盖至是南风渐渍于北,而六代淫靡之音极矣。于是唐文挺出,一扫而泛空之,而三百年之诗,遂骎骎上埒汉魏。文章气运,昭灼如此。今人率以一歌之微,忽而不省,余故详著其说,俟审音者评焉。"斯言亦诚哉!

(2)《琅琊王歌》:

新买五尺刀,悬著中梁柱。一日三摩娑,剧于十五女!

快马高缠鬃,遥知身是龙。谁能骑此马?唯有广平公!

第一首,不独情豪,抑亦语妙。广平公,姚弼。姚兴之子,泓之弟。有武干,赫连勃勃难起,秦诸将咸败亡,独弼率众与战,大破之。深得兴宠爱。然好乱,欲杀兄泓而篡之。兴病革,闻变,因力疾临前殿,赐弼自尽。(见《晋书》卷一百十八《载记》)则其人固甚骁勇。此歌当作于未赐死前。

(3)《折杨柳歌》:

遥看孟津河,杨柳郁婆娑。我是虏家儿,不解汉儿歌!

健儿须快马,快马须健儿。跸跋黄尘下,然后别雄雌。

《北史》七十《辛昂传》:"巴州万荣郡人反叛,围郡城,昂于是募通、开二州得三千人,倍道兼行,出其不意,又令其众皆作中国歌,直趋贼垒,谓大军赴救,望风瓦解。"此北周时事。曰作"中国歌",谓用汉语唱歌也,然则当时北朝军中固尚有一种"虏歌"也。"汉儿歌",即"中国歌"矣。汉儿一名,为北朝对中原汉族人之通称,意存轻视。如《北史》六《齐神武帝纪》:"众曰:'惟有反耳!'神武曰:'尔乡里难制,今以吾为主,当与前异,不得欺汉儿!'"又卷四十《祖珽传》:"穆提婆云:孝征汉儿,两眼又不见物,岂合作领军也?"(按陆游《老学庵笔记》卷三云:"今人谓贱丈夫曰'汉子',盖始于五胡乱华时。北齐魏恺自散骑常侍迁青州长史,固辞之。宣帝大怒曰:'何物汉子!与官不就。'此其证也。")可知当时所谓"汉儿"或"汉子"之真谛。"何物"云者,犹言什么东西也。

(4)《东平刘生歌》。《乐府古题要解》云:"刘生不知何代人,齐梁以来为刘生辞者,皆称其任侠豪放,周游五陵三秦之地。或云抱剑专征,为符节官,所未详也。"按此歌殊不类,且不甚可解,姑录之以存其名。

东平刘生安东子,树木稀,屋里无人看阿谁。

(5)《敕勒歌》(杂歌谣辞):

敕勒川,阴山下。天似穹庐,笼盖四野。天苍苍,野茫茫。风吹草低见牛羊。

《北史·齐神武纪》:"是时(东魏武定四年,公元546年),西魏言神武(高欢)中弩,神武闻之,乃勉坐见诸贵,使斛律金唱《敕勒歌》,神武自和之,哀感流涕。"《乐府广题》曰:"其歌本鲜卑语,易为齐言,故其句长短不齐。"然则此歌乃一翻译作品,虽经翻译,而一种雄浑阔大气象,仍不可掩。

《碧鸡漫志》云:"金不知书,同于刘、项,能发自然之妙如此,当时徐、庾辈不能也。吾谓西汉而后,独《敕勒歌》近古。"《诗薮》云:"金武人,自不知书,此歌成于信口,咸谓宿根。不知此歌之妙,正在不能文者以无意发之,所以浑朴苍莽。使当时文士为之,便欲雕缋满眼。"(内编卷三)按史言神武使金唱,《广题》亦言易为齐言,则是旧有此歌,不得直谓金作也。(按此歌之妙,主要来自生活,与能文不能文,无大关系。)

(6)《高阳乐人歌》:

可怜白鼻䯄,相将入酒家。无钱但共饮,画地作交赊!

"何处碟觞来?两颊色如火。""自有桃花容,莫言人劝我。"

无钱但共饮,何等慷慨!陈胤倩曰:"犹有结绳之风,北俗故朴!"按此歌,《古今乐录》云是"魏高阳王乐人所作"。亦足证《角横吹曲》为北朝作品,与梁无涉。

(四)闺情　北朝妇女,亦犹之男子,别具豪爽刚健之性。与南朝娇羞柔媚、暨两汉温贞娴雅者并不同。朔方文化,本自幼稚,男女之别,向无节文,诸如父子同川而浴,同床而寝,以及姊妹兄弟相为婚姻,母子叔嫂递相为偶,史不绝书。元魏奄有华夏,虽渐染华俗,终带胡风,故读此类作品,颇足征知原始人类对于两性关系之观念。

267

(1)《地驱歌乐辞》:
> 青青黄黄,雀石颓唐。槌杀野牛,押杀野羊。
> 驱羊入谷,白羊在前。老女不嫁,蹋地呼天!
> 侧侧力力,念君无极。枕郎左臂,随郎转侧。
> 摩捋郎须,看郎颜色。郎不念女,不可以力!

第一曲不甚可解。以其他三首例之,当亦言情之作,野字可想。"老女不嫁",乃至"蹋地呼天",更无一点忸怩羞涩之态。真是快人快语,泼辣无比。又有《地驱乐歌》一首云:

> 月明光光星欲堕。欲来不来早语我!

此亦情歌,盖幽会爽约之作。不自悲伤,却怪他人,与南朝便有刚柔之别。

(2)《折杨柳枝歌》:
> 门前一株枣,岁岁不知老。阿婆不嫁女,那得孙儿抱?
> 敕敕何力力,女子临窗织。不闻机杼声,只闻女叹息。
> 问女何所思?问女何所忆?"阿婆许嫁女,今年无消息!"

范大士曰:"阿婆不嫁二语,老妪所能解,而绝不鄙俗。乃知真正俚言,未有不雅者也。"钟伯敬曰:"此等行径,亦非老女不办,作如此面孔。"按似无关老少。(按此歌两用"阿婆",皆指妇人之年长者,犹云"阿母"。《北史·节义传·汲固传》:李宪生始满月,父式坐事被收,宪即为汲固长育,至十余岁,恒呼固夫妇为"郎婆"。此北朝呼母为婆之证。)

(3)《慕容家自鲁企由谷歌》:
> 郎在十重楼,女在九重阁。郎非黄鹂子,那得云中雀?

(4)《紫骝马歌》:
> 烧火烧野田,野鸭飞上天。童男娶寡妇,壮女笑杀人。

北俗对寡妇甚不重视,如齐神武帝"请释芒山俘桎梏,配以人间寡妇。"(见《北史·神武纪》)又崔亮"受晖旨,鞭挞三寡妇,令其自诬,称寿兴压己为婢。"(见《北史·寿兴传》)读此歌亦略可见。

(5)《捉搦歌》:

粟谷难舂付石臼。弊衣难护付巧妇。男儿千凶饱人手,老女不嫁只生口!

华阴山头百丈井。下有流水彻骨冷。可怜女子能照影,不见其余见斜领。

黄桑柘屐蒲子履。中央有丝两头系。小时怜母大怜婿,何不早嫁论家计?

谁家女子能行步。反著袂襌后裙露。天生男女共一处,愿得两个成翁妪!

"男儿千凶饱人手",读之令人慨然。"生口",本指俘虏,而俘虏多为奴隶,故亦为奴隶之代称。老女不嫁,失去婚姻自由,与奴隶无异,故曰"只生口",只,只如也。"天生"二句亦即"愿得一心人,白头不相离"意,却说得直捷了当。(按《艺概》云:"古乐府中至语,本只是常语,一经道出,便成独得。"又元好问《论诗绝句》云:"一语天然万古新,豪华落尽见真淳。""天生男女"句足以当之。)

此类情歌中,尚有不少轻婉酷似南朝者,当系受南朝乐府影响以后之作。兹续叙于下。

(6)《淳于王歌》:

肃肃河中育,育我须含黄。独坐空房中,思我百媚郎。

百媚在城中,千媚在中央。但使心相思,高城何所妨?

(7)《折杨柳歌》:

腹中愁不乐,愿作郎马鞭,出入攘郎臂,蹀座郎膝边。

放马两泉泽,忘不著连羁,担鞍逐马走,何见得马骑?

(8)《黄淡思歌》:

心中不能言,腹作车轮旋。与郎相知时,但恐傍人闻。

江外何郁拂,龙舟(原作洲)广州出。象牙作帆樯,绿丝作帏绰。

绿丝何葳蕤,逐郎归去来。

皆婉转如《子夜》、《读曲》。而《黄淡思》第二首,且言及江外广州,殆根本即非北歌。

(9)《幽州马客吟歌》:

荧荧帐中烛,烛灭不久停。盛时不作乐,春草不重生!

南山自言高,只与北山齐。女儿自言好,故入郎君怀。

郎著紫袴褶,女著彩袂裙。男女共燕游,黄花生后园。

颇带南朝浪漫气息,定为北朝后起之作。在政治上,虽南北对立,而在文学上则北朝毕竟为南朝所征服,如《北史·柳庆传》:"苏绰谓庆曰:近代已来,文章华靡,逮于江左,弥复轻艳,洛阳后进,祖述未已。"其在乐府,亦正如是。此种软化之开始,约在魏孝文迁都洛阳时,《魏书·乐志》云:"昔孝文讨淮汉,宣武定寿春,收其声伎,得江左所传中原旧曲:《明君》、《圣主》、《公莫》、《白鸠》之属,及江南《吴歌》,荆楚《西声》(即《西曲》),总谓之《清商乐》。"则是当孝文时,《吴歌》、《西曲》,皆曾经输入北朝。

又《洛阳伽蓝记》载:"河间王琛,最为豪首……妓女三百人,尽皆殊色,有婢朝云,善吹篪。能为《团扇歌》。"《团扇歌》,固《吴歌》也。又《北史·魏孝武纪》:"帝之在洛也,从妹有不嫁者三:一曰平原公主明月,二曰安德公主,三曰蒺藜,亦封公主。

帝内宴,令妇人咏诗,或咏鲍照乐府曰:'朱门九重门九闺,愿逐明月入君怀。'帝既以明月入关,(按遂为西魏)蒺藜自縊。宇文泰使元氏诸王取明月杀之,帝不悦。"则知自南音输入后,北人即对之发生浓厚之兴趣,好之惟恐不能。故虽妇人女子,亦复出口成诵,明月双关,尤足为受南朝《吴歌》影响之证。则北歌之有此转变,诚不足异。除上举横吹曲外,《杂曲》及《杂歌谣辞》中,亦有此种软化之作。

(10)《杨白华》(杂曲):

> 阳春二三月,杨柳齐作花。春风一夜入闺闼,杨花飘荡落南家。含情出户脚无力,拾得杨花泪沾臆。秋去春还双燕子,愿衔杨花入窠里!

《梁书》九十三《杨华传》:"杨华,武都仇池人,魏胡太后(宣武帝皇后)逼通之。华惧及祸,乃率部降梁。胡太后追思之不能已,为作《杨白华歌辞》,使宫人昼夜连臂蹋足歌之,声甚凄惋。"按此事《魏书》、《北史·灵皇后胡氏传》并不载,《南史》则云"杨华本名白花,奔梁后名华"。核以歌名,盖可信。

通首隐切姓名,笔笔双关,分明从吴歌得来,此歌作于胡太后,为毫无可疑,而其风格缠绵若此,则一般民歌之不能无转变,自可知矣。此自与魏孝文帝推行汉化政策亦有关。

(11)《咸阳王歌》(杂歌谣辞):

> 可怜咸阳王,奈何作事误?金床玉几不能眠,夜踏霜与露。洛水湛湛弥岸长,行人那得渡!

《北史》:后魏咸阳王禧谋反,事泄,禧渡洛水,被擒,赐死。此歌首载《魏书》卷二十一上《咸阳王禧传》,亦见《北史》卷十九本传。《北史》云:景明(北魏宣武帝年号)二年(501)五月,咸阳王禧谋反,事泄,渡洛水,被擒赐死。"其宫人为之歌曰(即上歌)。

北人之在南者,虽富贵,闻弦管奏之,莫不洒泣。"是此歌乃宫女所作,并曾合乐,传唱江南,与《杨白华歌》俱不失为南朝好民歌,已无复北人刚猛之气矣。

(12)北齐太上时儿谣:

千金买药园,中有芙蓉树。破家不分明,莲子随他去。

几然《子夜》、《前溪》。此种声诗之软化,亦即鲜卑诸族丧失其固有性质之征兆,其渐趋衰落,吾人实不难于闺情一类作品中占之也。

(五)贫苦　《颜氏家训》云:"今北土风俗,率能躬俭节用,以赡衣食,江南奢侈,多不逮焉。"此浮华之气,大盛于《清商》,而愁苦之音,独传于《鼓角》者欤?虽作品不多,足资表异,别立一类,亦以为汉《相和》之续焉。

(1)《幽州马客吟》:

快马常苦瘦,剿儿常苦贫。黄禾起赢马,有钱始作人!

"有钱始作人",一语破的。自是阅历之谈,然南人似未梦见。以黄禾能起赢马,比有钱始可作人,亦真切。若无钱,则只有作剿儿耳。剿儿者,掠取人财物之健儿也。

(2)《雀劳利歌》:

雨雪霏霏雀劳利。长嘴饱满短嘴饥!

此亦讽世之言,人世纷纷,何莫不然?《韩非子》:"长袖善舞,多财善贾。"所谓长嘴也。汉乐府:"自惜袖短,纳手知寒。"所谓短嘴也。劳利字无义,喻雀喧噪声。

(3)《隔谷歌》:

兄在城中弟在外。弓无弦,箭无括。食粮乏尽若为活?
救我来!救我来!

《古今乐录》云:"前云无辞,乐工有词如此。"《乐府诗集》又另有

一首,作古词:

> 兄为俘虏受困辱。骨露力疲食不足。弟为官吏马食粟,何惜钱刀来我赎?

陈胤倩曰:"必有实事,情哀词促。"

(4)《琅琊王歌》:

> 东山看西水,水流盘石间。公死姥更嫁,孤儿甚可怜!

亦《横吹曲》中之《孤儿行》也。民歌发端,每用兴语,成于信口,初无含义,故往往与下文若断若续,此歌亦一例。更有一种纯为声韵作用者,如北齐卢士深妻崔氏之《靧面辞》,陈胤倩《古诗选》引虞世南《史略》云:"北齐卢士深妻,崔林义之女,有才学,春日以桃花靧儿面,咒曰:取红花,取白雪。与儿洗面作光悦。取白雪,取红花。与儿洗面作妍华。取花红,取雪白。与儿洗面作光泽。取雪白,取花红。与儿洗面作华容。"红花白雪,轮流颠倒,只在换韵以起下文。

北朝民间乐府,具如上述。数量虽不及南朝,内容则转较充实,凡北朝社会状况,生活形态,民情风俗,皆约略可见,不似南朝之全属艳曲。而其民族性格表现之鲜明,使吾人读其歌而如见其人,尤足以补史籍之遗阙。惟前期虏音之《真人代歌》,未经翻译保存,为可惜耳。

附论《木兰诗》　此诗亦隶《鼓角横吹曲》,属战争一类。其时代向成问题,今先录原诗,然后稍加考究。

> 唧唧复唧唧,木兰当户织。不闻机杼声,惟闻女叹息。问女何所思?问女何所忆?"女亦无所思,女亦无所忆。昨夜见军帖,可汗大点兵。军书十二卷,卷卷有爷名。阿爷无大儿,木兰无长兄。愿为市鞍马,从此替爷征。"东市买骏马,西市买鞍鞯。南市买辔头,北市买长鞭。朝辞爷娘

去,暮宿黄河边。不闻爷娘唤女声,但闻黄河流水鸣溅溅!旦辞黄河去,暮至黑水头。不闻爷娘唤女声,但闻燕山胡骑声啾啾!万里赴戎机,关山度若飞。朔气传金柝,寒光照铁衣。将军百战死,壮士十年归。

归来见天子,天子坐明堂。策勋十二转,赏赐百千强。可汗问所欲,"木兰不用尚书郎。愿借明驼千里足,送儿还故乡!"爷娘闻女来,出郭相扶将。阿姊闻妹来,当户理红妆。小弟闻姊来,磨刀霍霍向猪羊。开我东阁门,坐我西阁床。脱我战时袍,著我旧时裳。当窗理云鬓,对镜帖花黄。出门看火伴,火伴始惊惶:"同行十二年,不知木兰是女郎!"

雄兔脚扑朔,雌兔眼迷离。两兔傍地走,安能辨我是雄雌?

张荫嘉曰:"木兰千古奇人!此诗亦千古杰作!《焦仲卿妻》后,罕有其俦!"按梁施荣泰《王昭君》诗:"唧唧抚心叹,蛾眉误杀人。"然则"唧唧复唧唧"云者,即叹息复叹息耳。《酉阳杂俎》:"明驼千里脚,谓驼卧,腹不贴地,屈足漏明,故曰明驼。""帖花黄",谓作黄额妆。古妇匀面,惟施朱傅粉,六朝乃兼尚黄。梁简文帝诗:"同安鬟里拨,异作额间黄",又"约黄能效月,裁金巧作星",又庾信诗"额角轻黄细安",是其证。"扑朔",跳跃貌。"迷离",不明貌。二句互文,雄雌无异。又凡兔皆善走,亦难据以辨别雄雌。犹之木兰骁勇善战如健儿,故伙伴亦不知其为女郎也。

按《乐府诗集》有两木兰诗,此其第一首,并题曰"古词"。后一首与此优劣悬殊,可不置辩。关于此篇之时代与作者,则自北宋以还,说亦至不一。大体可分为两派:

（一）以为唐人作者　主此说者不多,惟《古文苑》题曰"唐人木兰诗",《文苑英华》以为唐韦元甫作。《英华》成书当北宋初年,《古文苑》,时代或较早。

（二）以为非唐人者　主此说者最多。(1)魏泰《临汉隐居诗话》云:"古乐府中《木兰诗》、《焦仲卿妻诗》,皆有高致。盖世传《木兰诗》为曹子建作,似矣。然其中云可汗问所欲,汉魏时夷狄未有可汗之名,不知果谁之词也。"魏氏虽不信世传之说,然其意实认为唐以前之作。(2)郭茂倩《乐府诗集》:"《古今乐录》曰:'木兰不知名。浙江西道观察使兼御史中丞韦元甫续附入'。"又《鼓角横吹曲》叙云:"按歌辞有《木兰》一曲,不知起于何代也。"而于汉《横吹曲·关山月》下则注云:"《古木兰诗》曰:'万里赴戎机,关山度若飞,朔气传金柝,寒光照铁衣'。按《相和曲》有《度关山》,亦类此也。"郭氏虽云不知起于何代,然称为"古木兰诗",以与汉乐府相提并论,则其意亦以此篇为古词非唐人作甚明。(3)《沧浪诗话》云:"《木兰诗》,《文苑英华》直作韦元甫名字,郭茂倩《乐府》有两篇,其后篇乃元甫所作也。"(4)彭叔夏《文苑英华辨证》:"按刘氏次庄,郭氏乐府,并云'古词',无姓名,郭氏又曰:《古今乐录》云:'木兰不知名。'浙江西道观察使兼御史中丞韦元甫续附入。则非元甫作也!"(5)陈胤倩《古诗选》:"朔气数语,固类唐人,然齐梁间人每为唐语,惟唐人必不能为汉魏语,以此知其真古词也!"又云:"木兰诗首篇甚古,当其淋漓,辄类汉魏,岂得以唐调疑之?"(6)吴旦生《历代诗话》云:"余观其叙事布辞,苍括近古,决非唐手所及!"(7)张荫嘉《古诗赏析》云:"诗中用可汗字,木兰当是北朝人,而诗则南朝人所作。"

至近人对此诗之论断,亦各不同。姚大荣谓作于隋,(《东方杂志》二十三卷二号)徐中舒谓作于唐,(《东方》二十三卷二号)罗根泽据《文苑英华》以为韦元甫作,(《乐府文学史》)胡适之《白话文学史》、陆侃如《诗史》、张为麒《木兰诗时代辨疑》(《国学月报》二卷四号),则并定为北朝作。诸先生之论,皆有所据,惟私意以为仍属北朝为允。

《乐府诗集》引《古今乐录》云"木兰不知名。"按《玉海》一百五引《中兴书目》:"《古今乐录》十三卷,陈光大二年(568)僧智匠撰。起汉迄陈。"《乐录》虽未载其诗,然已录其题,足见作于陈以前。如为隋唐作,则智匠不得预为此语。此其一。

诗言"天子坐明堂",又言"可汗问所欲",天子可汗,自系一人,按东晋明帝世,柔然社崙,已称可汗,又北歌胡吹旧曲有《慕容可汗曲》,并早在魏前。北朝本以胡人入主中原,故天子可汗,得以通称。如谓此诗作于隋唐,则不得称天子为可汗也!故《柳亭诗话》云:"称其君曰'可汗',志其地为'黄河',必拓跋氏之世也。"此其二。

《木兰诗》虽松爽流丽,然却自朴厚,正系民歌"明转出天然"之本色。其中如"东市买骏马"数句,"朝辞爷娘去"数句,"雄兔脚扑朔"数句,皆语涉奇趣,无理而妙!惟汉乐府中时遇之,唐人绝不解作此种言语。《柳亭诗话》谓"七言长篇断推《木兰歌》为第一。相其音调,非齐梁以后人能办,即鲍明远亦当俯首。"诚非过誉。此其三。

《古诗归》木兰诗小注云:"杜《兵车行》,用爷娘唤女声等语,而复自注之。《草堂》'旧犬喜我归'四段,亦用此语法,想亦极喜此诗耳!"按杜甫《草堂》诗:"旧犬喜我归,低徊入衣裾。邻里喜我归,沽酒携胡卢。大官喜我来,遣骑问所须?城郭喜我来,宾客隘村墟。"其为用《木兰诗》句法,甚明!故自南宋《刘后村诗话》即已指出。盖诗歌史上之通例:惟有文人模拟民歌,而决无民歌反向文人集中作贼也!又按《四部丛刊》影宋刊本《分门集注杜工部诗》,于《兵车行》"爷娘妻子走相送"句下有:"(王)彦辅曰:杜元注云:'古乐府云:不闻爷娘哭子声,但闻黄河之水流溅溅。'"与《古诗归》"向复自注之"之说相合。则此二语,确为当日杜甫自注无疑。盖唐人作诗,讲究下字须有来历,"耶娘"二字,杜或恐人讥其不雅,故自注其出处。然杜为盛唐大诗人,向使《木兰诗》为唐人作,岂得称为"古乐府"乎?此其四。——清人仇兆鳌《杜诗详注》、杨伦《杜诗镜铨》,皆引此二语,而夺"杜元注"字样,殊非是!

《木兰诗》首六句,与《鼓角横吹曲·折杨柳枝歌》"敕敕何力力"二曲(见上),几完全相同,足证其为同时同地之作。陈胤倩谓"《折杨柳枝歌》自是引用《木兰诗》,以此知《木兰辞》,非唐人作。"孰为原唱,孰为引用,吾人固不敢遽下断语,要其时代则相去必不远,盖乐府中多有用当时流行之语,稍加变动而缀以新意者,故雷同之辞,往往而有。如汉乐府《陇西行》之与《步出夏门行》,《西门行》之与《古诗十九首》"去者日已疏"一首,《孔雀东南飞》之与《艳歌何尝行》,以及本章所述《折杨柳枝歌》之与《折杨柳歌》,皆其例。此等处,吾人正可据以推知二者时代之关系。以一时自有一时流行之口头语,故彼此得以通用。如出唐人必不全然挪用六朝时歌谣。此其五。

木兰虽不知名,然必实有其人,代父从军,亦必实有其事,否则决无此杰作。然按之地理,考之历史,木兰且必为北朝人也。盖北朝尚武,故即女子亦娴于弓马,李波小妹,既流传于歌谣,太妃公主,亦见称于帝纪。(《北史·齐神武纪》)而求之并世之南朝,及后此之隋唐,皆绝无其匹,以此推之,则以木兰为北朝女子,《木兰诗》为北朝作品,自属于事理为近。张荫嘉谓木兰为北人,诗则南人作,盖犹狃于以《鼓角横吹曲》为《梁歌》之谬见,亦未为确。此其六。

近人以《木兰诗》为唐作者,其根据大致有二:一为《文苑英华》。此书本多纰谬,此尤无稽,不足据,前引彭氏《辨证》已驳之。二为诗中"策勋十二转"一语,以十二转为唐时官制也。意此乃出唐人窜改。古诗每以流传之久,不免为后人点窜,因而带有不同时代之色彩。此种危险性,尤以乐府诗歌为甚!以其事之奇,文之妙,音节之美,行之远而歌之者众也。如晋乐府所奏汉魏古词,便多增加窜易之处,即其证。要之,有以上六端,木兰诗断乎非唐人作!

关于木兰自身之传说,百嘴纷纭,然自陈释智匠已不能知其详,盖无足取信矣。(关于木兰诗时代问题,请参阅拙作《从杜甫、白居易、元稹诗看木兰诗的时代》)

第三章　北朝文人乐府

北朝文人乐府,断自元魏以下,盖自孝文迁洛,崇尚华风,君臣唱和,时时间发,自是而后,始有可述也。如《北史·彭城王勰传》:"勰从孝文帝幸代都,次于上党之铜鞮山,路傍有大松树十数株,帝赋诗示勰曰,'吾作诗虽不七步,亦不言远,汝可作之,比至吾间令就也。'勰时去帝十步,且行且作,未至帝所而就,诗曰:'问松林,松林经几冬! 山川何如昔? 风云与古同。'"又《魏书》十三:"胡太后与明帝幸华林园,宴群臣于都亭曲水,令三公以下各赋七言诗。太后诗曰:'化光造物含气贞。'明帝诗曰:'恭已无为赖慈英。'王公以下赐帛有差。"其风味乃不减建安。

然卒以南北风气不同,士大夫为适应时代环境之要求,竟以章表符檄为先务,而以乐府诗歌为末技,《北史·魏收传》云"收唯以章表碑志自许,此外便同儿戏!"收即《魏书》之作者。收尚如此,则一般可知。故作者及作品皆甚寥寥。

而在此寥寥之作者与作品中,亦无甚特殊面目,不似民间乐府——《鼓角横吹曲》之能表现北人"刚猛为勇"之气。盖北朝民间乐府,多出"虏家儿",而文人乐府,则其作者悉为"汉儿",又多醉心于南朝文学,如邢邵之私淑沈约,魏收之祖述任昉。至于萧悫、萧㧑、庾信、王褒等,则根本为南人。种族既异,性情自殊,惟刚柔华实之间,亦微有不同耳。故北朝文人乐府,不似南朝文人乐府与其民间乐府有直接因果之关系。今次叙之。

(一)北魏　北魏为乐府者,以温子昇为大家。史言子昇文笔传于江外,梁武帝尝称之曰:"曹植、陆机,复生于此土。"乐府

凡七篇,皆甚可诵。如《结袜子》:

　　谁能访故剑?会自逐前鱼!裁纨终委箧,织素空有余!

首句用汉宣帝事,见《汉书》。次用龙阳君事,见《战国策》。裁纨用班婕妤诗,织素用古诗:"新人工织缣,故人工织素。织缣日一匹,织素五丈余。"四句用四事,而一意贯穿,亦新颖。诗意盖讽世人之厌旧喜新。又如《凉州乐歌》:

　　远游武威郡,遥望姑臧城。车马相交错,歌吹日纵横。
　　路出玉门关,城接龙城阪。但事弦歌乐,谁道山川远!

按此歌《乐府》不载,倪偶遗之欤?子昇又有《捣衣》一篇,颇具苍莽之气:

　　长安城中秋夜长,佳人锦石捣流黄。香杵纹砧知近远,传声递响何凄凉!七夕长河烂,中秋明月光。蠮螉塞边绝候雁,鸳鸯楼上望天狼。

杨慎《丹铅录》云:"《字林》,直舂曰捣。古人捣衣,两女子对立执一杵,如舂米然。今易作卧杵,对立捣之,取其便也。尝见六朝人画捣衣图,其制如此。"按诗云"秋夜",则此捣衣,非谓水边可知。杜诗:"客子入门月皎皎,谁家捣练风凄凄?"又"新月犹悬双杵鸣。"则唐时尚尔也。蠮螉塞在蓟州,《晋书·慕容皝载记》:"于是率骑三万出蠮螉塞,长驱至蓟北。"天狼,星名。双关郎字。

子昇外,王容有《大堤女》:

　　宝髻耀明珰,香罗鸣玉佩。大堤诸儿女,一一皆春态。
　　入花花不见,穿柳柳阴碎。东风拂面来,由来亦相爱。

按《西曲·襄阳乐》有云:"大堤诸女儿。"此盖拟之。《乐府》不载,《古诗赏析》以为《清商曲辞》中之《西曲歌》,是也。末语言情甚婉妙,然亦纤巧。

王容外,王德有《春词》:

> 春花绮绣色,春鸟弦歌声。春风复荡漾,春女亦多情。
> 爱将莺作友,怜傍锦为屏。回头语夫婿:"莫负艳阳征!"

按《子夜四时歌》云:"春林花多媚,春鸟意多哀。春风复多情。吹我罗裳开。"此篇实拟之。与上篇合看,足证北朝文人所受南朝乐府之影响。

(二)北齐　北齐作者较北魏为多,所带南朝色彩亦较北魏为重。若邢邵、魏收。《北齐书·魏收传》:"收每议陋邢邵文,邵又曰:'江南任昉,文体本疏,魏收非直模拟,亦大偷窃!'收闻,乃曰:'伊常于沈约集中作贼,何意我偷任昉!'"观此可以知其故。如邵《思公子》:

> 绮罗日减带,桃李无颜色。思君君未归,归来岂相识?

邵乐府仅存此篇,已足见其风格实与南音为近。若魏收所作,则字矜句炼,语艳情靡,尤逼肖梁简文帝。如《櫂歌行》:

> 雪溜添春浦,花水足新流。桃发武陵岸,柳拂武昌楼。

又《永世乐》:

> 绮窗斜影入,上客酒须添。翠羽方开美,铅华汗不霑。
> 关门今可下,落珥不相嫌。

"翠羽"当谓衣,二语殊艳。汗不霑,即东坡词"冰肌玉骨,自清凉无汗"意。又如《挟瑟歌》:

> 春风宛转入曲房,兼送小苑百花香。白马金鞍去未返,
> 红妆玉筯下成行。

《白氏六帖》:"魏甄后面白,泪双垂如玉筯。"六朝人多以玉筯为泪,如刘孝威诗"谁怜双玉筯,流面复流襟。"王褒诗"谁怜下玉筯,向暮掩金屏。"唐温庭筠词"泪流玉筯千条",语本此。以上三篇,皆与南朝文士之作无异。

他如裴让之《有所思》,哀怨亦不减南朝:

> 梦中虽暂见,及觉始知非。展转不能寐,徙倚独披衣。
> 凄凄晓风急,晻晻月光微。空室常达旦,所思终不归。

萧悫 至若萧悫,则本为南人,其发为南音,尤无足怪。如《上之回》:

> 发轫城西畤,回舆事北游。山寒石道冻,叶下故宫秋。
> 朝路传清警,边风卷画旒。岁余巡省毕,拥仗返皇州。

此篇与前徐陵《折杨柳》一首,平仄粘贴,皆与五律丝毫不爽。故陈胤倩谓为"直是盛唐,固亦南调"。是则近体之形成,实出六朝乐府。初唐沈、宋,不过沿波逐流而踵事增华耳。虽无二人者,近体诗之兴盛,固已不可遏也。

高昂 在北齐一代作者中,其不受南朝影响,犹保持北人本色者,唯一高昂,然昂实一赳赳武夫。如《征行诗》:

> 垄种千口羊,泉连百壶酒。朝朝围山猎,夜夜迎新妇。

颇有北歌拙壮之风。("垄种",不详所谓。曩引《异物志》谓"大秦国北有羊子生于土中"云云,其言荒诞不足信。)

昂又有《行路难》:

> 春甲长驱不可息,六日六夜三度食。初时只言作虎牢,
> 更被处置河桥北。回首绝望便萧条,悲来雪涕还自抑。

《北史·高昂传》云:"时鲜卑共轻中华,朝士惟惮昂。神武(高欢)每申令三军,为鲜卑言,昂若在列时,则为华言。"读其诗,则其人可知。"虎牢",关名,在河南省荥阳县,"雪涕",犹言拭泪,唐人多用之。

(三)北周 北周一代,南音尤盛,《周书》十三《赵僭王招传》:"招字豆卢突,幼聪颖,好属文,学庾信体,词多轻艳。"招以胡儿而学江南庾信体,则其时风尚可知。惟作者无闻,招乐府存者亦惟《从军行》:

  辽东烽火照甘泉,蓟北亭障接燕然。水冻菖蒲未生节,关寒榆荚不成钱。

并不如史传所云之"轻艳",此则文献不足,无可如何。其可得而叙述者,则皆原属南人。

（1）萧㧑　本梁宗室,侯景之乱,守成都,以周文帝见讨,遂归西魏,周武帝时为文学博士。㧑眷念旧邦,故乐府多身世之感,如《劳歌》：

  百年能几许？公事罢平生。寄言任立政,谁怜李少卿？

㧑陷身北朝,故以李陵自比。又如《孀妇吟》：

  寒夜静房栊,孤妾思偏丛。悲生聚绀黛,泪下浸妆红。
  蓄恨萦心里,含啼归帐中。会须明月落！那忍见床空？

此亦以孀妇自况者。虽不无故国悲凉之感,终不脱南朝情调。

（2）王褒　褒字子渊,初亦仕梁,荆州破,入周。陈胤倩曰："王子渊诗淹雅,是南朝作家,辄有好句,足开初唐之风。伤心北地,如夏蝉经秋,独树孤吟,缠绵不已。"褒乐府凡十九首,其中写作年代确可考者惟《燕歌行》：

  初春丽景莺欲娇。桃花流水没河桥。蔷薇花开百重叶,杨柳拂地数千条。陇西将军号都护,楼兰校尉称嫖姚。自从昔别春燕分,经年一去不相关。无复汉地关山月,唯有漠北蓟城云。淮南桂中明月影,流黄机上织成文。充国行军屡筑营,阳史讨虏陷平城。城下风多能却阵,沙中雪浅岂停兵？属国小妇犹年少,羽林轻骑数征行。遥闻陌头采桑曲,犹胜边地胡笳声。胡笳向暮使人泣,长望闺中空伫立。桃花落地杏花舒,桐生井底寒叶疏。试为来看上林雁,应有遥寄陇头书。

《北史·本传》谓褒作《燕歌行》,妙尽关塞寒苦之状,梁元帝及诸文士并和之,而竟为凄切之词。迨江陵为周师所破,元帝出

283

降,方验焉。是此篇乃未入周时所作。录之以示七言诗演进之程序。其《出塞》、《高句丽》二首则当作于北朝。《出塞》云:

飞蓬似征客,千里自长驱。塞禽惟有雁,关树但生榆。背山看故垒,系马识余蒲。还因麾下骑,来送月支图。

褒以文士而总兵戎,故多边塞之作。"塞禽"二语,非历其境者不能道。《高句丽》一首,则为六言,颇极慷慨:

萧萧易水生波,燕赵佳人自多。倾杯覆碗澪澪,垂手奋袖婆娑。——不惜黄金散尽,只畏白日蹉跎!

按褒《渡河北》诗云:"心悲异方乐,肠断《陇头歌》。"此诗亦强作自宽语耳。(案"垂手"指舞言。《乐府诗集》卷七十六引《乐府解题》云:"大垂手、小垂手,皆言舞而垂其手也。"观此,则下言"奋袖",当指另一舞矣。)

(3)庾信 字子山,在梁时,与徐陵齐名,文并绮艳,故世号"徐庾体"。入周后,作风亦无大变。如《对酒歌》:

春水望桃花,春洲藉芳杜。琴从绿珠借,酒就文君取。牵马向渭桥,日曝山头晡。山简接䍦倒,王戎如意舞。筝鸣金谷园,笛韵平阳坞。人生一百年,欢笑惟三五。何处觅钱刀,求为洛阳贾?

观"渭桥"句,当作于北朝。子山诗组织华赡,锤炼精工,善于隶事,工于属对,观此作可见。接䍦,白帽。二句写酒后狂态。晋石崇有金谷园,汉马融好吹笛,独卧平阳坞中。二句写声伎。《史记·货殖传》:"洛阳,东贾齐鲁,南贾梁楚。"又《游侠传》:"周人(洛阳人)以商贾为资,而剧孟以任侠显诸侯。"是洛阳人固善贾也。又如《乌夜啼》:

促柱繁弦非《子夜》,歌声舞态异《前溪》。御史府中何处宿?洛阳城头那得栖!弹琴蜀郡卓家女,织锦秦川窦氏妻。讵不自惊长泪落？到头啼乌恒夜啼！

按此篇已为后来七律之滥觞。《史记》：卓文君新寡好音，相如以琴心挑之。《晋书》：窦滔妻苏蕙，滔被徙流沙，蕙思之，织锦为回文诗赠滔。子山盖隐以自喻。观下《怨歌行》可证：

家住金陵县前，嫁得长安少年。回头望乡泪落，不知何处天边？胡尘几日应尽？汉月何时更圆？为君能歌此曲，不觉心随断弦。

不直言陷虏思乡，却托之远嫁之少妇，固知未变其绮艳之初体。胡尘二句，感慨自深，不无种族之痛。子山六言乐府，又有《舞媚娘》：

朝来户前对镜，含笑盈盈自看。眉心浓黛直点，额角轻黄细安。祇疑落花漫去，复道春风不还。少年惟有欢乐，饮酒那得留残？

如读唐宋人《谪仙怨》、《西江月》，亦六言诗中一进步也。按《北史》四十七《阳休之传》："休之弟俊之，当文襄时，多作六言歌词，淫荡而拙，世俗流传，名为'阳五伴侣'，写而卖之，在市不绝。俊之尝过市，取而改之，言其字误，卖书者曰：'阳五古之贤人，作此伴侣，君何所知，轻敢议论。'俊之大喜。"然则六言一体，当周、齐之世，固曾风行一时。南朝乐府，绝少六言，（惟《神弦歌》中有之，亦只两句）。而庾、王二子，俱有其作，斯缘南北嗜好不同之故也欤？惜俊之自作，所谓"阳五伴侣"者，今已不传，亦北朝文人乐府一大损失矣。子山乐府尚多，兹从略。

北朝文人之作，约如上述。其作者既非胡人，而为中原汉人，且有为江南汉人者，故其气味颇与当时民间乐府不相属。严格而论，实无异南朝乐府之副产品。在政治上，北朝统一南朝，在文学上，则南朝统一北朝。庾信之入周，即为此种使命之完成。

第四章　南北朝乐府之比较观

《北史·文苑传》叙曰："暨永明(南齐)天监(梁)之际,太和(北魏)天保(北齐)之间,洛阳江左,文雅尤盛。彼此好尚,雅有异同。江左宫商发越,贵于清绮;河朔词义贞刚,重乎气质。气质则理胜其词,清绮则文过其意。理深者便于时用,文华者宜于吟咏,此南北词人得失之大较也。"此其故,《颜氏家训》已尝言之:"南方水土和柔,其音清举而切诣,失在浮浅,其词多鄙俗;北方山川深厚,其音沉浊而鈋钝,得其质直,其词多古语。……而南染吴越,北杂夷虏,皆有深弊,不可具论。"(《音辞篇》)此虽论音辞,然文学之歧异,固亦未尝不由于此。盖山川水土不同,斯性质才情各异,故发为声诗,亦互有别。一贯清绮,文胜乎质,一重气质,质胜乎文。而诗歌之道,言之无文,则行焉不远,北朝文人乐府之消沉,或不解吟咏,或有作而终归湮没,如阳俊之"淫荡而拙"之类,亦自然环境使然也。

其表现此种作风之差异最为明显者,厥为南北两朝之民间乐府,即《清商曲辞》与《鼓角横吹曲》也。今即将前此所叙,作一综合之比较。按《大子夜歌》云"歌谣数百种",现所存南歌,无数百种之多,又后魏太乐令崔九龙云:"今古杂曲,随调举之,将五百曲。"现所存北歌则只数十曲,知两朝乐府,俱有亡佚,而北朝损失尤重,兹所比较,亦只能就现存者言之耳。

(一)音制　南歌为"浅斟低唱"之女乐,出于江南,属《清商》。北歌则为"军中马上"之武乐,来自漠北,属《横吹》。故唐《太乐令壁记》序云:"梁、陈尽吴楚之声,周、齐皆胡虏之音。"南朝夙尚淫祀,故有祀神之《神弦曲》,北歌则无有。又南歌有和声、送声,北歌亦无有。

(二)形式　南北朝民歌,皆系短章,以五言四句为主。四言四句体,间亦有之,但均不多,此其所同。惟南歌中有五言三句者,如《读曲》、《神弦》等。有五言五句者,如《前溪》。有五言六句者,如《娇女》、《圣郎》。北歌则并无之。北歌中,有七言四句之七绝体,如《捉搦》、《隔谷》诸曲。南歌则亦不见。惟文士拟作,颇尚斯体,如梁简文、陈后主诸人之《乌栖曲》,并是七绝。至于六言一体,南北民歌俱寡,南惟《道君》一曲,为六言二句。北尚未见,惟文人多好为之,如阳俊之《阳五伴侣》,王褒之《高句丽》,庾信之《舞媚娘》。此其所异。

(三)内容　南歌内容单调,几纯为男女相悦之情,画眉注口之事,绮罗香泽之气。北歌则较复杂、充实,有写从军边塞者,有写英雄气概者,有写贫人孤儿之痛苦者,有写兄弟之不相顾者;即属情歌,其中女性亦似甚朴素,绝少脂粉气。盖南北社会环境,风俗习尚,及经济背景皆不同也。此其内容殊异之有迹而可寻者。窃谓文学作品,必有其三大要素,即情感、想象与思想也。故今更就此三者一比较言之。

(1)情感　文学为情感之结晶,民歌之可贵,即在有真情。惟其有真情,故虽同为民歌,而仍各具面目。即以南北朝民歌观之,南人未免儿女情长,北人则多风云之气;南人情柔,而北人情刚;一如潺潺溪流,委宛曲折,一如蓬蓬野火,顺风而趋,迥不相侔。"拾得娘裙带,同心结两头。""汗污莫溅洗,持许相存在!"北朝决无此种痴心男女。"健儿须快马,快马须健儿!""一日三摩娑,剧于十五女!"南朝亦决无此种好汉。其在恋歌,南歌如"通夕竟不来,至晓出门望!""夜相思,望不来。人乐我独悲!"

"思欢不得来,抱被空中啼!""一坐复一起,黄昏人定后,许是不来已!"真乃寸寸柔肠,低徊欲绝。北歌则直云:"欲来不来早语我!"子不我思,岂无他人? 更不能悲啼矣。南歌又如:"恃爱如欲进,含羞未肯前。""感郎不羞郎,回身就郎抱。""愿得无人处,回身就郎抱!""双眉画未成,那能就郎抱!"北歌则直云:"女儿自言好,故入郎君怀!""枕郎左臂,随郎转侧。"更不待作尔许周折矣。孔子曰:"食、色,性也。"男女相悦,盖亦自然。惟南朝女子则每犹豫其词,如云:"谁能思不歌? 谁能饥不食?""谁能不相思? 独在机中织?""谁能空相忆,独眠度三阳?""那能闺中绣,独无怀春情?"北歌则云:"天生男女共一处,愿得两个成翁媪!"两言而决耳。一刚一柔,一直一曲之间,昭若白黑。故吾人读南歌只觉缠绵宛转,柔情一片,而读北歌则有时不免眉飞色舞,拍案惊奇!

(2)想像 想像之发生,由于情感,而此情感之表达,亦往往有赖于想像。李笠翁尝云:"未有真境之所欲为,能出幻境纵横之上者!"此言颇能道出想像之妙用。南歌如:"想闻欢唤声,虚应空中诺。""形虽胡越隔,神交中夜间。"皆极富想像意味。又如:"百鸟园中啼,道欢不离口。""风吹窗帘动,言是所欢来。""攀条摘香花,言是欢气息。""长江不应满,是侬泪流许。""欢作沉水香,侬作博山炉"之类,亦以联想而造语新奇。至如双关中之隐比,联想尤多警切。此点确为南朝乐府一大特色,北歌则大抵"敷陈其事而直言之",揣摩之作甚少。故其情歌,视南歌终觉少曲致。

(3)思想 思想与情感,关系至密切。有一人之思想,斯有一人之情绪,有一时代之思潮,斯有一时代之情绪。民歌发乎情,止乎情,似不受若何思想之拘束。然细按之,则亦每为一时代思潮之产物,《相和歌辞》之不能作于六朝,亦犹《清商曲辞》之不能作于两汉也。何以故? 以两汉六朝之思想不同故。两汉为儒家思想，故其妇女，有垂死托孤之"病妇"，有自甘铺糜之"贱妾"，有主持门户之"健妇"，有不爱多金不畏权势之"罗敷"与"胡姬"，皆不失为性情之正。南朝则儒家思想权威已趋没落，纯为一种自我享乐之人生观，今读其歌，如云："宁断娇儿乳，不断郎殷勤！""冶游步春露，艳觅同心郎。""何惜负霜死，贵得相缠绵！""愿得连暝不复曙，一年都一晓！"皆充分表现一种纵情极欲之浪漫心理。北朝虽属胡虏，然其地固吾中华之旧邦，其民固亦多吾中原之遗民，儒家礼俗，犹有存者，加以生活不似南朝优裕，故其思想转能注重实际人生。即如女子情歌，"何不早嫁论家计？"亦必以生活家计为言。又如"阿婆欲嫁女，今年无消息！"心虽欲嫁，然仍必待阿婆之嫁，不似南朝女子之浪漫，"艳觅同心。""嫁"之一字，南歌数百首中绝不见，而在数十首之北歌中，却屡见不鲜，此亦足见北朝仍为一遵守儒家思想之社会。男婚女嫁，仍有待于"父母之命"。至男子方面，南朝与女子同；北朝则为一初民之英雄思想，故每以"鹞子"、"猛虎"等自比，其爱好快马利刀，乃胜于女色。石勒尝谓："大丈夫行事，当礌礌落落，如日月皎然，终不效曹孟德、司马仲达，欺人孤儿寡妇，狐媚以取天下！"北歌时有此丈夫气概。

因有以上思想、想像、情感三者之根本差异，故风格亦随之不同，则《北史》所谓清绮与气质之分是也。

要之，南歌之数量与力量，皆远过北歌，惟衡以乐府采诗之本意，则北歌反觉可贵。以其中所咏者，尚泛及于社会各方面，不无即事箴时之作，不似南歌第为摇荡心魂之什也。昔纪晓岚论东坡词云："寻流溯源，不能不谓之别格，然谓之不工，则不可。"余于南朝乐府亦云。

第五章 隋乐府

有隋一代之乐府,大致可分为两期:即文帝时之拟古乐府;与炀帝时之拟南朝乐府。前者为南朝艳曲之反动,而后者则南朝艳曲之余波也。此两时期之成因,《隋书·文学传》叙言之甚悉:"梁自大同之后,雅道沦缺,渐乖典则,争驰新巧,简文湘东,启其淫放,徐陵庾信,分道扬镳,其意浅而浮,其文匿而采,词尚轻险,情多哀思,格以延陵之听,盖亦亡国之音乎!周氏吞并梁荆,此风扇于关右,狂简斐然成俗,流宕忘返,无所取裁。高祖(文帝)初统万机,每念斲彫为朴,发号施令,咸去浮华。然时俗词藻,犹多淫丽,故宪台执法,屡飞霜简。炀帝初习文艺,有非轻侧之论,暨乎即位,一变其风。"盖此两运动之倡导者,皆为在上之人君,各凭其政治力量,故能于数十年极短时间内,而造成前后两极端之风气也。

(一)文帝时之拟古乐府

文帝起自布衣,混一海宇,念创业之艰难,疾世风之淫荡,故即位之初,即以正音乐,改文体为务。如开皇九年诏云:"朕祗承天命,清荡万方,百王衰弊之后,兆庶浇浮之日,圣人遗训,扫地俱尽。制礼作乐,今也其时。朕情存古乐,深思雅道,郑卫淫声,鱼龙杂戏,乐府之内,尽以除之!"又开皇十三年诏:"人间音乐,流僻日久,弃其旧礼,竞造繁声,浮宕不归,遂以成俗,宜加禁约,务存其本。"所谓淫声,繁声,皆指南朝艳曲。而观《隋书·

李谔传》，尤足见隋初君臣上下对于南朝香艳文学之深恶痛绝。《传》云：

> 谔又以属文之家，体尚轻薄，递相师效，流宕忘返，于是上书曰："魏之三祖，更尚文辞，忽君人之大道，好雕虫之小艺，下之从上，有同影响！竞骋文华，遂成风俗。江左齐梁，其弊弥甚，贵贱贤愚，唯务吟咏！竞一韵之奇，争一字之巧，连篇累牍，不出月露之形！积案盈箱，唯是风云之状！损本逐末，流徧华壤！递相师祖，久而愈扇！及大隋受命，圣道聿兴，屏出轻浮，遏止华伪，开皇四年，普诏天下，公私文翰，并宜实录！其年九月，泗州刺史司马幼之文表华艳，付所司治罪。自是公卿大夫，咸知正路，莫不钻仰坟集，弃绝华绮！"（节引）

在隋初君臣锐意复古之下，二百年来风靡大江南北之南朝艳曲，乃不能不暂告销声匿迹，而取而代之者，即为拟古乐府！于是由短隽小体，复变而为长篇歌行；由男女相思，复变而为自由抒写，颇得曹魏拟古之遗意。今就其内容，分两方面叙之：

（1）借古题而写己怀者　此可以薛道衡、辛德源、何妥诸人之作为代表。

妥字栖凤，精音律，乐府凡四篇，皆拟古，其《门有车马客行》云：

> 门有车马客，言是故乡来。故乡有书信，纵横印检开。开书看未极，行客屡相识。借问故乡人，潺湲泪不息。上言离别久，下道望应归。——寸心将夜鹊，相逐向南飞！

按妥本南人，江陵陷，入周，复仕隋，故末二语云然。盖用曹操乐府"月明星稀，乌鹊南飞"句意。于拟古之中，寓身世之感，虽用旧题，仍不失为好诗！与六朝人拟古，《鸡鸣高树巅》但咏"鸡"，

《乌生八九子》但咏"乌"者,判不同矣。

辛德源字孝基,拟古乐府亦有数篇,其《猗兰操》云:

奏事传青阁,拂除乃陶嘉。散条凝露彩,含芳映日华。已知香若麝,无怨直如麻!不学芙蓉草,空作眼中花!

《猗兰操》属琴曲。史言德源,文帝时不得调,隐于林虑山,著《幽居赋》以自寄,此诗以幽兰自喻,犹幽居之旨也。"已知"二句,寄情于物,有身世之感。《荀子》:"蓬生麻中,不扶而直。"《论语》:"直道而事人,焉往而不三黜?"

薛道衡字玄卿,河东汾阴人。文帝朝,数坐事除名,炀帝为晋王时,与道衡有宿怨,及即位,乃以论时政事杀之。其拟古乐府凡五篇。七言长歌《豫章行》,亦为借古题自写幽怀之作:

江南地远接闽瓯,山东英妙屡经游。前瞻叠嶂千重阻,却带惊湍万里流。枫叶朝飞向京洛,文鱼夜过历吴洲。君行远度茱萸岭,妾住长依明月楼。楼中愁思不开嚬,始复临窗望早春。鸳鸯水上萍初合,鸣鹤园中花并新。空忆常时角枕处,无复前日画眉人。照骨金环谁用许?见胆明镜自生尘!荡子从来好留滞,况复关山远迢递。当学织女嫁牵牛,莫作姮娥叛夫壻。偏讶思君无限极,欲罢欲忘还复忆。愿作王母三青鸟,飞去飞来传消息。丰城双剑昔曾离,经年累月复相随。不畏将军成久别,只恐封侯心更移!

马缟《中华古今注》:"晋时牛斗间常有紫气,张华知非王者之气,乃是剑气。乃以雷焕为丰城令,焕博识,到县乃掘县狱,深,得剑两枚,一送与张华,一焕自佩。后华子韪佩过延平津,跃入水,使人寻之,乃见化为龙也。焕卒,子亦佩之,于延平津亦跃入水化为龙矣。"(《晋书》稍异)丰城二句用此事。《西京杂记》:"戚姬以百炼金为弪环,光照指骨。""照骨"句本此。

按《隋书·本传》："仁寿（文帝）中，杨素专掌朝政，道衡既与素善，上不欲道衡久知机密，因出检校襄州总管。道衡久蒙驱策，一旦远离，不胜悲恋，言之哽咽。高祖怆然改容曰："尔光阴晚暮，侍奉诚劳，朕欲令尔将摄，兼抚萌俗。今尔之去，朕如断一臂。"于是赍物三百段，九环金带，并时物一袭，马十匹，慰勉遣之。"是篇之作，殆为此事。道衡开皇初尝聘陈，后又配防岭表，至是复出为襄州总管，皆江南地，故借《豫章行》以自写耳，非真为孤妾鸣冤也！史言文帝不欲道衡久知机密，此诗所以有"明镜生尘"之叹。末语颇怀弓藏狗烹之忧。

《诗薮》云："六朝歌行可入初唐者，卢思道《从军行》（见后），薛道衡《豫章行》，音响格调，咸自停匀，气体丰神，尤为焕发。"按七言乐府，鲍照以前，多每句押韵，殊欠灵通。自鲍氏《行路难》后，始变为隔句押韵，与五言无异，而气体始畅。然犹时杂硬语，罕用虚字，文句亦不尚排偶也。至道衡此篇，则几于无句不偶，虚字之呼应，尤蝉联而下，如"空忆"、"无复"、"谁用"、"自生"、"从来"、"况复"、"当学"、"莫作"、"不畏"、"只恐"之类，实为七言歌行演进中之又一阶段。

（2）借古题而写时事者　此种方法，盖自曹操开之，至此始复行采用，可以下卢思道，杨素二人之作为代表。素字处道，为隋猛将，与道衡最莫逆，有《赠薛播州诗》十四首，为世所诵。其乐府《出塞》，即纪实之作：

汉虏未和亲，忧国不忧身。握手河梁上，穷涯北海滨。据鞍独怀古，慷慨感良臣。历览多旧迹，风日惨愁人。荒塞空千里，孤城绝匹邻。树寒偏易古，草衰恒不春。交河明月夜，阴山苦雾辰。雁飞南入汉，水流西咽秦。风霜久行役，河朔备艰辛。薄暮边声起，空飞胡骑尘。

《隋书·杨素传》:"开皇十八年(598),突厥达头可汗犯塞,以素为灵州道行军总管,出塞讨之。"又云:"仁寿初(601),以素为行军元帅,出云州击突厥,连破之。"是素曾屡出塞,故借古题以叙其事也。当时薛道衡、虞世基皆有《出塞》诗,然系和杨素之作,故从略。

卢思道字子行,范阳涿人。初仕齐,后入周,继复仕隋。《谈薮》载其逸事一则:"北齐卢思道聘陈,设宴联句作诗,先唱者讥北人云:'榆生欲饱汉,草长正肥驴。'谓北人食榆,吴地无驴,故有此句。思道即续之曰:'共甑分炊饦,同铛各煮鱼。'谓南人无义,同炊异馔也。吴人愧之。"(《诗话总龟》卷三十六引)与薛道衡《人日》之作,同为北人生色不少。

思道卒年,诸书无考。《本传》:"开皇初,以母老解职,岁余被征。……思道陈殿庭非杖罚之所,朝臣犯笞,请以赎论。上嘉纳之。是岁卒于京师,年五十二。"讫无明文。陈胤倩《古诗选》云开皇间卒,盖忖度之词。按《隋书·刑法志》:"高祖性猜忌,明察临下,每于殿庭打人,一日之中,或至数四,(开皇)十年尚书左仆射高颎,治书侍御史柳彧等谏,以为朝堂非杀人之所,殿庭非决罚之地。……"《志》云柳彧等谏,思道当与其事,则《本传》所云"是岁卒于京师"者,为开皇十年也。(按张说《齐黄门侍郎卢思道碑》载思道卒于隋开皇六年(586),当从。)

思道诗计二十六篇,其中为拟古乐府者凡十,拟南朝者只《采莲》一曲,今举其七言长篇《从军行》:

朔方烽火照甘泉,长安飞将出祁连。犀渠玉剑良家子,白马金羁侠少年。平明偃月屯右地,薄暮鱼丽逐左贤。谷中石虎经衔箭,山上金人曾祭天。天涯一去无穷已,蓟门迢递三千里。朝见马岭黄沙合,夕望龙城阵云起。庭中奇树已堪攀,塞上征人殊未还。白雪初下天山外,浮云直上五原间。关山万里不可越,谁能坐对芳菲月?流水本自断人肠,坚冰旧来伤马骨。边庭节物与华异,冬霰秋霜春不歇。长风萧萧度水来,归雁连连映天没。从军行,军行万里出龙庭。单于渭桥今已拜,将军何处觅功名?

北齐、北周及隋,皆多征战,此篇盖亦纪实。末语更含讽意,观"觅"字可见。王昌龄诗:"悔教夫婿觅封侯",本此。《古今诗话》:"明皇初自巴蜀回,夜阑登勤政楼,倚栏南望,烟月满目,因歌曰:'庭前奇树已堪攀,塞北征人尚未还。'盖卢思道之诗也。"然则此篇固唐人之所心赏者。

统观以上诸人之作,则隋初乐府之真象已具可见。与南朝文人乐府之空疏浪漫,大不同矣。然此乃无异汉乐府之回光返照焉。

(二)炀帝时之拟南朝乐府

南朝艳曲之复盛于炀帝之朝,原因盖亦有二:一为经济。《隋书·食货志》:"炀帝即位,是时户口益多,府库盈溢,乃除妇人及奴婢部曲之课。……又造龙舟、凤艒、黄龙、赤舰、楼船、篾舫,募诸水工,谓之殿脚。衣锦行縢,执青丝缆挽船,以幸江都。帝御龙舟,文武官五品以上给楼船,九品以上给黄篾舫,舳舻相接,二百余里。"是殆语所谓"富不与奢期而奢自至"者也。一为好尚。《隋书·裴蕴传》:"初,高祖不好声技,遣牛弘定乐,非正声清商及九部四儛之色,皆罢遣从民。至是,蕴揣知帝(炀帝)意,奏括天下周、齐、梁、陈乐家子弟,皆为乐户。其六品以下至庶民,有善音乐及倡优百戏者,皆置太常。是后异技淫声,咸萃乐府,皆置博士弟子,递相教传,增益乐人至三万余!"此所谓"上有好者下必甚焉"者也。今亦析此期作品为两种,分别叙之。

(1)因南朝艳曲而填新词者 汉魏乐府,不事填词,有之,盖自吴韦昭始。稍后,晋傅玄亦尝为之,然其风未盛也。至梁、陈之世,则乐府颇以填词为能事。如梁武帝、沈约、梁简文帝诸人之《江南弄》、《四时白纻歌》、《梁鼓吹曲》,以及陈后主、徐陵、江总诸人之《长相思》,皆填词之作也。填词之妙用,即在于能以不同之歌词,保持同一声调。炀帝既醉心南朝艳曲,故多即其艳曲之声调而填之新词。如《春江花月夜》,陈后主所造曲也,而炀帝填之：

暮江平不动,春花满正开。流波将月去,潮水带星来。
夜露含花气,春潭漾月辉。汉水逢游女,湘川值两妃。

同时,诸葛颖和作一首云：

张帆渡柳浦,结缆隐梅洲。月色含江树,花影覆船楼。

陈后主原作今不传,然以此推之,当亦系当时流行之五言四句体也。又如《四时白纻歌》,梁沈约所制者也,而炀帝亦填之。其《东宫春》云：

洛阳城边朝日晖,天渊池前春燕归。含露桃花开未飞,临风杨柳自依依。小苑花红洛水绿,清歌婉转繁弦促。长袖逶迤动珠玉,千秋万岁阳春曲。

又《江都夏》云：

黄梅雨细麦秋轻,枫树萧萧江水平。飞楼绮观轩若惊,花簟罗帷当夜清。菱潭落日双凫舫,绿水红妆两摇漾。还似扶桑碧海上,谁肯空歌采莲唱？

试取沈作《白纻歌》(见上南朝文人乐府章)对照,即知此为填词。沈作七言八句,此亦七言八句;沈作每句押韵,此亦每句押韵;沈作四句换仄韵,而此亦四句换仄韵。与此同时,虞世基有和炀帝《四时白纻歌》二首,其《长安秋》云:

露寒台前晓露清。昆明池水秋色明。摇环动佩出层城,鹍弦凤管奏新声。上林葡萄合缥缈,甘泉奇树上葱青。玉人当歌理清曲。婕妤恩情断还续。

此亦属填词者,惟五六两句稍有变化耳。虞世基外,则文帝时尝作拟古乐府之薛道衡,至此,亦转而拟作艳曲,其《昔昔盐》,亦可视为填词一类。词云:

垂柳覆金堤,蘼芜叶复齐。水溢芙蓉沼,花飞桃李蹊。采桑秦氏女,织锦窦家妻。关山别荡子,风月守空闺。恒敛千金笑,长垂双玉啼。盘龙随镜隐,彩凤逐帷低。飞魂同夜鹊,倦寝忆晨鸡。暗牖垂蛛网,空梁落燕泥。前年过代北,今岁往辽西。一去无消息,那能惜马蹄?

《诗薮》云:"薛道衡《昔昔盐》,大是唐人排律,时有失粘耳。"陈胤倩曰:"空梁落燕泥,固以自然为胜。结亦悠扬。"按结句用苏伯玉妻《盘中诗》"何惜马蹄归不促"。

考《昔昔盐》一调,隋以前不见,《乐府》列之《近代曲》,并引《乐苑》云:"《昔昔盐》,羽调曲,唐亦为舞曲。"然"盐"之为义,究不可晓。《秋窗随笔》云:"隋曲有《疏勒盐》,唐曲有《突厥盐》、《阿鹊盐》,或云关中人谓好为盐,故施肩吾诗云:'颠狂楚客歌成雪,媚赖吴娘笑是盐。'当时语也。今杖鼓谱中尚有盐杖声。余,秦人也,今关中语无以'好'为'盐'者。'盐'殆唐方言耳。岂今人与千百年前异音耶?"按好之为训,于义无取,或说自不足信。《古诗纪》云:"《玄怪录》载籧篨三娘工唱《阿鹊盐》,又有《突厥盐》、《黄帝盐》……唐人诗'媚赖吴娘唱是盐'

297

'更奏新声《刮骨盐》',谓之'盐'者,如行、吟、曲、引之类也。"《丹铅余录》亦云:"梁乐府有《夜夜曲》,或名《昔昔盐》。昔,即夜也。《列子》:昔昔梦为君。'盐'亦曲之别名。"[1]按沈约有《夜夜曲》,梁简文帝尝拟之,皆五言八句体,与此颇类,《余录》之说,不为无见。意此调盖衍《夜夜曲》之声,故尔文句加多,遂易其名耳。(按元稹诗:"华奴歌淅淅,媚子舞卿卿。"自注云:"华奴善歌《淅淅盐》。"此亦"盐"乃曲之别名之一证。)

道衡此篇所带南朝色彩甚浓,当作于炀帝朝,如作于文帝时,不几同司马幼之以华艳而被罪耶?《刘氏传记》:"炀帝善属文,不欲人出其右,薛道衡由是得罪。后因事诛之,曰:'更能作"空梁落燕泥"否?'"据此,亦约可推知其写作时代。

夫声之与词,非有二致也。声雅正者词不得郑卫,词郑卫者声亦不能雅正。此期作者既多采用南朝艳曲之声词,用其声,斯不得不拟其词。声淫荡矣,词又安得而不淫荡乎?填词之作,尚有炀帝与王胄之《纪辽东》,然系自造之新曲,于下节详之。

(2)因南朝艳曲而造新声者 《隋书·乐志》:"炀帝大制艳篇,辞极淫绮,令乐正白明达造新声,创《万岁乐》、《藏钩乐》、《七夕相逢乐》、《玉女行觞》、《神仙留客》、《斗鸡子》、《斗百草》、《泛龙舟》等曲,掩抑摧藏,哀音断绝。"按炀帝尝罗网天下周、齐、梁、陈乐家子弟皆为乐户,则此种新声,盖亦本之梁陈之艳曲者,是以词极淫绮。上列诸曲之存者,今惟有《泛龙舟》:

> 舳舻千里泛归舟。言旋旧镇下扬州。借问扬州在何处?淮南江北海西头。六辔渐停御百丈,暂罢开山歌櫂讴。讵似江东掌间地,独自称言鉴里游?

---

[1] 乾按《列子·周穆王》:"精神荒散,昔昔梦为国君,又昔昔梦为臣仆。"注:"昔昔,夜夜也。"《乐府解题》:"昔昔盐,犹夕夕引也。"是盐亦犹引,曲之别名也。

《旧唐书·乐志》:"《泛龙舟》,炀帝江都宫作。"炀帝开皇中尝为扬州总管,故有"言旋旧镇"之言。百丈,谓挽龙舟之丝缆。此篇与前庾信《乌夜啼》,皆足为七言律之开山。《隋书·柳䛒传》谓"炀帝早年属文,为庾信体",此或即效庾信作者。此外,炀帝又有《江都宫乐歌》:

> 扬州旧处可淹留,台榭高明复好游。风亭芳树迎早夏,长皋麦陇送余秋。绿潭桂楫浮青雀,果下金鞍跃紫骝。绿觞素蚁流霞饮,长袖清歌乐戏州。

与上《泛龙舟》格局相同,不知是否属同一调。写扬州风物,语亦工丽。然以天子而流连光景,沉湎酒色如此,又何怪乐戏之州,即为杀身之地耶?炀帝尚有《喜春游歌》一首:

> 步缓知无力,脸曼动余娇。锦袖淮南舞,宝袜楚宫腰。

在炀帝所造诸新声曲中,惟《纪辽东》二首,颇得乐府叙事之遗意,然而词旨浮夸,骄亦甚矣。其词云:

> 辽东海北剪长鲸,风云万里清。方当销锋散马牛,旋师宴镐京。前歌后舞振军威,饮至解戎衣。判不徒行万里去,空道五原归!

> 秉旄仗节定辽东,俘馘变夷风。清歌凯捷九都水,归宴洛阳宫。策功行赏不淹留。全军藉智谋。讵似南宫复道上,先封雍齿侯?

按炀帝亲征高丽,凡四次,而以大业八年(612)出师为最盛。《帝纪》云:"(八年)三月……,车驾渡辽,大战于东岸,……进围辽东。……七月……癸卯班师。九月庚辰,上至东都。"东都即洛阳,诗云"归宴洛阳宫",当作于是时。贾谊《过秦论》:"销锋镝铸,以为金人十二。"《史记·太史公自序》:"始皇既立,并兼六国,销锋铸镰。"《尚书·武成》:"武王伐殷,自商至于丰,乃偃武修文,归马于华山之阳,放牛于桃林之野。"又《史记·秦始皇本纪》:"三十五年,除道,道九原,抵云阳,堑山湮谷直通之。"《集解》云"骃案:《地理志》五原郡有九原县。"结语盖用此。雍齿,汉高祖仇人,高祖先封之,以安定群臣,详《史记·留侯世家》。

此诗结构甚别,一句七言,一句五言;上四句一韵,下四句另换一韵;两首如一。疑与梁武帝《江南弄》相同,先有腔调而后填之词者。若下王胄之《纪辽东》,则分明为填词矣。王作亦有两首,悉与炀帝作相合,兹录其一:

辽东浿水事龚行,俯拾信神兵。欲知振旅还归乐,为听凯歌声。十乘元戎才渡辽,扶涉已冰消。讵似百万临江水,按辔空回镳?

与原作几于丝毫不爽。意当日炀帝大制艳篇,造为新声,群臣附和,如此之作,定复不少,惜皆湮灭,难以征实。然即以本篇所举诸作观之,亦足见此时填词之流行也。

炀帝征辽之役,劳民丧财,实为隋室乱亡之一大原因。《海山记》载有《挽舟者歌》一首,足征此役在民间所发生之影响,录之以资对照:

我儿征辽东,饿死青山下。今我挽龙舟,又困隋堤道。方今天下饥,路粮无些小。前去三十程,此身安可保?寒骨枕荒沙,幽魂泣烟草。悲损门内妻,望断吾家老!安得义勇儿,焚此无主尸。引其孤魂回,负其白骨归?[1]

按《隋书》大业七年《帝纪》:"于时辽东战士及馈运者,填咽于道,昼夜不绝,苦役者始为群盗。"又《刘元进传》:"炀帝兴辽东

---

[1]《挽舟者歌》"焚此无主尸",丁福保《全隋诗》"焚"作"烂",北京师范大学《中国民间文学史》作"悯",未知所据。

之役,百姓骚动,会帝复征辽东,征兵吴会,士卒皆相谓曰:'去年吾辈父兄从帝征者,当全盛之时,犹死亡大半,骸骨不归。今天下已罢,是行也,吾属无遗类矣!'于是多有亡散。"此歌首云"我儿征辽东,饿死青山下",则民心之怨毒亦可知矣。惜乎,乐府不采诗,使炀帝有以自闻其过,而无识群臣如王胄辈,又复希意导言作为谄媚之词,遂至一再残民以逞,而卒遭灭亡也!

炀帝君臣,既大造新声,于时民间,亦竞赌异曲,《旧唐书·乐志》:"踏摇娘生于隋末。隋末,河内有人貌恶而嗜酒,常自号郎中,醉归必殴其妻。其妻美色,善歌为怨苦之词,河朔演其曲而被之管弦,因写其夫之容。妻悲诉,每摇顿其身,故号《踏摇娘》。近代优人,颇改其度,非旧旨也。"惜其曲词不传,传者有丁六娘之《十索》:

裙裁孔雀罗,红绿相参对。映以蛟龙锦,分明奇可爱。粗细君自知,从郎索衣带!

为性爱风光,偏憎良夜促。曼眼腕中娇,相看无厌足。欢情不耐眠,从郎索花烛!

君言花胜人,人今去花近。寄语落花风,莫吹花落尽。欲作胜花妆,从郎索红粉!

二八好容颜,非意得所关。逢桑欲采折,寻枝倒懒攀。欲呈纤纤手,从郎索指环!

丁六娘不详,《乐府》作隋丁六娘,引《乐苑》云:"《十索》,羽调曲也。"题为《十索》,只得其四,当系遗佚。《乐府》别载无名氏《十索》二首,《古诗纪》据《选诗拾遗》亦作丁六娘,词云:

含娇不自转,送眼遥相望。无那关情伴,共入同心帐。欲防人眼多,从郎索锦障!

兰房下翠帷,莲帐舒鸳锦。欢情宜早畅,密意须同寝。

欲共作缠绵,从郎索花枕!
亦《子夜》、《读曲》之流也。
　　总之,乐府至于隋炀帝,又一变而为南朝艳曲之天下,一复前日绮罗香泽、风云月露之旧观,汉魏遗意,实始荡然。迨有唐杜工部出,创为新乐府一体,超然于音乐之外,始克继绝存亡而加以摧陷廓清焉。
　　呜呼,第观有隋一代之兴亡,而有以知夫声诗之道,实与政通!

后记

> 稿成十年前，稿定十年后。
> 虽非作始功，青灯写如豆。
> 永念先师故，未欲一字苟。
> 文事蹙妻儿，生命悬奔走。
> 对此余长吁，欲覆恐无瓿。

这是一九四五年二月我题拙作《汉魏六朝乐府文学史》的一首旧诗，没有什么诗味，权且用来作个话头。

这本小书，原是我研究院毕业论文，属稿于日本帝国主义发动"九·一八"事变的一九三一年，脱稿于国民党反动政府与日寇签订卖国的"塘沽协定"的一九三三年，诗所谓"十年前"，便是指的这段悲惨的时候；"十年后"，是指我将论文修改出版的一九四三年，也就是抗日战争已进入最后阶段的第六年。那时我在昆明西南联大，为避日机轰炸，住在城南二十里的跑马山，没有电，没有煤油，真是一灯如豆。为了一家生活，我有课即兼，不论大专中小，也不计远近高低，全凭两条腿，生命也确是悬诸奔走的。

于今已是四十年了。在这四十年中，我们多灾多难的祖国，在中国共产党的正确领导下，在连续取得抗日战争、解放战争的胜利之后，建立了伟大的中华人民共和国，"中国人民站起来了！"一切都起了翻天覆地的变化。而我呢，也居然活到七十七岁，而且还要继续活下去，继续工作下去，为社会主义现代化建设添砖添瓦，还居然能看到这本小书的重版发行。所有这些，都是我当时不敢也无从梦想的。

对于先师黄晦闻先生，我是服膺的，也是感激的，但并非单纯地为了他的学问和对个人的私恩。[1] 有这样一件事："九·一八"事变发生后不久的一天下午，黄先生从城里来上课，他平素从不迟到早退，可这天却突然中途辍讲，宣布下课，掩卷而去。老先生出于爱国的愤激心情，我们能理解，但反应如此强烈却也令人惊讶。第二天我去看他，他写了两首七绝，题目是《书愤》，其中有"眼中三十年来事，又见虾夷入国门"和"老去此忧无可寄，不从今日始伤神"之句。我这才明白，原来老先生把三十几年前曾经目击的日本军国主义发动的那次侵华战争（1894年中日甲午之战）和当前的"九·一八"事变联系在一起，而他又看不到人民的力量和祖国的前途，这就难怪他的心情特别沉重了。"国必自伐，然后人伐之。"因此，黄先生在另一首题为《我诗》的七言律诗中，痛斥当时国民党反动政府为"群贼"："伤心群贼言经国，孰谓诗能见我悲！"（此诗不见于他的《蒹葭楼诗集》，当为当路者所删。）黄先生的这一行事，对我和我的论文写作都很有影响。我说的"未欲一字苟"，并不仅在文字之间。

本书虽名为《汉魏六朝乐府文学史》，其实就是汉魏六朝民间文学史，说得更确切点，也就是汉魏六朝乐府民歌史，因为从数量到质量，从思想内容到艺术形式，从对当代到对后世诗人的积极影响，乐府民歌，尤其两汉乐府民歌，都占有非常重要的主

---

[1] 乾按黄节老先生（1873-1935）字晦闻，广东顺德人。世称近代大儒、爱国诗人、诗学宗师、著有《蒹葭楼诗》、《汉魏乐府风笺》等。早年以诗文鼓吹革命，讲究"行己立身"之道，曾任孙中山大元帅府秘书长、广东省教育厅长等。1929年复以北京大学教授兼清华研究院导师，适遇萧涤非先生免试读研，遂有奖进之恩，力荐至山东大学任教，并因之结识夫人。今坊间因萧夫人黄兼芬姓黄，故传萧为黄婿，实误。黄婿李姓，附此以正。私恩本不在此。

导地位,在诗歌史上开创了一个新局面。遗憾的是,《汉书》的作者班固没有把这些乐府民歌记录下来,这实在是一个无法弥补的莫大损失。不过,班固也做了两件好事:一是比较具体全面地记载了当时乐府采诗的范围和数量,计采自全国各地的民歌凡一百三十八篇(未标明产地的《杂歌诗九篇》等尚未计在内)。二是对这一百几十篇乐府民歌的艺术特色和政治功用作了很好的概括和评价,这就是他说的"皆感于哀乐,缘事而发,亦足以观风俗,知薄厚。"(均见《汉书·艺文志》)用现在的话来说,也就是真实地反映现实的现实主义精神。从乐府诗的传统角度,我们可以看得很清楚,如果没有"缘事而发"的汉乐府民歌,便不会有曹操诸人的"借古题而写时事"的拟古乐府,也不会出现所谓"建安风骨"和"五言腾踊"的局面。数百年后,由杜甫开创的"即事名篇"的新题乐府,以及由白居易倡导的以"歌诗合为事而作"为号召的新乐府运动,也都无从产生。唐代是诗的黄金时代,成就是多方面的,但其中五、七言绝句之特见繁荣,显然也受到南北朝小乐府的影响。鲁迅先生说:"旧文学衰颓时,因为摄取民间文学或外国文学而起一个新的转变,这例子是常见于文学史上的。"(《门外文谈》)汉魏六朝乐府民歌便是其中最明显的例子。

关于本书的写作意图,我在"引言"中已有所说明,这里需要略作补充的有两点:第一,本书自草创以至出版,十余年间,正当国家民族危急存亡之秋,故篇中于叙及民族矛盾时,往往不免流露出一种传统的狭隘民族观念,然非甚有碍者,亦不加点窜。第二,此书系已出版过的旧著,为了保存原样,不拟多所更张。凡此次增补之材料,一般均用按语加括符以示区别。

本书,抗日战争期间曾由中国文化服务社出版,但印数甚少,纸张亦劣。解放后,由于同志们的关怀,每以"重予付梓"相敦促,并谬有所称引和评介;今承人民文学出版社大力支持,修订重排发行,刘文忠同志并对全书作了细致的核校。所有这些,让我在此一并致以谢意!

萧涤非于山东大学
一九八三年九月十五日

附录

《汉魏六朝乐府文学史》补辑

萧涤非补　　萧光乾 萧海川辑

补辑说明

萧涤非先生的《汉魏六朝乐府文学史》，自一九四四年初版后，几十年间，先生勤于检验，每有所得，辄批其上。其中有些内容已见人民文学出版社一九八四年再版本，但多数补批仍是尘封，惜其几为湮没。2000 年 5 月，中宣部李从军副部长为弘扬母校学术传统，嘱编《萧涤非全集》，爰趁此辑出。

一，因先生这些补批见于一九四四年初版本，已是绝版，不便注页码，故按本书章节为序。（八四版并注页码）

二，格式上大体是各编章节对应的原文在前，用方括号括出，所录原文有删节的，一般也不用删节号，以便浏览。补批的文字在后，次序对应原文。内容较多者则稍加归类。

三，补批原有的"按"、括符、著重号等一律保留。所引资料，过录时也尽可能作了复按。偶有笔误，径改不注。个别实不能确认的字，以□代之。

四，凡辑者说明文字，均用"乾按"加括符，以示区别。

二〇〇三年三月十一日

又，先生在本书一九八四年版自存本上，另有若干补批，所以这里所辑补批，有两部分，一是四四年版补，一是八四年版补，共229条。连同《本书录诗索引》,并附增补本之末。改为横排,先出单行本。

  谨向李从军副部长,向人民文学出版社和刘文忠、周绚隆先生,以及陈新洲、王运熙、林继中、管士光等先生致谢。不当之处,敬请读者朋友指正。

萧光乾 萧海川
二〇〇七年八月廿日

一 《汉魏六朝乐府文学史》
一九四四年版补辑

凡193条

第一编　绪　　论

［第一章　乐之起源与先秦乐教　（一）致乐以治心。］　白居易《卧听法曲霓裳》诗："乐可理心应不谬,酒能陶性信无疑。"

［第二章　乐府之产生及其沿革　乐府者本一制音度曲之机关。］《宋书》卷五十一《临川烈武王传》："鲍照尝为古乐府,文甚遒丽。"又卷四《少帝记》："圣乃征召乐府,鸠集伶官。"此乐府仍指机关。

［乐府之制,其来已久,秦有太乐令、太乐丞,皆掌乐之官也。］　王书页九有说,谓指太乐,泛称乐府。乐府广泛,可包太乐,习惯有关。（乾按：王书,指王运熙先生《乐府诗论丛》一书,上海古典文学出版社1958年版。下同。）

［考班固言武帝立乐府事,再见于《礼乐志》："以李延年为协律都尉。"］《史记·外戚世家》："李夫人有宠,早卒,其兄李延年以音幸,号协律。协律者,故倡也。"又"及李夫人卒,则有尹婕妤之属,更有宠,然皆以倡见,非王侯有土之女士兀可以配人主也。"按卫子夫亦以讴者得幸,则武帝之立乐府,实为声色,故《汉书》云："可以观风俗。"微词。

［第三章　乐府之界说与分类　乐府之范围,有广狭二义。］《宋书》卷一百载沈林子所著文章,其中诗与乐府即已分为二。

［准斯而论,则凡入乐如"郊庙歌辞"、"燕射歌辞",吾人亦

正不能不摈之于乐府之外。] 古贵人燕食必奏乐,擅弓知悼,子卒未葬。平公饮酒,师旷、李调侍技钟,是国君食时必奏乐也。《左传·哀公十四年》:左师每食击钟,闻钟声,公曰:夫子将食。既食又奏,是大臣食亦奏乐也。

[唐吴兢作《乐府古题要解》,乃分乐府为八类:(一)相和歌。] 王书四二页有说,相和属黄门鼓吹,并包括杂舞。见曹植诗。[第四章 论五言出于西汉民间乐府不始班固 如班固以前,果无五言之作,犹可说也。考之史籍,则正不然。] 《汉书》卷七十二《贡禹传》:"何以孝弟为?财多而光荣。何以礼义为?未书而仕宦。何以谨慎为?勇猛而陷官。"是亦五言语也。

[不独《汉书》所载然也,其见于《后汉书·樊晔传》之《凉州歌》,亦为五言。] 《后汉书·马援传》:"长安语(当时谚也)曰:城中好高髻,四方高一尺。城中好广眉,四方且半额。城中好大袖,四方全匹帛。"

[夫凉州为边鄙之地,作者乃蚩蚩之氓,而犹有此完善之五言。] 汉明帝《起居注》:"帝巡狩过亭障,乌鸣,亭长引弓射中之,奏曰:'乌鸟鸣哑哑,引弓射右腋。陛下寿万年,臣为二千石。'帝悦,令天下亭障皆画乌。"

[至确为此时五言作品,则有李延年歌:"北方有佳人……"《汉书·外戚列传》:孝武李夫人本以倡进。] "延年父母故倡家,坐事腐刑,为构监。"其作此五言体,可以推知其用当时民歌体。

第二编　两汉乐府

［第一章　论汉乐府之声调　（三）秦声。李斯《谏逐客书》云："击瓮叩缶,弹筝拊髀,而呼乌乌快耳者,真秦声也。"］《古诗十九首》有："今日良宴会,欢乐难具陈。弹筝奋逸响,新声妙入神。"

［于此,可注意者,即平清瑟三调皆用筝,而相和曲则无之。按前引李斯上书,以弹筝为秦声,是知筝确为秦声独擅之乐器。］瑟调曲《善哉行》："以何忘忧,弹筝酒歌。"曹植《赠丁廙》："秦筝发西气,齐瑟扬东讴。"柳宗元有《筝郭师墓志》。刘禹锡《历阳书事》："离亭临野水,别思入哀筝。"又,《夜闻商人船中筝》诗："大艑高船一百尺,新声促柱十三弦。"可见唐时筝仍流行。李端《听筝》诗："鸣筝金粟柱,素手玉房前。欲得周郎顾,时时误拂弦。"温庭筠《和友人悼亡》诗："宝镜尘昏鸾影在,钿筝弦断雁行稀。"又,《弹筝人》："天宝年中事玉皇,曾将新曲教宁王。"

曹植《与吴质书》："举泰山以为肉,倾东海以为酒;伐云梦之竹以为笛,斩泗滨之梓以为筝。"

［第二章　汉初贵族乐府　一安世房中歌　今歌有"高张四悬,乐充宫庭"之文,四悬谓四面悬,即宫悬,盖钟磬之属。］准俄礼宫悬,四面设镈钟十二虡,"其簨簴皆金,五博山饰以崇牙树羽旒苏。"（隋志）钟二:镈钟每系悬一虡。编钟,小钟也。以次编而悬之,上下皆八,后十六,钟悬于一簨簴,磬悬如编钟之法。周官小胥职悬钟磬,半之为堵,全之为肆。郑玄曰:钟磬编

313

悬之二八十六,而在一虡。钟一堵,磬一堵,谓之肆。汉成帝时,犍为水滨,得石磬十六枚,此皆悬八之义也。(隋志)《隋志》:"大鼓小鼓等并朱漆画,节鼓饰以羽葆。"

[《房中歌》之艺术价值　乃正在于能变化楚辞而创为三言体与七言句之少数作品焉。《招魂》:"美人既醉,朱颜酡。(些)"] 李太白诗:"美人欲醉朱颜酡。"《陔余》23:"《金玉诗话》谓七言起于柏梁,然刘勰谓出自诗骚,孔颖达举'如彼筑室于道谋'为七言之始,然不特此也,如'自今伊始岁其有,君子有谷贻孙子'等句甚多,顾宁人谓:楚辞《招魂》、《大招》去其'些','只',即是七言。

按'迁藏就歧何所依,殷有惑妇何所讥'等句,本无'些''只',则竟是七言也,特尚未以为全篇,至柏梁则通体皆七言,故后世以为七言之始耳。然古时亦已有为全篇者:'皇娥倚瑟清歌曰:天清地旷浩茫茫,万象回薄化无方,浛天荡荡望沧沧,乘桴轻漾著日旁。'此或秦汉间人拟作,至如灵枢经云:'凡刺小邪日以大,补其不足乃无害,视其所在迎之界。'宁戚《饭牛歌》:'短布单衣适玉骭,长夜漫漫何时旦。'茅濛之先有民谣曰:'神仙得者茅初成,驾龙上升入太清,时下元洲戏赤城,继世而起在我盈。'

以及项羽《垓下》、汉高《大风》。汉初有《鸡鸣歌》:'东方欲明星烂烂,汝南晨鸡登坛唤,曲终漏尽严具陈,月没星稀天下旦。'《安世歌》亦有'大海……'之句,则全篇皆七言,亦非始于柏梁也。至《吴越春秋》所载《穷劫》等曲,通首皆七言,则本后汉赵长君所作,不得谓吴越时即有此体。"

按《汉书》蒯、伍、江、息夫传赞,凡用七言者十句。《后汉书·杨震传》、《党锢传》、《胡广传》。(乾按:"《陔余》23"指清赵翼《陔余丛考》卷23,商务印书馆1957年版453页。"蒯、伍、江、息夫",指《汉书》卷四十五、列传第十五蒯通、伍被、江充、息夫躬。)

[二《郊祀歌》。自《房中歌》以迄《郊祀歌》,当时执笔者如司马相如等,又皆一世文豪,故得效法前规,大衍七言。] 陆深燕闲录:"序记云,系铭诗本于《汉书》诸赞,如蒯通等赞云:'昔子翚谋桓而鲁隐危,栾书搆隙而晋厉弑。竖牛奔仲叔孙卒,邧伯毁季昭公逐,费忌纳女楚建走,宰嚭潛胥夫差丧。李园进妹春申毙,上官诉屈怀王执。赵高败斯二世縊,伊戾坎盟宋痤死。江充造蛊太子杀,息夫作奸东平诛。'若减去首一二字,分明一篇七言古诗,少韵尔。若东方朔《赞》云:'首阳为拙,柱下为工,饱食安步,以仕易农,傲隐玩世,诡时不逢。'则成韵语矣。"《汉书·张敞传》:"五日京北竟何如,冬月已尽延命乎。"

[《郊祀歌》多侈陈乐舞声之盛,然十九章中有一杰作焉,即杂言体之《日出入》一章是也。] 王维《鱼山神女祠歌》:"不知神之来兮不来,使我心兮苦复苦。"

[三《鼓吹铙歌》"黄门鼓吹,短箫铙歌,得通名鼓吹,但所用异尔。"其言甚确。] 曹植《圣皇篇》:"武骑卫前后,鼓吹箫笳声。"《魏书·礼志》:"笳鼓不在乐限,鸣铙以誓众声,笳而清路者,所以辨等列、明贵贱耳。""八去之数,本无笳名。"

[《古今乐录》云:"汉鼓吹铙歌十八曲,字多讹误。"是自六朝已知其然矣。] 由形近、由音近或相同而误。乐工以声音相传,不求字义,如以黄为皇,陟作直,伯辽作百寮。(《宋书·乐志》:宋铙歌第一篇歌词是传主"大晋承运期,第三篇□征辽东")乐工不一一照录原字。孙楷第《〈宋书·乐志〉古今鼓吹铙歌词考》。

〔沈约注云："乐人以音声相传,训诂不可复解。"〕 见《宋志》四。《乐府诗集》十九引作"沈约云",是认为沈氏自注也。郭时代相当早,北宋人,难道此夹注亦后人所加?

〔(一)纪巡幸者。如《上之回》："上之回,所中益。夏将至,行将北。以承甘泉宫,寒暑德……令从百官疾驱驰,千秋万岁乐无极。"《吕氏春秋》高诱注:"益,息也。"〕 益,溢也。即下文百官。

〔《乐府广序》引《陶谷记》云："武帝幸朝那,立飞廉之馆,望玄圃,乐府有《上之回》曲。"〕 《封禅书》"公孙卿曰:仙人好楼居。于是上令长安则作蜚廉桂观,甘泉则作益延寿观,使卿杖节设县而候神人。"

〔今三颂诗已亡,而此篇(乾按指《上陵》)独存者,当以三颂诗依鹿鸣之声(见前引王褒传),而此则为新声之《铙歌》曲也。〕《古今注》曰:"'日重光,月重轮',群臣为汉明帝作也。乐人作歌诗四章,以赞太子之德。一曰:'日重光',二曰:'月重轮',三曰:'星重辉',四曰:'海重润'。"疑《铙歌》中之颂诗,亦多出乐人之手,故即颂语亦与文人藻绘不同。

〔(三)记武功者。如《远如期》:"……单于自归,动如惊心,虞心大佳,万人还来。谒者引乡殿陈。……"〕 不假兵威而自至也。陈本礼云:大佳,犹大幸也。又云:写初来朝景象如绘,从来未谒大汉威仪,故惊;主臣皆受荣宠,故又喜也。《尔雅》释宫堂涂,谓之陈。注:堂下至门径也。《小雅·何人斯》:"胡逝我陈。"

〔(四)叙战阵者。如《战城南》:"战城南,死郭北。野死不葬乌可食。为我谓乌:'且为客豪!……梁筑室,何以南?何以北?禾黍不获君何食?……良臣诚可思:朝行出攻,暮不夜归。"〕 浪漫主义手法,全篇代死者立言已奇;而死者又语乌,尤奇。遐营万里无城郭,此云"战城南",似非侵略战争。"豪"为动词,《世说·容止》:"魏武将见匈奴使,自以形陋,不足雄远国。""雄"亦动词。《杨震传》:"暮夜无知者。"《蒯通传》:"昨暮夜犬得肉。"《外戚世家》:"汉王怜薄姬,是日召而幸之。薄姬曰:'昨暮夜,妾梦苍龙据吾腹。'"则此亦汉时常语。《宋书》、《乐府诗集》"何以北"作"梁何北","不获"作"而获",余同。

〔(五)写爱情者,如《上邪》〕 《柳亭诗话》"邪"一作"雅"。愚意古邪、耶通用。味全篇语气,首二字一读,有疑而讯之之意。何承天拟此篇云:"上邪下难正,众枉不可矫"。则竟作邪正之邪矣。《汉书》卷九三《佞幸传》:"显贵幸倾朝,与中书仆射牢梁、少府五鹿充宗结为党友,诸附倚者皆得宠位。民歌之曰:'牢邪,石邪,五鹿客邪,印何累累,绶若若邪。'言其兼官据势也。"(乾按显,石显,以宦官被宠任,汉元帝时为中书令。结党专权,残害忠正。)"邪"皆语气词,疑而讽之。

〔又如《有所思》:"有所思,乃在大海南。何用问遗君?双珠玳瑁簪,用玉绍绕之。……妃呼豨。秋风肃肃晨风飔。东方须臾高知之。"〕 《史记·酷吏传》:"郅都为人公廉,不发私书,问遗无所受。"又,《刘敬传》:"陛下以岁时汉所余,彼所鲜,数问遗……"繁钦《定情诗》:"何以慰别离?耳后瑇瑁簪。"则女子固以簪与情人也。

近人徐德庵谓妃读为勃,呼豨为豯之长音。引《庄子》为说。绝不可从。章太炎《辨诗·汉世乐府》:"声有曲折,故妃呼豨,几令吾之属间杂声气,寻《晋语》载惠公改葬,其世子哭适于外,国人诵之曰:'威兮怀兮各聚尔,存以待所归兮,猗兮违兮心之哀兮。'威怀猗违,皆曲折咏叹之词。旧读以为有实义者,非

317

也。乐府可歌,故其辞若自口出,后八章歌摹拟,既失其音,皮之不存,毛将焉傅矣。"

陈本礼又云:"俚语诨词犹言莫须有也。无可置辨,故摭饻其词,聊以解嘲耳。"《癸辛杂识》:高疏寮守括日有籍披,洪渠慧黠过人,一日歌真珠廉é至"病酒情怀犹困懒",其声若病酒而困懒者,疏寮极赏之,适有客云:卿自用卿法。高视洪云:吾亦爱吾渠。遂与落籍而去。《能改斋漫录》:"舍人张孝祥廷试第一,知潭州,因宴,看妓有歌陈济翁'蓦山溪词'者,至'金杯酒,君王劝,头上宫花颤',张之首不觉自为摇动者数四,坐客忍笑而张不知也。"

黄遵宪《己亥杂诗》:

　　一声声道妹相思,夜月哀猿和竹枝。
　　欢是团圆悲是别,总应肠断妃呼豨。

《汉书·食货志》:"王莽大募天下囚徒人奴,名曰豬突豨勇。"则此豨字,在汉时固常用也。

〔第三章　两汉民间乐府　《宋书·乐志》云:"相和,汉旧曲也。"〕《魏书·乐志》:"徒歌谓之谣,徒吹谓之和。"《乐府诗集》卷三十引王僧虔《技录》:魏文帝制《短歌行》"仰瞻"一曲,"自抚筝和歌,歌者云:贵官弹筝。贵官,即魏文也。此曲声制最美,词不可入宴乐。"

〔一西汉民间乐府　(一)《江南》:"鱼戏莲叶间"〕　张荫嘉:"鱼戏叶间,更有以鱼自比意。"

〔(二)《薤露》:"人死一去何时归?"〕

《敦煌掇琐》三十:"你道生胜死,我道死胜生。生即苦战役,死即无人征。"

〔(三)《蒿里》:"蒿里谁家地?"蒿里,为死人里之通称,或曰下里。盖作于汉初。至东汉已不仅为丧歌。流风所及,至魏犹未泯。〕《汉书·韩延寿传》:"百姓遵用其教,卖偶车马下里伪物者,弃之市道。"张晏注:"下里,地下蒿里。"《谯周法训》:"挽歌者,高帝召田横,至乡亭自刭,送者不敢哭而不胜其哀,故作此歌,以寄哀者焉。"

《世说·任诞》:"张麟酒后,挽歌甚凄苦,桓车骑曰:'卿非田横门人,何乃顿尔至致?'注引谯子曰:'《书》云:四海遏密八音。何乐丧之有?'曰:'今丧有挽歌者,何以哉?'谯子:'周闻之,盖高帝召齐田横,至于尸乡亭,自刎奉首。从者挽至于宫,不敢哭而不胜哀,故为歌以寄哀者。彼则一时之为也。邻有丧,舂不相,引挽人衔枚,孰乐丧者邪?'按《庄子》曰:'绋讴所生,必于斥苦。'司马彪注:'绋,引柩索也。斥,疏缓也。苦,用力也。引绋所以有讴歌者,为人有用力不齐,故促急之也。'《春秋左氏传》曰:'鲁哀公会吴伐齐,其将公孙夏命歌《虞殡》。'杜预曰:'《虞殡》,送葬歌,示必死也。'《史记·绛侯世家》:'周勃以吹箫乐丧。'然则挽歌之来久矣,非始起于田横也。然谯氏引礼之文,颇有明据,非固陋者所能详闻。疑以传疑,以俟通博。"

《搜神记》:"汉时,京师宾婚嘉会,皆作魁㩉。酒酣之后,续以挽歌。魁㩉丧家之乐,挽歌执绋相偶和之者。天戒若曰:国家当急殄悴,诸贵乐,皆死亡也。"(乾按:此段又见书中所引《风俗通》,但无"天戒若"诸语。魁㩉作槐橿,一种木偶戏。《后汉书·五行志》注引国家作郡家。)《北史·尔朱荣传》:"文略弹琵琶,吹横笛,谣咏倦极,便卧唱挽歌。""袁山松好作挽歌,人谓:山松道上行殡。"《五代史·丁会传》:"会幼放荡纵横,不治农产,恒随哀挽者学绋讴,尤嗜其声。"

〔(四)《鸡鸣》〕:"作使邯郸倡。" 《汉书·元后传》:"商、立、根皆负斧质谢,上不忍诛。"又刘向《极谏外家封事》云:"今王氏一姓,……骄奢僭盛,并作威福。"〕 作使,犹役使。《论语》:"使民以时。"包咸注云:"作使民必以其时。"知"作使"为汉人恒言。所谓柔协正聚名者。《汉书·元后传》:"哀帝少而闻知王氏骄盛,心不能善。(乾按下省:"及即位,根等皆")遣就国。天下多冤王氏,谏大夫杨宣上封事,言太皇太后春秋七十,数更忧伤。敕令亲属引领,以避丁傅。行道之人,为之陨涕。"(节录)

〔(五)《乌生八九子》:"阿母生乌子时,乃在南山岩石间。""白鹿乃在上林西苑中,射工尚复得白鹿脯。"〕 《后汉书·杨震传》:"阿母王圣出自贱微……帝以乳阿母等。"知"阿母"为汉人常语。《述异记》:"鹿千年化为苍,又五万年化为白,又五百年化为玄。汉成帝时,山中人得鹿玄,烹而视之,骨皆黑色。仙者说:'玄鹿为脯,食之寿二千岁。'余干县有白鹿,土人皆传千年矣。晋成帝遣捕,得铜牌对角。后书云,汉元鼎二年,临所献白鹿。"(乾按玄同玄,黑色。《玉篇》:"玄,今文玄。")

〔(六)《董逃行》:"吾欲上谒从高山。""服尔神药莫不喜欢,陛下长生老寿。"〕 《汉书》:"盎乃之丞相舍,上谒求见丞相。"师古曰:"上谒,若今通名也。"唐穆宗饵金石之药,卅而崩。《汉诗总论》:"乐府之有'解'何也,自是歌曲中节奏,如竹之有节,合之则为一竿,分之则为数节,实是一竹。《十五从军征》本一诗也,分四语为一解。谓四语为一解,则可;谓四语为一首,则不可也。如《子夜》等歌,谓四语为一首则可,谓四语为一解则不可也。"

〔(七)《平陵东》崔豹《古今注》曰:"《平陵东》,汉翟义门人所作也。" 按其事详《汉书·翟方进传》。〕 同传:"初,三辅间闻(翟)义起,自茂陵以西至汧,二十三县盗贼并发,赵明、霍鸿等自称将军,攻烧官寺……众十余万,火见未央宫前殿。"可见(翟)义的影响,很得人心。《后汉书》卷五十一:"自安帝以后,法禁稍弛,京师劫质,不避豪贵。"《乐府诗集》八十八有王莽时汝南童谣一首,与义有关,可参考。(乾按其谣曰:"坏陂谁?翟子威。饭我豆食羹芋魁。反乎覆,陂当复。谁云者?两黄鹄。"原载《汉书》卷八十四本传。盖缘义父方进,字子威,决陂枯田,故托言黄鹄,复陂以溉。关于翟义,班彪曰:"义不量力,怀忠愤发,以陨其宗,悲夫!"勇而败,盛而衰,不亦"反乎覆"?)

〔二　东汉民间乐府〕《汉书·终军传》:"元鼎中,博士徐偃使行风俗。"又"歌者有诗,然使人善之者,非其诗也。"这很可以说明统治者为什么爱好民间歌谣的原因,以及《铙歌》中为什么会出现《战城南》一类作品。刘安代表一般统治者的心理。《潜夫论·明闇篇》:"然复袭其败迹者,何也?过在于不纳卿士之箴规,不受民氓之谣言,自以为贤于简、潜,聪于二臣也。"这也反映了汉代的政治情况。举国上下,重视民谣之反映,认为不受谣言,即"自绝于民"。《说山训》:"先祭而后飨则可,先飨而后祭则不可。"注:"飨,犹食也。"瑟调悲。《齐俗训》:"故瑟无弦,虽师之不能成曲,徒弦则不能悲,故弦,悲之具也,而非所以为悲也。"

〔(2)《王子乔》:"上建逋阴广里践近高。"高,谓嵩高。〕《搜神后记》:"嵩高山北有有大穴,莫测其深。"亦以嵩高连文。

〔(二)说理之类　(1)《君子行》:"君子防未然,不处嫌疑间。瓜田不纳履,李下不正冠"。"劳谦得其柄,和光甚独难。周公下白屋,吐哺不及餐。"〕　亦见子建集。《魏志》王昶《戒子书》:"欲使汝曹立身,遵儒者之教,履道家之言,故以玄默冲虚为名。"《四朝闻见录》:"秦桧权倾天下,然颇谨小嫌。小相熺尝衣黄葛衫。桧目之曰：'换了来。'熺未喻，复易黄葛。桧瞪目视之曰：'可换白葛。'熺因请以为黄葛贵贱通用。桧曰：'我与汝却不可用。盖以色之逼也。'"按桧此事却可法。古者，屦头鼻縶绳相连结之。

《后汉书·张奂传》："（奂卒）遗命曰：'吾前后仕进十要银艾，不能和光同尘，为谗邪所忌。'"又，《王允传》："（卓）封允为温侯，食邑五千户，固让不受。士孙瑞说允曰：'夫执谦守约，存乎其时。公与董太师并位俱封，而独崇高节，岂和光之道耶？'允纳其言。"《三国志·魏志·刘廙传》："廙谓望之曰：'今兄既不能法柳下惠和光同尘于内，则宜模范蠡迁化于外，坐而自绝于时，殆不可也。'"（乾按又《辛毗传》："众皆影附，大人宜小降意，和光同尘，不然必有谤言。"《抱朴子·释滞》："内宝养生之道，外则和光于世。"故和光或和光同尘，乃君子避嫌避祸、修身处世之道。意谓人生有时需要稍稍降意求同，不失其本又免猜忌；而不宜一味独崇高节，与众不同，不讲和谐。本书所言"令名高位与人同之"，大抵此意。）古庶人皆白屋。《汉书·吾丘寿王传》：或由穷巷，起白屋，裂地而封。又，《萧望之传》：恐非周公相成王致白屋之意。《王莽传》：开门延士，下及白屋。师古曰：谓庶人以白茅覆屋也。然则汉时士庶尽居茅屋无瓦屋也。故以白屋为贫贱之代名。

〔(3)《猛虎行》(平调曲)："饥不从猛虎食！暮不从野雀栖！'野雀安无巢？游子为谁骄？'"〕《五代史·李振传》：天祐中，唐宰相柳璨希太祖旨，潜杀大臣裴枢、陆扆等七人。时振自以咸通、乾符中尝应进士举，屡上不第，尤愤。乃谓太祖曰："此辈自谓清流，宜投于黄河，永为浊流。"杜甫《赠顾八分文学适洪吉州》诗："烈士恶苟得，俊杰思自致。赠子猛虎行，出郊载酸鼻。"嵇康《思亲诗》："慈母没兮谁与骄？顾自怜兮心忉忉。"

〔(6)《枯鱼过河泣》〕 《后汉书·郭太传》："隐不违亲，贞不绝俗，天子不得臣，诸候不得友……虽善人伦，而不为危言覈论，故宦官擅政而不能伤也。"又，郭太《答友劝仕进书》曰：方今运在明夷之交，值勿用之位，盖盘桓潜居之时，非在天利见之会也。虽在原陆，犹恐沧海横流，吾其鱼也。况乃冒冲风而乘奔波乎？未若岩岫颐神，聊以卒岁。

〔(三)抒情之类 (3)《悲歌》(杂曲歌辞)："悲歌可以当泣，远望可以当归。……心思不能言，肠中车轮转。"〕 梁阮研诗："平生此遭遇，一日当千年。"清商《黄鹄曲》："腹中车轮转，君知思忆谁。"

〔(4)《古歌》："令我白头！"〕 诗惟爱用老。古诗："思君令人老。"杜诗："于君负明义，惆怅头更白。"

〔(5)《公无渡河》〕 《汉书》卷七十三《韦贤传》："就用太子起于微细，又早失母，故不忍也。"

〔(6)《东门行》(瑟曲)："他家但愿富贵，贱妾与君共𩜋糜。"他家、我家、是家，皆汉人语也。〕 《后汉书·马后纪》："帝幸濯龙中，并召诸才人，下邳王已下皆在侧，请呼皇后，帝笑曰：'是家志不好乐，虽来无欢。'"谓马后也。唐宋时谓天下曰"官家"、"大家"，女子自称或曰"儿家"，今惟云南尚存此语，盖含尊敬之意。明人陆深，上海人，弘治进士，著作甚富。

〔(8)《艳歌行》(瑟调曲)："故衣谁当补？新衣谁当绽？赖得贤主人，览取为吾绽。夫婿从门来，斜柯西北眄。——'语卿且勿眄，水清石自见！'"〕 案此沈德潜、张荫嘉并以主人为居停之妇。《本事诗》："崔护清明日，游都城南，得居人庄，扣门久之，有女子开门设床命坐，独倚小桃，斜柯伫立，而属意殊厚，妖姿媚态,绰约余妍。"《说文》:"眄,目偏合也。"《汉书·赵广汉传》:"广汉为二千石事,推功善妇之于下曰:'某掾卿所为,非二千石所及……富人苏回为郎,二人劫之。广汉将吏到家,晓贼曰:京兆尹赵君谢两卿无得杀质……广汉因曰:还为吾谢界上亭长勉思职事,有以自效,京兆不忘卿厚意。"据此,则汉时称卿,亦自卑下也。六朝人相谓为卿,有轻慢意,详《世说》。"王太尉(衍)不与庾子嵩交,庾卿之不置。王曰:'君不得为尔。'庾曰:'卿自君我,我自卿卿,我自用我法,卿自用卿法。'"(乾按见《方正第五》20)

〔(9)《白头吟》(楚调曲):"蹀躞御沟上,沟水东西流。"〕陈子昂《送别陶七》诗:"离帆方楚越,沟水复西东。"

〔(10)《陌上桑》〕《乐府解题》:"《陌上桑》一曰《日出东南隅》;一曰《艳歌罗敷行》,祝禁妻所作也。"如将"使君谢罗敷"解作吏对罗敷说的话,则下"罗敷前置词,使君一何愚",便有点不对头了。傅玄《艳歌行》:"遣吏谢贤女,岂可同行车?斯女长跪告:使君自有妇,贱妾有鄙夫。"便歪曲人民的形象,强奸人民的意志。傅是官僚阶级,所以如此。

《神女赋》:"其始来也耀乎,若白日初出照屋梁。"罗敷,汉代女子习用之名。《汉书·武五子传》:"执金吾严延年女罗绋。"注:"绋音敷。"《孔雀东南飞》亦是。自云、自名,犹言本名,非是。犹"山鸟自呼名"之自。

江总诗:"妖姬堕马髻,未插江南珰。"卢思道:"纤腰如欲断,侧髻似能飞。"权德舆《敷水驿》诗:"空见水名敷,秦楼昔事无;临风驻征骑,聊复捋髭须。"《魏志·袁绍传》:"绍捕诸阉人,无少长皆杀之,或有无须而误死者,至自发露形体而后得免。"观此,知当时男以有须为美之又一原因。武侯亦称关云长为美髯。《魏志》六《九州春秋》曰："初,绍说进曰:'黄门常侍累世太盛,窦武欲诛之,反为所害,但坐言语漏泄耳。'"《魏志》七引《鱼氏典略》:"(陈)宫顾指(吕)布曰:'但坐此人(布)不从宫言,以至于此。'"《后汉书》卷八十二《崔瑗传》:"陈禅为司隶校尉,召瑗谓曰:'第听祇上书,禅请为之证。'瑗曰:'此譬犹儿妾屏语耳,愿使君勿复出口。'"《后汉书·郭伋传》:"及前在并州到西河美稷,有儿童数百,道次迎接,曰:'闻使君到,喜报来奉迎。'"此诗云"使君从南来",其为后汉人无疑。

宋子侯:"请谢彼姝子,何为见损伤?"阮籍:"顾谢西王母,吾将从此逝。"汉太守多行县考治迹。韩延寿为东郡太守驾四马。两汉太守有行春制度。《前汉书·韩延寿传》、《后汉书·崔骃传》。(乾按韩传所载见本书第84页注(84年版第九八页注[一])。崔传所载"三年不行县"事,见本书第378页补辑。)应璩《三叟》:

古有行道人,陌上见三叟。年各百余岁,相与锄禾莠。住车问三叟,何以得此寿?上叟前致辞:内中妪貌丑。中叟前致词:量腹节所受。……

《宋书·乐志》:汉制:自天子至于百宾,无不佩刀。汉高祖为泗水亭长,拔剑斩白蛇。张衡《东京赋》:纡黄组腰干将。然则,自人君至丁人,又带剑也。自晋以来,始以木剑代刀剑。杜甫《蕃剑》诗:"致此自僻远,又非珠玉装。"然则中国之剑,固用珠玉装饰也。杜甫《送李校书》诗:"人间好少年,不必须白皙。十五富文史,十八足宾客,十九授校书,二十声辉赫。"

《礼记·曲礼》:"天子穆穆,诸侯皇皇,大夫济济,士呛呛,庶人僬僬。"注:"皆行容止之貌也。"《后汉书·郭镇传》:"汝南有陈伯敬者,行必矩步,坐必端膝。"《前汉书·朱买臣传》:"始

325

买臣与严助俱侍中,汤尚为小吏,趋走买臣等前。"《旧唐书·褚无量传》:"以其年老,每随仗出入,特许缓行。"说文:缊,缓貌。

〔(四)叙事之类 (1)《雁门太守行》〕

《汉书》卷七十六《赵广汉传》:广汉为京兆,召湖都亭长至界上,"界上亭长戏曰:'至府为我多谢问赵君。'"又《尹翁归传》:"翁归拜东海太守,过辞于定国,定国家在东海,欲属托邑子两人,令坐后堂待见。定国与翁归语终日,不敢见其邑子。既去,定国乃谓邑子曰:'此贤将汝不任事也。'"又《韩延寿传》:延寿为东郡太守,尝出,临上车,骑吏一人后至,敕功曹议罚。还至府门,门卒曰:"今旦,明府早驾,久驻未出,骑吏父来至府门,不敢入,骑吏闻之,趋走出谒,适会明府登车,以敬父而见罚,得毋亏大化乎?"延寿曰:"微子,太守不自知过。"《急就章》云:"变斗杀伤,捕伍邻,亦察奸之法,不得不尔。"

〔(2)《陇西行》〕 秦以松表道,晋以槐表道。贾山上书:"秦为驰道,树以青松。"左思《吴都赋》:"驰道如砥,树以青槐。"唐似以槐表道,《国史补》:贞元度支欲取西京槐树为薪。又吴子华有《题湖城县西道中槐树》诗。皆为道槐也。

葛洪《神仙传》:曹公召左慈,乃为设酒,慈曰:"今当远旷,乞分杯饮酒。"曹公闻之,谓当使公先饮,以余与慈耳。而慈拔道簪以画,杯酒中断,其间相去数寸,即饮半之与公。疑古人饮酒或同用一杯也。白乐天诗:"有月多同赏,无杯不共持。"又,宋人词:"杯行到手,莫留残。"《乾馔子》载裴弘泰饮裴钧第,竭座上小爵至觥船,凡饮皆竭,随即填于怀,得银器二百余两。则似人各有爵。

〔(3)《相逢行》〕 《癸巳存稿》案《北里志》云:"平康入北门,东回三曲,即诸妓所居。又其南曲中者,门前通十字街,盖宣阳平康南北俱有曲可通,不必外街绕。阮籍《咏怀诗》云:'捷径从狭路,倦俛趋荒淫。'古所谓狭斜,乃此之谓"。《鼙舞歌》有"殿前生桂树",又《乌生》云"端坐秦氏桂树间"。厢,今正厂之东西里屋,以其严密似箱,故名为厢。《汉书》:《周昌传》、《杨敞传》、《袁盎传》。

〔(4)《长安有狭斜行》〕 《昌言·损益篇》:"身无本通青纶之命,而窃三辰龙章之服,不为编户一伍伍长,而有千室名邑之役。"这是不肯出钱买官的,所以说是"窃",若出钱买官,便不为窃,然不过徒具衣冠而已。《后汉书》:桓灵之世,更相滥举,人为之谣:"举秀才不知书,举孝廉父别居。"卢照邻诗:"更教明月照流黄。"温庭筠诗:"小妇被流黄,登台抚瑶瑟。"可知"流黄"与贵族妇女生活有关。《汉书·疏广传》:"宜从丈人所,劝说君买田宅。"师古注:"丈人,严庄之称也。故亲面老者,皆称焉。"《匈奴传》:"安敢望汉天子。"注云:"丈人,尊老之称也。"

〔(5)《上留田行》〕 《汉书·贡禹传》:"武帝征伐四夷,重赋于民,民产子三岁,则出口钱,故民困重,至于生子辄杀,甚可悲痛。宜令儿七岁去齿,乃出口钱,年二十乃算。"《西汉会要》:"民年七岁至十四岁,出口赋钱,人二十三,二十钱以供天下,其三钱者,武帝加口钱,以补车骑马费。""刘彻时,小儿三岁就纳口赋,贫民生子多杀死。刘奭改为七岁纳赋。"

〔(6)《妇病行》(瑟调曲):"……当言未及得言,不知泪下一何翩翩。'属累君两三孤子'……闭门塞牖舍……'行复尔耳,弃置勿复道。'"牖舍连文,正汉魏诗古朴处,亦如舟船、觞杯连文之类。〕 曹植《侍太子坐》:"翩翩我公子,机巧忽若神。"又《杂诗》:"形影忽不见,翩翩伤我心。"(孤雁)又《美女篇》:"落叶何翩翩。"曹丕诗:"翩翩床前帐,张以蔽光辉。"刘桢诗:"揽衣出巷去,素盖何翩翩。"《后汉书·乌桓传》:"至葬,则歌舞相送,肥养一犬,以彩绳缨牵,并取驰者所乘马,衣物皆烧而送之,言以属累犬。"李注:"属累,乃托付也。"是属累二字,亦古文成语。隋刘斌诗:"伫闻和鼎实,行当奉介丘。"曹植《杂诗》:"去去莫复道,沉忧令人老。""牖舍"复词:阮瑀《杂诗》:"鸡鸣当何时,晨朝尚未央。"《七哀》:"嘉肴设不御,旨酒盈觞杯。"徐干《情诗》:"忧思连相属,中心如宿醒。"《豫章行》:"会为舟船幡。""坐客甄甔甗。"曹植《精微篇》:"简子南渡河,津吏废舟船。"又《盘石篇》:"仰天长太息,思想怀故邦。"("牖舍"连文,似重复笨拙,但这正是汉魏古诗古朴处。"舍"字作名词,用指房舍,下文"舍中"便是本证。《东门行》本词"舍中儿母牵衣啼",可为旁证。陶潜《杂诗》:"风来入房户。"既说房,又说户,亦不以重复为嫌。唐人绝不如此。曹操《气出唱》"四面顾望",陈琳诗"内舍多寡妇","作书与内舍",亦同义复合之类也。乾按此据在黄节《汉魏乐府风笺》的批语补。)

范晔《临终诗》:"寄言生存人,此路行复即。"何长瑜诗:"青青不解久,星星行复出。"《魏志》卷二十九《华佗传》:"十八岁当一小发,服此散,亦行复差,若不得此药,故当死。"《世说》:"阮咸居道南,诸阮居道北,北阮皆富,南阮贫。七月七日,北阮盛晒衣,皆纱罗锦绣。咸以竿挂大布犊鼻裈于中庭。人或怪之,答曰:'未能免俗,聊复尔耳。'"曹丕:"弃置勿复陈,客子常畏人。"

"交入门",梁任公疑"交"当为"父"。

〔(7)《孤儿行》,一曰《孤子生行》(瑟调曲):"上高堂,行取殿下堂,孤儿泪下如雨。""居生不乐,不如早去下从地下黄泉!"〕　清宋长白《柳亭诗话》:"《妇病》、《孤儿行》二首,虽参错不齐,而情与境会,口语心计之状,活现笔端。每读一过,觉有悲风刺人毛骨,后贤遇此种题,虽竭力描摹,读之正如嚼腊,泪亦不能为之堕,心亦不能为之哀也。"便时舍外殿,亲母舍我没。《后汉书》卷八十五《清河孝王庆传》:"(庆)乃上书太后曰:'臣国土下湿,愿乞骸骨下从贵人于樊濯(庆母宋贵人)。'"

《日知录》:"古人用韵,无过十字,独《閟宫》之四章,乃用十二字。"(全篇作孤儿语。陆时雍:"汉乐府《孤儿行》事至琐而言之甚详。"——乾按此据在"黄笺"的批语补。)

〔(8)《十五从军征》:"中庭生旅谷,井上生旅葵。"〕 阮瑀失题诗:"自知万年后,堂上生旅葵。"江总《侍宴瑶泉殿》诗:"野花不识采,旅竹本无行。"张正见:"秋窗被旅葛,夏户响山禽。"周时已普食白菜,七日烹葵及菽。《仪礼·士仪》:"夏秋用生葵。"又《列女传》:"漆室女曰:'昔晋客会吾家,系马园中,马佚驰去,践吾葵,使我终岁不食葵。'"王祯《农书》:"葵为百菜之主,备四时之馔。"又《左传·成公十七年》:鲍庄子之知不如葵,葵犹能卫其还夫,叶能卫足乎,四时可食,则今日之白菜也,或名白菘,所谓秋末晚菘也。班超事。施肩吾诗。《乐府正义》以为即相和曲《十五》。

〔附录 黄晦闻先生《相和三调辨》〕 《乐府诗集》卷四十四引《乐府解题》曰:"蔡邕云:清商曲又有《出郭西门》、《陆地行舟》、《夹钟》、《朱堂寝》、《奉法》等五曲,其词不足采者。"(乾按此条文学古籍刊行社版与原书有出入)然则汉世诚有清商曲矣。《晋书·乐志》:"太始九年,荀勖作新律、吕律成,班下太常,使太乐总章、鼓吹、清商施用,勖遂典知乐事。"则晋时亦有清商也。

古轻出妻,五十无子必出。《韩诗外传》:"孟子妻独居踞,孟子入户视之,白其母曰:'妇无礼,请去之。'"《孔丛子》:"尹文子生子不类,怒而杖之,将黜之。"《陈平世家》:"有叔如此,不如无有,伯闻之,逐其妻,弃之。"《汉书·王吉传》:"东家有枣,垂吉庭中,吉妇取枣以啖,吉后知之,乃去妇。"《史记·陈轸传》:"故出妇,嫁于乡曲者,良妇也。是官妇亦被出,孔子、子思皆尝出妻。"《礼·杂记》郑注:"器皿,女本所斋物也。律,弃妻畀所斋,即返其嫁妆也。古时无论贵贱,只男家弃女,女家即顺受,既无若今日之赔偿以钱财,亦无罪过有无之争议。所以然者,以当时社会风俗出女再嫁不难,非若后世之以醮为耻。又,自古女子以从人为义,男女不平等,视为固然,故被弃,虽不当罪而不辞也。"

自周迄宋,妇女皆不讳再嫁。贞女不嫁,自古义之,然周时无特别旌表之举,迄宋如是。自明以来,士族搢绅之家,皆耻于再醮,以守节为高,以改嫁为不义,使男女受无形之拘束,及其溃决,并廉耻而胥捐,放佚狂荡,不可制止,乃宋明以来腐儒之过。

孔子儿媳改嫁,见《檀弓》。士人妻中道改嫁及再归本夫,仍如再受,见《左·成·十一年》。声伯子,女守寡,其家即亟为择配,见《左·闵·二年》、《僖二十三年》,重耳纳怀嬴。《史记》:武帝母臧儿长女,初嫁为金王孙妇,生一女,后纳太子宫,生武帝,武帝即位,闻太后有女奉长陵,乃自往迎取。是当时不鄙再嫁,故不讳其事也。平阳公主始嫁曹辞,后嫁卫青。又,鄂邑长公主寡,与丁外人逼,后即嫁之。后汉阴渝妻荀爽女,十九而寡,父强其改嫁。但以私奔为耻,如卓文君。

〔第四章 东汉文人乐府 (一)班婕妤有《怨歌行》一首〕
成帝尝欲与同辇,婕妤辞。传:飞燕谮告婕妤,挟媚道祝诅。后宫婕妤对曰:"妾闻:死生有命,富贵在天。修正尚未蒙福,为邪欲以何望。"上善其对。婕妤恐久见危,求共养太后长信宫,作赋自伤悼,其辞有曰:"犹被覆载之厚德兮,不废捐于罪邮。"犹此诗之旨也。《文心·隐秀》:"如欲辨秀,亦惟摘句:'常恐秋节至,凉飙夺炎热',意惬而辞婉,此匹妇之无聊也。"

魏晋名族女再嫁,《吴志·步夫人传》。又《世说》诸葛恢女。唐宋名族女再嫁,《尉迟敬德传》太宗妹寡,欲嫁。宋范文正母改嫁,文正贵后返母。是皆不以再嫁为耻。古出妇改嫁后,再见前夫,前后夫均不避,《朱买臣传》。

《乐府诗集》引《乐府解题》亦以为班作。成帝《品录》三百余篇。以其时考之,有产生此种拟作之可能。(《汉书》):详赋略诗。

〔(六)辛延年　有《羽林郎》〕《诗薮》:"汉名士若王逸、孔融、高彪、赵壹辈,诗存者,皆不工,而不知名若辛、宋乐府,妙绝千古,信诗有别才也。"《后汉书·周荣传》:"(袁)安举奏窦景及与窦宪争立北单于事,皆荣所具草。窦氏客太尉掾徐齮深恶之,胁荣曰:'子为袁公腹心之谋,排奏窦氏,窦氏悍士刺客满城中,谨备之矣。'"又《袁安传》:"(宪)弟卫尉笃,执金吾景,各专威权,公于京师,使客遮道,夺人财物。"同卷《张酺传》:"窦景家人复击伤市卒,吏捕得之。景怒,遣缇骑侯海等五百人殴伤市丞。酺部吏杨章等穷究正海罪,徙朔方。景忿怨,乃移书辞章等六人,为执金吾吏,欲因报之。章等惶恐,入白酺:'愿自引臧罪,以辞景命。'"

黄先生曰:"毛传'姝顺儿',彼姝指贤,子都何人,乃以贤者比之乎?"按黄先生说是也。《魏志·袁绍传》注引《先贤行状》:辛毗等逆以马鞭击(审)配头,骂之曰:"奴,汝今日真死矣。"配顾曰:"狗辈,正由汝曹破我冀州,恨不得杀汝也。"此诗本讽刺之什,何姝之有?

豪杰多附绍,术怒曰:"群竖不吾从而从吾家奴乎?"《晋书·载记》:陈元达谏聪,聪怒曰:"不杀此奴,朕殿何当得成邪。"又,靳准杀刘粲,将以王延为左光禄,延骂粲、准曰:"屠各逆奴,何不速杀我。……"准怒杀之。

《后汉书·李恂传》卷51:"西域殷富,多珍宝,诸国侍子及督使、贾胡,数遣恂,奴婢、宛马、金银、香罽之属,一无所受。"注云:"贾胡,胡之商贾也。"《尚书故实》:兵部李约员外尝江行,与一商贾舟楫相次,商胡病,固邀相见,以二女托之,皆绝色也。又遗大珠。商胡死……约自以夜光含之,人莫知也,后死,商胡有亲属来理资财,约请官司发掘验之,夜光果在。按杜诗"商胡离别下扬州",是唐人谓贾胡为商胡也。唐贺朝有《赠酒店胡姬》诗。《洛阳伽蓝记》:"商胡贩客,得奔塞下。"

文君当垆,《汉书》垆作卢。师古曰:"累土为卢,以居酒瓮,四边隆起,形如锻卢。"俗学谓:当卢为对温酒,火卢失其义矣。带,足以结纽收衽,束牢连固。(《齐俗训》)孟郊诗:"铸镜须青铜,青铜易磨拭。"《后汉书·董宣传》。

〔(七)宋子侯 有《董娇娆》〕 桃李不言乎?"年年岁岁花相似,岁岁年年人不同",却托之花语,感人尤深。

〔(八)蔡邕 有《饮马长城窟行》(瑟调曲):"枯桑知天风?海水知天寒?入门各自媚,谁肯相谓言?客从远方来,遗我双鲤鱼。""枯桑"二句为比,古今无异议,惟所比为何,则解说纷然。〕善注:"枯桑无枝,尚知天风;海水广大,尚知天寒。君子行役,岂不离风寒之患乎?"李周翰注:"枯桑无叶,则不知天风;海水不冻,则不知天寒,喻妇人在家,不知夫之消息也。"刘履曰:"枯桑摇落乃知天风,海水旷荡无障,乃知天寒。不经离别之人,焉知思远之苦。彼但入门,各自媚好,谁肯相与慰问之乎?"吴旦生曰："余意合下二句总看，乃云：枯桑自知天风，海水自知天寒，以喻妇人之自苦自知，而他家入门自爱杂相为问讯乎。"陈沆曰："枯桑无叶能知天风乎？海水不冰能知天寒乎？新欢燕好，相媚不足，遑知故人之忧思？言皆不知也。不知而又言得书，而言相忆，风人之谊也。"《诗薮》："此诗相传蔡中郎作，中郎文远游西京，而此诗之妙，独绝千古，语断而意属，曲折有余而寄兴无尽，即苏、李不多见闻也。"闻一多云："沧海桑田，高下异处，喻夫妇远离，不能会合。枯桑喻夫，海水自喻，天风天寒喻孤栖独宿，各苦凄凉之意。枯桑无叶可落，海水经冬不冰，一似不知风寒者，非真不知之，人不见其知之迹耳，以喻夫妇久别，口虽不言而心自知苦。"江总《姬人怨》："天寒海水惯相知，空床明月不相宜。"

《史记·武纪》："康后闻文成已死，而欲自媚于上，乃遣栾大因乐成侯（康后弟）求见言方。"骆宾王《夏日游德州赠高四》诗序云："虽文阙三冬，而书劳十上，嗟乎，入门自媚谁相谓言，致使君门隔于九重，中堂远于千里。"亦言人情自私也。又，杜甫《十月一日》诗："兹辰南国重，旧俗自相欢。"又《久客》："羁旅知交态，淹留见俗情。"又《社日》诗："欢娱看绝塞，涕泪落秋风。"

《范式传》：陈平子"乃裂素为书，以遗巨卿。"《魏志》廿三《杜袭传》注："贵戚慕安（杜）高行，多有与书者，辄不发，以虑后患，常凿壁藏书。后诸与书者，果有大罪，推捕所与交通者，吏至门，安乃发壁出书，印封如故。当时皆嘉其虑远。"据此，则汉人书亦自有印封，如但徒为鲤鱼形，将何以取信，其封或用胶漆。至唐则已用面糊矣。《云仙杂记》："顺宗时，刘禹锡干预大权，门吏接书尺，日数千，禹锡一一报谢，绿珠盆中日用面一斗为糊，以供缄封,"据此则不难推知《魏志》所云"印封"者,决非仅结为缄而已也。杨氏所说古乐府云云,亦大可疑。闻(一多)说,"双鲤鱼",藏书之函也,以两木板为之,一底一盖。

〔(九)繁钦　有《定情诗》(杂曲):"腕绕双跳脱","金薄画搔头"。〕《乐府解题》:"《定情诗》:妇人不能以礼从人,而自相悦媚,乃解衣服玩好致之,以结绸缪,终而不答,乃自伤悔焉。"《野客丛书》:"唐文宗一日问宰臣,古诗雅衫衬条脱,'条脱'是何物?宰相未对,上曰:'即今之腕钏。'"

《邺中记》:"金薄,薄打纯金如蝉翼。"

〔(十)诸葛亮　有《梁甫吟》:(楚调曲)〕

《晏子春秋》:"……晏子过而趋,三子者不起,晏子入见,公曰:君之畜勇力之士也,上无君臣之义,下无长率之伦,此危国之器也。因请公使人少馈之二桃曰……"

〔(十一)无名氏　汉末无名氏之杰作《孔雀东南飞》〕《太平御览》卷八二六载《古艳歌》曰:"孔雀东飞,苦寒无衣。为君作妻,中心恻悲。夜夜织作,不得下机。三日载匹,尚言吾迟。"据此则"孔雀东南飞"一语,乃当时流行的比喻,也可以证明此诗大概产生于汉末。梁简文帝《咏中妇织流黄》:"浮云西北起,孔雀东南飞。"可见此诗当时已甚流传。李白《庐江主人妇》:"孔雀东飞何处栖,庐江小吏仲卿妻。"又,《寒女吟》:"忆昔嫁君时,曾无一夜乐。不是妾无堪,君家妇难作。"按亦用此语。乔知之《定情篇》:"庐江小吏妇,非关织作迟。本愿长相对,今已长相思。"

[守节情不移]《史记·吴(太伯)世家》:"季札谢曰:'曹宣公之卒也,诸侯与曹人不义曹君,将立子臧,子臧去之,以成曹君。君子曰:能守节矣。'"又《郑世家》:"太史公曰:守节如荀

息,身死而不能存奚齐,变所从来,亦多故矣。"《绛侯世家》:"丞相亚夫曰:'彼背其主降陛下,陛下侯之,则何以责人臣不守节者乎?'"又"太史公曰:(周勃)守节不逊,终以困穷。"《史记·酷吏传》:"郅都常自称曰:已倍亲而仕身,固当奉职死节官下,终不顾妻子矣。"即此诗"守节"之节。

贾至诗:"闻道衡阳外,由来雁不飞。送君从此去,书信定应稀。"是唐人犹有分别。薛道衡《戏场转韵》诗:"罗裙飞孔雀,绮带垂鸳鸯。"[大人故嫌迟]《史记·越世家》:"家有长子,大人不遣,乃遣少弟。"

[阿母谓阿女]《后汉书·虞诩传》:"陛下急收防(张),无令从阿母求请。"又《杨震传》:"阿母王圣出自贱微。"[儿已薄禄相]《论衡》:"人有命有禄。命者,贫富贵贱也;禄者,盛衰兴废也。""命厚禄善,庸人尊显;命薄禄恶,奇俊落魄。"《豫章行》:"何意万人巧,使我离根株。"又,本诗"何意出此言"等,谓出己意料外也。吴质《思慕诗》:"何意中见弃,弃我就黄墟。"

[会不相从许]闻一多:"会,犹必也。"(不知方言)按"会"亦俗语。徐陵:"平生燕颔相,会自得封侯。"温子升:"谁能话故剑,会自逐前鱼。"阴铿:"徒教斧柯烂,会自不凌虚。"陈后主《采莲曲》:"归时会被唤,且试入兰房。"陆机:"游宦会无成,离思难常守。"李白:"烹羊宰牛且为乐,会须一饮三百杯。"杜甫诗:"此生那老蜀,不死会归秦。"又《五代史·崔协传》:"执政议命相,枢密使孔循不欲河朔人居相位。任圜欲相李琪,孔循恶琪,谓安重诲曰:'朝论莫若崔协。'重诲然之,因奏择相,明宗曰:'冯书记是先朝判官,可以相矣。'朝退,孔循拂衣而去,曰:'天下事一则任圜,二则任圜,崔协暴死则已,不死会居此位。'"(乾按节引)《通鉴》一〇五:"(慕容)垂曰:'若氐运必穷,吾当怀集关

东,以复先业耳,关西会非吾有也。'"

杜:"神尧旧天下,会见出腥臊。"

"会须明月落,那忍见床空。"

[小子无所畏]《世说》:"王爽与司马太傅饮酒,太傅醉呼王为小子,王曰:'亡祖长史与简文皇帝为布衣之交,何小子之有?'"

[以此下心意。谓言无罪过。谓言无誓违。何言复来还。]《内则》:"下气怡声。"《尔雅》:"降,下也。"然则,下亦降也。《史记·三王世家》:"侍御使乃复见王(燕王旦),责之以正法,王意益下,心恐。"又《管晏传》:"妻曰:'晏子长不满六尺,身为齐相,名显诸侯,今者妾观其出,志念深矣,常有以自下者。'"《汉书·蒯通传》:"彼东郭先生梁石君,齐之俊士也,隐居不嫁,未尝卑节下意以求仕也。""春日载阳",《白虎通·嫁娶篇》:"嫁娶必以春何?春者,天地交通、万物将生、阴阳交接之时也。"谓言,犹心想。李白《鲁国见狄博通》:"谓言挂席渡沧海,却来应是无长风。"《史记·滑稽列传》:"西门豹顾曰:'巫妪三老,久不来还,奈之何?'""清晨复来还"。"来归相怨怒"。阮籍诗:"驱马复来归。"[妾有绣腰襦]唐张潮《长干行》:"妾有绣衣裳,葳蕤金镂光。"[绿碧青丝绳]《晋书·武帝纪》:"有司奏:御牛青丝绁断,诏以青麻代之。"

[箱帘六七十]《说文》:"奁,镜奁也。"《华严经音义》引《珠丛》曰:"凡庋物小器,皆谓之奁。"《赵壹传》:"惟君明睿,平其夙心。"

[指若削葱根。泪落连珠子。]方干《采莲》:"指剥春葱腕似雪。"白居易《筝》诗:"双眸剪秋水,十指剥春葱。"吴质诗:"茕茕靡所恃,泪下如连珠。"太白《南阳送客》诗:"挥手再三别,临歧

只断肠。"所谓"长劳劳"也。

[自可断来信]古者,谓使者为信。见《天禄识馀》。此指媒人。杨彪妻袁氏《答曹公卞夫人书》:"辄付往信。"《世说》:"孟万年及弟少孤,居武昌阳新县,万年游宦有盛名当世,少孤未尝出,京邑人士思欲见之,乃遣信报少孤云:兄病笃。狼狈至都。"又《任诞》:"初遣一信,犹未许。"《御览》七五三引《述异记》:"廓读书毕,失信所在。"《晋书》八十《王羲之传》:"太尉郗鉴使门生求女婿于导,导令就东厢遍观子弟门生。归谓鉴曰:'王氏诸少并佳,然闻信至,咸自矜持,惟一人在东床坦腹食。'"《宋书》卷一百:"乘舆躬幸,信使相望。"梁姚翻诗:"黄昏信使断,衔怨心悽悽。"《子夜歌》:"遣信欢不来,自往复不出。"杜诗:"所思碍行潦,九里信不通。"又"省郎忧病士,书信有柴胡。"又"诗好几时见,书成无信将。"又"黔阳信使应稀少,莫怪频频劝酒杯。"《南史》四十一《坦之传》:"坦之驰信,报皇后至。"《唐书·毕师铎传》:"师铎母在广陵,遣信令师铎遁去。"

《后汉书·徐稺传》:"乃选能言语生茅容,轻骑追之。"《唐书·郭元振传》:"今吐蕃不相侵扰者,不是顾国家和信不来,直是其国中……自有携贰。"《新唐书》:"程岩谋废之,频照李振曰:'百岁奴事三岁郎主,常也。'"

[有此令郎君。后嫁得郎君。]汉制:二千石以上,得任其子为郎。故谓人之子弟曰"郎君"。《陔余丛考》卅七:"'郎君未可前。'汉称人子弟为郎君,后为少年美称,后为对主人。"《五代史·敬翔传》:"翔泣奏曰:'臣受国恩,从微至著,皆先朝所遇,虽名宰相,实朱氏老奴,自事陛下如郎君,以臣愚诚,敢有所隐。"

[登即相许和]张荫嘉曰:"登即,犹当即也。"按《唐书·僖宗纪》:"广明元年制曰:近日东南州府,频奏草贼连结,……如

自首归降，不要勘问；如未倒戈，即登时剪扑。"又，《张柬之传》："则天令举堪为宰相者，崇对曰：'柬之能断大事，且其人年老，惟陛下急用之。'则天登时召见。"是"登即"乃方言，犹"登时即"也。其沿用且至唐。又，《魏元忠传》："（元忠上封事）曰：'……樊哙愿得十万众，横行匈奴，登时见折季布。'"又《韦安石传》："则天登时为之回辇。"《高力士传》："始与母别时，年十岁……向卌年后，知母在泷州，虽使人迎候，终不敢望见，及到，子母并不相识……一时号泣，累日不止。上闻，登时召见。"

《汉书·赵广汉传》："案之罪，立具，即时伏辜。"《魏志·管辂传》："水火之难，登时之验。"《晋书·武帝纪》："登闻鼓。"《北史·尔朱荣传》："荣于阵禽葛荣，余众悉降。荣恐其疑惧，乃普令各从所乐亲属，相随任所居止。于是，群情喜悦，登即四散，数十万众，一朝散尽。"《集异记》："宪宗迁葬，裴通远家妻女亦以车舆纵观，及归，日晚，一白头妪奔走随车，车中有老青衣从四小女，哀其奔迫，因与同载。及去，于车中遗下小红锦囊，诸女笑而共开之，中有白罗制为逝者覆面之物，四焉，诸女惊骇，登弃于路。自是不旬日，四女相次卒。"又，"狄仁杰闲针术，应制入关，路由华州。有富室儿鼻端生赘如拳，两眼为赘所绳，目睛翻白，痛楚危极。公即于后下针寸许，针气已达，遽出针而疣赘应手而落，双目登亦如初。"又，"萧颖士由扬州北归，至于盱眙邑长之署，方与邑长下廉昼坐，吏白云：于某处擒获发冢盗六人。登令召入。"又，"曹进飞矢中肩，拔之不可动，因昼寝，梦一胡僧告曰：能以米汁注其中，当自愈矣。及寤，登言于医工。"[郁郁登郡门]纪容舒曰："登字疑当作发。"

[那得自任专]《晋书·王献之传》："安又问曰：'君书何如君家尊。'答曰：'故当不同。'安曰：'外人论殊不尔。'答曰：'人

那得知。'"《魏志》九引《魏略》:"太祖曰:'我家赀,那得如子廉邪。'"(幽州马客吟)《折杨柳歌》:"阿婆不嫁女,那得孙儿抱。"慕容歌:"郎非黄鹂子,那得云中雀。"鲍:"傍人那得知。"缪袭:"魏家如此,那得不太平。"《咸阳王歌》:"洛水湛湛弥岸长,行人那得渡!"

[下官奉使命]唐人亦有称"下官"者,《唐书·柳仲郢传》:"德裕奏为京兆尹,谢日言曰:'下官不期太尉恩奖及此。'"但不多见耳。又,下土,《后汉书》卷五十五:"下土无医药,愿乞诣洛阳疗疾。"《陔余丛考》37:"《左·襄廿三年》:'下妾不得与郊吊。'注:'下犹贱也。'《后汉书·光武帝纪》:'或依托为人下妻,欲去者恣听之。'又,'吏人遭饥乱,及为青徐贼所略为奴婢下妻,欲去留者恣听之。'《礼记》:'文王世子,诸子诸孙,守下宫小室,又至薨,凡自称,天子曰:予一人……上大夫曰:下臣'。《北史·尔朱荣传》:'刘季明曰:"下官预在议限,据理而言,不合上心,诛剪唯命。"'"

[登即相许和]又,《五代史·李琪传》:"梁太祖面班草檄,即就外次,笔不停缀,登时而成。大为太祖嗟赏。"《明皇杂录》:"姚崇与张说同为宰辅,张衔之颇切。崇病,诫诸子曰:'张丞相好服玩,吾殁,当来吊,可盛陈吾平生服玩重器,若目此,便当录其玩,用致于张公,仍以神道碑为请,既获其文,登时便写进御,仍先砻石以待之。张丞相见事,迟于我数日,必当悔之。'"《梅妃传》:"玄宗西幸,及东归,寻妃所在不可得。一日昼寝,梦妃曰:'妾死乱兵之手,埋骨池东梅株傍。'上寤,登时令往太液池发视……"《水浒》第十回:"轻则蒙汗药麻翻,重则登时结果。"《世说》:"张季鹰曰:使我有身后名,不如即时一杯酒。"曹植书有"不是者,应时改实。"《后汉书·黄琼传》:"近樊英被征,朝廷

犹待神明,虽无大异,亦无所缺,而毁谤布流,应时折减者,岂非观听望深声名太盛乎?"

［阿兄得闻之］《野客丛书》:"晋宋人多称'阿',如云阿戎、阿连之类,或者谓此语起于曹操称'阿瞒'。仆谓不然。观汉武帝呼陈后为'阿娇',知此语尚矣。设谓此妇人之称,则间以男子者,如汉殽)坑碑阴,有'阿奉''阿买''阿兴'等名。韩退之诗:'阿买不识字',知阿买之语有自。"按杜诗亦有其例。

［交广市鲑珍。青雀白鹄舫。］《汉书·地理志》:"苍梧郡,武帝元鼎六年开。莽曰:新广属交州。"然则交广之名由来久矣,孙权不过袭用而已。炀帝:"绿潭桂楫浮青雀。"［阿母大悲摧］《王昭君歌》:"离宫旷绝身体摧。"刘琨:"抱膝独摧。"(乾按《古歌》:"大忧摧人肺肝心。")

［说有兰家女］《通鉴·(唐)昭纪》胡注:"唐末宫中称天子曰宅家。"《资暇录》:"公郡县主,宫禁呼为'宅家子'。盖以至尊以天下为宅,四海为家,不敢斥呼,故曰'宅家',亦犹陛下之义。至公主已下,则加'子'字,亦犹帝子也。又为'阿宅家子','阿'助词也。急语乃以'宅家子'为'茶子',既而亦云'阿茶子',或削其'子',遂曰'阿家'。以'宅家子'为'茶子',既而亦云'阿茶子',削其'子'遂曰'阿茶'。一说汉魏以来,宫中尊'官家'呼曰'大家子',今急讹以大为宅焉。"《钜鹿公主歌》:"官家出游,雷大鼓;细乘犊车,开后户。"《南史》四十一:坦之称少帝曰官。

［汝是大家子］"天子称天家,亲近侍从官称大家,又曰官家。"陈后主:"如今游子俗,异日便天家。"《左传·昭公五年》:"箕襄、邢带、叔禽、叔椒、安羽,皆大家也。"《孟子·离娄上》:"不得罪于巨室。"注:"巨室,大家也。"《汉书·梅福传》:"郡国

往往得其大家。"《后汉书·梁鸿传》:"依大家皋伯通。"《礼记·少仪》:"不歌于大家。"注:"大,谓富之广也。"《魏志·高句丽传》:"其国中大家,不佃作,坐食者,万余口。"《管子》:"大家众,小家寡。"《淮南·说山训》:"大家攻小家,则为暴。"是汉魏以前,无有以'大家'称天子者。

白居易诗:"今日宫中年最老,大家遥赐尚书号。"《唐书》卷五十一《上官昭容传》:"节愍太子深恶之,及举兵至肃章门,扣阁索婉儿,婉儿大言曰:'观其此意,即当次索皇后以及大家。'帝与后遂激怒,并将婉儿登玄武门楼,以避兵锋。"又,卷一八四《李辅国传》:"私奏曰:'大家(代宗)但内哀坐,外韦听老奴处置。'《五代史·梁太祖本纪》:"何后谓帝(昭宗)曰:'此后大家夫妇委身于全忠矣。'"又,《唐明宗纪一》:"帝尝宿于雁门逆旅,媪方娠,不时具馔,媪闻腹中儿语云:'大家至矣,速宜进食。'媪异之,遽起亲奉庖爨甚恭。帝诘之,媪告其故。"唐无名氏《李泌传》:"肃宗每为烧二梨以赐泌。时颖王恃恩固求,肃宗不与……颖王曰:'臣等试大家心,何乃偏耶。不然,三弟只乞一颗。'肃宗亦不许,别命他果以赐之。王等又曰:'臣等以大家自烧,故乞,他果何用?'"《五代史·唐明宗纪十》:"帝自御榻跃然而兴,顾谓知漏宫女曰:'夜漏几何?'对曰:'四更。'因奏曰:'官家省事否?'帝曰:'省。'因唾出肉片如肺者数片,便溺升余。六宫皆至,庆跃而奏曰:'官家,今日实还魂也。'"又,《郭崇韬传》:"庄宗常择高楼避暑,皆不称旨。宦官曰:'……旧日大明、兴庆两宫,楼观百数,皆雕楹画栱,干云蔽日,今官家纳凉,无可御者。'"

[说有兰家女]又,乐府有"他家",凡称"家"有尊敬意,"兰家"亦同此。

[自可断来信]又,《韩世家》:"楚王乃兴师言救韩,战车满道路,发信臣,多其车,重其币。"魏杜挚《赠毌丘俭》诗:"闻有韩家药,信来给一丸。"《魏志》八:"卓劫帝西迁,征刘虞为太傅,道路隔塞,信命不得至。"《世说》:"王、刘共在杭南,酣宴于桓子野家。谢镇西往尚书墓还,葬后三日反哭。诸人欲要之,初遣一信,犹未许,然已停车;重要,便回驾。"又,"林道人诣谢公,东阳时始总角,新病起,体未堪劳,与林公讲论,遂至相苦。母王夫人在壁后听之,再遣信令还,而太傅留之。王夫人因自出,云:'新妇少遭家难,一生所寄,唯在此儿。'因流涕抱儿以归。"(乾按《通鉴·晋纪》注:"信,使也。")又,"魏朝封晋文王为公,备礼九锡,文王固让不受。公卿将校当诣府敦喻,司空郑冲驰遣信就阮籍求文。"杨彪妻袁氏《答曹公卞夫人书》:"辄付往信。"《晋书·陆机传》:"机有骏犬,名曰'黄耳',寓羁京师久无家问,笑语犬曰:'我家绝无犬信,汝能赍书,取消息不?'"

[大人故嫌迟]《汉书·疏广传》:"广谓受曰:'吾闻:知足不辱,知止不殆。今仕宦至二千石,岂如父子归老故乡,以寿命终,不亦善乎。'受叩头曰:'从大人议。'"《后汉书·列女传》:"鲍宣妻谓宣曰:'大人以先生修德守约,故使贱妾侍执巾栉。'"是汉时例称父姑为大人也。《史记·刺客列传》:"窃闻足下义甚高,故进百金者,将用为大人粗粝之费。"《正义》亦引此二句为证。

[会、复来还]又,梁朱超道:"寄语故林无数鸟,会入群里比毛衣。"(咏独栖鸟)江总《姬人怨》:"不学箫史还楼上,会逐姮娥戏日中。"伪苏武诗:"生当复来归。"古诗:"结志青云上,何时复来还。"徐复:"妾身兮不令,婴疾兮来归。"孔融:"远送新行客,岁暮乃来归。"郭遐叔《赠嵇康》:"愿各保遐心,有缘复来东。"

曹："清晨复来还。"阮："后岁复来游"。阮瑀《杂诗》："我行自凛秋,季冬乃来归。"缪袭《魏鼓吹曲》："传求亲戚在者谁,立庙置后魂来归。"

[足下蹑丝履。揽裙脱丝履。]唐王睿《炙毂子录》："夏殷皆以草为之屝,左氏谓之菲履也。至周以麻为之,谓麻鞋,贵贱通著之。晋永嘉中,以丝为之,宫禁内贵妃以下,皆著之。按以丝为履,自周已然,特至晋而始盛耳。"尚秉机《历代社会状况》："汉时食麦饭,以葱为菜。《后汉·冯异传》:'仓卒芜蒌亭麦饭。'又《高士传》:'阴请就井丹,设麦饭葱菜。'按今日为麦饭者,皆取将熟之麦而实未坚实者,煮以为饭,香嫩可口,无以干麦为之者。光武过滹沱,时当十月,则无鲜麦而亦为之者,可见古人常以麦实为饭,与粟等也。葱菜者,咸葱为菜以下饭也。"据此,则"指如削葱根"句,亦有其时代社会之背景。因何眼面前之物。

[本自无教训]《读曲》："本自无此意,谁交郎举前。""自我别欢后,欢音不绝响。"[卿但暂还家。且暂还家去。]"欢但暂还去,遗信相参问。"[晻晻日欲暝]《上声歌》："暧暧日欲冥,从侬门前过。"[便复在旦夕]刘桢:"便复为别辞,游车归西邻。"《世说》："王平子出为荆州,王太尉及时贤送者倾路。时庭中有大树,上有鹊巢,平子脱衣巾,径上树取鹊子,凉衣拘阁树枝,便复脱去。"[作计乃尔立]又,"王平子、胡毋、彦国诸人,皆以任放为达,或有裸体者,乐广笑曰:'名教中自有乐地,何为乃尔也。'"

[十七为君妇。十七遣汝嫁。]《史记·张仪传》："陈轸谓秦惠王曰:'故卖仆妾,不出闾巷,而售者,良仆妾也。出妇嫁于乡曲者,良妇也。'"《孔雀东南飞》叙兰芝"还家十余日,县令遣媒来"云云,甚有分寸。大有道理。汉时嫁女之早,为前后所无。

《后汉书·阴瑜妻传》:"年十七适阴氏。"《班昭传》:"年十有四,执箕帚于曹氏。"《汉书·上官皇后传》:"月余,遂立为皇后,年甫六岁。"兰芝十七而嫁,亦与汉风俗合。[枝枝相覆盖,叶叶相交通。]《陇上记》:"潘京夫妇死葬,冢木交枝,号'并枕树'"。《搜神记》:"大夫韩冯妻美,宋王夺之,冯自杀,妻自投台下死。王怒,合冢相望,宿昔有文梓木生二冢之端,根交于下,枝错其上,宋王哀之,因号其木为'相思树'。"卫敬瑜妻王氏《连理诗》:"墓前一株柏,连根复并枝。妾心能感木,颓城何足奇。"(见《南史》)

[(十二)田恭]茅元仪《野航史话》:"《隋志》曰:'淫蛙之音,能使骨腾肉飞,此文笔亦有天际飞花之致。'"不知乃出此歌也。(乾按:指本章之殿所录《远夷乐德歌》,有"昌乐肉飞"之语。)

第三编　魏乐府——附吴

〔第一章　概论〕《世说》注引《续晋阳秋》曰："（许）询有才藻，善属文。自司马相如、王褒、扬雄诸贤世尚赋颂，皆体则《诗》《骚》，傍综百家之言，及至建安，而诗章大盛。逮乎西朝之末，潘、陆之徒虽时有质文，而宗归不异也。正始中，王弼、何晏好庄、老玄胜之谈，而世遂贵焉。至过江，佛理大盛，故郭璞五言始会合道家之言而韵之，询及太原孙绰转相祖尚。又加以三世之辞，而《诗》《骚》之体尽矣。询、绰并为一时文宗，自此作者悉体之。至义熙中，谢混始改。"

《后汉书·荀彧传》（节录）："初平二年，去绍从操。操曰：'吾子房也。'建安十七年，董昭等欲共进操爵国公，九锡备物，密以谘彧，彧曰：'曹公本兴义师，以匡振汉室，虽勋庸崇著，犹秉忠贞之节。君子爱人以德，不宜如此。'事遂寝。操心不能平，会征孙权，因表留彧，彧病留寿春，操馈之食，发视之，乃空器，于是饮药而卒。明年，操遂称魏公云。"然则彧一日不死，操一日不得为魏公也。《短歌行》之作，殆为彧而发欤。又，《孔融传》（节录）："融见操雄诈渐著，数不能堪，尝奏：宜准古王畿之制，千里寰内，不以封建诸侯。操疑其所论建渐广，益惮之，然以融名重天下，外相容忍而潜忌正议，虑鲠大业，遂令路粹枉状奏融，弃市，年五十六。"（十三年）按东汉尚名节，而操出于阉宦，自不能不有顾忌而为之沉吟也。若都如王粲、刘祯辈，或称操为圣君、为元后，尚安所用其沉吟乎。子建诗称父为皇佐，虽不失大义，实非乃翁本心也。

〔第二章　曹操四言乐府〕　陆机诗："含忧茹戚,契阔充饱。"又,"安得携手俱,契阔成驸服。"又,"谁谓伏事浅,契阔逾三年。"

〔《短歌行》："对酒当歌,人生几何?……慨当以慷,忧思难忘。何以解忧?惟有杜康。""契阔谈䜩,心念旧恩。""周公吐哺,天下归心。"〕　朱止谿曰:"《短歌行》,曹公一生心事,吞吐往后,满满道不出。末四句略昔人,尝言:'但为君故,沉吟至今。……明明如月,何时可掇?'盖谓孔文举持清议一辈人,当时神器,归共俯仰,能自降抑难矣。"按东汉重节义,亦时势使然。东汉士子羞与宦官为仕,操虽人杰而门户不高,故不得吐吞其词。(不尽然)真西山《文章正宗》不取此篇,且曰:"杜康,始酿者也。今云'惟有杜康',则几于谑矣。'周公吐哺',为王室致士也,若操之致士,特为倾汉计耳。"

《陔余丛考》:"曹操'对酒当歌','当'字今作'宜'字解,然诗与'对'字并言,则其意义相类。《世说》'王长史语不大当对',言其非敌手也。元微之寄白香山书有'当花对酒'之语。《学斋呫哔》载《古镜铭》有云:'当眉写翠,对脸傅红。'是'当'字皆作'对'字解,曹诗正同此例。今俗尚有'门当户对'之语。"按柳永词《蝶恋花》:"也拟疏狂图一醉,对酒当歌,强乐还无味。"又按,宋子侯《董娇娆》:"花花自相对,叶叶自相当。"庾信《商调曲》云:"今日相乐,对酒且当歌。"又,张正见《铜雀台》:"云惨当歌日,松吟欲舞风。"又《对酒》诗:"当歌对玉酒,匡坐酌金罍。"又,独孤及诗:"骋望傲千古,当歌遗四愁。"李白《把酒问月》:"惟愿当歌对酒时,月光长照金樽里。"贾至《对酒曲》:"当歌怜景色,对酒惜芳菲。"韩翃:"当歌酒万斛,看猎马千蹄。"骆宾王:"当歌应破涕,哀命返穷愁。"又"当歌悽别曲,对酒泣离忧。"则从《陔余》说为长,但不可直串下句讲耳。

杜诗:"当歌欲一放,泪下恐莫收。"此用作"对"字意。《艺苑卮言》:"古乐府'悲歌可以当泣,远望可以当归',二语妙绝。老杜'玉珮仍当歌','当'字出此,然不甚合作。用修引孟德'对酒当歌',云'子美阐明之,不然,读者以为该当之当矣。'大聩聩可笑。孟德正谓遇酒即当歌也,下云'人生几何',可见矣。若以'对酒当歌'作去声,有何趣味。"《世说》:"支道林初从东出,住东安寺中,王长史宿构精理,并撰其才藻,往与支语,不大当对。王叙致作数百语,自谓是名理奇藻,支徐徐谓曰:'身与君别多年,君义言了不长进',王大惭而退。"孟郊诗:"食荠肠亦苦,强歌声无欢。"(乾按本段和上段有部分内容已补注于再版,请参见。)

〔慨当以慷〕 谓歌声激昂不平也。慷慨,间隔用,犹《诗》言"慨其叹矣,咥其笑矣"之类。《述异记》:"汉武幸甘泉,长平陂道中有虫,赤如肝,东方朔曰:'此古秦狱地也,积忧所致。'上使按图,果秦狱地。朔曰:'夫积忧者,得酒而解。'乃取虫置酒中,立消。"《拊掌录》:"张文潜谓子瞻:公诗有'独看红叶倾白堕',不知'白堕'何物。子瞻曰:刘白堕善酿酒,见《洛阳伽蓝记》。文潜曰:既是一人,莫难为'倾'否。子瞻曰:魏武《短歌行》云:'何以解忧?惟有杜康。'亦是酿酒人名也。文潜曰:毕竟用得不当。子瞻曰:公且先去共曹家那汉理会,却来此间厮磨。"

〔《步出夏门行》(一曰《碣石篇》)〕

《周书·萧察传》:"督疆土既狭,居常怏怏,每诵'老骥伏枥……壮心不已',未尝不盱衡扼腕,叹咤者久之。"

〔《苦寒行》〕:"羊肠坂诘屈。"此篇盖作于征幹之时。悲壮得未曾有。〕《读史方舆纪要》:"羊肠坂有三,一在太原,一在壶关,一在怀宰间,即太行坂道。《元和志》:'太行陉,在怀州北,阔三步,长四十里。'羊肠所经,瀑布悬流,实为险隘。"诗中羊肠,盖即此。《昌言·理乱》:"汉二百年,而遭王莽之乱,计其残夷灭亡之数,又复倍乎秦项矣,以及今日名都空而不居,万里绝而无民者,不可胜数。"汉末之乱。

〔第三章　曹丕七言乐府《燕歌行》〕

《乐府广题》:"燕,地名。言良人从役于燕而为此曲。"刘云:"此妇人思其君子远行不归之词,岂帝为中郎将,北征在外,代述闺中之意而作欤。"杜诗:"既饱欢娱转萧瑟"。吴伯其曰:"不能长者,薄琴所限也。琴弦有四调,曰慢宫,曰慢角,曰紧羽,曰清商。清商节极短促,音极纤微,故云不能长也。"《六臣注》:"张铣曰:妇人自恨与夫离绝,问此星何辜复如此也。"按辜犹故也。

〔群燕辞归雁南翔〕　《月令·仲秋之月》:"玄鸟归鸿雁来。"

〔慊慊〕　《郑礼记》注:"恨不满之貌也。"按此句设想其夫之词,下句怪而问之。

〔茕茕〕　单也。

〔明月皎皎照我床〕　明月不谙离别苦。

〔尔独何辜限河梁〕　刘云:"尔,本指二星,而实自谓也。因赋所见而反以自况。"

〔第四章　曹植五言乐府　(一)武帝时期——建安二十四年(219)以前　(1)《箜篌引》:"盛时不可再,百年忽我遒。生存华屋处,零落归山丘。先民谁不死?知命复何忧。"以诗论,则"生存"二语,感人最深,宜羊昙诵而流涕也。〕《幽州马客吟》:"盛时不作乐,春花不重生。"缪袭《挽歌》:"生时游国都,死没弃之野。朝发高堂上,暮宿黄泉下。"意亦相类而工拙悬殊,盖子建造语,沉著浑厚而声情激越悲壮,故弥觉感人深切也。"知命复何忧",自古皆有,然谁能离此者,便直蹋下去矣。

〔(3)《名都篇》:"连翩击鞠壤。"鞠壤犹鞠域,盖打毬之所也。〕击毬与打毬同义。打毬于马上戏之,有毬场。唐开元人蔡孚《打毬篇》序云:"臣谨按打毬者,往之蹴踘古戏也。黄帝所作兵势,以练武士,知有才也。窃美其事,谨奏《打毬篇》一章:'金锤玉凿千金地,宝杖雕文七宝毬。'"

刘履云:"壤,按《艺经》及周处《风土记》以木为之,前广后锐,其形如履,长尺四寸,阔三寸,将戏先侧一壤于地,遥以一壤击之,中者为上部。"(见《御览》引《艺经》)陆机《鞠歌行》序曰:"按汉宫阁有含章鞠室、灵芝鞠室。后汉马防第宅卜临道,连阁通池,鞠城弥于街路,《鞠歌》将谓此也。又东阿王诗'连骑击壤',或谓蹙鞠乎。"按即指此诗。陆氏去魏不远,而作疑词于壤,亦无异解,殆属一事。刘氏引《艺经》分为二事,恐非。意击鞠之戏,初以足蹋,而后变为马上杖击。《唐书·李宝臣传》:"宝臣弟宝正取田承嗣女,与承嗣子维击鞠,宝正马驰骇,触杀维。宝臣缄杖,令承嗣以示责,承嗣遂鞭杀之。"又,《郭英义传》:"英义颇恣狂荡,聚女人骑驴击球,制钿驴鞍,及诸服用,皆侈靡装饰。"又,《崔胤传》:"全忠子友伦,宿卫京师,因击鞠坠马而卒。全忠爱之,杀会鞠者十余人。"(亦见《五代史·宗室传》)据此则击鞠之戏,盖于马上为之者,且人数似甚多,故云"连翩"也。《通鉴》至德元载:"常山太守王俌欲降贼,诸将怒,因击球纵马践杀之。"又《肃纪》上元二年胡注引《蓟门记乱》曰:"朝兴,辛氏之长男,为思明所爱。嗜酒好色,凶犷顽戾,姬妾有不称命则杀之,亦有以汤镬死者,既大盛汤沸,令壮士抱而投之。初,宛转叫呼,须臾糜烂。旁人皆毛竖股慄,朝兴笑临而观之,以所策毬杖于镬中撞击。"《五代史·唐明宗纪二》:"西都知府张篯,进魏王继岌打毬马七十二匹。"(篯本传作七十匹)

《新唐书·张濬传》:"时王敬武在平卢军最骄,累召不应。濬往说之,宣诏已,士按兵默默,濬召将佐至鞠场,倡言忠义之士,当审利害……"是鞠场凡有驻军处即有之也。又,《周宝传》:"宝以善击毬俱备军将,官不进,自请以毬见,武宗称其能,擢金吾将军。以毬丧一目,进检校工部尚书……初镇海将张郁以击毬事宝。"按《五代史·梁太祖纪》有"兴安毬场,常举行大教阅。"

宋王谠《唐语林》卷五:"打毬,古之蹴鞠也。"实为错误。盖在地上以足蹋者,为蹴毬;在马上以杖击者,为打毬,截然不同。蹋毬,系两足登蹑毬上,旋转而行,亦非如今日之踢球也。(黄现璠)《语林》:"今乐人又有蹋毬之戏,作彩画木球,高一二尺,女妓登蹑,宛转而行,萦回来去,无不如意,盖古蹴鞠之遗事也。"

〔(二)文帝时期——黄初元年至黄初七年 (2)《怨歌行》〕江总:"独酌一樽酒,高咏七哀诗。"

〔(5)《圣皇篇》:"羽盖参班轮。"〕 张正见诗:"地冻班轮响,风严羽盖轻。"王维《被出济州》诗:"执政方持法,明事无此心。"

〔第五章 王粲左延年诸人之叙事乐府 《七哀》"西京乱无象"一首〕《历代诗语》廿九引皎然论此语"下泉人"作"泉下人",谓:"盖以逝者不返,吾将何亲,故有伤心肝之叹。"

〔陈琳《饮马长城窟行》:"长城何连连,连连三千里……身在患难中,何为稽留他家子?……贱妾何能久自全?"〕 杜《塞芦子》诗:"五城何迢迢,迢迢隔河水。"句法本此。古人谓女亦曰子,《诗·卫风》:"齐侯之子,卫侯之妻。"又《陈风·衡门》:"岂其取妻,必宋之子。"又《史记·卫世家》:"及生子,男也。"《董娇娆》:"不知谁家子,提笼行采桑。"《后汉书》107《周纡传》:"窦氏贵盛,笃兄弟秉权,睚眦宿怨,无不僵仆,纡自谓无全,乃柴门自守,以待其祸。"《孔雀东南飞》:"千万不复全。"(乾按有关左延年《秦女休行》所反映东汉之末私人复仇之风的史实,已然补注于该章之末,可参阅。)

〔第六章 吴乐府——乐府填词之初祖韦昭〕 昭所作《通荆门》一首,凡一百零八字,与缪作《平南荆》完全相符,非有意填词,决不致如此巧合也。晋傅玄所作《惟庸蜀》,凡一百廿余字,与缪作《应帝期》若合符契,亦系用填词方式,如此长调即在词中亦绝少也。

第四编　晋乐府

〔第二章　晋之故事乐府　傅玄《庞氏有烈妇》：(一曰《秦女休行》)"县令解印绶：'令我伤心不忍听！'刑部垂头塞耳：'令我吏举不能成！'"〕《后汉书·范滂传》："建宁二年，大诛党人，诏急捕滂等。滂即自诣狱，县令郭揖大惊，出，解印绶，引以俱亡，曰：'天下大矣，子何为在此。'滂曰：'滂死则祸塞，何敢以罪累君，又令老母流离乎。'"又《马援传》(节录)："严上封事曰：'臣伏见方今刺史、太守，专州典郡，取与自己，垂头塞耳，采取财赂。'"(乾按杜诗"使我昼立烦儿孙，令我夜坐费灯烛"二句本此。作者已补析于再版傅玄三篇之末，兹不再录。)

《文学评论》1978年第五期有吴世昌文，专论《秦女休行》本事。

〔石崇有《王明君辞》一首〕按序虽云送昭君有词，而诗则自叙昭君之一生，原无不可，不必泥叙也。

〔第三章　晋之拟古与讽刺乐府　张华《轻薄篇》："足下金镂履"，"宜城九酝醷"，"盘案互交错"，"孟公结重关"〕江总《宛转歌》："步步香飞金薄履，盈盈扇掩珊瑚唇。"昭明太子诗："宜城溢渠椀，中山浮羽卮。"案与桉，同古盌字。孟公，陈遵字，尝闭门留客。(乾按"孟公"一条，再版漏排。)

《南齐书》卷二十三《传论》：世族"平流进取，坐致公卿。"《宋书·恩倖传》："凡厥衣冠，莫非二品，自此以还，遂成卑庶。"

第五编　南朝乐府

〔第一章　论南朝新声乐府发达之原因　《王僧虔传》:"民间竞造新声杂曲。"〕　这个"民间"实即市井。(乾按补入再版,"市井"作"城市"。)

〔《宋略》云:"王侯将相,歌伎填室,鸿商富贾,舞女成群。"〕艳曲的市场。

〔略究其发达之原因,条论于后。(一)因于地理者　其为出于城市,实至显而易见。〕

《读曲》:"家贫近店肆",又"契儿向高店"。

〔(二)因于政治者　若晋之刘琨、郭璞……皆所谓不得其死者也。〕　前此如陆机、石崇、潘岳、张华、嵇康。

〔(三)因于风尚者　南朝乃一声色社会,崇好女乐,风气如此,虽欲不发达,其可得乎?〕

《南史·到㧑传》:"㧑资藉豪富,厚自奉养,供一身一月十万,宅宇山池,伎妾姿艺,皆穷上品。"又,《临川静惠王宏传》:"宏性好内乐酒,沉湎声色,侍女千人,皆极绮丽。"又,《沈攸之传》:"乃以攸之为镇西将军、荆州刺史……朝廷制度,无所遵奉,富贵拟于王者。夜中诸厢廊然烛达旦,后房服珠玉者数百人,皆一时绝貌。"(乾按:《徐湛之传》所载上层社会之糜烂事,已补入再版第二〇一页,故略。)《颜氏家训》:"南人贫素,皆事外饰,车乘衣服必贵齐整,而家人妻子不免饥寒。"

〔(四)因于思想者　其有能以礼自防者,众亦必嗤之以鼻。〕《梁书·朱异传》:"性郄啬,未尝有发施,厨下珍羞腐烂,每月常弃十数车。"

〔是丘尼无异娼妓,而佛寺同于北里也。良以当其时,思想既失中心,新者复未建立,故虽以清静为门之佛教,不独于人心无所裨益,而实际乃适为助长淫乱之阶梯。〕《南史》卷五《废帝郁林王纪》:"徐龙驹为后宫舍人,日夜在六宫房内,帝与文帝幸姬霍氏淫通,改姓徐氏,龙驹劝长留宫内,声云度霍氏为尼,以余人代之。皇后亦淫乱,斋阁通夜洞开,外内淆杂,无复分别。"白居易《悲哉行》(节录):"沈沈朱门宅,中有乳臭儿。手不把书卷,身不擐戎衣。声色狗马外,其余一无知。"可为南朝世族阶级写照。(乾按:梁王金珠诗,已补注于再版第二〇三页。略。)

〔(五)因于制度者〕(到溉轻视劳动事已补注再版第二〇四页注〔一〕——乾注。)《世说》:"王韶之,少家贫而好学,尝三绝粮而执卷不辍。家人诮之曰:困穷若此,何不耕?王徐答曰:我常自耕耳。"(乾按见《南史·王韶之传》)

〔第二章 南朝前期之民间乐府——晋宋齐〕《子夜秋歌》:"追逐太始乐,不觉华年度。"又"今遇泰始世,年逢九春阳。"又《冬歌》:"一唱太始乐,枯草衔花生。"泰始,乃武帝年号,以此考之,则《子夜歌》殆托始于西晋也。《乐府古题要解》,唐吴兢撰。明皇时人。

〔(一)吴声歌 在《吴声歌》中,有一大特点,即隐字谐声之"双关语"是也。此种"双关语"之应用,迄乎战国,则已数见不鲜。第二类,同声同字以见意者:〕《世说·俭啬》:"卫江州(展)在寻阳,有知旧人投之,都不料理,唯饷王不留行一斤(《本草》曰:王不留行,生大山,治金疮,除风,久服之轻身。)此人得饷便命驾。李弘范闻之,曰:'家舅刻薄,乃复驱使草木。'"《后汉书·董卓传》:"时王允与吕布及仆射士孙瑞谋诛卓,有人书吕字于布上，负而行于市，歌曰：'布乎，有告卓者，卓不悟。'"《南史》廿五《到溉传》："溉斋前有奇石，帝（梁武）戏与赌之，并《礼记》一部。溉并输焉，未进，帝谓朱异曰：'卿谓到溉所输，可以送未？'敛板对曰：'臣既事君，安敢失礼？'"《世说·排调》："谢公始有东山之志，后严命屡臻，势不获已，始就桓公司马。于时人有饷桓公药草，中有远志。公取以问谢：'此药又名小草，何一物而有二称？'谢未即答。时郝隆在坐，应声答曰：'此甚易解。处则为远志，出则为小草。'谢甚有愧色。桓公目谢而笑曰：'郝参军此过乃不恶，亦极有会。'"

［第一类，同声异字以见意者］《五代史·梁末帝纪下》："帝尝市珠于市，既而曰：'珠数足矣。'众皆以为不祥之言。"又梁书廿二《杨师厚传》："（师厚）于黎阳采巨石，将纪德政，以铁车负载，驱牛数百以拽之，所至之处丘墓庐舍悉皆毁坏，百姓望之皆曰：'碑来！'及碑石才至，而师厚卒。魏人以为悲来之应。"又，《唐明宗纪十》注引《北梦琐言》："上圣体乖和，冯道对，寝膳之间，动思调卫，因指御前果实曰：'如食桃不康，翼日，见李而思戒可也。'初，上因御李，暴得风虚之疾，冯道不敢斥言，因奏事，讽悟上意。"《隋书·裴蕴传》："世基疑反者不实，抑其计，须臾难作。蕴叹曰：'谋及播郎，竟误人事。'"

〔（1）以"藕"为配偶之"偶"。〕 "不爱独枝莲，只爱同心藕。"(15)以丝为思。

〔（1）《子夜歌》："郎为傍人取，负侬非一事。摘门不安横，无复相关意。"〕 按南朝女子自谓曰侬，泛称一般女子亦曰侬。如"赫赫盛阳月，无侬不握扇。""郎歌妙意曲，侬亦吐芳词。"但不多耳。明顾元庆《夷白斋诗话》："古乐府云：'金铜作莲花，莲子何其贵。摘门不安锁，无复相关意。石阙生口中，含

355

悲不得语。'石阙,古汉时碑名,故云。"

（乾按唐李峤《歌诗》,已补注于再版第二一〇页。）

［愿得结金兰。求匹理自难。］无媒。［三唤不一应,有何比松柏？］木头。［罗裳易飘飏,小开骂春风。］隋·陈子良诗："衫薄偏憎日,裙轻更畏风。"罗虬《比红儿》："魏帝休夸薛夜来,雾绡云縠称身裁。"

［会合在何时？悠然未有棋。］《南史》廿二："僧虔累十二博棋,既不坠落,亦不重作。"

〔(5)《上声歌》〕 （乾按：梁施荣泰诗已补入再版第二一五页。）

〔(7)《欢闻变歌》："没命成灰土,终不罢相怜！"〕 《桃叶歌》："没命江南渡。"没命,犹言不要命,拼死。谓死。

〔(10)《丁督护歌》："愿作石尤风,四面断行旅。"〕 （乾按：唐诗多有石尤风,已补入再版第二一八页。）

〔(11)《团扇郎》〕 "白练薄不著,趣欲著锦衣。异色都言好,清白为谁施。"此歌最能表现六朝淫乱的风气。世族地主是不要贞操的。

〔(15)《桃叶歌》："独使我殷勤。"〕

《南史》廿二《王僧绰传》："僧绰曰：'建立之事,仰由圣怀,惟宜速断,几事难密,不可使难生虑表,取笑千载。'文帝曰：'卿可谓能断大事,此事不可不殷勤。'"

〔(17)《懊侬歌》："丝布涩难逢。"〕

《搜神后记》："中兴初,郭每自为卦,知其凶终。尝行,逢一趋步少年,甚寒,便牵住,脱丝布袍与之,其人不受,璞曰：'但取,后自当知。'其人受而去。及当死,果此人行刑。"

〔(19)《读曲歌》："怜欢敢唤名,念欢不呼字。""合散无黄连,此事复何苦？""打杀长鸣鸡,弹去乌臼鸟。愿得连冥不复曙,一年都一晓！"〕《三朝北盟会编》："王继先蓄临安名妓刘荣奴,其子悦道则蓄金盼盼,父子聚塵,伤风败俗,闻渊圣升遐,令妓女舞而不歌,谓之哑乐。"据此则《乐录》之说,亦似可信。("以失恋为佳",内容杂)《世说·惑溺》："王安丰妇常卿安丰,安丰曰：'妇人卿壻,于礼为不敬,后勿复尔。'"《南史》廿二《王规传》："朱异尝因酒卿规,规责以无礼。"又《王慈传》："十岁时,与蔡兴宗子约入寺礼佛,正遇沙门忏,约戏慈曰：'众僧今日可谓虔虔。'慈应声曰：'卿如此,何以兴蔡氏之宗。'"《异苑》："宋武帝小字寄奴,微时伐薪荻洲,见大蛇,射之伤。明日复至洲襄,见童子数人皆青,捣药,问其故,曰：'我王为刘寄奴所射,合散傅之。'"徐陵《乌栖曲》："绣帐罗帷隐灯烛,一夜千年犹不足。唯憎无赖汝南鸡,天河未落犹争啼。"《开元天宝遗事》有"鸡声断爱"一条："长安名妓与郭昭述书……欢寝方浓,恨鸡声声断爱。""合冥过藩来",合冥专谓全黑也。(《通鉴》一九〇《唐纪》胡注误)孙楷第有文,见《文学遗产》446期。

内容分四类：1、女性美,2、爱人间情事,3、恋爱失败,4、离别痛苦。

〔(二)神弦歌〕 《南齐书·庾杲之传》："清贫自业,食唯有韭菹瀹,韭生韭杂菜,或戏之曰：'谁谓庾郎贫,食鲑尝有二十七种。'言三九也。"

〔(1)《宿阿曲》："苏林开天门。"按晋宋诸神有苏侯,是苏侯即东晋之苏峻也,未知与此异同。〕 涤按：南朝民歌有涉及苏林处,旧误以为苏峻。失据。(乾按,有关苏林的材料,已择要补注于再版第二二六页注〔一〕。)葛洪《神仙传》苏仙公条："苏仙公,桂阳人,汉文帝时得道"。文末有龚学声校注云："《御览》引此传云:'苏仙公名林,字子元。周武王时濮阳曲水人。'"与此微有不同。

〔(2)《道君曲》〕 大概是花神。

〔(3)《圣郎曲》〕 大概是酒神。

〔(4)《白石郎曲》〕 大概是水神。

〔(6)《青溪小姑曲》〕 《墨庄漫录》引陆龟蒙语可参:"……予每愤南方淫祠之多,所至有之。陆龟蒙所谓有雄而毅、黝而硕者,则曰'将军';有温而愿、晳而少者,则曰'某郎';有媪而尊严者,则曰'姥';有妇而容者,则曰'姑',而三吴尤甚。所立神不一,或曰太尉,或曰相公,或曰夫人,或曰娘子,村民有疾病,不服药剂,惟神是恃,事先必祷之,谓之问神……"

〔(三)西曲歌(4)《估客乐》:"有信数寄书,无信心相忆。"〕(乾按古时书信有别,此有节录补于再版第一一九页和本书333页,尚有未补入者如下。)《天禄识馀》:"晋武帝《炎报贴》末云:'故遣信还。'《南史》曰:'辰起出陌头,属与信会。'古者谓使者曰信。黄诰云:'公至山下,又遣一信见告。'《谢宣城传》云'荆州信去倚待',陶隐居云'明日一信还,仍过取反'。虞永兴帖云'事已,信人口具'。凡云信者皆谓使者也。"杜诗用信字,尚有"使"意。按唐王驾《古意》诗:"一行书信千行泪,寒到君边衣到无?"书信无别矣。又,张籍《送远客》诗:"因谁寄归信,渐远问前程。"此信字与书同意,则书信混用,盖始于唐也。

汉以前,士庶尽白巾,不忌白色。黄巾者,正所以别于白。六朝仍多白帽。《隋书·仪礼志》:"宋齐之间,天子多著白高帽。"

〔(11)《那呵滩》〕 司空图《光化踏青有感》:"行得车回莫认恩,却成寂寞与谁论。到头不是君王意,羞插垂杨更傍门。"

又《花褐裘》："对织芭蕉雪氄新,长缝双袖窄裁身。到头须向边城着,消杀秋风祢猎尘。"罗虬《比红儿》诗："长恨西风送早秋,低眉深念嫁牵牛。若同人世长相对,争作夫妻得到头。"郑谷《小桃》诗："撩弄春风耐寒令,到头赢得杏花憎。"杜荀鹤《秋夕》诗："自我夜来霜月下,到头吟魄始终身。"孙元晏《郭璞脱襦》："吟坐因思郭景纯,每言穷达似通神。到头分命难移改,解脱青襦与别人。"又《郁林王》："喜字漫书三十六,到头能得几多时。"

〔(12)《孟珠》〕 温庭筠《春日雨》："细雨濛濛入绛纱,湖辛寒食孟珠家。"则可能是倡家女。

段成式《寄温飞卿笺纸》诗："待将袍袄重钞了,尽写襄阳搚搭词。"搭音搦。

〔(25)《安东平》:"东平刘生,复感人情。"〕

徐陵《刘生》诗："刘生殊倜傥,任侠遍京华。戚里惊鸣筑,平阳吹怨箎。俗儒排左氏,新室忌汉家。高才被摈压,自古共怜嗟。"张正见亦有《刘生》诗："刘生绝名价,豪侠姿游陪。"江晖亦有《刘生》诗。

〔(26)《女儿子》〕 《南史》卷五《齐东昏侯本纪》:"是夜,帝在含德殿,吹笙歌作《女儿子》。"

六朝时尚白衣。(《南齐书·豫章文献王传》 西汉迄唐,女裤开裆,如今日小儿。(《汉书·上官皇后传》)唐之绲裆裤中有缝,但结以绳。陈周弘正《看新婚诗》："婿颜如美玉,妇色胜桃花。带啼疑暮雨,含笑似朝霞。"

〔第三章 南朝后期之文人乐府——梁陈 (一)梁武帝〕《南史》卷二:"竟陵王诞,据广陵反,以沈庆之讨诞,克广陵城斩诞,悉诛城内男丁,以女口为军赏。"

〔(二)梁简文帝《美女篇》之"约黄能效月,裁金巧作星"〕

梁费昶《咏照镜》:"留心散广黛,轻手约花黄。"

〔(三)沈约(1)《春白纻:"翡翠群飞飞不息。"〕乾按:《女红余志》所载,已补入再版第二四九页。

〔(5)《六忆诗》:(今仅存四首)〕《女红余志》:"承云,衣领也。昔姚梦兰以领边绣、脚下履,赠东阳,领边绣即承云也。沈并八物为十咏,又有'忆来时……'四咏,俱为梦兰作也。当时传诵之。"又,梦兰,古之美人。见《东阳杂志》。庾信诗云:"何年迎弄玉,今朝得梦兰。"

〔(四)江淹《西洲曲》(此诗《乐府》作古词,陈胤倩、王士祯《古诗选》并入晋诗。)"双鬟雅雏色","吹梦到西洲"。〕《古诗归》亦作晋无名氏。《古诗源》属梁武帝。《诗薮》六:"《西洲曲》乐府作一篇,实绝句八章也。每章首尾相衔,贯串为一体,制甚新,语亦工绝,如'鸿飞'四句、'海水'四句,全类唐人。"唐人类乐府耳。罗虬《比红儿》诗:"薄罗轻剪越溪纹,鸦翅低从两鬟分。"李白《江夏赠韦南陵冰》:"西忆故人不可见,东风吹梦到长安。"直用此语。女子住在西洲附近。

〔(六)柳恽《江南曲》〕《柳亭诗话》:"丘光庭曰:据其题称《江南曲》,是乐府闺情之遗言。妇人因夫出行于外,春日采蘋洲次,见有人为客而归自洞庭者,因问其夫之消息,其人答言,于潇湘之上,逢见汝夫。更前去也。此妇遂窃念曰:'故人去不返,春花复应晚!'喻言已之颜色将渐衰也。'不道'二句,虑其夫在外恋新人而不归,托言行路远耳。'故人',正妇人指其夫而言。如此看于上下脉络,方觉有情。"

〔要之,南朝乐府,吾人得以两语括之曰:唐宋以来声诗之鼓吹,而两汉乐府之丧歌也。〕

《诗镜总论》:"诗情雅艳二端,建安以来日趋于艳,魏艳而丰,晋艳而缛,宋艳而丽,齐艳而纤,梁艳而靡,陈艳而浮,律句始于梁陈,而古道遂以不振,雕叶盛而本实衰也。律法既开,艳流必炽,世受其趋,所必至矣。"又,"晋人五言绝,愈俚愈趣,愈浅愈深。齐、梁人得之,愈藻愈真,愈华愈洁,此种神情妙会,行乎其间。唐人苦意索之,去之愈远。"

〔第四章 汉乐府大作家鲍照 《拟行路难》其三:"上刻秦女携人仙。"四:"泻水置平地。"〕(乾按:齐刘绘《咏博山香炉》诗已补入再版第二六五页。)《世说·文学》:"殷中军问:'自然无心于禀受,何以正善人少,恶人多?'诸人莫有言者。刘尹答曰:'譬如写水著地,正自纵横流漫,略无正方圆者。'一时绝叹,以为名通。"

〔其十一:"对酒叙长篇","直得优游卒一岁"。桓伊能《挽歌》。〕 乾按:"南朝社会似特爱《挽歌》"之二例,已补注于再版第二六页注[一]。

犊车。汉末犊车风行。《魏略》:"孙宾硕乘犊车过市。"《世说》:"汉末卢充三月三日临水戏,忽见一犊车。"是城市出入皆犊车。又,《后汉书·单超传》:"其仆从皆乘牛车,而从列骑。"是更以牛车为贵,较西汉因贫而乘者,风尚共矣。晋世尚牛车,故贵人赛牛。《世说》"石季伦牛迅若飞禽。"又"王武子有牛名八百驳","彭城王有快牛"。又"王丞相、曹夫人右手捉麈尾,以柄助御者打牛"。《晋书·舆服志》:"古贵者,不乘牛车,汉末诸侯寡弱贫者,至乘牛车。自灵献以来,天子至士,遂以为常乘。"

晋士大夫偶游戏骑马。《世说·雅量》(节录。下同):"庾小征西,尝出未还,妇母阮与女共上城楼,俄顷,翼归,阮语女:'闻庾郎能骑,我何由得见?'妇告翼,翼便为于道开卤簿盘马,始两转,坠马堕地。"是可证士大夫骑者绝少,故欲观也。又,《赏誉》:"王汝南既除所生服,遂停墓所。兄子济每来拜墓……济去,叔送至门。济从骑有一马绝难乘,济问叔:'好骑乘不?'又使骑,叔姿形既妙,回策如萦,名骑无以过之。济益叹其难测。"又,《方正》:"杜预之荆州,朝士悉祖。杨济不坐而去,须臾,和长舆来,曰:'必大夏门下盘马。'往,果然。长舆抱内车,共载归。"(乾按注曰:"预身不跨马。")是可证习骑为偶然游戏也。

南朝多乘车不能骑,北朝多骑马少乘车。《颜氏家训》:"梁世士大夫尚褒衣、博带、大冠、高履,出则车舆,入则扶侍,郊郭之内,无乘马者。周宏正为宣城王所爱,给一果下马,常服御之,举朝以为放达。至乃尚书郎乘骑,则纠劾之。及侯景之乱,肤脆骨柔、不堪行步、体羸气弱、不耐寒暑、坐死仓卒者,往往而然。"按北朝拓跋氏本胡人,胡人自匈奴以来,皆善骑马。拓跋氏起,幹有中原,于是卿士大夫皆能骑马。北齐、北周又皆胡人。至于隋,因中原之势混一南北,于是士大夫乘车之习渐微,骑风大盛。至于唐,中外官吏遂无不骑马矣。此一变也。

第六编　北朝乐府——附隋

〔第一章　概论　（一）虏歌时期〕《北史·尔朱荣传》："荣虽威名大振,而举止轻脱……酒酣耳热,必自匡坐,唱虏歌,为树梨普梨之曲,见临海王或从容闲雅,爱尚风素,固令为敕勤俤。日暮罢归,与左右连手蹋地,唱回波乐而出。"又,《灵皇后传》："有密多道人,能胡语,明帝置于左右。太后虑其传致消息,杀之。"

〔其词虏音,竟不可晓〕　录音（记录语音）。字虽用汉字,但音则虏。

〔（二）汉歌时期〕《伽蓝记》："高阳王雍僮仆六千,妓女五百,出则铙吹发响,笳声哀转,入则歌姬舞女繁竹吹笙。一食必以数万钱为限,陈留侯李崇谓人曰:'高阳一食敌我千日。'河间王琛妓女三百,又尽皆国色,珍玩不可胜数,谓章武王融曰:'不恨我不见石崇,恨石崇不见我。'"

〔第二章　北朝民间乐府——附论木兰诗　（一）战争（1）《企喻歌》："男儿可怜虫,出门怀死忧。尸丧狭谷口,白骨无人收。""齐著铁裲裆","齐著铁钴鉾"〕　不死于敌,即死于督战的骑兵,杀降。（乾按:有关"裲裆"等词的解释,已补入再版第二七五页。）《琅琊王歌》："琅琊复琅琊,琅琊大道王。阳春二三月,单衫绣裲裆,"《紫骝马歌》："念郎锦裲裆,恒长不忘心。"盖男子服也。《后汉书》五十二《崔钧传》："初,钧与袁绍俱起兵山东,董卓以是收烈付郿狱锢之,银铛铁锁。"钱大昭曰:"银铛古作琅当,见《西域传》及《王莽传》。"师古曰:"琅当,长锁也。"按铁裲裆或系铁甲,以为鞍饰,与著字不相应。《太平广记》一四三三页:"薛仁贵脱兜鍪见之,突厥相见失色,下马罗拜。"《南史·柳元景传》:"薛安都怒甚,乃脱兜鍪,解所带铠,惟著绛衲两当衫,驰入贼阵,所向无前。"《后汉书·祢衡传》:"诸史过者,皆令脱其故衣,更著岑牟单纹之服。"注引《通史志》云:"岑牟,鼓角士胄也。"钰鋅当即此类。

《晋书》卷一百二十三《慕容垂载记》:"垂至参合,见往年战处,积骸如山,设吊祭之,礼死者父兄,一时号哭,军中皆恸。垂惭愤欧血,因而寝疾。""白骨无人收",即此可见一般。

〔(4)《陇上歌》:"百骑俱出如云浮。追者千万骑悠悠。"〕《乐府》、《载记》均无此二句。(乾按:详"当属《杂曲》"以下,再版增补之文字。见第二七六页。)

〔(三)豪侠(1)《企喻歌》:"男儿欲作健……群雀两身波。"〕 尚武。《世说·轻诋》:"殷顗、庾恒并是谢镇西外孙,殷少而率悟,庾每不推。尝俱诣谢公,谢公熟视殷,曰:'阿巢故似镇西。'于是庾下声语曰:'定何似?'谢公续复云:'巢颇似镇西。'庾复云:'颇似,足作健不?'"《唐会要》(一六四三页)引宋务光疏有"此土(滑州)风俗,逃者旧少,顷日波散,良缘封多。"蒋礼鸿《敦煌变文字义通释》(增订本),王贞珉有读该书文(《文学遗产》增刊8辑页40):波逃就是逃。谓此诗"波"正作"波逃"用。波应是播的借用字。《周官职·方氏》:"其浸波溠。"郑玄注:"波读为播。"

〔(3)《折杨柳歌》:"健儿须快马。"〕

《张飞传》:"羽善待士卒,而骄于士大夫;飞爱敬君子,而不恤小人。先主戒之曰:'卿日挞健儿,而令在左右,此取祸之道也。'"《搜神后记》:"璞曰:'得卿同心健儿二三十人,皆令持竹竿于此,车行三十里,当有丘陵林树,状若社庙,有此者便当以竹竿搅扰打拍之,当得一物,便急持归,既得此物,马便活矣。'于是左右骁勇之士五十人使去,果如璞言。"则健儿一名当起六朝,犹汉人称壮士、男儿、丈夫也。

《世说·任诞》:"祖车骑过江时,公私俭薄,无好服玩。王、庾诸公共就祖,忽见裘袍重叠,珍饰盈列。诸公怪问之,祖曰:'昨夜复南塘一出。'祖于时恒自使健儿鼓行劫钞,在事之人亦容而不问。"傅玄《惟汉行》:"健儿实可慕,腐儒安足叹。"(谓念也)《唐书·薛万彻传》:"临刑大言,曰:'薛万彻大健儿,留为国家效死力固好,岂得坐房遗爱杀之乎。'"则健儿本系好语也。(乾按陆游《老学庵笔记》释"汉子",已补入再版第二八○页,兹不录。)

〔(5)《敕勒歌》〕 长短不齐,亦有由迁就曲调者。

〔(6)《高阳乐人歌》:"可怜白鼻騧……画地作交赊。"〕《异苑》:"苻坚为慕容冲所袭,坚驰騧(guā,黑嘴的黄马)马,堕而落涧,追兵几及,计无由出,马即踟蹰,临涧垂鞍与坚,坚不能及,马又跪而受与,坚援之,得登岸而走广江。"画地,指天划地地向酒家交涉赊账的事。

〔(四)闺情 (2)《折杨柳枝歌》:"门前一株枣,岁岁不知老。"〕 清李光庭"乡言解颐"引谚语"桃三杏三梨五年,枣子当年便还钱"。木性然也。北朝令人民户植枣一株,以防荒年。《中华文史论丛》1983年10期140页,有谓"阿婆"妇人之年长者。(乾按对阿婆的解释,已补入再版第二八三页。)

〔(5)《捉搦歌》:"不见其余见斜领。老女不嫁只生口。"〕

《唐书·高宗纪》"商贾富人厚葬越礼,卿可严加捉搦,勿使更然。"《唐诗纪事》引此诗"见"作"照"。江总《杂曲》:"但愿私情赐斜领,不愿傍人相比并。"只如生口(俘虏)也。见当时被掠妇女之多。反映婚姻不自由,要求人身自由。(乾按对"生口"的解释,已补入再版第二八三页。)

〔(10)《杨白华》:(杂曲)〕 可作例说明魏孝文帝以后的汉化,鲜卑族亦能唱中国歌。

〔附论《木兰诗》"唧唧"〕 储光羲《同王十三维偶然作》:"想见明膏煎,中夜起唧唧。"孟郊诗:"唧唧复唧唧,千古一月色。"〔军贴〕征兵告示。〔可汗〕《魏书·蠕蠕传》:"于是自号丘豆伐可汗。丘豆伐,犹魏言驾驭开张也;可汗,犹魏言皇帝也。"(当晋太元十九年)又《魏书·吐谷浑传》:"楼力屈,乃跪曰:'可汗,此非复人事。'"《通鉴·景元二年》拓跋王条下注。知可汗之称,先通用于鲜卑,非突厥民族所本有。〔点兵〕征兵,按名册点。〔十二卷〕王融《望城行》:"金城十二重,云气出表里。"岑参《送张献心充副使归汉西杂句》:"箧中赐衣千万余,案上军书十二卷。"〔鞍鞯〕马鞍下垫子。〔辔头〕缰绳也。〔黑水〕泛指北方之水。文学古籍刊行社出版的影宋本《乐府诗集》黑水作黑山。王士祯《七言诗选》作"黑水",未注一作"山"。王录此诗,附注异文甚悉,而此处独不注,决非偶然。《古诗源》亦作"黑水"。王尧衢《古唐诗合解》同。均未注一作"山"。〔燕山〕泛指北方之山。〔戎机〕沙场、战事。〔朔气传金柝〕朔气,北风也。金柝,鸣锣,打梆子。金柝之声,为北风所传播,写战士生活之苦。〔寒光照铁衣〕李益《度破讷沙》:"平明日出东南地,满碛寒光生铁衣。"亦系用此诗语句者。

〔策勋〕书功于简也,即记功。转,是北朝记功之专名,犹后来晋级。十二,表数目很多。百千,十万也。强,多也。〔尚书郎〕《唐会要》五十三:"圣历三年,则天曰:'朕令宰相各举尚书郎一人。'狄仁杰独荐男光嗣。由是拜地官尚书郎"。〔明驼〕《太真外传》:"贵妃私发明驼,使持瑞龙脑一枚,遗禄山。明驼者,腹下有毛,夜能明,日行三百里。"《朝野佥载》:"后魏孝文帝定四姓,陇西李氏大姓,恐不入,星夜乘明驼倍程至洛,时四姓已定讫,故至今人谓之驼李焉。"〔帖花黄〕相传北魏禁止民间妇女擦粉画眉,因而妇女多在额间涂抹黄色,又把"花子"(花瓣)贴脸上。梁简文帝《率尔为咏诗》:"约黄出意巧,缠弦用法新。"又,《美女篇》:"约黄能效月,裁金巧作星。"《戏赠丽人诗》:"同安鬟里拨,异作额间黄。"此面妆。陈后主《采莲曲》:"随宜巧注口,薄落点花黄。"徐陵《咏舞》:"低鬟向绮席,举袖拂花黄。"虞世南(炀帝时)《应诏嘲司花女》:"学画鸦黄半未成,垂肩掸袖太憨生。缘憨却得君王惜,长把花枝傍辇行。"唐吉中孚《李张氏拾得韦氏花钿以诗寄赠》:"曾经纤手里,帖向翠眉边。能助千金笑,如何忍弃捐?"〔火伴〕伙伴,古兵制:十人一火。唐《敦煌掇琐》民歌:"铁钵淹甘(泔)饭,同火共纷争。"是口头语。〔脚扑朔,眼迷离,安能辨我是雄雌〕雄好动,不走时前足不断爬搔(扑朔);雌较静,不走时眯缝着眼,一起跑起来,便看不出这个区别了。贴地面跑。《诗经·小雅·正月》:"具曰予圣,谁知乌之雌雄。"

〔耶娘〕《欢闻变歌》:"耶婆当未眠,肝心如椎橹。"陈后主:"月色含城暗,秋声杂塞长。"

张荫嘉:"扑朔,兔走足缩之貌。迷离,犹朦胧也。言雄兔、雌兔,脚眼虽殊,然当其走,实是难辨也。平排东、西、南、北四句,似板实活。改易男妆事,此处特地藏过,连到后幅返妆,突然反托出来,虚实互用之妙。'壮士'二句,忽然点醒男妆。还乡事又用三叠调,写出热闹异常,与东、西阁辞遥对。此处写返照者,前避顺避实,此则借以蹴起伙伴之惊。布置最善。"按:1.没有夸张,没有说教;2.是个健康的女性,能反映当时人民的思想和感情,所以受到普遍欢迎;3.中有文人修饰,如万里四句,但还保存民歌朴素风格,如首四句。胡人称可汗为天子,则无妨,以元魏曾"禁鲜卑语"也;4.重叠句法,为加强力量,民歌新鲜格调;5.末尾比喻,朴实爽快。"乐府体"不妥,歌行体耳。

《古诗源》:"唐人韦元甫有《拟木兰花》诗一篇,后人并以此篇为韦作,非也。韦系中唐人,杜少陵《草堂》一篇,后半全用此诗章法矣,断以梁人作为允。"按杜《忆昔》诗:"愿见北地傅介子,老儒不用尚书郎。"亦系用此诗语句。杜集中效乐府者,不胜枚举,此种绝非偶然。又《后出塞》云:"千金装马鞭,百金装刀头。"赵次公谓:仿《木兰诗》"西市买马鞭,南市买辔头",亦甚是。杜甫四用《木兰诗》。《豫章集》25《题乐府木兰诗后》:"唐朝方节度使韦元甫得于民间,刘原父往时于秘书省中录得。元丰乙丑五月戊申,会食于赵正夫平原监郡西斋,观古书帖甚富,爱此纸得澄心堂法,与者三人,石辅之、柳仲远、庭坚。""无《九家集注》所引诸语。"

杜牧之《木兰庙》诗云:"弯弓征战作男儿,梦里曾惊学画眉。几度思归还把酒,拂云惟上祝明妃。"殊有美思也。谢枋得《碧湖杂记》:"古乐府《木兰词》,乃女子代父征戍,十年而归,不受封爵,故杜牧之有《题木兰庙》诗云云,女子作男儿,其事甚怪。"谢氏称为古乐府,是亦以为非唐人作也。按白居易《木兰花》诗有"应添一树女郎花"之句,足证此在唐已流行极普遍。所谓"女郎花"者,以木兰为女郎,而诗复有"同行十二年,不知木兰是女郎"也。清初阎若璩据诗中引用事物考证,断定是唐人作。郑振铎则"据'对镜帖花黄',以为花黄为唐时之女饰,以归之唐,似不会很错。"《木兰歌》"促织何唧唧",《文苑英华》"唧唧何切切"而又作"呖呖",《乐府》作"唧唧复唧唧",又作"促织何唧唧",当从《乐府》也。"愿驰千里足",郭茂倩《乐府》"愿借明驼千里足",《酉阳杂俎》作"愿驰千里明驼足",《苕溪渔隐》不考,妄为之辨。(沧浪诗话)按《乐府诗集》作"愿驰千里足",下引《酉阳杂俎》"愿借明驼千里足",与诗作不同。

《柳亭诗话》:"七言长篇断推《木兰歌》为第一。相其音调,非齐梁以后人能办,即鲍明远亦当俯首。或以'朔气'数语疑出于唐,殆未见六朝文集者也……称其君曰'可汗',志其地为'黄河',必拓跋氏之世也。或云:隋人炀帝逼之而死,赠孝烈将军。此小说之最浅陋者,而来氏汇书犹载之何耶?《文苑英华》谓韦元甫作,魏泰谓曹子建作,俱谬。"

1983年9月30日《光明日报》载《全国特等女战斗英雄"现代花木兰"郭俊卿逝世》,郭辽宁省凌源县人,1945年女扮男装参军,1947年参加共产党,为中国人民解放事业屡建奇功。1981年离休后,在江苏省常州市定居。终年54岁。

〔第五章 隋乐府 (一)文帝时之拟古乐府"司马幼之文表华艳,付所司治罪。"(1)借古题而写己怀者〕卢有赠幼之诗。《裴矩传》:"蛮夷嗟叹,谓中国为神仙。"明徐庆有《从军行》。

〔(2)借古题而写时事者〕《隋书·食货志》:"帝命杨素出于歧州北造仁寿宫,素役使严急,丁夫多死,疲敝颠仆者,推填坑坎,两复以土石,因而筑为平地,死者以万数。帝行幸焉,时方暑月,而死人相次于道,素乃一切焚除之。"世族自恃财地,多所凌轹。"富贵功名本多豫,繁华轻薄尽无忧。"颇有讽世意。

〔卢思道《从军行》:"山上金人曾祭天。"〕

《汉书·霍去病传》:"收休屠祭天金人。"如淳曰:"祭天以金人为王也。"张晏曰:"佛徒祠金人也。"师古曰:"今之佛像是也。"休屠,王名。

〔(二)炀帝时之拟南朝乐府〕 《隋书·食货志》:"杨玄感乘虚为乱……及玄感平,帝谓侍臣曰:'玄感一呼而从者如市,益知天下人不欲多,多则为贼,不尽诛,后无以示劝。'"他把人民看成仇敌,达到个人目的的工具。

〔(1)因南朝艳曲而填新词者 炀帝既醉心南朝艳曲,故多即其艳曲之声调而填之新词。〕

《隋书·柳晉传》:"初,王(炀帝)属文为庾信体,及见晋已后,文体遂变。"炀帝好为诗,又好令群臣和其作,如虞世南、薛道衡、王冑等皆有和作,都是一致推美他的文章,称之为"天文"。

〔薛道衡《昔昔盐》:"空梁落燕泥。"《丹铅余录》:"'盐'亦曲之别名。"《刘氏传记》:"薛道衡由是得罪。后因事诛之。"〕

《贵耳集》:"薛道衡'空梁落燕泥'之句,诗名《昔昔盐》十韵。《乐苑》以为羽调曲。《玄怪录》载篷篠三娘唱《阿鹊盐》,又有《突厥盐》、《黄帝盐》、《白鸽盐》、《神雀盐》、《疏勒盐》、《满座盐》、《归口盐》,唐诗'媚赖吴娘唱是盐','更奏新声《刮骨盐》',谓之盐者,吟、行、曲、引之类。《乐府解题》谓之杖鼓曲也。"吴旦生曰:"余观《海碎录事》云:'十四昔,十四夕也。'信杨说为最确。"又按李肇《唐国史补》:"关中人呼稻为讨。"今则然。(乾按元稹诗,已补入再版第三一六页。)

《隋书·薛道衡传》:"衡每至构文,必隐坐空斋,蹋壁而卧,闻户外有人便怒,其沈思如此。"《隐居诗话》:"永叔诗话称谢伯景之句,如'园林换叶梅初熟',不若'庭草无人随意绿'也,'池馆无人燕学飞',不若'空梁落燕泥'也,盖伯景句意凡,近似所谓西昆体,而王胄、薛道衡峻洁可喜也。"唐潘远《西墅记谭》:"隋炀帝作诗,有押泥字者,群臣皆以为难和。薛道衡后至,诗成有'空梁落燕泥'之句。帝恶其出己上,因事诛之,临刑问:道得'空梁落燕泥'?"《隋书·张衡传》:炀帝恶衡,使督役江都宫,杨玄感使至江都,"(衡)又先谓(杨)玄感曰:'薛道衡真为枉死!'玄感具上其事……竟赐尽于家。"又《薛道衡传》炀帝缢杀道衡:"房彦谦素相善,知必及祸,劝之杜绝宾客,卑词下气,而道衡不能用……帝令自尽,道衡殊不意,未能引诀。宪司重奏,缢而杀之。妻子徙且末。时年七十。天下冤之。"

〔(2)因南朝艳曲而造新声者 炀帝《泛龙舟》〕 陈子良《于塞北春日思归》也是一首七律。

〔炀帝又有《江都宫乐歌》〕 虞世南《奉和幸江都应诏诗》:"南国行周化,稽山秘夏图。……肆觐遵时豫,顺动悦来苏。安流进玉舳,戒道翼金吾。龙旂焕辰象,凤吹溢川涂。……鸿私浃幽远,厚泽润凋枯……"

〔《纪辽东》、《挽舟者歌》〕 宇文述初渡辽卅万五千人,及还至辽东城,唯二千七百人。《周书·高丽传》:"高丽治平壤城,其城东西六里,南临浿水城,内惟积仓储器,备寇贼至日,方入固守。"《隋书·礼仪三》:"大业七年征辽东,炀帝遣诸将于蓟城南桑乾河……首尾相继,鼓角相闻,旌旗亘九百六十里。"

节选《国语·召公谏弭谤》,《郑子产》(节选《左传》),《公输》(《墨子》),《有为神农》,《察今》,《信陵君传》,《魏其武安侯传》,《西门豹》(节褚补《史记》),《□论兴□》、《钩世》、《抱朴子》,《江水》,《神臧论》,《涉务》(颜家训),《与元九书》,《李娃传》(白行简),书何易于,《肥水之战》,《教战守》(苏轼),《指南录后序》(文天祥),《君道》(邓牧),附《原君》;《吏道》(邓牧),附《原臣》。《游太华山日记》(节霞客),《田功论》(顾炎武),《与杨明远书》(徐枋),《促织》(聊斋),《四库全书提要·吏部正史类》一则,《密陈夷务不能曷手片》(林则徐),《天演论译例》,《驳康有为论革命书》(章)。

《诗·卫风·氓》,《豳风·东山》;《陌上桑》,《孔雀东南飞》;杜甫《新安》、《洗兵马》、《前出塞》、《后出塞》,白《新乐府》:《西凉伎》、《缭绫》、《卖炭翁》、《盐商妇》。

二 《汉魏六朝乐府文学史》
人民文学出版社
一九八四年版补辑

凡36条

（一）第一编第二章　乐府之产生及其沿革

〔五页:然乐府之名,则始见于汉。六页:《汉书·礼乐志》:"至武帝定郊祀之礼,乃立乐府,采诗夜诵。"〕　按1976年,袁仲一同志曾在秦始皇陵附近发现出土文物错金银编钟一件,钟钮上刻有小篆体"乐府"二字,因名"秦乐府钟"（见所撰《秦代金文、陶文杂考三则》一文,载《考古与文物》一九八二年第四期）。据此,则乐府之名实始于秦。颜师古于"乃立乐府"下注云:"始置之也。乐府之名盖起于此。"实属误解。"乃立乐府采诗夜诵"八字应作一句读,盖汉武帝以前虽早已有乐府,但乐府而采诗则始于武帝,故班固用一"乃"字以突出之。本书虽未采用颜注,然仅云汉初已有乐府,亦不确,仍误。

（乾按此条是先生已写成稿,拟作为该章脚注〔二〕增入第八页。并在另一本书该页眉批:"文物与考古载:长沙发现的秦钟上有'乐府制'三字。"又,先生保留的袁文中有如下考证:"关于'乐府'的名称始于何时,《汉书·礼乐志》记载,汉武帝时'乃立乐府采诗夜诵,有赵代秦楚之讴。'颜师古注:'始置之也。乐府之名盖起于此,哀帝时罢之。'秦始皇陵'乐府钟'的发现,证明颜师古的说法不确。'乐府'之名秦代已经出现,汉承秦制,乐府之名继续沿用。"）

（二）第二编第二章　汉初贵族乐府

〔三三页:《汉书·礼乐志》云:"房中祠乐,高祖唐山夫人所作也。"〕　来鹄《隋对女乐论》:"隋高祖谓群臣曰:'自古天子有女乐否？'杨素以下，莫知所出，遂言无之。房晖运进曰：'臣闻窈窕淑女钟鼓乐之，此即王者房中之乐，著于雅颂，不得言无。'隋文悦噫。夫秦齐晋皆有女乐……汉祖唐山夫人能楚声，又旧云祭天用女乐……"（乾按见《全唐文》卷八二，有删节。）

〔五四页：《上陵》："沧海之雀，赤翅鸿白雁，随山林乍开乍合，曾不知日月明。"〕

《法言·君子篇》："淮南鲜取焉尔，必也儒手，乍出乍入，淮南也。"李轨注："或出经，或入经。"知乍字乃汉人常语。

〔五五页：陵当谓陵寝，《宣帝纪》载帝微时，"斗鸡走马，数上下诸陵。"师古注："诸陵皆据高敞地，为之县，即在其侧。"〕西汉诸帝皆在陵旁起邑，徙诸富豪实之。

〔五五页：记武功者。如《远如期》："大乐万岁，与天无极。雅乐陈，佳哉纷。"〕 西汉遗物瓦当上常用"千秋万岁"、"与天无极"和"长乐未央"诸文字。（见王丕忠等所撰《汉景帝阳陵调查简报》，《考古与文物》一九八〇年创刊号）

〔五六页：《汉书·匈奴传赞》云："……然后单于稽首臣服，遣子入侍，三世称藩，宾于汉庭。"〕 宋黄文雷《昭君行》："君不见未央宫前罗九宾，汉皇南面呼韩臣。无人作歌继大雅，至今遗恨悲昭君……"远如期，即当时之大雅也。

（三）第二编第三章　两汉民间乐府

〔八八页：汉时太守、刺史有"行县"之制，名曰"劝课农桑"，实多扰民。〕《后汉书》八十二《崔骃传》："（莽）以（崔）篆为建新大尹（即太守），篆不得已，乃叹曰：'吾生无妄之世，值浇羿之君，上有老母，下有兄弟，安得独洁己而危所生哉？'乃遂单车到官，称疾不视事，三年不行县。（注引《续汉志》曰："郡国常以春行至县，劝人农桑，振救乏绝。"）门下掾倪敞谏篆，乃强起班春

（班布春令），所至之县，狱犴填满。篆垂涕曰：'嗟乎，刑罚不中，乃陷人于阱，此皆何罪而至于是？'遂平理，所出二千馀人。掾吏扣头谏曰……"

可见好行县的，多不是好东西。（乾按此条与本书九八页脚注〔一〕，同在一张卡片上，故比较而言之。"三年不行县"，意似不欲助纣为虐，恰从反面证明行县扰民之实。至如平反冤狱、安民救民者则鲜矣。因人而异，并非一概而论。）

（四）第二编第四章　东汉文人乐府

〔一〇三页至一〇四页：班婕妤有《怨歌行》一首……近有据《汉书》无作怨诗之言，遂疑此篇为伪作者……又有据宋严羽《沧浪诗话》"乐府作颜延年"一语，遂直以为颜延年作者……说不见于与颜延年同时代之六朝，不见于唐初，而见于数百年后之宋人诗话，谓曰可信，其谁信耶？〕　骆宾王《和闺情诗启》云："李都尉鸳鸯之辞，缠绵巧妙；班婕妤霜雪之句，发越清回。"（乾按本条书于一九八四年六月廿一日农历夏至日之台历纸片，并注"一〇四页"。又见该页书眉。）

〔一一一页：《梁甫吟》，此篇《艺文类聚》题诸葛亮作，后人颇多怀疑，然以诗而论，殆非武侯一流人物不办。〕　或即据《三国志》。

〔一二一页至一二二页：田恭，所作有《远夷乐德》、《远夷慕德》、《远夷怀德》三歌，见《后汉书·西南夷传》，为乐府中第一篇翻译作品！……丁福保《全汉诗》卷一但题"白狼王唐菆"而不题译者之名，且略去音译，均失之。〕　又按近人逯钦立《先秦汉魏晋南北朝诗》汉诗卷五，亦沿丁氏之误。

（五）第三编第二章　曹操四言乐府

〔一二八页：《宋书·乐志》亦云："《但歌》四曲，出自汉世，

377

无弦节作伎,最先一人唱,三人和,魏武帝尤好之。"所谓"但歌",盖即不合乐之徒歌,相当于今所谓"清唱"。〕

(乾按此处夹有剪报:一九八一年十月卅日《山东新书》载许大龄《〈宋书乐志校注〉读后》一文,文中说:"注者据《尔雅》及郝懿行的《尔雅义疏》,注明'但歌'就是徒歌,就是没有丝竹伴奏的清唱。现在一般辞书都是只引这一条文字,而缺乏进一步的解释。")

(六)第三编第六章　吴乐府——乐府填词之初祖韦昭

〔一六四页:韦昭《汉之季》:"义兵兴,云旗建。厉六师,罗八阵。飞鸣镝,接白刃。"〕

(乾按毛泽东《满江红·和郭沫若同志》:"正西风落叶下长安,飞鸣镝。"亦套用韦昭成句。)

(七)第四编第二章　晋之故事乐府

〔一八二页:据《传》,娥亲兄弟三人皆遭疫病死,《后汉书》同,而此诗(傅玄《庞氏有烈妇》)云"虽有男兄弟,志弱不能当。"一似未尝死者,此盖休奕(傅玄字)之曲笔,欲借男以形女耳。〕以无为有,明与事实相违。艺术上需要。

(八)第四编第三章　晋之拟古与讽刺乐府

〔一八九页至一九一页:张华《轻薄篇》:"淳于前行酒,雍门坐相和。孟公结重关,宾客不得蹉。三雅来何迟,耳热眼中花。"……雍门谓雍门周,善鼓琴。"三雅"……〕　(乾按据先生于一九四四年版该页之批语——当时是漏排八字,今版"善鼓琴"下脱十字:"孟公,陈遵字,尝闭门留客。"当补。)

(九)第五编第一章　论南朝新声乐府发达之原因

〔二〇二页:其荡检逾闲,殆不复知礼义为何物矣。此种思想解放之结果,遂产生一浪漫自由、享乐现实之人生观,任情而

378

动,恣意而行,社会亦无所谓舆论。男子如此,女性亦然。〕 山医大学报哲社版一九八八年第三期张涛《试谈魏晋女性》可参。

〔二〇四页:其有能以名教自重者,亦不过一"四体不勤,五谷不分"之贵公子。注一:南朝社会尤其是贵族阶层,最轻视劳动及劳动人民……〕《南史》卷一:宋武帝(刘裕)"微时躬耕于丹徒,及受命,耨耜之具颇有存者,皆命藏之,以留于后。及文帝(刘义隆)幸旧宫,见而问焉。左右以实对,文帝色惭。有近侍进曰:'大舜躬耕历山,伯禹亲事土木,陛下不觌列圣之遗物,何以知稼穑之艰难?何以知先帝之至德乎?'及孝武(刘骏)大明中,坏上所居阴室,于其处起玉烛殿,与群臣观之,床头有土障,壁上挂葛灯笼,麻绳拂。侍中袁顗盛称上俭素之德,孝武不答,独曰:'田舍公得此,以为过矣。'"(乾按是或可谓"能以名教自重者",然亦一不稼不穑之主儿。)

《北齐书》卷五《废帝纪》:"文宣在晋阳,太子监国,集诸儒讲孝经,令杨愔传旨谓国子助教许散愁曰:'先生在世,何以自资?'对曰:'散愁自少以来,不登娈童之床,不入季女之室,服膺简策,不知老之将至,平生素怀,若斯而已。'"(乾按此条系一方格稿纸条,其有年矣,至少是解放初在青岛山大时所记。姑录于此。)

(十)第五编第二章 南朝前期之民间乐府——晋宋齐

〔二一二页:南朝女子多自称曰"侬",故多与"郎"、"欢"等对言。〕《通鉴》卷一八五:"帝好为吴语……谓萧后曰:'外间大有人图侬,然侬不失为长城公,卿不失为沈后。'"胡注:"吴人率自称曰侬。"

〔二一四页:《子夜四时歌》——《冬歌》:"冬林叶落尽,逢春已复曜。葵藿生谷底,倾心不蒙照!"〕 此葵藿倾心,乃女子自

379

喻其爱情之真诚。

〔二一九页至二二〇页:《长乐佳》:"红罗复斗帐,四角垂朱珰,玉枕龙须席,郎眠何处床?"……龙须,草名。〕 李白《鲁东门观刈蒲》:"此草最可珍,何必贵龙鬚?"盖六朝以来,皆以龙须草为贵也。又,李白《白头吟》:"莫卷龙须席,从他生网丝。"(有故事,须查。)(乾按以上用蓝色圆珠笔,下为铅笔。)

《通鉴》(六册五六四九页)卷一百八十一隋炀帝大业六年:"诸蕃请入丰都市交易,帝许之。先命整饰店肆,簷宇如一,盛设帷帐,珍货充积,人物华盛,卖菜者亦藉以龙须席。"胡注:"龙须席以龙须草织成,今淮上安庆府居人多能织龙须席。"《新唐书》卷三十九《地理志》:"河东道石州昌化郡下,土贡胡女布、龙须席。"可知唐时风气犹然。

〔二二〇页:《古今乐录》云:"《懊侬歌》者,晋石崇绿珠所作。"〕

《广东新语》卷四:"博白县西双角山下,有梁氏绿珠故宅。宅旁一井七孔,水极清,名绿珠井。山下人生女,多汲此水洗之。……绿珠能诗,以才藻为石季伦所重,不仅颜色之美,所制《懊侬曲》甚可调,东粤女子能诗者自绿珠始。今(按指清初)双角山下及梧州皆有绿珠祠。妇女多陈俎豆、其女巫亦辄歌乔知之《绿珠篇》,以乐神听。……其井汲饮者,生女必丽,土人以巨石塞其一孔,女绝丽者亦损一窍,予尝说其父老使除之。大均曰:'绿珠之美,粤人千载艳之,爱其人并及其井。使西子当时能殉夫差,则浣纱溪与此井,岂非同为天下之至清者哉?'"(乾按此条记在一张台历纸之背面,其时乃一九八四年七月七日,周六,农历小暑。又,《晋书·石崇传》:"崇有妓曰绿珠,美而艳,善吹笛。孙秀使人求之。崇尽出其婢妾数十人以示之,使者指索绿石。崇勃然曰：'绿珠吾所爱，不可得也。'秀遂矫诏收崇，介士到门，崇谓绿珠曰：'我今为尔得罪。'绿珠泣曰：'当效死于官前！'因自投于楼下而死。"《唐书·乐志》："晋石崇妓绿珠善舞，以此曲［明君］教之，而自制新歌［王明君辞］。"庾信《对酒歌》："琴从绿珠借，酒就文君取。"集西施、卓文君之优点于一身，乐府才女，值得一提。）

〔二二二页至二二三页〕《读曲歌》……本非艳曲，但以风气所趋，遂成传情秘箧耳。"合散无黄连，此事复何苦？""合散"，犹言和药，散乃药名，如丸散之散。〕　偏义。

〔二三一页〕《旧唐书·音乐志》："《莫愁乐》者，出于《石城乐》，石城有女子名莫愁，善歌谣。"按梁武帝《河中之水歌》云："河中之水向东流，洛阳女儿名莫愁。"然则不独石城有莫愁也。〕

《历史大观园》一九八九年第五期载黄飞英文，谓"石城莫愁并非女子"，其云："莫愁，是我国古代文学作品中常常赞咏的一位年轻貌美的女子。除洛阳莫愁女、金陵莫愁女外，还有石城莫愁。……石城，它的故址并非南京。据《清一统志》载：'石城在竟陵（郡），今湖北钟祥（郢中镇）。'原为楚国别邑，名郊郢。三国时吴国在此垒石为城，始称石城，且一直沿袭下来。至于石城莫愁并非女子之说，见袁枚《随园诗话》卷十四的记载：宋代著名文学家、承事郎曾三异说：'莫愁乃古男子，神仙隐逸者流，非女子也。楚石城有莫愁石像，男子衣冠。见刘向《列仙传》。'袁枚认为曾三异'语虽不经'，但'亦可存此一说'。"（乾按此据先生另本所夹剪报辑录。）

〔二三六页〕《孟珠》："将欢期三更，合冥欢如何？走马放苍鹰，飞驰赴郎期。"将欢，犹言与欢。合冥，犹合昏，谓天已全黑。

冥与瞑通。按《读曲》歌云"合冥过藩来,向晓开门去。"则"合冥"亦当时常言。〕 （光明日报）《文学遗产》四四六期载孙楷第《镜春园笔记》"合冥"条云:"《乐府诗集》卷四十六所载吴声歌曲《读曲》歌八十九首,中一首云:'合冥过藩来,向晓开门去;欢取身上好,不为侬作虑。'合冥亦作合暝,暝,后起字。合暝,见《通鉴》卷一九〇《唐纪》。《纪》载:武德七年,高开道选勇敢士数百,谓之假子,常置阁内,使将张金树领之。金树密谋取开道,遣其党数人入阁内与假子游戏。向夕潜断其弓弦;藏刀槊于床下,合暝抱之趋出。金树帅其党大譟,攻开道阁。假子将御之,而弓弦皆绝,刀槊已失。'合暝'宋绍兴本如此作。然,元胡三省注本作'合瞑',注云:'人睡则目合而瞑。'按《说文》目部:'瞑,翕目也。'翕目即闭目,此胡注所本。冥部:'冥,幽也。'日部:'昏,冥也。'口部:'夕者,冥也。'……'合冥'谓既夕。合者全也,同也。既夕即全黑,不辨景象,故曰合冥。犹陶诗云'八表同昏'耳。胡注据错字立解,殊嫌迂曲。宜据宋本正之。"

（乾按此亦据先生所夹之剪报辑录。又,据先生手批,该页倒5行有一处错排:"盖始于六朝"句下应接排"惟观《读曲歌》"云云,不另起行。其余勘误附后。）

（十一）第五编第三章　南朝后期之文人乐府——梁陈

〔二五六页:陈后主《玉树后庭花》:"妖姬脸似花含露,玉树流光照后庭。"《隋书·五行志》云:"祯明初,后主作新歌,辞甚哀怨,令后宫美人习而歌之,其词曰:'玉树后庭花,花开不复久。'"〕《旧唐书·音（乐）志一》:"太宗曰:'今玉树伴侣之曲,其声俱存,朕当为公奏之,知公必不悲矣。'"又,"显庆二年太常上言曰:'……楚大夫宋玉对襄王云:有客于郢中歌阳春白雪,国中和者数十人。是知白雪琴曲,本宜合歌,以其调高,人和遂寡。自宋玉以后,迄今千祀,未有能歌白雪曲者。(乾按以上为辑者所补)臣今准勅依于琴中旧曲,定其宫商,然后教习并合于歌,辄以御制《雪诗》为白雪歌辞。又按古今乐府奏曲之后,皆别有送声,君唱臣和,事彰前史。辄取侍臣等奏和《雪诗》以为送声,各十六节,今悉教讫,并皆谐韵。'上(高宗)善之,乃付太常编于乐府。"(乾按此两段话亦皆记于一张台历纸背,时为一九八四年六月十六日。对于后段,先生在《唐书》批有"送声可长"四字。)

(十二)第六编第一章　概论

〔二七〇页:房歌时期。此时所用乐章,乃系一种虏音歌曲,惟魏志所云一百五十章之《真人代歌》,至唐时已遗佚过半。《旧唐书·乐志》:"北狄乐,其可知者,鲜卑、吐谷浑、部落稽,皆马上乐也。后魏乐府始有北歌,即所谓《真人代歌》是也。……其词虏音,竟不可晓。"行而不远,固其宜也。〕《隋书》卷三十二《经籍志》一,有《国语十五卷》、《国语十卷》、《鲜卑语五卷》、《国语物名四卷》、《国语真歌十卷》、《国语杂物名三卷》(侯伏侯可悉陵撰)、《国语十八传一卷》、《国语御歌十一卷》、《鲜卑语十卷》、《国语号令四卷》、《国语杂文十五卷》、《鲜卑号令一卷》、《杂号令一卷》。按此所谓国语,即当时夷语(鲜卑语),其中"国语真歌"当即"真人代歌"之简称。

同卷志云:"后魏初定中原,军容号令,皆以夷语,后染华俗,多不能通,故录其本言,相传教习,谓之'国语'。今取以附音韵之末。"(乾按此条两段皆批于二七三页空白处,想拟作为该章脚注。)

〔二七一页至二七二页:《北史·孝文帝纪》:"诏不得以北俗之语,言于朝廷,违者免所居官!"又《咸阳王禧传》:"孝文诏断北语,一从正音。……年三十以上,习性已久,容或不可率革;三十以下,见在朝廷之人,语音不听仍旧!"〕 中间当有过渡。

〔二七二页:所谓《梁鼓角横吹曲》者,实皆北歌,非梁也。……是此种北歌,固尝先后输入于梁陈,故智匠作《乐录》时,因题曰"梁鼓角横吹曲"耳。〕《南齐书》(卷七)《东昏侯纪》:"高障之内,设部伍羽仪。复有数部,皆奏鼓吹,羌胡伎,鼓角横吹。夜出昼反,火光照天。"《南史》卷七七《茹法亮传》:"綦母珍之(齐人)迎母至湖熟,辄将青毦百人自随,鼓角横吹。"是齐时已传入。(乾按此一小纸片,是从先生自存之又一精装本中发现的,系早年所记。)

(十三)第六编第二章　北朝民间乐府——附论木兰诗

〔二七五页:《企喻歌》:"男儿可怜虫,出门怀死忧。尸丧狭谷口,白骨无人收!"〕《杜诗掇》:"《东山》诗云:'蜎蜎者蠋,烝在桑野,敦彼独宿,亦在车下。'伤人之不异虫也。乐府变其语曰:'男儿可怜虫……白骨无人收。'直呼人为可怜虫,更奇。少陵又变其语云:'鸟雀夜各归,中原杳茫茫。'(《成都府》)苟未免有情,读此那不肠断?"

〔二七六页:按《晋书·载记》及《乐府诗集》载此歌(乾按指《陇上歌》),均无"百骑俱出"二句,而清沈德潜《古诗源》及近人丁福保所编《全晋诗》有之,未知何所本,待考。〕 逯氏书(乾按指逯钦立辑校《先秦汉魏晋南北朝诗》)亦未涉及。

〔二八一页:《北史·齐神武纪》:"是时西魏言神武(高欢)中弩,神武闻之,乃勉坐见诸贵,使斛律金唱《敕勒歌》,神武自和之,哀感流涕。"〕 朱敬则《北齐文襄论》:"神武云:'日为我蚀,今死亦拁(本纪作:死亦可恨)。'欢长和敕勒之歌,哀未何极? 览太子之色,仍有别忧,此岂悲促龄,而怨苍昊哉? 但强寇

384

在邻,奸臣不附,以此为恨也。"

〔二八九页:"雄兔脚扑朔,雌兔眼迷离。两兔傍地走,安能辨我是雄雌?"(木兰诗)"扑朔",跳跃貌。"迷离",不明貌。二句互文,雄雌无异。又凡兔皆善走,亦难据以辨别雄雌。犹之木兰骁勇善战如健儿,故伙伴亦不知其为女郎也。〕 傅东华《〈木兰诗〉的"扑朔""迷离"到底怎么解?》一文,据《辞通》、《本草纲目》、《尔雅释诂》等书,认为"可以肯定'扑朔'和'迷离'同样是形容兔子身上的毛。这还可以用苏轼《游经山》诗'寒窗暖足来扑朔'一句来作旁证。至于一句说'脚扑朔',一句说'眼迷离',那是一种互文见意的修辞手法。再看上下文。所有的战士身上都穿着战袍,所以看不出是男是女,何况是在出战的时候,大家一齐在出力,自然更难分辨了。这样,最后四句跟前面的十句处处有衬贴,丝丝都入扣,而本诗末段写木兰现露女身,也因有这个比喻而更加鲜明的形象化了。这最后四句的作用正在这里。"(一九六一年十二月二十八日《文汇报》)(乾按据剪报摘录)

(十四)第六编第三章　北朝文人乐府

〔二九五页:(一)温子昇〕 当作"(一)北魏"。

〔二九六页:(二)邢邵　魏收〕 当作"(二)北齐"。(乾按"邢邵　魏收",似可下移置该行《北齐书·魏收传》上,另起行。又,二九七页倒六行开头四字,初版作:"至若萧悫"。今版脱"至若"二字。上二条之更正,系据一九四四年初版,以与二九八页"(三)北周"取得体例上的一致。)

(十五)第六编第五章　隋乐府

〔三一二页至三一三页:思道卒年,诸书无考。……讫无明文。……按《隋书·刑法志》:"……(开皇)十年尚书左仆射高

385

颎、治书侍御史柳彧等谏,思道当与其事,则《本传》所云"是岁卒于京师"者,当为开皇十年也。〕按张说《齐黄门侍郎卢思道碑》载:"隋开皇六年,春秋五十有二,终于长安。"则思道卒于隋开皇六年(586)。当从。(乾按此条订正,凡三见:一见于夹入另一自存本之一九八七年四月二十三日的台历纸,并注出处:"《全唐文》卷二二七";一见于本书三一二页眉批:据张说碑云,"则卒于开皇六年也";一见于三一三页末行边白,作为脚注"〔一〕"又标于该页二行之末,即本条所采。又,曹道衡《南北朝文学史》人民文学出版社1991年版第492页,谓思道"卒于开皇六年左右",大致不差,但云"左右",未知所据。欠确。)

〔三一七页:《刘氏传记》:"炀帝善属文,不欲人出其右,薛道衡由是得罪。后因事诛之,曰:'更能作"空梁落燕泥"否?'"〕
王觌《十八学士图记》:"高祖起于沛,光武起于南阳,而筹画功勋,独出丰宛之士。萧丞相从汉帝入关,封府藏而收图籍;房太尉从太宗征讨,舍珠玉而采人材。二君子之德,岂偶然也。十八学士,皆炀帝之臣,曷閽隋于而明于唐,是有其才而无其时也。如晦、玄龄止于一尉,非好去任或挂网徙边;褚亮、虞(世)南,不离下位,或嫉才见谪,或七品十年,暨我国家,则有道兼文武,器重珪璋者……觌每觌十八学士图,空瞻赞像而已,辄各采本传,列其嘉绩,庶几阅像者思其文,披文者思其人,非惟临鉴耳目,亦可以垂戒于君臣父子之间也。"(乾按据一九八三年六月十九日台历纸背)

(十六)后记

〔三二三页:黄(晦闻)先生在另一首题为《我诗》的七言律诗中,痛斥当时国民党反动政府为"群贼":"伤心群贼言经国,孰谓诗能见我悲!"(此诗不见于他的《兼葭楼诗集》,当为当路

者所删。)〕

《我诗》 又题《辍詠》

亡国哀音怨有思,我诗如此殆天为。欲穷世事传他日,难写民间尽短诗。习苦蓼虫惟不徙,食肥芦鹤得无危？回悲一诧今朝曲,太息高弦且断丝。

第二句"殆"字初作"岂"。末句,后改为"作与江山百万师",又改末二句"伤心群贼言经国,且复为诗我更悲",终改末句"孰谓诗能见我悲"。时日寇侵陵东北,蒋汪当国,失地丧师,故识其悲愤。　公曾书于扇上,赠罗莱园曰:"此余辍詠之作。收韵不可以书见,前六语亦未尝示人。"见邓绮文(邓实女公子,时在美国)所辑《蒹葭楼诗外集》夹注。余亦有先师手迹,文化革命中失之。(乾按此条书于本书末页背面。)

387

附记

这些补批录完后,又见先生手书卡片一张,上有"重版小记?"字样,似有写作之考虑。并列有十个拟补说的问题:"一,'乐府造'补正[1];二,《东门行》'咄行'一条;三,《孤儿行》逯钦立;四,班——(乾按婕妤)补骆宾王诗;五,补逯钦立沿袭丁氏之误一条,田;六,南朝乐府轻视劳动(二〇四页)补南史一条;七,龙须席(一二〇页);八,真人代歌即国语真歌(二七〇页);九,卢思道卒年。"又有用铅笔补"绿珠井"。其中八条已见前补,另二条查先生各存本均无批。今据先生文章及其在其它书上的批注,代为补出。格式如前。

一 《孤儿行》逯钦立

〔九六页:《孤儿行》:"孤儿生,孤儿遇生……上高堂,行取殿下堂。"〕 上下二句末字不避重。(乾按据在逯钦立《先秦汉魏晋南北朝诗》汉诗卷九的批语,着重号亦先生所加。)

〔同页:"头多虮虱,面目多尘,大兄言办饭,大嫂言视马。"〕"逯按,诗中'大兄'之'大',为'土'之讹,当属上句,作'面目多尘土'。'土'与前后韵'贾、鲁、马、雨'皆叶,今'土'讹'大',则断'尘'为句,失其韵。又'土'讹'大',连下读为'大兄',后人

---

〔1〕 1983年下半年,刘文忠先生去京西宾馆看望萧先生,并告诉报纸上一个消息,从出土文物发现,秦代已有乐府机关。萧先生马上记下,并说回去查考一下,下次再版时加一条注。(《文史哲》2006年增刊第14页。

遂不得不于嫂字上亦添大字,使篇中兄嫂辞例亦乱。应添土字,去两大字。"

涤按:此处正以不押韵为是。因为下文只言兄嫂,遂怀疑此处称大兄、大嫂是自乱其例,未免拘泥。谓大为土之讹,后人于是又在嫂字上添一大字以配大兄,尤为主观武断。他也许有二哥,也许没有,这都无关紧要。仅从形容、渲染当时兄嫂那股颐指气使的凶焰来看,这两个"大"字,就必不可少。从行文方面来说,这里也正需要两个五言句,读起来才觉得更带劲。我国诗歌的句式以整齐为主,长短其句的杂言体并不发达。(乾按据《说汉乐府〈孤儿行〉》)

又,"大"字传神,所谓传神写照正在阿堵中者,岂可去之?(据在逯氏书二七一页批语)

二 《东门行》"咄行"一条

〔八四页至八五页:《东门行》:"今非咄行,吾去为迟。""今非"以下,夫答妻之词。言今非咄嗟之间行,则吾去为已迟。应上"牵衣啼"。〕 我觉得这一读法比较圆通,无须破句,上下句语气紧相呼应,又将"咄行"解为"咄嗟之间行"(即马上就走)也符合古人语言习惯,如《晋书·石崇传》就有"为客作豆粥,咄嗟便办"之文。所以我的标点就是依据他(黄节先生)这一读法的。另一是余冠英的读法(见所著《乐府诗选》),他将"今非"二字独立成句,并以之属上文,作为妻子劝阻丈夫的话;同时将"咄行"二字各自独立成句,以之属下文,作为丈夫表示决心要走的话。(《〈东门行〉并不存在"校勘"问题——答王季思先生》)

咄行,是说咄嗟之间即行,犹言"咄嗟即办",也就是马上就走。(据先生参与主编并执笔之《中国文学史》。乾按《抱朴子》:"盲者登视,躄者即行。")

注用黄节,而标点采用余说,令人不知何所适从。(乾按指黄节《汉魏乐府风笺》陈伯君校订本)应按著者见解标点。今非咄行,正与上文"牵衣"对照。

几乎所有的文学史包括刘(大杰)的发展史都从余说。惟一九三一年出版的罗根泽《乐府文学史》从黄注标点,但亦微有误,如以"上用"二句为丈夫之言。[1]

《说文》:"咄,相谓也。"引《汉书·李陵传》:"咄,少卿良苦。"又,《广韵》:"呵也。"《汉书·东方朔传》注:"咄,叱咄之声。"又引《晋书·石崇传》。按《东京梦华录》卷三"相国寺内万姓交易"条:"每遇斋会,凡饮食茶果,动使器皿,虽三五百份,莫不咄嗟而办。"(乾按《唐书·司空图传》"咄嗟而办。")魏阮籍《咏怀诗》:"咄嗟荣辱事,去来味道真。"又"咄嗟行至老,僶俛常苦忧。"晋左思《咏史》:"俯仰生荣华,咄嗟复雕枯。"晋孙楚《征西官》:"人命皆有极,咄嗟不可保。"唐崔湜《野燎赋》并序:"帝思居则击钟陈鼎,出则长戟幡旗。咄嗟而严霜夏落,顾盼而腐草冬滋。"杜甫《山寺》:"公为顾宾从,咄嗟檀施开。"仇注引《石崇传》:"……咄嗟立办。"韦应物《登蒲塘驿追怀昔年》:"不觉平生事,咄嗟二纪余。"清施闰章《趵突泉》诗:"凭陵日观照沧海,咄嗟坐啸生风雷。"(历城县志卷八)(乾按王勃《上刘右相书》:"顾盼可以荡川岳,咄嗟可以生风雷。")

《广释词》(二六五页):咄,呵声。张协《咏史》:"咄此蝉冕

---

[1] 乾按从黄注标点的还有胡适、林庚诸先生所著之文学史。详后。

客,君绅宜见书。"亦有作"咄咄""咄喑"者。陆机《咏老》:"冉冉逝将老,咄咄奈老何?"曹植《赠白马王彪》:"自顾非金石,咄喑令心悲。"

咄嗟犹"俄顷",时间副词。(梁朝)苟济《赠阴梁州》:"咄嗟改容鬓,俄顷弥年岁。""咄嗟"、"俄顷"互文,"咄嗟"犹"俄顷"也。左思《咏史》:"俯仰生荣华,咄嗟复雕枯。""俯仰"、"咄嗟"互文,"俯仰"亦"俄顷"也。阮籍《咏怀》:"咄嗟行至老,僶俛常苦忧。"谓俄顷行至老。(涤按但举例未及唐以下。)

杜诗:"非子谁复见幽心?"(《凭何少府觅桤木栽》)又"非君爱人客,晦日更添愁。"(《陪王使君晦日泛江就黄家亭子》)又"自非旷士怀,登慈翻百忧。"(《同诸公登慈恩寺塔》)又"自非风动天,莫置大水中。"(《三韵三篇》)又"自非得神仙,谁免危其身?"(《寄薛三郎中》)(乾按杜甫《贻华阳柳少府》:"自非晓相访,触热生病根。")犹"若非",皆假设词。(乾按以上均据先生在黄节先生《汉魏乐府风笺》人民文学出版社一九五八年版三二页至三五页上的批注。)

乾按:关于汉乐府《东门行》本词"今非咄行"的读法问题,是一个老问题。这首本词,朴茂直耿,"硬瘦悲苦之中有梗磔之气",堪称当时贫苦百姓追求生存尊严的绝唱。千百年来,杜甫发出了"必若救疮痍,先应去蟊贼"的强烈呼声,毛泽东唱起了"盗跖庄蹻流誉后,更陈王奋起挥黄钺"的慷慨颂歌,都可以看作是对这首民歌正义性的历史回应。但是五十多年来,本词"今非咄行"四字的破句读法,影响了人们对这首诗的准确理解,因此有必要再作一番考察。首先回顾一下两种读法的缘起。

1924年,黄节先生《汉魏乐府风笺》提出:"'今非咄行',盖夫答妇之词,谓今非咄嗟之间行,则吾去为已迟矣。"之后,1944

年萧涤非先生的《汉魏六朝乐府文学史》采用了这一读法,标点为"今非咄行,吾去为迟。"1962年他执笔《中国文学史》教科书又进一步解释说:"咄行,是说咄嗟之间即行,犹言'咄嗟即办',也就是马上就走。"他认为这一读法比较圆通,无须破句,上下句语气紧相呼应,又将"咄行"解为"咄行之间行"(即马上就走),也符合古人语言习惯,如《晋书·石崇传》就有"为客作豆粥,咄嗟便办"之文。所以他的标点就依据了黄节先生的读法。1954年余冠英先生的《乐府诗选》提出了另一种"完全新的"读法,他将"今非"二字独立成句,并以之属上文,作为妻子劝阻丈夫的话;同时将"咄行"二字各自独立成句,以之属下文,作为丈夫表示决心要走的话。"今非咄行"四字读为三截:"今非!""咄!行!"一个二字句接着两个独词句,究嫌突兀、别扭,意思欠完整。遍检中国古典诗歌而不得其例。但是这种"新鲜"的读法却风靡一时。加之1958年版的《汉魏乐府风笺》校订本,"不曾依据黄先生的本意标点,以'今非咄行'为一语,却改用了校正者自己的理解,标点作'今非,咄!行!'"[1]就更起了推波助澜的误导作用。不过,五十多年间,这两种读法各行其是,相安无事。谁也不想推翻谁。费振刚先生说:"有些学术问题,有的是不同理解,恐怕永远不会有是非、高下的判断。"[2]不无道理。

---

[1] 段熙仲《关于〈东门行〉的读法质疑》,《光明日报》1980年10月15日。下引同。

[2] 见《哲人日已远 典型在夙昔》,《山东大学报》2006年12月5日D版。文中回忆当年编写经过说:"通常的情况是,如果不是学术的是非问题,游先生总是倾向执笔人的意见。因为他认为执笔人是该问题的研究专家,他的意见当有更多的可取之处。正因为如此,在听取了各自的说明后,在《中国文学史》中还是采用了萧先生的论述。"

然而，1980年，戏曲史家王季思先生首先在《光明日报》上发难，之后，段熙仲先生亦提出质疑。萧涤非先生亦撰文作答。这是好事，疑义相与析，又见百家争鸣的活跃局面，但也给先生造成了相当的压力。在这种情况下，先生的态度依然强硬，毫不动摇，他认为，迄今为止，尚无足够论据推翻黄节老先生的说法。《中国文学史》其他三位主编游国恩先生及季镇淮、费振刚先生始终如一给予充分的理解和尊重。我们也很关注这桩公案。后来，看到先生十多年间这些批注，确非一日之功，始知其仍在不懈求索，不禁肃然起敬。解开这一谜团，是他的心愿。尤其是在先生逝世后，2002年再版的《中国文学史》又加了一条带有倾向的注，就更需要重新探讨了。兹依先生思路，略述如下。

第一，"咄行"，是"咄嗟之间即行"的省文，"犹言'咄嗟即办'，也就是马上就走"。先生的这一说法，可以成立，未可厚非。

首先，"咄行"是一个词，乃当时语，不能拆开来读成"咄！行！"汉乐府《乌生八九子》"唶！我黄鹄摩天极高飞"句中，《文选》李善注，是作"唶我"一读。但诸家皆作"唶"字一读。按《史记·滑稽列传》："咄！老女子何不疾行？"诸例，则知汉人原有此种语法。（见本书八四年版六六页。下同）这是"咄"字为句的一例，但更是判断古人语法可用类比的证据。汉乐府《王子乔》有"玉女罗坐吹笛箫嗟行"一句，汉代刘熙《释名》云："嗟，佐也。言之不足以尽意，故发此声以自佐也。""盖谓玉女吹箫笛以佐行耳。"（本书七七页）又，颜延之《北使洛》诗："王猷升八表，嗟行方暮年。"《古诗笺》引善曰："言王道被于八荒，余行属于岁暮也。"则知汉人原有此种语法："咄行"亦为一个复词，不能拆开来讲。《庄子·大宗师》："嗟来桑户乎。"《集释》：李桢曰:"嗟来是歌声,却是叹词。"按傅玄《艳歌行》"咄来长歌续短歌",则"咄来"同"嗟来"都是一词,也不能拆开读作"咄!来!"游园恩先生就把"咄行"作为一个词。[1]

就《东门行》而言,段先生主张"咄作单词叱解"。叱者,大言而怒骂,那么"咄!行!"之咄,咄谁呢?面对羸弱之妻,牵衣啼,携小儿,苦哀求,声泪俱下,黄口小儿嗷嗷待哺,丈夫却怒声呵骂,岂非"夫呼一何怒,妇啼一何苦"吗?这合乎情理合乎诗意吗?"无情未必真豪杰,怜子如何不丈夫?""生还对童稚,谁能即嗔喝?"这样理解,就把一个被逼上梁山的老百姓涂改成非常粗暴、冲动、不理智的鲁莽匹夫,大大削弱了主人公行为的正义性,削弱了诗的意义。实不可从。总之,简单化的咄作叱解,简而无当,揆之情理,亦俱不妥![2]

其次,"咄"与"咄嗟"等词,意有相通,可为之省。《说文段注》:"咄,谓欲相语而先惊之之词。"又"凡言咄嗟、咄唶、咄咄怪事者,皆取猝乍相惊之意。"则咄与咄嗟,均有"相惊"之意。段先生所谓"咄嗟的意义与单词或迭字都不相同",不确。考之古诗文,北朝乐府民歌《慕容垂歌辞》:"咄我诸臣佐,此事可惋叹。"之咄,即为咄嗟之省,犹"咄嗟诸臣佐"。阮籍《咏怀诗》:"回滨嗟虞",亦"回滨咄嗟虞"意。《汉书·东方朔传》:朔笑之曰:"咄!口无毛,声謷謷,尻益高。"注云:"咄,叱咄之声。"咄;即叱咄的省文。而王勃《上刘右相书》"咄嗟可以生雷雨",崔湜《野燎赋》"咄嗟而严霜夏落"之咄嗟,皆可省作"咄"。《史记·

---

[1] 见《游国恩中国文学史讲义》,天津古籍出版社2005年版,第175页。承游宝谅世姐惠赐。

[2] 详参《追求生存尊严的绝唱》,萧涤非、萧海川《风诗心赏》,中华书局2008年版第1页。

鲁仲连邹阳传》:"叱嗟!而母,婢也。"叱嗟亦可谓咄者。因此,《东门行》之"咄",作"咄嗟"的省文,应该是可以的。

再次,既其省文,当从其意。《中文大辞典》:"咄咤,与咄嗟同。《俗言一》:'急疾顷刻曰咄咤。'"《辞海》:"咄嗟,一呼一诺之间,即一霎时,顷刻。"则咄嗟有急疾顷刻意。证之以文,《东京梦华录》卷三"相国寺内万姓交易条":"每遇斋会,凡饮食茶果,动使器皿,虽三五百份,莫不咄嗟而办。"《唐书·司空图传》:"咄嗟而办。"证之以诗,曹植《赠白马王彪》:"自顾非金石,咄唶令心悲。"李善注:"言人命叱呼之间,或至夭丧也。"又杜甫《山寺》:"公为顾宾从,咄嗟檀施开。"仇注引《晋书·石崇传》:"为客作豆粥,咄嗟立办。"晋孙楚诗:"人(一作三)命皆有极,咄嗟不(一作安)可保。"又,韦应物《登蒲塘驿追怀昔年》:"不觉平生物,咄嗟二纪余。"荀济《赠阴梁州》诗:"咄嗟改容鬓,俄顷弥年岁。"左思《咏史》诗:"俯仰生荣华,咄嗟复雕枯。"皆互文见义。阮籍《咏怀诗》:"咄嗟行至老,僶俛常苦忧。"徐仁甫《广释词》:"谓俄顷行至老。"(此处采用萧涤非先生的材料)据此,《东门行》之"咄行"即"咄嗟行"之省文,萧先生"将'咄行'解为'咄嗟之间行'(即马上就走)也符合古人语言习惯"的说法,甚确,亦不易之论。

虽然我们不赞成所谓"不能增字"的绝对化,但这并不妨碍我们力求遵循所谓"一字解一字"的解经要诀。咄行,犹即行、急行、俄行,都是就走、快走的意思。(《抱朴子》:"盲者登视,躄者即行。")

第二,"今非咄行,吾去为迟"的句法,即表示假设关系的"……非(不)……",或"……非(不)……则……",或"……非……为……"等,这是古汉语语法结构中之常用者。这种句法,最典型的例子莫过于《史记·项羽本纪》所言："今不急下,吾烹太公。"(这是项羽抓了刘邦的太公,为高俎,置之其上,逼刘邦退兵时说的话。)显然,二者句式逼肖,如出一辙,当为所本。又,《史记·高祖本纪》："今不下宛,宛从后击。"(这是刘邦西进时,张良劝他的话,说:现在如不攻下大宛,大宛就会从背后袭击我们。)他如《论语·季氏》："今不取,后世必为子孙忧。"又《庄子·秋水》："吾非至于子之门,则殆矣。"又《晋书·陶侃传》:"侃既达豫章,见周访,流涕曰:'非卿外援,我殆不免。'""(王)敦曰:'若无陶侯,便失荆州矣。'"等等。因此,黄节老先生当初很有可能就是根据古人的这一常用句式来理解"今非咄行,吾去为迟"八字的,这从他的笺注特意在"吾"字之上,著一"则"字可见出,以明其意,以与上"非"字呼应,以求句式齐整,语意一贯,文从字顺。他的这一理解,持之有据,言之有理,中规中矩,符合古人语言习惯。胡适先生的《白话文学史》、罗根泽先生的《乐府文学史》、林庚先生的《中国文学简史》、游国恩等先生编《中国文学史》以及本书等,无一例外,均从黄节先生的读法。这些书现在都已再版。然则王季思先生凭什么说"实不可从"呢?[1]咄咄怪事。不当诋病,聊备一说何妨。

需要指出的是,这里"今非"之"非"字,不是一般地用作否定,而是特殊的用法,用于假设,因而也不是解作"不对、不行、不好"等等,而是解作"若非、如不"之类。《诗经》中"今我不乐"句之"不",即"如不"。上引诸句之"非"、"不"、"无"亦然。皆假设词。此点,前录萧先生批注杜诗已详确,不赘。

我们要说的是,五十多年来,由于把《东门行》"今非"之

---

[1]《不要以误传误》,《光明日报》1980年2月6日。下引同。

"非"字,看作一般的否定词,因而已在学术界造成解读上的某种混乱,或曰"不对",或曰"不行",或曰"不好",令读者茫然。然而依黄说,文从字顺,语意豁然。问题就在于这些注解大都采用了把"今非咄行"四字裁为三截的读法,读作"今非!""咄!行!"又把"今非"二字属上文,作为妻子劝阻丈夫的话,以至句式破碎,文意纷歧,七宝楼台拆开来不成片断,未免"求之过深,好为立异"之嫌。"今非"为句,又读为三截,岂止是"突兀",直如"乱点一通,佛头着粪"(鲁迅语)。

那么把这个"今非"独立成句,又是怎么来的呢?《庄子·秋水》曰:"无几何,将甲者进辞曰:'以为阳虎也,故围之。今非也,请辞而退。'"又,《养生主》:"始也吾以为至人也,而今非也。"这大概就是"今非"为句之所本,不谓无据,但套用在《东门行》里,即如"咄"字为句一样,并不合适。"有这训诂与否是一回事,用在这里是否合适又是一事"。即以段文为例:"今非——这不行呀。"释"今"为"这",固可,但"这"与上文接气吗?"这"又指代什么呢?是指上句看在苍天小儿份上不行,还是与君共铺糜不行?是指他家富贵不行,还是指儿母牵衣啼不行?其实都不是,而是指"拔剑东门去",这就似乎远了点,远指当作"那",但"今"作"那"似无据。细玩文意,"儿母牵衣啼"诸语,已含"不对、不行"之意,劝阻慰留之切,尽在不言中,何劳赘语,画蛇添足,殊败意蕴。

何况"今非"二字的用法,在古诗文中颇不一样。有不是一词,二字不得连读者。如《颜氏家训》:"凡夫蒙蔽,不见未来,故言彼生与今非一体耳。"《拾遗记》:"今非云非雨。"等,即"今""非"二字不得连读,须在"今"字一顿,读为"今、非"。也有不是一句,不得读断,必得连下而读者,如关汉卿《谢天香》"今非昔比"则不得读为"今非！昔比！"郑板桥《贺新郎》词"恐青山笑我、今非昨"，亦不得读为"今非！昨"据此,何可独断《东门行》之"今非"必得独立为句,而不得连下"咄行"一读耶？

尽管,二十七年来,几乎所有的中国文学史及作品选注,都是把"今非"四字读为三截,以为"章法奇妙",但学术界对此也不是没有不同的声音,章培恒、骆玉明先生主编的《中国文学史》就说："此处通常标作'今非,咄！行！'似乎可通,但作为歌辞,恐怕很难演唱。"是有见地的,表现了该书严谨审慎的科学态度。因为这种"通常"的读法,不合古诗歌语言习惯,在汉乐府乃至中国古典诗歌中都找不到相同的例子。

第三,最后说一下可否增字解诗的问题。关于这个问题,早在建国初,即五十多年前,我国学术界就曾有过一次大讨论。当时萧涤非先生就旗帜鲜明地说过："增字解诗,不但可以,而且往往是必要的。但也要看情况,要有原则。"[1]俞平伯先生则现身说法："增字作释究竟可否,是一个问题。我反对增字,但我自己的解释有时也难免增字,这应该坦白地承认的。但增字也看情况,不能概论。因古诗限于字数,有时原文多了一字,或少了一字,在这情形下增字减字作注,是可以相当允许的。"[2]这话相当坦诚。

毋庸讳言,"添字解经"依然是时下学子入门之一途。当年萧涤非先生解汉乐府《西门行》"步念之"之"步",即添字"谓步步"。余冠英先生亦然,然而谁也没出来指两先生"不能增字"。王季思先生主张这"今非"二字,应作"今时清廉不可为非"云云,段先生释"今非"为"这不行呀。"不增字吗？俞平伯先生就

---

[1][2]《乐府诗研究论文集》,作家出版社1957年版第134页、101页。

不是这个态度。百姓可以点灯,"不能增字"也不是大棒、手电筒。其实古人反对添字解经,无非是反对走样,并不等于说只能就事论事,泥于字面,不能越雷池一步。古书上有些词句,是需要注者从字面的涵义再进一步点明它的具体内容或它的本质意义的。《吕氏春秋》"夔一足"解作"夔一而足",加一"而"字,语意豁然,不增字行吗?还用找这"而"字的根据吗?

最近,王运熙先生指出:"汉乐府《东门行》中'今非咄行'一句,比较费解,易生歧义。比较说来,黄节、萧涤非两先生的解释,最为妥帖。"王先生是当今研究乐府的大家,他的意见自然值得重视。[1] 总之,黄节先生之解,最为稳妥;萧涤非先生之解,亦俱确当。"今非咄行,吾去为迟。"二句一意贯串,语质气劲,当为汉乐府本辞之本来面目。以上考证,不一定对,但诸前辈不放过任何一个小问题的执著精神,值得后人学习。今姑亦传疑,以俟通博。[2]

萧光乾　萧海川
二〇〇七年九月廿一日
谨识于山大新校南院 3 号楼

---

〔1〕　林继中《萧涤非说乐府》导言,上海古籍出版社 2002 年版第 19 页。
〔2〕　参阅萧海川《〈东门行〉"今非咄行"考》,《文史哲》2008 年第 6 期。《汉乐府〈东门行〉读法新证》,《江西社会科学》2009 年第 2 期;《人大复印资料》2009 年第 7 期。

本书录诗索引

萧海川编

　　本书写作的一大特点，是资料丰赡。《引言》说："凡所著录，概属全篇，并随时择要附释，往者时贤，均所采撷，窃图寓诵读于叙述之中，以补一般概论之所不及，且免初学翻检之劳。"这就是说，本书所征引的全部作品都是完整的。这不仅大异于一般概论的摘叙方法，且不啻为一部全面体现汉魏六朝乐府文学嬗变的乐府诗选。为突出本书这一写法特点的效用，并方便读者诵读使用，兹依例以原编章节为序，作此目录。计312题，343首。（论述引诗不计）所注页码，阿拉伯数字，为本版的，在前；汉字加括符在后，系据人民文学出版社一九八四年版。海川谨识二〇〇五年十一月十五日

　　本书录诗三百三十余首，此次改版付梓前，曾据《乐府诗集》等常见版本，作了复校。但乐府古诗流传日久，本多异文，难说究竟。各家择善而从。《后记》说："此书系已出版过的旧著，为了保存原样，不拟多所更张。"因此，除依先祖手记略有补正外，其它异文，或有所据，未敢擅改，姑仍其旧。无碍所论，亦不出校。特此说明。又识。二〇一一年四月十五日

第一编　绪论

第四章　论五言出于西汉民间乐府不始班固

成帝时歌谣（汉书） .... 18（一七）

长安歌(汉书) ………………………………… *18*(一七)

　　凉州歌(后汉书) ……………………………… *18*(一八)

　　戚夫人歌……………………………………… *20*(二〇)

　　江南曲………………………………………… *21*(二一)

　　李延年歌……………………………………… *21*(二一)

　　车铭(冯衍) ………………………………… *23*(二三)

第二编　两汉乐府

第二章　汉初贵族乐府
一　安世房中歌

　　房中歌(第一章) …………………………… *36*(三五)

　　国殇、房中歌(第八章) ……………………… *37*(三六)

　　天马歌(史记)、天马歌(汉书) ……………… *37*(三七)

　　山鬼(楚辞)、今有人(宋书) ………………… *38*(三七)

　　蒿里…………………………………………… *40*(四〇)

　　大招、招魂(楚辞) …………………………… *40*(四〇)

　　房中歌(第六章) …………………………… *40*(四一)

二　《郊祀歌》

　　景星…………………………………………… *43*(四四)

　　日出入………………………………………… *45*(四六)

三　《鼓吹铙歌》

　　石留…………………………………………… *49*(五一)

　　今鼓吹铙歌词(之一) ……………………… *50*(五二)

　　(一)上之回(纪巡幸者) …………………… *51*(五三)

　　(二)上陵(表祥瑞者) ……………………… *52*(五四)

　　(三)远如期(记武功者) …………………… *53*(五五)

　　(四)战城南(叙战阵者) …………………… *54*(五六)

401

(五)上邪 …………………………………… 55(五七)
　　　　有所思(写爱情者) …………………………… 55(五七)
第三章　两汉民间乐府
一　西汉民间乐府
　　　(一)江南 …………………………………… 60(六二)
　　　(二)薤露 …………………………………… 60(六二)
　　　(三)蒿里 …………………………………… 60(六二)
　　　(四)鸡鸣 …………………………………… 61(六四)
　　　(五)乌生八九子 …………………………… 63(六六)
　　　(六)董逃行 ………………………………… 65(六七)
　　　(七)平陵东 ………………………………… 66(六九)
二　东汉民间乐府
　　　(一)幻想之类
　　　　(1)长歌行 ………………………………… 73(七六)
　　　　(2)王子乔 ………………………………… 73(七六)
　　　　(3)步出夏门行 …………………………… 74(七七)
　　　　(4)善哉行 ………………………………… 75(七七)
　　　(二)说理之类
　　　　(1)君子行 ………………………………… 76(七九)
　　　　(2)长歌行 ………………………………… 76(七九)
　　　　(3)猛虎行 ………………………………… 76(七九)
　　　　(4)艳歌行 ………………………………… 77(八〇)
　　　　(5)豫章行 ………………………………… 77(八〇)
　　　　(6)枯鱼过河泣 …………………………… 77(八〇)
　　　(三)抒情之类
　　　　(1)怨诗行 ………………………………… 78(八一)
　　　　(2)西门行 ………………………………… 78(八一)
　　　　(3)悲歌 …………………………………… 79(八二)
　　　　(4)古歌 …………………………………… 79(八二)

(5)公无渡河 …………………… *80*(八三)

(6)东门行 ……………………… *80*(八四)

(7)艳歌何尝行 ………………… *82*(八五)

(8)艳歌行 ……………………… *83*(八六)

(9)白头吟 ……………………… *83*(八六)

(10)陌上桑 ……………………… *84*(八七)

(四)叙事之类

(1)雁门太守行 ………………… *87*(九〇)

(2)陇西行 ……………………… *89*(九二)

(3)相逢行 ……………………… *91*(九三)

(4)长安有狭斜行 ……………… *91*(九四)

(5)上留田行 …………………… *92*(九五)

(6)妇病行 ……………………… *92*(九五)

(7)孤儿行 ……………………… *93*(九六)

(8)十五从军征 ………………… *94*(九七)

第四章 东汉文人乐府

(一)怨歌行(班婕妤) …………… *98*(一〇三)

(二)武溪深行(马援) …………… *100*(一〇四)

(三)武德舞歌(东平王苍) ……… *101*(一〇五)

(四)冉冉孤生竹(傅毅) ………… *101*(一〇六)

(五)同声歌(张衡) ……………… *102*(一〇六)

(六)羽林郎(辛延年) …………… *103*(一〇七)

(七)董娇娆(宋子侯) …………… *104*(一〇九)

(八)饮马长城窟行(蔡邕) ……… *105*(一〇九)

(九)定情诗(繁钦) ……………… *105*(一一〇)

(十)梁甫吟(诸葛亮) …………… *106*(一一一)

(十一)孔雀东南飞(无名氏) …… *108*(一一二)

(十二)远夷乐德歌(田恭) ……… *116*(一二一)

403

第三编 魏乐府——附吴

第二章 曹操四言乐府

　短歌行 ………………………………… *126*(一二九)
　步出夏门行(碣石篇) ………………… *126*(一二九)
　苦寒行(五言) ………………………… *128*(一三一)
　精列(杂言) …………………………… *128*(一三一)

第三章 曹丕七言乐府

　燕歌行二首 …………………………… *130*(一三三)
　魏鼓吹曲·旧邦(缪袭) ……………… *132*(一三五)
　吴鼓吹曲·克皖城(韦昭) …………… *132*(一三五)
　白纻舞歌三首(晋) …………………… *132*(一三六)

第四章 曹植五言乐府

　(一)武帝时期
　　(1)箜篌引 …………………………… *137*(一四二)
　　(2)斗鸡篇 …………………………… *138*(一四二)
　　(3)名都篇 …………………………… *138*(一四三)
　　(4)妾薄命 …………………………… *139*(一四四)
　(二)文帝时期
　　(1)野田黄雀行 ……………………… *141*(一四五)
　　(2)怨诗行 …………………………… *141*(一四六)
　　(3)种葛篇 …………………………… *142*(一四七)
　　(4)美女篇 …………………………… *142*(一四七)
　　(5)圣皇篇 …………………………… *143*(一四八)
　　(6)五游咏 …………………………… *144*(一四九)
　(三)明帝时期
　　(1)怨歌行 …………………………… *145*(一五〇)
　　(2)远游篇 …………………………… *146*(一五一)
　　(3)吁嗟篇 …………………………… *147*(一五二)

（4）薤露行 ·················· *147*（一五三）

第五章　王粲左延年诸人之叙事乐府

　　七哀（西京乱无象）（王粲）········· *149*（一五五）

　　驾出北郭门行（阮瑀）············ *150*（一五六）

　　饮马长城窟行（陈琳）············ *151*（一五七）

　　秦女休行（左延年）············· *152*（一五八）

第六章　吴乐府——乐府填词之初祖韦昭

　　汉之季（韦昭）··············· *157*（一六四）

　　战荥阳（缪袭）··············· *157*（一六四）

　　尔汝歌（孙皓）··············· *158*（一六五）

　　孙皓初童谣 ················· *158*（一六六）

　　天纪中童谣 ················· *159*（一六六）

第四编　晋乐府

第一章　晋之舞曲歌辞

　　（一）鞞舞歌

　　　　明君 ··················· *165*（一六九）

　　（二）杯槃舞歌

　　　　晋世宁舞 ················· *166*（一七〇）

　　（三）拂舞歌

　　　　（1）白鸠篇 ················ *167*（一七二）

　　　　（2）济济篇 ················ *168*（一七二）

　　　　（3）独禄篇 ················ *168*（一七三）

　　　　（4）淮南王篇 ··············· *168*（一七四）

第二章　晋之故事乐府

　　傅玄

　　　　（1）惟汉行 ················ *172*（一七七）

　　　　（2）秋胡行 ················ *172*（一七七）

　　　　（3）庞氏有烈妇 ·············· *174*（一八〇）

405

石崇
　　　王明君辞 ·················· *177*（一八二）
第三章　晋之拟古与讽刺乐府
　　拟古乐府
　　傅玄
　　　艳歌行 ······················ *182*（一八八）
　　　西长安行 ·················· *182*（一八八）
　　陆机
　　　燕歌行 ······················ *182*（一八九）
　　　猛虎行 ······················ *183*（一八九）
　　讽刺作品
　　张华
　　　轻薄篇 ······················ *183*（一八九）
　　　博陵王宫侠曲二首 ······ *185*（一九二）
　　傅玄
　　　苦相篇 ······················ *186*（一九二）
　　　明月篇 ······················ *186*（一九三）
　　　董逃行·历九秋篇十二章（录七） ······ *187*（一九三）
　　陆机
　　　饮马长城窟行 ············ *188*（一九四）

第五编　南朝乐府

第一章　论南朝新声乐府发达之原因
　　欢闻歌（梁王金珠） ······ *198*（二〇三）
第二章　南朝前期之民间乐府——晋宋齐
　　（一）吴声歌
　　　古绝句 ······················ *202*（二〇八）
　　　（1）子夜歌 ··············· *204*（二一〇）
　　　（2）子夜四时歌

　　　　春歌 ·· *205*(二一二)
　　　　夏歌 ·· *206*(二一三)
　　　　秋歌 ·· *206*(二一三)
　　　　冬歌 ·· *206*(二一四)
　　(*3*)子夜变歌 ································· *207*(二一四)
　　(*4*)大子夜歌 ································· *207*(二一五)
　　(*5*)上声歌 ···································· *207*(二一五)
　　　　杂诗(梁施容泰) ························ *208*(二一五)
　　(*6*)欢闻歌 ···································· *208*(二一六)
　　(*7*)欢闻变歌 ································· *208*(二一六)
　　(*8*)阿子歌 ···································· *209*(二一六)
　　(*9*)前溪歌 ···································· *209*(二一七)
　　(*10*)丁督护歌 ································· *209*(二一七)
　　(*11*)团扇郎 ···································· *210*(二一八)
　　(*12*)七日夜女歌 ······························ *210*(二一八)
　　(*13*)黄生曲 ···································· *210*(二一八)
　　(*14*)碧玉歌 ···································· *210*(二一九)
　　(*15*)桃叶歌 ···································· *211*(二一九)
　　(*16*)长乐佳 ···································· *211*(二一九)
　　(*17*)懊侬歌 ···································· *212*(二二〇)
　　(*18*)华山畿 ···································· *213*(二二一)
　　(*19*)读曲歌 ···································· *214*(二二二)
　(二)神弦歌
　　(*1*)宿阿曲 ···································· *216*(二二五)
　　(*2*)道君曲 ···································· *217*(二二六)
　　(*3*)圣郎曲 ···································· *217*(二二六)
　　(*4*)娇女诗 ···································· *217*(二二七)
　　(*5*)白石郎曲 ································· *218*(二二七)
　　(*6*)青溪小姑曲 ······························ *218*(二二七)

　　　　(7)湖就姑曲 …………………… *218*(二二八)

　　　　(8)姑恩曲 ……………………… *218*(二二八)

　　　　(9)采莲童曲 …………………… *219*(二二八)

　　　　(10)明下童曲 ………………… *219*(二二八)

　(三)西曲歌

　　　　(1)石城乐 ……………………… *221*(二三一)

　　　　(2)莫愁乐 ……………………… *221*(二三一)

　　　　(3)乌夜啼 ……………………… *222*(二三二)

　　　　(4)估客乐 ……………………… *222*(二三二)

　　　　(5)襄阳乐 ……………………… *223*(二三三)

　　　　(6)三洲歌 ……………………… *223*(二三三)

　　　　(7)采桑度 ……………………… *223*(二三四)

　　　　(8)江陵乐 ……………………… *224*(二三四)

　　　　(9)青阳渡 ……………………… *224*(二三四)

　　　　(10)来罗 ………………………… *224*(二三五)

　　　　(11)那呵滩 …………………… *224*(二三五)

　　　　(12)孟珠 ……………………… *224*(二三五)

　　　　(13)翳乐 ……………………… *225*(二三六)

　　　　(14)夜度娘 …………………… *225*(二三六)

　　　　(15)双行缠 …………………… *225*(二三六)

　　　　(16)平西乐 …………………… *225*(二三六)

　　　　(17)寻阳乐 …………………… *225*(二三六)

　　　　(18)白附鸠 …………………… *225*(二三七)

　　　　(19)寿阳乐 …………………… *225*(二三七)

　　　　(20)拔蒲 ……………………… *226*(二三七)

　　　　(21)作蚕丝 …………………… *226*(二三八)

　　　　(22)杨叛儿 …………………… *226*(二三八)

　　　　(23)西乌夜飞 ………………… *226*(二三八)

　　　　(24)青骢白马 ………………… *226*(二三八)

（25）安东平 …………………………… *227*（二三九）
　　（26）女儿子 …………………………… *227*（二三九）
　　（27）月节折杨柳歌 …………………… *227*（二三九）

第三章　南朝后期之文人乐府——梁陈

　　自君之出矣（宋孝武帝） ……………… *231*（二四三）
　　杨花曲（汤惠休） ……………………… *231*（二四三）
　　玉阶怨（谢朓） ………………………… *231*（二四三）

　　梁

　　（一）梁武帝
　　　（1）子夜春歌 ……………………… *232*（二四四）
　　　（2）子夜夏歌 ……………………… *232*（二四四）
　　　（3）子夜秋歌 ……………………… *232*（二四四）
　　　（4）子夜冬歌 ……………………… *232*（二四四）
　　　（5）襄阳蹋铜蹄 …………………… *232*（二四四）
　　　（6）江南弄 ………………………… *232*（二四五）
　　　　采莲曲 …………………………… *233*（二四五）
　　　　朝云曲 …………………………… *233*（二四五）

　　（二）梁简文帝
　　　（1）夜夜曲 ………………………… *234*（二四六）
　　　（2）拟沈隐侯（约）夜夜曲 ………… *234*（二四七）
　　　（3）采莲曲 ………………………… *234*（二四七）
　　　（4）折杨柳 ………………………… *234*（二四七）
　　　（5）艳歌曲 ………………………… *234*（二四七）
　　　（6）乌栖曲 ………………………… *234*（二四七）

　　（三）沈约
　　　（1）春白纻 ………………………… *236*（二四九）
　　　（2）夏白纻 ………………………… *236*（二四九）
　　　（3）夜白纻 ………………………… *236*（二四九）

(4)秦筝曲 ·· *236*(二五〇)
　　　(5)六忆诗 ·· *237*(二五〇)
　(四)江淹
　　西洲曲 ·· *237*(二五〇)
　　春江花月夜(张若虚) ····························· *238*(二五二)
　　长干行(李白) ····································· *239*(二五二)
　(五)吴均
　　有所思 ·· *239*(二五三)
　　小垂手 ·· *239*(二五三)
　(六)柳恽
　　江南曲 ·· *240*(二五三)
　　独不见 ·· *240*(二五三)
秋风曲(江洪) ··· *240*(二五四)
采菱曲(费昶) ··· *240*(二五四)
前溪歌(包明月) ······································ *240*(二五四)
陌上桑(王台卿) ······································ *240*(二五四)
昭君叹(范静妻沈氏) ································ *241*(二五五)
摘同心栀子赠谢娘诗(徐悱妻刘氏) ··············· *241*(二五五)
梦见故人(徐悱妻刘氏) ····························· *241*(二五五)

陈

　(一)陈后主
　　玉树后庭花 ······································· *241*(二五五)
　　乌栖曲 ·· *241*(二五六)
　　自君之出矣 ······································· *242*(二五六)
　(二)徐陵
　　折杨柳 ·· *242*(二五七)
　　乌栖曲 ·· *242*(二五七)
　　长相思二首 ······································· *242*(二五七)
　(三)江总

  乌栖曲 ················ *243*（二五八）
  闺怨篇 ················ *243*（二五八）
第四章　汉乐府大作家鲍照
 梅花落 ·················· *246*（二六一）
 代贫贱愁苦行 ············ *247*（二六二）
 代放歌行 ················ *247*（二六二）
 代东武吟 ················ *247*（二六三）
 拟行路难十八首（录十一） ·· *249*（二六四）

第六编　北朝乐府——附隋

第二章　北朝民间乐府——附论木兰诗
 （一）战争
  （1）企喻歌 ············ *261*（二七四）
  （2）慕容垂歌 ·········· *262*（二七五）
  （3）紫骝马歌 ·········· *262*（二七六）
  （4）陇上歌 ············ *262*（二七六）
  （5）李波小妹歌 ········ *263*（二七六）
 （二）羁旅
  （1）折杨柳枝歌 ········ *263*（二七七）
  （2）琅琊王歌 ·········· *264*（二七七）
  （3）陇头流水歌三曲 ···· *264*（二七七）
   陇头歌三曲 ········ *264*（二七八）
 （三）豪侠
  （1）企喻歌 ············ *265*（二七九）
  （2）琅琊王歌 ·········· *265*（二七九）
  （3）折杨柳歌 ·········· *266*（二八〇）
  （4）东平刘生歌 ········ *266*（二八〇）
  （5）敕勒歌 ············ *266*（二八一）
  （6）高阳乐人歌 ········ *267*（二八一）

(四)闺情
  (1)地驱歌乐辞 ……………………… 268(二八二)
     地驱乐歌 ………………………… 268(二八二)
  (2)折杨柳枝歌 …………………… 268(二八二)
  (3)慕容家自鲁企由谷歌 ………… 268(二八三)
  (4)紫骝马歌 ……………………… 268(二八三)
  (5)捉搦歌 ………………………… 269(二八三)
  (6)淳于王歌 ……………………… 269(二八四)
  (7)折杨柳歌 ……………………… 269(二八四)
  (8)黄淡思歌 ……………………… 270(二八四)
  (9)幽州马客吟歌 ………………… 270(二八四)
  (10)杨白华 ………………………… 271(二八五)
  (11)咸阳王歌 ……………………… 271(二八六)
  (12)北齐太上时儿谣 ……………… 272(二八六)

(五)贫苦
  (1)幽州马客吟 …………………… 272(二八七)
  (2)雀劳利歌 ……………………… 272(二八七)
  (3)隔谷歌二首 …………………… 272(二八七)
  (4)琅琊王歌 ……………………… 273(二八八)

木兰诗 ………………………………… 273(二八八)

第三章 北朝文人乐府

(一)北魏
  温子升
    结袜子 …………………………… 280(二九五)
    凉州乐歌 ………………………… 280(二九五)
    捣衣 ……………………………… 280(二九五)
    大堤女(王容) …………………… 280(二九六)
    春词(王德) ……………………… 280(二九六)
(二)北齐

(1)邢邵

思公子 …………………… *281*(二九六)

(2)魏收

櫂歌行 …………………… *281*(二九六)

永世乐 …………………… *281*(二九七)

挟瑟歌 …………………… *281*(二九七)

(3)裴让之

有所思 …………………… *281*(二九七)

(4)萧悫

上之回 …………………… *282*(二九七)

(5)高昂

征行诗 …………………… *282*(二九八)

行路难 …………………… *282*(二九八)

(三)北周

从军行(赵王宇文招) …………………… *282*(二九八)

(1)萧扔

劳歌 …………………… *283*(二九九)

孀妇吟 …………………… *283*(二九九)

(2)王褒

燕歌行 …………………… *283*(二九九)

出塞 …………………… *284*(三〇〇)

高句丽 …………………… *284*(三〇〇)

(3)庾信

对酒歌 …………………… *284*(三〇〇)

乌夜啼 …………………… *284*(三〇一)

怨歌行 …………………… *285*(三〇一)

舞媚娘 …………………… *285*(三〇一)

第五章 隋乐府

(一)文帝时之拟古乐府

(1) 借古题而写己怀者
　　门有车马客行(何妥) ················ 291(三〇九)
　　猗兰操(辛德源) ·················· 292(三一〇)
　　豫章行(薛道衡) ·················· 292(三一〇)
(2) 借古题而写时事者
　　出塞(杨素) ···················· 293(三一二)
　　从军行(卢思道) ·················· 294(三一三)
(二)炀帝时之拟南朝乐府
(1) 因南朝艳曲而填新词者
　　春江花月夜(炀帝) ················· 296(三一四)
　　和作(诸葛颖) ··················· 296(三一五)
　　东宫春(炀帝) ··················· 296(三一五)
　　江都夏(炀帝) ··················· 296(三一五)
　　长安秋(虞世基) ·················· 297(三一五)
　　昔昔盐(薛道衡) ·················· 297(三一六)
(2) 因南朝艳曲而造新声者
　　泛龙舟(炀帝) ··················· 298(三一七)
　　江都宫乐歌(炀帝) ················· 299(三一七)
　　喜春游歌(炀帝) ·················· 299(三一八)
　　纪辽东二首(炀帝) ················· 299(三一八)
　　纪辽东(王胄 录一) ················ 300(三一九)
　　挽舟者歌(海山记) ················· 300(三一九)
　　十索四首(丁六娘) ················· 301(三二〇)
　　十索二首(无名氏 一作丁六娘) ·········· 301(三二〇)

414